W0404917

HEYNE BÜCHER

Fantasy

Herausgegeben von Friedel Wahren

Von Michael Moorcock erschienen in der Reihe
HEYNE SCIENCE FICTION & FANTASY:

Miß Brunners letztes Programm · 06/3348
INRI oder: Die Reise mit der Zeitmaschine · 06/3399
Die Zeitmenagerie · 06/3492
Gloriana oder die unerfüllte Königin · 06/3808

ELRIC-ZYKLUS:
Elric von Melniboné · 06/3643
Die See des Schicksals · 06/3657
Der Zauber des weißen Wolfs · 06/3692
Der verzauberte Turm · 06/3727
Im Banne des schwarzen Schwertes · 06/3753
Sturmbringer · 06/3782
Die Festung der Perle · 06/5016
Die Rache der Rose · 06/5190
Elric von Melniboné (1. – 6. Roman des Elric-Zyklus in einem Band) · 06/4101

DIE ABENTEUER CAPTAIN OSWALD BASTABLES:
Der Herr der Lüfte · 06/3876
Der Landleviathan · 06/3903
Der Stahlzar · 06/4122
Zeitnomaden (›Die Abenteuer Captain Oswald Bastables‹ in einem Band) · 06/4820

In der BIBLIOTHEK DER SCIENCE FICTION LITERATUR:
INRI oder: Die Reise mit der Zeitmaschine · 06/63

MICHAEL
MOORCOCK

Die Rache der Rose

Achter Roman
des Elric-Zyklus

Deutsche Erstausgabe

WILHELM HEYNE VERLAG
MÜNCHEN

HEYNE SCIENCE FICTION & FANTASY
Band 06/5190

Titel der Originalausgabe
THE REVENGE OF THE ROSE
Übersetzung aus dem Englischen von
Heiko Langhans
Das Umschlagbild malte Peter Eilhardt

Redaktion: F. Stanya

Die Originalausgabe erschien bei Grafton Books
(HarperCollins), London

Printed in Germany 1995
Umschlaggestaltung: Atelier Ingrid Schütz, München
Technische Betreuung: M. Spinola
Satz: Schaber Satz- und Datentechnik, Wels
Druck und Bindung: Presse-Druck, Augsburg

ISBN 3-453-07994-9

Inhalt

Für Christopher Lee –
Arioch erwartet Euch!

Für Johnny und Edgar Winter –
rock on!

Für Anthony Skene –
in Dankbarkeit

BUCH EINS

In dem es um das Schicksal von Imperien geht

Was denn? Ihr nennt uns dekadent, dazu auch unser Reich?

Mein Freund, Ihr seid zu streng mit uns. Kein Jahr kommt diesem gleich.

So Ihr in uns bloß Nabelschau, Stolz ohne Macht erblickt, ist es doch Selbstspott, Alterswitz, woran Ihr Euch verknickt!

WHELDRAKE, *Byzantinische Gespräche*

DAS ERSTE KAPITEL

Das von Liebe und Tod, Kampf und Verbannung handelt; der Weiße Wolf begegnet einem nicht gänzlich unwillkommenen Schatten seiner Vergangenheit.

Aus dem unwahrscheinlichen Frieden Tanelorns, aus Bas'lk und Nishvalni-Oss, aus Valederia immer gen Osten eilt der Weiße Wolf von Melniboné und heult sein blutiges und gräßliches Lied und genießt ein süßes Blutvergießen...

...Es ist vorbei. Wie unter dem Gewicht seiner eigenen übersteigerten Kampfeslust hockt der Albinoprinz zusammengesunken auf seinem Pferd, als ob er sich schäme, ein derart würdeloses Gemetzel zu sehen.

Keine einzige Seele der mächtigen Haghan'iin-Schar überlebte länger als eine Stunde jenen vermeintlichen Sieg, den sie zuvor noch gefeiert hatte. (Wie hätte sie denn auch unterliegen können, da doch Lord Elrics Heer nur einen Bruchteil ihrer eigenen Stärke aufwies?)

Elric hegt keine bösen Gefühle mehr gegen sie, doch empfindet er auch nur wenig Mitleid. In ihrem ungeheuren Hochmut, ihrer Blindheit gegenüber jenem Reichtum an Zauberei, der Elric zu Gebote stand, hat sich ihre Vorstellungskraft als unzureichend erwiesen. Seine Warnungen hatten sie verlacht. Ihren einstmaligen Gefangenen hatten sie als eine schwächliche Mißbildung der Natur verhöhnt. Derart gewalttätige dumme Geschöpfe verdienten nichts Besseres, als jene allgemeine Betrübnis zu erleiden, die allen mißgestalteten Seelen bestimmt ist.

Jetzt reckt der Weiße Wolf den hageren Körper, die

bleichen Arme. Er schiebt den schwarzen Helm zurück. Keuchend ruht er sich in seinem bemalten Kriegssattel aus, dann nimmt er die murmelnde Höllenklinge auf, die er führt, und schiebt das gesättigte Eisen in die samtene Scheide. Hinter ihm ertönt ein Geräusch. Tiefgründige rote Augen richten sich auf das Gesicht der Frau, die neben ihm ihr Pferd zügelt. Der Frau und dem Hengst ist der gleiche unruhige Stolz zu eigen, beide scheinen ob ihres unverhofften Sieges erregt zu sein; beide sind schön.

Der Albino nimmt ihre handschuhlose Hand in die seine und küßt sie. »Heute teilen wir uns die Ehre, Gräfin Guye.«

Und sein Lächeln ist furchtbar und süß zugleich.

»In der Tat, Lord Elric!« Sie streift sich den Handschuh über und zügelt ihr tänzelndes Pferd. »Doch ohne Eure fruchtbare Zauberei und den Mut meiner Soldaten wären wir beide heute nacht die Beute des Chaos gewesen – und unglückselige Geschöpfe, falls noch am Leben!«

Seine Antwort besteht aus einem tiefen Seufzer und einer bestätigenden Geste. Tiefe Zufriedenheit klingt in ihrer Stimme.

»Die Schar wird keine weiteren Länder mehr verwüsten, und ihre Frauen in den Hausbäumen werden keine weiteren Scheusale mehr gebären, die die Welt in Blut tauchen würden.« Sie schlägt ihren schweren Mantel zurück und schlingt ihren schmalen Schild auf den Rücken. In ihrem langen Haar fängt sich das Abendlicht, tiefrot und ruhelos wie das Meer, als sie auflacht, während ihre blauen Augen weinen; denn sie hatte den Tag in der festen Erwartung begonnen, daß das Beste, auf das sie würde hoffen können, ein plötzlicher Tod sei. »Wir stehen tief in Eurer Schuld, mein Herr. Wir sind Euch verpflichtet, wir alle. In ganz Anakhazhan werdet Ihr als Held gerühmt werden.«

Elrics Lächeln verrät keine Dankbarkeit. »Wir trafen

im Zeichen gemeinsamer Bedürfnisse zusammen, edle Dame. Ich hatte noch eine kleine Schuld mit meinen Häschern zu begleichen.«

»Es gibt andere Mittel, derartige Schulden zu begleichen, mein Herr. Wir sind Euch immer noch verpflichtet.«

»Ich werde mir kein Verdienst zuschreiben«, beharrt er, »für eine Selbstlosigkeit, die nicht Teil meines Wesens ist.« Er läßt den Blick zum Horizont schweifen, wo eine violette Narbe, mit Rot durchzogen, den Untergang der Sonne verbirgt.

»Ich sehe das anders.« Sie spricht leise, denn jetzt hat sich Stille über das Feld gesenkt, und eine leichte Brise zupft an verklebten Haaren, blutigen Stoffetzen, aufgerissener Haut. Kostbare Waffen, Metalle und Juwelen sind zu sehen, besonders dort, wo die Edlen der Haghan'iin zu fliehen versuchten, doch keiner von Gräfin Guyes Schwertkämpfern, seien sie Söldner oder freie Anakhazhani, nähert sich der Beute. Unter diesen müden Soldaten herrscht eine allgemeine Neigung vor, sich so weit wie möglich von diesem Feld zurückzuziehen. Ihre Hauptleute haben Verständnis dafür, und sie halten sie auch nicht auf. »Ich sehe es so, mein Herr, daß Ihr dennoch einer Sache oder einem Grundsatz dient.«

Entschieden schüttelt er den Kopf, seine Haltung im Sattel zeugt von wachsender Ungeduld. »Ich hänge keinem Herrn und keiner moralischen Überzeugung an. Ich stehe allein auf meiner Seite. Was Eure sehnende Seele, werte Dame, fälschlich für Treue zu Person oder Zweck halten mag, ist lediglich eine feste und, ja, grundsätzliche Entschlossenheit, nur für mich und meine eigenen Handlungen Verantwortung zu übernehmen.«

Sie wirft ihm einen raschen, mädchenhaften Blick verwirrten Unglaubens zu, dann wendet sie sich mit dem Anflug eines fraulichen Grinsens ab. »Heute nacht wird es nicht regnen«, stellt sie fest, als sie sich die dunkle goldene Hand vor dem Abendlicht vor die Augen hebt. »In wenigen Stunden wird dieses Durcheinander stinken und Fieber verbreiten. Wir sollten vor dem Ansturm der Fliegen weiterreiten.« Im gleichen Augenblick hören beide das Flügelschlagen, und sie sehen hinter sich die ersten Raben sich fröhlich auf Fleisch niederlassen, das zu einer sich über Meilen erstreckenden blutigen Masse geworden ist, in der Glieder und Organe wie zufällig verstreut liegen; sie hüpfen auf und picken an halbzerstörten Gesichtern, die immer noch nach jener Gnade schreien, die ihnen lachend verweigert wurde, als Elrics Schutzpatron Lord Arioch, Herzog der Hölle, seinem Lieblingssohn beistand.

Dies geschah zu der Zeit, da Elric seinen Freund Mondmatt in Tanelorn zurückließ und die ganze Welt durchstreifte, um ein Land zu finden, dem eigenen genügend ähnlich, als daß er sich dort niederlassen mochte, doch kein Land wie Melniboné konnte an einem Ort, an dem Sterbliche wohnten, auch nur annähernd seinesgleichen finden. Und alle Länder waren jetzt sterblich geworden.

Allmählich begriff er, daß er einen Verlust erlitten hatte, der nie wieder ausgeglichen werden konnte, und weil er die Frau, die er liebte, die Nation, an der er Verrat begangen, und die einzige Art von Ehre, die er gekannt hatte, verloren hatte, hatte er damit auch zugleich einen Teil seiner eigenen Identität verloren, war das Begreifen seines eigenen Daseinszwecks und -ziels auf Erden erschüttert.

Ironischerweise war es eben jener Verlust, eben jenes Dilemma, das ihn seinen Mitmelnibonéern so unähnlich machte, denn sein Volk war grausam und genoß die Macht um ihrer selbst willen, und dadurch hatte es in seinem Bestreben, nicht nur die körperliche Welt, sondern auch die Welt des Übernatürlichen zu beherrschen, jede gütigere Eigenschaft abgelegt, die es einmal besessen haben mochte. Es hätte das Multiversum beherrscht, hätte es eine klare Vorstellung davon gehabt, wie dies zu bewerkstelligen gewesen wäre; doch selbst ein Melnibonéer ist kein Gott. Man kann sogar behaupten, daß nicht einmal ein Halbgott hervorgebracht würde. Das Schwelgen in irdischer Macht hatte zu dekadentem Zerfall geführt, wie es alle Reiche zu Fall bringt, die in Gold oder Eroberungen oder jenen anderen Begierden schwelgen, die niemals zufriedengestellt werden können, aber auf ewig genährt werden müssen.

Doch hätte selbst Melniboné in seinem maroden Zustand auch jetzt noch bestehen können, wenn es nicht von seinem eigenen verbannten Herrscher verraten worden wäre.

Und ganz gleich, wie häufig sich Elric ins Gedächtnis ruft, daß dem Strahlenden Reich sein unglückseliges Ende vorherbestimmt war, weiß er doch in seinem Innersten, daß seine heftige Rachsucht, seine tiefe Liebe zu Cymoril (seiner gefangengesetzten Kusine) – mit anderen Worten, seine eigenen Bedürfnisse – es waren, die die Türme von Imrryr zum Einsturz brachte und sein Volk als verhaßte Wanderer auf der Oberfläche jener Welt verstreuten, die es einst beherrscht hatte.

Ein Teil seiner Bürde besteht darin, daß Melniboné keinem Prinzip zum Opfer fiel, sondern blinder Leidenschaft…

* * *

Als sich Elric anschickte, seiner zeitweiligen Verbündeten ein Lebewohl zu entbieten, zog ihn etwas im boshaften Blick der Gräfin an, und zustimmend neigte er das Haupt, als sie ihn einlud, noch eine Weile an ihrer Seite zu reiten; und dann schlug sie ihm vor, gemeinsam noch Wein in ihrem Zelt zu trinken.

»Ich möchte weiter über Philosophie reden«, sagte sie. »Ich habe mich sosehr nach Gesellschaft gesehnt, die mir an Intellekt ebenbürtig ist.«

Und tatsächlich verbrachte er mit ihr diese Nacht und noch viele weitere Nächte. Diese Tage hafteten in seinem Gedächtnis als eine Zeit des Lachens und der grünen Hügel, die von Zypressen und Pappelreihen durchbrochen wurden, in den Ländereien von Guye in der westlichen Provinz von Anakhazhan in den schönen Jahren des hart errungenen Friedens.

Doch als sie sich beide ausgeruht hatten und tiefer blickten, um ihre rastlose Intelligenz zu befriedigen, wurde klar, daß die Gräfin und Lord Elric sehr unterschiedliche Bedürfnisse hatten, und deshalb entbot Elric der Gräfin und ihren Freunden zu Guye ein Lebewohl und nahm sich ein gutes, wohlausgerüstetes Pferd und zwei kräftige Packtiere und ritt weiter nach Elwher und dem unerforschten Osten, wo er noch immer den Frieden einer unverdorbenen Vertrautheit zu finden hoffte.

Er sehnte sich nach den Türmen, den süßen in Stein gehauenen Liedern, die sich wie ragende Finger in den grellen Himmel über Imrryr erhoben; er vermißte den scharfen Witz und die lachende Wildheit seiner Verwandten, das rasche Verständnis und die gleichmütige Grausamkeit, die ihm in der Zeit vor seiner Mannwerdung so gewöhnlich erschienen waren.

Es zählte nicht, daß sein Geist sich aufgelehnt hatte und die Anmaßung jener Rechte durch das Strahlende Reich in Frage stellte, über die Halbtiere, die Menschengeschöpfe, zu herrschen, die sich so gründlich über die großen Landmassen im Norden und im Westen verbreitet hatten, die jetzt die Jungen Königreiche genannt wurden und sogar mit ihren kläglichen Zauberkünsten und kunstlosen Kämpfern die Macht der Zaubererherrscher herausforderten, von denen er in direkter Abstammung der Letzte war.

Es zählte nicht, daß er den Hochmut seines Volkes und seinen ungebührlichen Stolz, seine rasche Bereitschaft zu jeder Art von ungerechter Tyrannei zur Erhaltung der eigenen Macht sosehr gehaßt hatte.

Es zählte nicht, daß er Scham gekannt hatte – für jemanden von seiner Art ein neues Gefühl. Dennoch sehnte sich sein Blut nach einem Zuhause und jenen Dingen, die er geliebt oder – in der Tat – gehaßt hatte, denn dies war ihm und jenen Menschen gemeinsam, unter denen er nun lebte und reiste: Er würde sich beizeiten lieber an etwas festhalten, das vertraut und lästig war, als es für etwas Neues aufzugeben, obgleich es ihm Freiheit von den Ketten seines Erbes anbot, die ihn fesselten und schließlich vernichten würden.

Und während dieses Sehnen in ihm gemeinsam mit seiner frischen Einsamkeit wuchs, riß sich Elric zusammen und beschleunigte seinen Schritt und ließ Guye, eine schwindende Erinnerung, hinter sich zurück, derweil er sich in die allgemeine Richtung von Elwher wandte, der Heimat seines Freundes, die er noch nie gesehen hatte.

Er war in der Nähe einer Hügelkette angelangt, die die Einheimischen mit der Bezeichnung Zähne des Shenkh, eines örtlichen Dämonengottes, adelten, und folgte einem Karawanenpfad zu einer Ansammlung von Hütten, die von einer Mauer aus Lehm und Holzpfählen umgeben und die ihm als die große Stadt Toomoo-Kag-Sanapet-vom-Unbezwinglichen-Tempel, Hauptstadt der Niedertracht und des Ungeahnten Reichtums, bekannt war, als er hinter sich einen protestierenden Aufschrei vernahm und eine Gestalt Hals über Kopf den Hügel hinab auf ihn zupurzeln sah, während über ihm eine bis dahin unentdeckte Gewitterwolke silberne Lichtlanzen krachend gen Erden sandte, was Elrics Pferde in untypischer Erregung zum Scheuen und Schnauben veranlaßte. Dann überzog sich die Welt mit rotgoldenem Licht wie bei einer plötzlichen Morgendämmerung, das sich in fleckiges Blau und Dunkelbraun verwandelte, bevor es sich wie ein wütender Wirbelsturm zum Horizont verzog und daraufhin verschwand, nur einige aufgewühlte Wölkchen in einem nieselnden und niederschmetternd gewöhnlichen Himmel hinter sich zurücklassend.

Elric befand, daß dieser Vorfall ausreichend merkwürdig genug war, um mehr als seine im allgemeinen nur kurz bemessene Aufmerksamkeit zu erregen, und wandte sich dem kleinen rothaarigen Individuum zu, das sich gerade aus einem Graben am Rande des silbriggrünen Kornfelds aufrappelte, unruhig zum Himmel aufsah und sich eine fadenscheinige Jacke enger um den kleingewachsenen Körper zog. Die Jacke kam vorn nicht zusammen, nicht weil sie ihm zu eng gewesen wäre, sondern weil sämtliche Innen- und Außentaschen mit kleinen Bänden vollgestopft waren. Die Beine steckten in passenden engen Beinkleidern, grau und glitzernd, und einem Paar schwarzer Schnürstiefel, die, als das Kerlchen ein Knie hob, um einen Riß zu begutachten, Strümpfe enthüllten, die so feuerrot wie seine Haare waren. Das Gesicht, das von einem nahezu kränklich aussehenden Bart umrandet wurde, war sommersprossig und blaß, und daraus blickten blaue Augen in die Welt, die so scharf und lebhaft wie die eines Vogels waren, über einer spitzen Krummnase, die den Kleinen wie einen übergroßen Fink von übergroßem Ernst aussehen ließ. Er richtete sich bei Elrics Näherkommen auf und schlenderte gemütlich den Hügel hinab. »Meint Ihr, daß es regnen wird, Sir? Ich dachte, ich hätte gerade eben einen Donnerschlag vernommen. Er brachte mich aus dem Gleichgewicht.« Er hielt inne, dann warf er einen Blick den Pfad entlang. »Ich dachte, ich hätte einen Krug Ale in der Hand.« Er kratzte sich den struppigen Kopf. »Wenn ich mich recht erinnere, dann saß ich doch auf einer Bank vor dem *Grünen Mann*. Meiner Treu, Sir, Ihr seid ein tollkühner Kerl, daß Ihr Euch in Putney Common herumtreibt.« Woraufhin er sich plötzlich auf einen grasüberwachsenen Erdhügel setzte. »Gütiger Herr! Bin ich schon wieder versetzt worden?« Er schien Elric wiederzuerkennen. »Ich glaube, wir haben uns schon mal getroffen, Sir, irgendwo. Oder hat man lediglich von Euch gesprochen?«

»Ihr habt mir etwas voraus, mein Herr«, sagte Elric und stieg ab. Er fühlte sich von diesem vogelgleichen Mann angezogen. »Man nennt mich Elric von Melniboné, und ich bin ein Reisender.«

»Ich heiße Wheldrake, Sir. Ernest Wheldrake. Ich bin eher unfreiwillig auf Reisen, seit ich Albion verlassen habe, nach Victorias England, wo ich mir einen gewissen Namen gemacht habe, bevor ich in das von Elizabeth gezogen wurde. Das unstete Wanderleben ist mir mittlerweile wohlvertraut. Was ist denn Euer Geschäft, Meister Elric, falls es denn nichts mit dem Theater zu tun hat?«

Elric befand die Hälfte dessen, was der Mann daherplapperte, für unsinnig und schüttelte den Kopf. »Seit einiger Zeit habe ich mich dem Gewerbe des Schwertsöldners gewidmet. Und Ihr, mein Herr?«

»Ich, Sir, bin ein Poet!« Meister Wheldrake stöberte in seinen Taschen nach einem bestimmten Band herum, konnte ihn nicht finden, vollführte eine Fingerbewegung, die besagen mochte, daß er ohnehin keine Referenzen benötige, und verschränkte die mageren Arme vor der Brust. »Man sagt, daß ich ein Poet des Hofes und der Gosse gewesen bin. Ich wäre auch immer noch bei Hofe, wenn Doktor Dee nicht versucht hätte, mir unsere griechische Vergangenheit zu zeigen. Unmöglich, wie ich seither erfahren habe.«

»Ihr wißt nicht, wie Ihr hierhergekommen seid?«

»Ich habe nur eine undeutliche Vermutung, Sir. Aha! Euch habe ich jedoch eingeordnet.« Ein Schnippen der langen Finger. »Ihr wart mal allgemeines Thema, ich erinnere mich!«

Elric hatte das Interesse an dieser Gesprächsrichtung verloren. »Ich befinde mich auf dem Weg zu jener Metropole, mein Herr, und falls Ihr auf einem meiner Packtiere reiten wollt, wäre es mir eine Ehre, Euch dorthinzubringen. Falls Ihr kein Geld habt, bezahle ich Euch ein Zimmer und eine Mahlzeit für die Nacht.«

»Darüber wäre ich froh, Sir. Danke.« Und gewandt sprang der Poet auf das äußerste Pferd und machte es sich zwischen den Taschen und Säcken bequem, mit denen sich Elric für eine Reise von unbestimmter Länge ausgerüstet hatte. »Ich hatte schon befürchtet, daß es regnen würde, und dieser Tage bin ich für Schüttelfrost empfänglich ...«

Elric folgte dem langen gewundenen Pfad zu den aufgewühlten Schlammstraßen und schmutzigen Holzmauern von Toomoo-Kag-Sanapet-vom-Unbezwinglichen-Tempel, während Wheldrake mit einer hohen, jedoch eigenartig schönen Stimme, die an einen trillernden Vogel erinnerte, einige Zeilen intonierte, die nach Elrics Vermutung seine eigene Komposition waren. »Im Griff wilder Hingabe befand sich sein Herz, und die Klinge packt' er fester noch, und Ehr' rang in seiner Seel', kalt und grausam. Alte Nacht und Neue Zeit stritten in ihm; die gesamte alte Macht und alle neue. Doch gebot er seinem Morden nicht Einhalt. Und da ist noch mehr, Sir. Er glaubt, daß er sich selbst und sein Schwert gemeistert hat. Er schreit: Seht, meine Herren! Ich zwinge dieser Höllenklinge meinen moralischen Willen auf, und sie dient dem Chaos nicht mehr! Wahre Hingabe wird triumphieren, und Gerechtigkeit wird in Harmonie mit der Liebe in dieser vollkommensten aller Welten herrschen. Und da, Sir, endete mein Drama. Ist Eure eigene Geschichte irgendwie dieselbe, Sir? Vielleicht ein wenig?«

»Vielleicht ein wenig ... Sir. Ich hoffe, daß Ihr bald zurückgebracht werdet, aus welchem Dämonenreich Ihr auch immer entflohen seid.«

»Ihr seid beleidigt, Sir. In meinen Versen seid Ihr ein Held! Ich versichere Euch, das Gerüst dieser Geschichte entstammte einer verläßlichen Quelle. Einer Lady. Und die Diskretion verlangt, daß ich ihren Namen nicht nenne. Oh, Sir! Oh, Sir! Welch großartiger Augenblick ist dies für uns, wenn die Metapher zur alltäglichen Wirklichkeit wird und der Tagesablauf zu etwas aus Phantasie und Mythos gerät...«

Elric, der den Unsinn des kleinen Mannes kaum hörte, ritt weiter auf die Stadt zu.

»Fürwahr, Sir, welch ungewöhnlicher Abdruck auf jenem Feld«, sagte Wheldrake plötzlich und unterbrach seine Verse. »Seht Ihr es, Sir? Dieser Umriß, als ob eine riesige Bestie das Korn niederdrückt? Ist eine derartige Erscheinung häufig in dieser Gegend, Sir?«

Elric sah gleichmütig über das Getreide und mußte wohl oder übel zustimmen, daß es tatsächlich über eine breite Fläche heruntergedrückt war und nicht durch irgendein offenbares menschliches Einwirken. Stirnrunzelnd zügelte er wieder das Pferd. »Auch ich bin hier fremd. Vielleicht findet gerade eine Zeremonie statt, zu der das Korn so gebogen wird...«

Und jetzt erklang ein plötzliches Schnauben, das den Boden unter ihren Füßen zum Erzittern brachte und sie halb taub machte. Es war, als ob das Feld selbst eine Stimme an sich entdeckt hätte.

»Kommt Euch das sonderbar vor, Sir?« fragte Wheldrake, die Finger unter das Kinn gelegt. »Mir kommt es verdammt sonderbar vor.«

Elric bemerkte, daß sich seine Hand dem Griff des Runenschwerts genähert hatte. In der Luft hing ein Gestank, den er wiedererkannte, aber noch nicht einordnen konnte. Dann ertönte ein Krachen, wie fernes Donnerrollen, ein Stöhnen, das die Luft erfüllte und von der ganzen Stadt im Tal gehört worden sein mußte, und da wußte Elric plötzlich, wie Wheldrake dieses Reich betreten hatte, in dem er eigentlich nichts zu suchen hatte, denn hier befand sich das Geschöpf, das in der Tat die Blitze erschaffen und Wheldrake mit sich gebracht hatte. Hier war etwas Übernatürliches durch die Dimensionen gebrochen, um sich ihm zu stellen.

Die Pferde tänzelten und wieherten. Die Stute, auf der Wheldrake saß, scheute und versuchte aus ihrem Geschirr auszubrechen, verfing sich in den Zügeln ihres Partners und schickte Wheldrake erneut Hals über Kopf zu Boden, während aus dem unreifen Getreide wie eine bewußte Manifestation der Erde selbst aus polternden Steinen, reichem Boden, Massen von Mohnblumen und der halben Ernte des Feldes ein riesiges Reptil sich erhob, das immer größer wurde und sich von dem freischüttelte, was es begraben hatte; eine schlanke Schnauze, grün und rot schimmernd, rasiermesserscharfe Zähne; Speichel zischte auf, als er auf den Boden tropfte; schwacher rauchiger Atem entströmte flammenden Nüstern, und ein langer, dicker, schuppiger Schwanz durchpeitschte die Luft, entwurzelte Sträucher und ruinierte weitere Teile der Ernte, auf der der Reichtum jener Metropole beruhte. Ein weiterer Donnerschlag ertönte, und ein ledriger Flügel reckte sich gen Himmel, senkte sich dann mit einem Geräusch, das um nur weniges erträglicher war als der damit einhergehende Gestank; dann erhob sich der andere Flügel und senkte sich. Es war, als ob der Drache durch einen großen Schoß aus Erde gedrückt würde – durch die Dimensionen, durch Wände, die sowohl körperlicher als auch übernatürlicher Art waren; er kämpfte und mühte sich wütend um Freiheit. Er hob den eigenartig schönen Kopf, und er kreischte wieder und mühte sich erneut; und seine schlanken Klauen, schärfer und länger als jedes Schwert, zuckten und flackerten im schwindenden Licht.

Wheldrake rappelte sich wieder auf und lief Hals über Kopf auf die Stadt zu, und Elric konnte nichts anderes tun, als seine Packtiere mitlaufen zu lassen. Der Albino blieb allein zurück, um sich einem Ungeheuer zu stellen, das wenig Zweifel daran ließ, an wem es seinen Zorn auszulassen gedachte. Schon rührte sich sein sehniger Körper in einer Art monumentaler Anmut, als es sich umwandte, um böse auf Elric herunterzustarren. Plötzlich schnappte es zu, und Elric stürzte krachend zu Boden, während das Blut heftig aus dem Rumpf seines Pferdes spritzte und die Überreste des Tieres auf dem Pfad zusammenbrachen. Der Albino rollte sich ab und kam rasch wieder in die Höhe, Sturmbringer knurrte und flüsterte in seiner Hand, und die schwarze Strahlung wallte auf und nieder und umspielte die Ränder. Und jetzt zögerte der Drache und beäugte ihn beinahe wachsam, als seine Kiefer einige Augenblicke lang auf dem Kopf des Pferdes kauten und die Kehle eine einzige Schluckbewegung vollführte. Elric hatte keine andere Wahl. Er stürmte auf seinen massigen Widersacher los. Die großen Augen versuchten ihm zu folgen, als er in den Mais hinein- und wieder hinaustauchte, und die Kiefer troffen von blutigem Speichel, der alles versengte und tötete, was er berührte. Doch Elric war unter Drachen aufgezogen worden und kannte ihre Verwundbarkeit so gut wie ihre Macht. Er wußte, daß es Stellen gab, an denen er zuschlagen und sie wenigstens verwunden konnte, falls er dicht genug an die Bestie herankam. Das war seine einzige Hoffnung.

Als sich der Kopf des Ungeheuers suchend nach ihm umdrehte, die Fänge krachend aufeinanderschlugen und heftige Atemzüge aus Kehle und Nüstern brachen, hechtete Elric ihm unter den Hals und schlug nach jener kleinen Stelle auf etwa halber Höhe, wo die Schuppen stets weich waren, zumindest bei melnibonéischen Drachen; dennoch schien der Drache seinen Schlag zu spüren und scheute zurück, die Klauen fetzten durch Boden und Korn wie eine ungeheure Sense, und Elric wurde von einem großen Erdklumpen zu Boden gestreckt und halb begraben, so daß er sich jetzt freizumühen hatte.

Es geschah in diesem Augenblick, daß eine bestimmte Bewegung des Kopfes der Bestie, ein Lichterspiel auf den ledrigen Lidern, ihm innezuhalten gebot, und sein Herz sprang in plötzlicher Hoffnung.

Eine Erinnerung wollte sich auf seine Lippen drängen, schien sich jedoch nicht konkret manifestieren zu wollen. Er bemerkte, daß er Worte der Hohen Sprache von Melniboné bildete, das Wort für ›Verbundfreund‹. Er begann die alten Worte des Drachenrufs zu sprechen, die Kadenzen und Melodien, auf die die Bestien ansprachen, falls sie es so wollten.

In seinem Kopf war eine Melodie, eine Art der Sprache, und dann ertönte wieder ein Wort, doch dies war ein Klang wie Wind durch Weiden, Wasser durch Steine; ein Name.

Daraufhin ließ der Drache den Kiefer zusammenklappen und suchte nach der Quelle der Stimme. Die eisenscharfen Lappen auf ihrem Nacken und ihrem Schwanz – denn es war ein Weibchen – senkten sich wieder, und die Lefzen ihres Maules brodelten nicht mehr vor Gift.

Immer noch äußerst vorsichtig erhob sich Elric langsam, schüttelte sich die feuchte Erde vom Körper, während Sturmbringer immer noch eifrig wie stets in seiner Hand lag, und trat einen Schritt zurück.

»Lady Narbenschnauze! Ich bin dein Verwandter, ich bin Kleine Katze. Ich bin dein Hüter und dein Führer, Narbenschnauze Lady, ich!«

Die grüngoldene Schnauze, an deren Unterseite sich eine längst verheilte Narbe befand, stieß ein fragendes Zischen aus.

Elric steckte seine murrende Höllenklinge zurück und vollführte die komplizierten und feinen Gesten der Verwandtschaft, die ihm von seinem Vater für jenen Tag beigebracht worden waren, da er der oberste Drachenlord von Imrryr sein würde, Drachenherrscher der Welt.

Die Brauen des Drachenweibchens zogen sich zu einem Stirnrunzeln zusammen, die massigen Lider senkten sich und verbargen halb die riesigen kalten Augen – die Augen einer Bestie, die älter als jedes sterbliche Wesen war, älter vielleicht als die Götter ...

Die Nüstern, in die Elric ohne Schwierigkeiten hätte hineinklettern können, bebten und schnüffelten, und eine Zunge zuckte – ein großes, nasses, ledriges Ding, lang und schmal und am Ende gegabelt. Einmal berührte sie fast Elrics Gesicht, dann huschte sie über seinen Körper, bevor der Kopf sich zurückzog und die Augen in wilder Frage auf ihn herunterstarrten. Zumindest für den Augenblick war das Ungeheuer ruhig.

Elric befand sich mittlerweile nahezu in Trance, als die alten Beschwörungen sein Gehirn überfluteten. Sich hin und her wiegend stand er vor der Drachin. Bald wiegte sich auch ihr Kopf und folgte den Bewegungen des Albinos.

Und dann gab der Bauch der Drachin auf einmal ein leises Geräusch von sich, und sie senkte den Kopf, um den Hals auf dem Boden zwischen dem zerstampften und ruinierten Korn auszustrecken. Die Augen folgten ihm, als er näher schritt und das Lied der Annäherung murmelte, das ihn sein Vater gelehrt hatte, als er elf Jahre alt gewesen und zum ersten Mal in die Drachenhöhlen von Melniboné mitgenommen worden war. Die Drachen schliefen dort bis zu diesem Tag. Für jeden tätigen Tag mußte ein Drache hundert Jahre lang schlafen, um jenen sonderbaren Stoffwechsel zu regenerieren, der feurigen Speichel – stark genug, um Städte zu vernichten –, zu erschaffen vermochte.

Wie diese Drachendame erwacht und wie sie hierhergekommen war, blieb ein Geheimnis. Zweifellos hatte Zauberei sie hierherversetzt. Aber hatte es irgendeinen Grund für ihre Ankunft gegeben, oder hatte es sich wie bei Wheldrake um die bloße Nebenwirkung eines anderen Zauberwerkes gehandelt?

Elric hatte keine Zeit, diese Frage jetzt zu klären, als er in gemächlichen rituellen Schritten zu der natürlichen Erhebung oberhalb jener Stelle schritt, an der sich der Führungsteil ihres Flügels mit der Schulter verband. Dort hatten die Drachenmeister von Melniboné ihre Sättel befestigt, und dort war er in seiner Jugend nackt umhergeritten, und nur sein Geschick und das Wohlwollen des Drachen hatten ihn am Leben erhalten.

Viele Jahre und eine zermürbende Kette von Ereignissen hatten ihn zu diesem Augenblick gebracht, zu einer Zeit, als sich die gesamte Welt veränderte, als er nicht einmal seinen eigenen Erinnerungen vertraute ... Fast rief ihn die Drachin jetzt, fast schnurrte sie und erwartete seinen nächsten Befehl, wie wenn eine Mutter die Spiele ihrer Kinder duldete.

»Narbenschnauze Schwester, Narbenschnauze Verwandte, dein Drachenblut ist mit unserem vermischt und unseres mit eurem, und wir sind gepaart, wir sind freundlich; wir sind eins, der Drachenreiter und der Drachenträger; ein Ehrgeiz, ein gemeinsames Bedürfnis. Drachenschwester, Drachenmutter, Drachenehre, Drachenstolz ...« Die alte Sprache rollte, trillerte und klickte ihm von der Zunge; sie kam ohne einen bewußten Gedanken; sie kam ohne Anstrengung, ohne Zaudern, denn Blut erinnerte sich an Blut, und alles andere geschah wie von selbst. Es war ganz natürlich, auf den Rücken der Drachin zu steigen und die alten freudvollen Befehlsgesänge anzustimmen, die komplizierten Drachenbanne seiner entfernten Vorgänger, die ihre höchsten Künste mit ihren praktischsten Bedürfnissen verbanden. Elric erinnerte sich an das Edelste und Beste in seinem Volk und in ihm selbst, und selbst als er dies auskostete, betrauerte er die selbstversessenen Kreaturen, zu denen sie geworden waren, die ihre Macht nur noch dazu nutzten, um ihre Macht zu erhalten, und das, so nahm er an, war der wahre Verfall ...

Und jetzt erhob sich der schlanke Hals der Dame, wiegte sich leise hin und her wie eine hypnotisierte

Kobra, ihre Schnauze neigte sich der Sonne zu, ihre lange Zunge schmeckte die Luft, ihr Speichel tropfte langsamer herab und zerfraß den Boden, den er berührte, und ein schwerer Seufzer wie ein Wohllaut der Zufriedenheit entwich ihrem Bauch, und sie bewegte ein Hinterbein, dann das andere, schwankte und neigte sich wie ein sturmgepeitschtes Schiff, während sich Elric um das liebe Leben festklammerte und sein Körper hin und hergeschleudert wurde, bis sich Narbenschnauze schließlich aufgerichtet hatte; ihre Klauen legten sich zusammen, und ihre Hinterbeine richteten sich auf. Immer noch schien sie zu zögern. Dann faltete sie die Vorderbeine in das samtweiche Leder ihres Bauches, und erneut prüfte sie die Luft.

Ihre Hinterbeine machten einen kleinen Hüpfer. Ohrenbetäubend schlugen die massigen Flügel ein einziges Mal. Ihr Schwanz peitschte, um ihr unregelmäßig verteiltes Gewicht zu verlagern, und sie war aufgestiegen, sie schwebte und stieg immer höher – stieg durch die elenden Wolken in die blaue Vollkommenheit eines Spätnachmittagshimmels, die Wolken lagen unter ihnen wie sanfte weiße Hügel und Täler, wo vielleicht die harmlosen Toten ihren Frieden finden konnten; und Elric war es einerlei, wohin der Drache flog. Er war froh zu fliegen, wie er als Junge geflogen ist – er teilte seine Freude mit seiner Drachengefährtin, teilte ihre Sinne und ihre Gefühle, denn dies war die wahre Vereinigung zwischen Elrics Vorfahren und ihren Bestien, eine Vereinigung, die stets bestanden hatte, und deren Ursprünge nur in unwahrscheinlichen Legenden erklärt wurden, dies war die Symbiose, mit der sie zunächst natürlich und freudig sich gegen Möchtegerneroberer zu verteidigen gelernt und später, selbst zu Eroberern geworden, alle ihre Opfer überwältigt hatten. Sie waren begierig auf mehr Eroberungen geworden, als ihnen die natürliche Welt zu bieten hatte, also suchten sie übernatürliche Eroberungen, und so kam es zum Schaffen ihres Bandes mit dem Chaos, mit Herzog Arioch selbst. Und mit dem Chaos an der Seite herrschten sie zehntausend Jahre lang; ihre Grausamkeiten verfeinerten sich, ließen jedoch niemals nach.

Davor, so dachte Elric, davor hatte mein Volk niemals an Krieg oder Macht gedacht. Und er wußte, daß es diese ursprüngliche Achtung vor allem Leben war, die die ursprüngliche Verbindung zwischen Melnibonéern und Drachen zustande gebracht hatte. Und als er über dem natürlichen Sattelknopf lag, der Erhebung über dem Hals seiner Dame, weinte er angesichts der Verzückung plötzlich erinnerter Unschuld, einer Unschuld, die er so verloren geglaubt hatte, wie ihm alles andere verlorengegangen war, was ihn, wenngleich nur in diesem Augenblick, daran glauben läßt, daß das Verlorene vielleicht wiederhergestellt werden kann …

Dann war er frei! Frei in der Luft! Teil jenes unmöglichen Ungeheuers, dessen Flügel es trugen, als ob es ein auf dem Wind tanzender Turmfalke gewesen wäre, leicht wie die Morgenröte am sich verdunkelnden Himmel. Die Haut gab eine Süße wie Lavendel ab, und der Kopf zeigte einen Ausdruck, der in gewisser Hinsicht Elrics Miene nachempfunden zu sein schien, und sie drehte sich und tauchte, sie stieg und wirbelte, während sich Elric scheinbar mühelos an ihrem Rücken festhielt und die wilden alten Lieder seiner Vorfahren sang, die als Weltennomaden kamen, um sich hier niederzulassen und, wie einige behaupteten, von einem noch älteren Volk willkommen geheißen wurden, das sie verdrängten und mit dem sich das königliche Geschlecht vermischte. Hoch stieg Narbenschnauze, hoch flog sie, und als die Luft so dünn wurde, daß sie sie nicht länger tragen konnte und Elric trotz seiner Kleidung erschauerte und sein Mund in der Atmosphäre keuchte, ging sie in einem mächtigen rasenden Sturzflug hernieder, bis sie sich abfing, als ob sie auf den Wolken landen wollte, dann drehte sie langsam zu einem mondbeschienenen Tunnel in der Wolkendecke, und hinab stieß Narbenschnauze, während hinter ihr ein einziger Blitz aufflammte und ein Donnerschlag den Tunnel zu versiegeln schien, als sie in eine unnatürliche Kälte hinabstiegen und Elrics Haut sich kräuselte und seine Knochen sich so anfühlten, als ob sie in ihm splittern und bersten müßten, und trotzdem fürchtete sich der Albino noch nicht, weil der Drache sich nicht fürchtete.

Über ihnen sind die Wolken jetzt verschwunden. Ein blauer Samthimmel wurde von einem großen gelben Mond weiter gemildert, dessen Licht ihre langen Schatten auf die dahinhuschende Graslandschaft unter ihnen warf, derweil sich am Horizont ein Funkeln der mitternächtlichen See zeigte und sich mit den Smaragdpunkten der Sterne füllte, und erst, als er die Landschaft unter ihm wiedererkannte, empfand Elric Furcht.

Die Drachin hatte ihn zu den Ruinen seiner Träume, seiner Vergangenheit, seiner Liebe, seiner Ziele, seiner Hoffnung zurückgebracht.

Sie hatte ihn nach Melniboné zurückgebracht.

Sie hatte ihn nach Hause gebracht.

DAS ZWEITE KAPITEL

Das von widersprüchlichen Treueiden und ungerufenen Geistern, von Fesseln und Bestimmung handelt.

Nun vergaß Elric seine vor kurzem genossene Freude und erinnerte sich nur noch seiner Schmerzen. Verstört fragte er sich, ob dies ein schierer Zufall war; oder war die Drachendame ausgesandt worden, um ihn hierherzubringen? Waren seine überlebenden Verwandten auf eine Möglichkeit gestoßen, ihn gefangenzunehmen, um so seinen langsamen Foltertod auszukosten? Oder verlangten die Drachen selbst seine Anwesenheit?

Bald wurden die vertrauten Hügel von der Ebene von Imrryr abgelöst, und vor sich sah Elric eine Stadt – einen zackigen Umriß aus niedergebrannten und zerstörten Gebäuden. War dies seine Geburtsstadt, die Träumende Stadt, die er und seine Plünderer ermordet hatten?

Als sie näher heranflogen, bemerkte Elric, daß er die Gebäude nicht wiedererkannte. Zuerst dachte er, daß sie sich durch Feuer und Belagerung verändert hätten, doch waren sie, wie ihm jetzt auffiel, nicht einmal aus dem gleichen Material erbaut. Und er lachte sich selbst aus. Seine geheimen Sehnsüchte, die ihm vorgegaukelt hatten, der Drache werde ihn nach Melniboné bringen, erstaunten ihn.

Doch dann erkannte er die Hügel und Wälder wieder, die Küstenlinie hinter der Stadt. Er wußte, daß dies – zumindest früher – die Stelle war, an der Imrryr stand. Als Narbenschnauze zu einer sanften Landung hinabsegelte und einmal hüpfte, um das Gleichgewicht zu bewahren, blickte Elric über eine halbe Meile vertrauter grasbewachsener Kämme und wußte, daß er nicht auf Imrryr die Schöne sah, die Größte aller Städte, sondern auf eine Stadt, die sein Volk H'hui'shan, in der melnibonéischen Zunge Inselstadt, genannt hatte, und dies war die Stadt, die in einer Nacht in Melnibonés einzigem Bürgerkrieg zerstört worden war, als sich seine Herren darüber stritten, ob sie sich dem Chaos verpflichten oder dem Gleichgewicht treu bleiben sollten. Dieser Krieg währte drei Tage lang und hielt Melniboné danach einen Monat lang unter öligem schwarzen Rauch verborgen. Als dieser sich gehoben hatte, hatte er Ruinen enthüllt, doch all jene, die es angreifen wollten, solange es schwach war, waren mehr als enttäuscht, denn der Pakt war geschlossen, und Arioch beschützte Melniboné, indem er die furchterregende Vielfalt seiner Macht demonstrierte (es hatte weitere Selbstmorde in Melniboné gegeben, als seine ehrlosen Siege sich mehrten; andere flohen durch die Dimensionen in fremde Reiche). Die Grausamsten blieben zurück, um sich an einem stetig fester werdenden Griff um ihr weltumspannendes Reich zu erfreuen.

Zumindest lautete so eine Legende seines Volkes, die angeblich aus dem Buch des Toten Gottes abgeschrieben worden war.

Elric begriff, daß Narbenschnauze ihn in die ferne Vergangenheit versetzt hatte. Doch wie hatte der Drache die Möglichkeiten entdeckt, sich so leicht zwischen den Sphären zu bewegen? Und erneut fragte er sich, warum er hierhergebracht worden war.

In der Hoffnung, daß Narbenschnauze von sich aus handeln werde, saß Elric noch eine Weile auf dem Rücken des Ungeheuers, bis es offensichtlich wurde, daß der Drache nicht die Absicht hatte, sich von der Stelle zu rühren, also stieg er einigermaßen unwillig ab, murmelte die Worte des Liedes Ich-wäre-für-deine-weitere-Aufmerksamkeit-in-dieser-Angelegenheit-dankbar und machte sich dann auf den Weg zu den öden Ruinen des frühesten Ruhmes seines Volkes, weil ihm nichts anderes übrigblieb.

»Ach, H'hui'shan, Inselstadt, wäre ich doch nur eine Woche früher hier gewesen, um dich vor den Folgen deiner Verpflichtung zu warnen. Doch zweifellos gefiele es meinem Patron Arioch nicht, würde ich ihm seine Pläne dergestalt vereiteln.« Und dabei lächelte er zynisch, lächelte über das eigene schmerzhafte Bedürfnis, die Vergangenheit eine schönere Gegenwart hervorbringen zu sehen: eine Gegenwart, in der er keine so große Schuld zu tragen hatte.

»Vielleicht ist unsere gesamte Geschichte von Arioch geschrieben worden!« Sein Abkommen mit dem Herzog der Hölle war ein Pakt über Blut und Menschenseelen für seinen Beistand – was das Runenschwert nicht verschlang, gehörte Herzog Arioch (obgleich einige alte Geschichten behaupteten, daß Schwert und Patron ein und dasselbe waren). Und Elric verbarg seine Abneigung für diese Tradition selten, doch ermangelte es selbst ihm an dem Mut, sie zu brechen. Für seinen Patron war es unerheblich, was er dachte, solange er seiner Verpflichtung Rechnung trug. Und das begriff Elric ganz und gar.

Der Rasen wurde immer noch von den Pfaden durchzogen, die er als Junge gekannt hatte. Er beschritt sie so sicher, wie er es getan hatte, als sein Vater – weit hinter ihm auf einem Roß – einen Diener anrief, auf das Kind zu achten, es jedoch weitergehen zu lassen. Er mußte mit der Erinnerung an jeden Pfad aufwachsen, der auf Melniboné existierte; denn in diesen Pfaden und Spuren, diesen Straßen und Wegen befand sich das Muster ihrer Geschichte, die Geometrie ihrer Weisheit, der einzig wahre Schlüssel zu ihrem allerinnersten Verständnis.

Alle diese Pfade sowie die Pfade zu den anderen Welten hatte Elric erforderlichenfalls samt ihren Begleitliedern und -gesten in sein Gedächtnis eingegraben. Er war ein Meisterzauberer aus einem Geschlecht von Meisterzauberern, und auf seine Berufung war er stolz, obgleich es ihn störte, zu welchem Zweck er sowie andere ihre Kräfte mißbraucht hatten. Aus einem einzelnen Baum und seinen Zweigen konnte er tausend Bedeutungen herauslesen, doch vermochte er immer noch nicht seine eigenen Gewissensqualen, seine moralischen Krisen zu verstehen, und deshalb durchwanderte er die Welt.

Dunkle Zaubereien und Bannsprüche, Bilder mit furchtbaren Auswirkungen füllten seinen Kopf und drohten zuweilen, wenn er träumte, von ihm Besitz zu ergreifen und ihn in ewigen Wahnsinn zu stürzen. Dunkle Erinnerungen. Dunkle Grausamkeiten. Elric erschauerte, als er den Ruinen näher kam, deren Türme aus Ziegeln und Holz in sich zusammengefallen waren und dennoch sogar im Mondlicht ein malerisches und beinahe beruhigendes Aussehen angenommen hatten.

Er kletterte über die verbrannten Überreste einer Mauer und kam auf eine Straße, die auf Bodenhöhe immer noch einige Ähnlichkeit mit dem hatte, was sie einmal gewesen war. Er roch rußdurchsetzte Luft und spürte, daß der Boden unter seinen Füßen warm war. Hier und dort, in Richtung Stadtmitte, flackerten immer noch einige Feuer wie Lumpenfetzen im Wind, und alles war von Asche bedeckt. Elric spürte, wie diese an seinem Körper klebte. Er spürte, wie sie ihm die Nasenlöcher verstopfte und durch seine Kleidung zog – die Asche seiner entfernten Vorfahren, deren geschwärzte Leichen die Häuser in einer Nachahmung von Leben füllten und ihn zu ersticken drohten. Doch er ging weiter, gebannt von dem Blick in die Vergangenheit – auf den Wendepunkt in der Geschichte seines Volkes. Er sah sich durch Räume wandern, die immer noch von den Hüllen ihrer Bewohner, ihrer Haustiere, ihrer Spielsachen, ihrer Werkzeuge eingenommen wurden; über Plätze, auf denen einst Springbrunnen plätscherten, durch Tempel und öffentliche Gebäude, in denen sich sein Volk traf, um zu debattieren und die Tagesangelegenheiten zu besprechen, bevor die Herrscher alle Macht an sich gerissen hatten und Melniboné damit begonnen hatte, sich von seinen Sklaven abhängig zu machen, die verborgen wurden, auf daß sie Imrryr durch ihre Gegenwart nicht entstellten. In einem Laden, wohl der Werkstatt eines Schusters, hielt er an. Er betrauerte diese Toten, die seit über zehntausend Jahren tot waren.

Die Ruinen rührten an etwas Zartes in ihm, und er stellte fest, daß in ihm ein frisches Sehnen war, ein Sehnen nach einer Vergangenheit vor Melniboné, ein Sehnen nach einer Vergangenheit, bevor Melniboné aus Furcht um jene Macht schacherte, die die Welt eroberte.

Die Türmchen und Giebel, die geschwärzten Reetdächer und Balken, die Haufen aus zerbrochenen Steinen, die Tiertränken und zurückgelassenen häuslichen Gebrauchsgegenstände vor den Häusern erfüllten ihn mit einer Schwermut, die er fast als süß empfand, und er hielt an, um eine Wiege oder ein Spinnrad zu betrachten, die eine Seite des stolzen Melnibonéervolkes zeigten, die er niemals gekannt hatte, die er jedoch zu verstehen glaubte.

In seinen Augen standen Tränen, als er diese Straßen durchstreifte und verzweifelt hoffte, eine lebende Seele außer sich selbst zu finden, aber er wußte, daß die Stadt noch mehr als einhundert Jahre nach ihrer Zerstörung unbewohnt geblieben war.

»Oh, hätte ich doch Imrryr zerstört, damit ich H'hui'shan wieder aufbauen könnte!« Er stand auf einem Platz mit zerborstenen Statuen und umgestürztem Mauerwerk und sah zu dem riesigen Mond auf, der sich jetzt unmittelbar über ihm erhob und seinen Schatten mit dem der Ruinen vermischte; und er zerrte sich den Helm vom Kopf, schüttelte sein langes milchweißes Haar und streckte sehnsüchtige Hände der Stadt entgegen, als ob er um Verzeihung bitten wolle, und dann setzte er sich auf eine staubige Platte, die mit der Kunstfertigkeit und Phantasie eines Genies gemeißelt worden war, über die Blut geflossen und in stumpfem Glanz hart geworden war; und er verbarg die roten Augen im Ärmel seines ascheübersäten Hemdes, seine Schultern bebten, und er stöhnte seine Klage gegen jenes Schicksal hinaus, das ihn zu dieser Prüfung geführt hatte …

Hinter ihm erklang eine Stimme, die aus fernen Katakomben zu hallen schien, über die Äonen der Zeit hinweg, so tönend wie die Drachenfälle, bei denen einer von Elrics Vorfahren gestorben war (wie man sagte, im Kampf mit sich selbst), und so zwingend wie die Gesamtheit von Elrics langer und verpflichtender königlicher Geschichte. Es war eine Stimme, die er wiedererkannte und in so vielerlei Hinsicht niemals wiederzuhören gehofft hatte.

Wieder einmal fragte er sich, ob er wahnsinnig sei. Die Stimme war unzweifelhaft die seines toten Vaters, Sadrics des Sechsundachtzigsten, dessen lebende Gesellschaft er so selten geteilt hatte.

»Ah, Elric, du weinst, wie ich sehe. Du bist deiner Mutter Sohn, und dafür liebe ich dich, wie ich ihr Andenken liebe, obgleich du die einzige Frau tötetest, die ich jemals wahrlich lieben werde, und dafür hasse ich dich mit einem ungerechten Haß.«

»Vater?« Elric senkte den Arm und wandte das knochenweiße Gesicht dorthin, wo die schlanke, zarte Anwesenheit des Sadric gegen eine zerborstene Säule lehnte. Auf seinen Lippen lag ein Lächeln, das in seiner Ruhe furchtbar war.

Elric starrte ungläubig auf das Gesicht, das genauso war, wie er es zuletzt gesehen hatte, als sein Vater zum Staatsbegräbnis aufgebahrt worden war.

»Für einen ungerechten Haß gibt es keine Erlösung außer dem Frieden des Todes. Und wie du feststellst, ist mir der Frieden des Todes hier versagt.«

»Ich habe von dir geträumt, Vater, und von deiner Enttäuschung über mich. Ich wünschte, ich wäre all das gewesen, was du dir in einem Sohn ersehnt hättest...«

»Es gab keine Sekunde, Elric, in der du das hättest sein können. Der Akt deiner Zeugung war das Besiegeln ihres Unterganges. In allen Omen waren wir davor gewarnt worden, konnten jedoch nichts tun, um dieses scheußliche Schicksal abzuwenden...«, und seine Augen glühten mit einem Haß, wie ihn nur die ruhelosen Toten kennen konnten.

»Wie kamst du hierher, Vater? Ich vermutete dich als vom Chaos erwählt, in den Diensten unseres Schutzherzogs Lord Arioch weilend.«

»Arioch konnte nicht über mich verfügen, denn ich hatte einen anderen Pakt mit Graf Mashabak geschlossen. Er ist nicht mehr mein Schutzpatron.« Ein Laut wie ein Lachen entwich ihm.

»Deine Seele wurde von Mashabak vom Chaos beansprucht?«

»Jedoch von Arioch angefochten. Meine Seele ist – oder war – das Pfand ihrer Rivalität. Durch ein wenig Zauberei, die mir immer noch zu Gebote steht, versetzte ich mich hierher zu dem schieren Anfang unserer wahren Geschichte. Und hier genieße ich für eine kurze Weile Zuflucht.«

»Du verbirgst dich, Vater, vor den Lords des Chaos?«

»Während sie sich streiten, habe ich etwas Zeit gewonnen, denn hier habe ich einen Bannspruch, meinen letzten großen Bannspruch, der mich befreien wird, auf daß ich mich deiner Mutter im Wald der Seelen anschließen kann, wo sie auf mich wartet.«

»Du hast einen Freipaß zum Wald der Seelen? Diese Dinge hielt ich für Mythen.« Elric wischte sich kalten Schweiß von der Stirn.

»Ich sandte deine Mutter dorthin, damit sie auf mich warte, bis ich zu ihr käme. Ich gab ihr die Mittel, unsere Rolle der Totensprache, und in dieser süßen Ewigkeit, die viele Seelen suchen und nur wenige finden, ist sie sicher. Ich schwor einen Eid, daß ich alles tun würde, was in meiner Macht stünde, um wieder mit ihr vereint zu sein.«

Wie in Trance trat der Schatten vor und berührte Elrics Gesicht mit so etwas wie Zuneigung. Doch als die Hand herabfiel, stand nur Qual in den untoten Augen des alten Mannes.

Elric empfand ein gewisses Mitgefühl. »Hast du hier keine Gefährten, Vater?«

»Nur dich, mein Sohn. Du und ich, wir suchen nun diese Ruinen gemeinsam heim.«

Ein heftiger Schauder durchfuhr ihn. »Bin ich dann ebenfalls ein Gefangener hier?« fragte der Albino.

»Durch meine Laune, jawohl, mein Sohn. Da ich dich jetzt berührt habe, sind wir aneinander gebunden, ob du diesen Ort nun verläßt oder nicht, denn für jemanden wie mich ist es das Schicksal, an den ersten Sterblichen gebunden zu sein, auf den meine Hand fällt. Jetzt sind wir eins, Elric – oder werden es sein.«

Und Elric erschauerte, als er den Haß und die Freude in der sonst tonlosen Stimme seines Vaters vernahm.

»Kann ich dich nicht erlösen, Vater? Ich bin in R'lin K'ren A'a gewesen, wo unser Volk in dieses Reich kam. Ich suchte dort unsere Vergangenheit. Ich könnte darüber sprechen …«

»Unsere Vergangenheit ist in unserem Blut. Sie reist mit uns. Diese Degenerierten in R'lin K'ren A'a, die waren niemals unsere wahren Verwandten. Sie vermischten sich mit Menschen und verschwanden. Sie waren es nicht, die das große Melniboné begründeten oder bewahrten …«

»Es gibt so viele Geschichten, Vater. So viele widersprüchliche Legenden …« Elric war eifrig darauf bedacht, die Unterhaltung mit seinem Vater fortzusetzen. Als Sadric noch lebte, hatte es wenige derartige Gelegenheiten gegeben.

»Die Toten wissen die Wahrheit von der Lüge zu unterscheiden. Zumindest dieses Verständnis ist ihnen zu eigen. Und ich kenne die Wahrheit. Wir kamen nicht aus R'lin K'ren A'a. Solche Nachforschungen und Vermutungen sind unnötig. Wir sind uns unseres Ursprungs sicher. Du wärst ein Narr, mein Sohn, unsere Geschichte in Frage zu stellen, ihre Wahrhaftigkeit zu bestreiten. Das hatte ich dich gelehrt.«

Elric behielt seine Erwiderung für sich.

»Meine Magie rief die Drachendame aus ihrer Höhle. Ich hatte die Kraft, diese eine zu rufen. Doch sie kam, und ich sandte sie zu dir. Das ist die einzige Zauberei, die ich noch habe. Es ist die erste bedeutsame Zauberei unseres Volkes und die reinste, die Drachenzauberei. Aber ich konnte ihr keinen Auftrag erteilen. Ich sandte sie zu dir in dem Wissen, daß sie dich wiedererkennen oder dich töten würde. Zweifellos hätten uns beide Handlungen früher oder später zusammengebracht.« Der Schatten gestattete sich ein schiefes Lächeln.

»Du fühltest nicht mehr als das, Vater?«

»Ich konnte nicht mehr tun. Ich sehne mich nach deiner Mutter. Es war uns bestimmt, immer vereint zu sein. Du mußt mir helfen, sie zu erreichen, Elric, und helfen mußt du rasch, denn meine Energien und Bannsprüche werden schwächer – bald werden mich Arioch oder Mashabak beanspruchen. Oder mich in ihrer Auseinandersetzung gänzlich vernichten!«

»Du hast keine weitere Möglichkeit, ihnen zu entkommen?« Elric spürte, wie sein linkes Bein einige Sekunden lang unbeherrscht zitterte, bevor er es dazu zwang, seinem Willen zu gehorchen. Er erkannte, daß es schon zu lange her war, daß er das letzte Mal jene Kräuter und Drogen zu sich genommen hatte, die ihm die Kraft eines gewöhnlichen Geschöpfes verliehen.

»In gewisser Hinsicht schon. Falls ich mit dir verbunden bliebe, mein Sohn, dem Gegenstand meines ungerechten Hasses, dann könnte sich meine Seele in der deinigen verbergen, dein Fleisch und das meine besetzen, von Blut verborgen, das mein Blut ist: Sie würden mich niemals aufspüren!«

Erneut wurde Elric von einem Gefühl durchdringender Kälte ergriffen, als ob der Tod ihn bereits beansprucht hätte; sein Kopf war ein Mahlstrom leidenschaftlicher Gefühle, als er verzweifelt versuchte, wieder die Herrschaft über sich selbst zu bekommen, und betete, daß mit dem Aufgang der Sonne der Geist seines Vaters verschwinden möge.

»Hier wird die Sonne nicht aufgehen, Elric. Nicht hier. Nicht bis zum Augenblick unserer Erlösung oder unserer Vernichtung. Deshalb sind wir hier.«

»Aber erhebt Arioch dagegen nicht Einspruch? Er ist immer noch mein Patron!« Elric suchte im Gesicht des Vaters nach einem weiteren Anzeichen des Wahnsinns, vermochte jedoch keines zu finden.

»Er ist anderweitig beansprucht und könnte dich jetzt nicht aufsuchen, sei es zu deinem Schutze oder deiner Bestrafung. Sein Disput mit Graf Mashabak erfordert seine ganze Aufmerksamkeit. Daher kannst du mir auch dienen und jene Aufgabe erfüllen, die ich nicht zu vollbringen wußte, als ich noch am Leben war. Tätest du dies für mich, mein Sohn? Für einen Vater, der dich stets haßte, aber immer seine Pflicht dir gegenüber erfüllte?«

»Falls ich diese Aufgabe für dich erfüllen würde, Vater, wäre ich dann frei von dir?«

Der Vater neigte zustimmend den Kopf.

Elric legte eine zitternde Hand auf den Knauf seines Schwertes und warf den Kopf zurück, so daß das lange weiße Haar die Luft wie ein Halo im Mondlicht erfüllte, und sein unruhiger Blick starrte in das Gesicht des toten Königs.

Er stieß einen Seufzer aus. Trotz seiner Schrecken gab es etwas in ihm, das Erfüllung finden würde, falls er das Verlangen seines Vaters erfüllte. Allerdings wünschte er sich, daß ihm die Wahl vergönnt gewesen wäre. Aber es war nicht die Art der Melnibonéer, eine Wahl zu gewähren. Selbst Verwandte mußten durch mehr als durch Blut verpflichtet werden.

»Erklär mir meine Aufgabe, Vater.«

»Du mußt meine Seele finden, Elric.«

»Deine Seele ...?«

»Meine Seele befindet sich nicht bei mir.« Der Schatten schien sich nur mühsam aufrecht halten zu können. »Was mich derzeit belebt, sind mein Wille und alte Zauberei. Meine Seele wurde versteckt, damit sie deine Mutter wiederfinden könnte, doch als ich Mashabaks und Ariochs Zorn entwich, verlor ich das, worin sie sich befindet. Such sie für mich, Elric.«

»Wie werde ich sie erkennen?«

»Sie ruht in einem Kasten. Keinem gewöhnlichen Kasten, sondern einem Kasten aus schwarzem Rosenholz, der mit geschnitzten Rosenmustern verziert ist und stets nach Rosen duftet. Er gehörte deiner Mutter.«

»Wie kam es, daß du einen so wertvollen Kasten verloren hast, Vater?«

»Als erst Mashabak und dann Arioch erschienen, um meine Seele zu beanspruchen, beschwor ich eine falsche Seele durch den Zauberbann, den ich dir in Beschwörungen nach dem Tode beibrachte, um sie zu täuschen. Eine Zeitlang wurde diese Quasiseele das Objekt ihres Streites, und meine wahre Seele floh um ihrer Sicherheit willen in den Kasten, den Diavon Slar, mein alter Diener, unter strengster Geheimhaltung für mich verwahren sollte.«

»Die Geheimhaltung wurde durch ihn gewahrt, Vater.«

»Jawohl – und er floh in dem Glauben, einen Schatz zu besitzen, in dem Glauben, er könne mich durch den Besitz jenes Kastens beherrschen! Er floh nach Pan Tang mit dem, was er für meinen gefangenen Geist hielt – ein Kindermärchen, das er gehört hatte –, und stellte enttäuscht fest, daß kein Geist seinen Befehlen gehorchte. Statt dessen plante er also, seine Beute an den Theokraten zu verkaufen. Dann jedoch erreichte er niemals Pan Tang, sondern wurde von Seeräubern aus den Purpurnen Städten gefangengenommen. Der Kasten wurde ein nebensächlicher Teil ihrer Beute. Meine Seele war wahrlich verloren.« Und mit diesen Worten zeigte sich ein Hauch der vorherigen Ironie, ein ganz schwaches Lächeln.

»Die Piraten?«

»Über sie erfuhr ich nur das, was Diavon Slar mir erzählte, als ich jene Rache nahm, vor der ich ihn gewarnt hatte. Die Räuber kehrten wahrscheinlich nach Menii zurück, wo sie ihre Beute versteigerten. Mein Seelenkasten verließ unsere Welt endgültig.« Plötzlich bewegte sich Sadric, und es war, als ob sich ein flüchtiger Schatten im Mondlicht bewegte. »Ich spüre ihn immer noch. Ich weiß, daß er zwischen den Welten flog und dorthin ging, wohin ihm jetzt nur noch die Drachendame folgen kann. Das hat meine Pläne vereitelt. Denn bevor ich dich rief, hatte ich keine Möglichkeiten, ihn zu verfolgen. Ich bin an diesen Ort und nun an dich gebunden. Du mußt meinen Seelenkasten zurückbringen, Elric, damit ich mich mit deiner Mutter vereinen und mich von ungerechtem Haß befreien kann. So wie du dich von mir befreien wirst.«

Unter widersprüchlichen Leidenschaften erbebend, sprach Elric endlich: »Vater, ich halte dies für eine unmögliche Suche. Ich kann nur vermuten, daß du mich aus bloßem Haß fortschickst.«

»Haß, jawohl, doch es ist noch mehr. Ich muß mich wieder mit deiner Mutter vereinen, Elric! Ich muß. Ich muß.«

Elric kannte die anhaltende Besessenheit seines Vaters, und dies überzeugte ihn letztlich von der Ehrlichkeit des Gespenstes.

»Enttäusch mich nicht, mein Sohn.«

»Und wenn ich Erfolg haben sollte? Was wird mit uns geschehen, Vater?«

»Bring meine Seele zurück, und wir sind beide erlöst.«

»Doch falls ich versage?«

»Meine Seele wird ihr Gefängnis verlassen und in dich fahren. Wir werden bis zu deinem Tod vereint sein – ich mit meinem ungerechten Haß an den Gegenstand meines Hasses gebunden und du mit allem beladen, was du auf dem stolzen Melniboné am meisten haßt.« Er hielt inne, fast wie um es auszukosten. »Das wäre mir ein Trost.«

»Mir nicht.«

Sadric nickte in schweigendem Einverständnis mit seinem Leichenschädel, und ein erstaunlich sanftes Lachen entwich seiner Kehle. »In der Tat!«

»Und hast du nicht noch weitere Unterstützung in dieser Sache für mich, Vater? Etwa einen Bannspruch oder einen Zauber?«

»Nur was dir auf dem Weg begegnet, mein Sohn. Bring mir den Rosenholzkasten zurück, und wir können beide unserer Wege gehen. Versag, und unser Schicksal wie unsere Seelen sind auf ewig miteinander verknüpft! Du würdest niemals frei von mir, von deiner Vergangenheit oder von Melniboné! Aber du würdest die alten glorreichen Zeiten zurückbringen, wie?«

Elrics drogenbelebter Körper begann zu zittern. Der Kampf und diese Begegnung hatten ihn erschöpft, und hier gab es keine Seelen, von denen sich sein Schwert hätte nähren können.

»Ich bin schwach, Vater, und muß bald umkehren. Die Drogen, die mich erhalten, sind mit meinen Packtieren verlorengegangen.«

Sadric zuckte die Achseln. »Was das angeht, so brauchst du lediglich eine Seelenquelle ausfindig zu machen, von der deine Klinge fressen kann. Du wirst in deinem Leben noch viel töten. Und da nahm ich noch etwas wahr, aber ich sehe es nicht klar ...« Er runzelte die Stirn. »Geh ...«

Elric zögerte. Eine natürliche Regung wollte ihn dazu veranlassen, seinem Vater zu versichern, daß er nicht mehr in aller Gelassenheit tötete, um seinen Launen zu genügen. Wie alle Melnibonéer hatte sich Sadric nichts dabei gedacht, die menschliche Bevölkerung des Reiches zu töten. Für Sadric war das Runenschwert nur ein nützliches Werkzeug wie ein Stock für einen Krüppel. Obgleich sein Vater ein Ränkeschmied des Übernatürlichen, ein Spieler komplizierter Spiele gegen die Götter war, nahm er doch immer noch ungefragt als gegeben an, daß man dem einen oder anderen Dämon eben Treue zu schwören hatte, um zu überleben.

Elrics Vision allgemeiner Macht, eines Platzes wie Tanelorn, der weder der Ordnung noch dem Chaos Treue schuldete, sondern nur sich selbst, war für seinen Vater undenkbar, der aus dem Kompromiß eine Religion und eine Philosophie gemacht hatte, wie auch seit Jahrtausenden seit Bestehen des gesamten königlichen Geschlechts, so daß der Kompromiß über alle anderen Tugenden erhoben und zur Grundlage des Glaubens wurde. Erneut wollte Elric seinem Vater sagen, daß es andere Ideen, andere Lebensweisen gebe, die weder übermäßige Gewalt noch Grausamkeit, weder Zauberei noch Eroberung beinhalteten, daß er über diese Vorstellungen nicht nur aus den Jungen Königreichen erfahren habe, sondern auch aus der Geschichte seines Volkes.

Dennoch wußte er, daß es sinnlos gewesen wäre. Selbst jetzt widmete Sadric all seine beträchtlichen Kräfte der Wiederherstellung der Vergangenheit. Er kannte keine andere Lebens- oder Todesweise.

Der Albinoprinz wandte sich ab, und es kam ihm in diesem Augenblick so vor, als habe er noch niemals solchen Kummer empfunden, selbst als Cymoril auf der Klinge seines Runenschwertes gestorben war, selbst als Imrryr in Flammen gestanden und er gewußt hatte, daß er zu einer wurzellosen Zukunft, einem einsamen Tod verurteilt war.

»Ich werde deinen Rosenholzkasten suchen, Vater. Doch wo soll ich damit beginnen?«

»Die Drachendame weiß es. Sie wird dich zu dem Reich bringen, in das der Kasten gebracht wurde. Darüber hinaus kann ich nichts vorhersagen. Vorhersage wird schwieriger. Alle meine Kräfte werden schwächer. Vielleicht mußt du töten, um den Kasten zu erringen. Viele Male töten.« Die Stimme klang jetzt schwach, wie trockene Zweige im Wind. »Oder Schlimmeres.«

Elric bemerkte, daß er taumelte. Er wurde jeden Augenblick schwächer. »Vater, ich habe keine Kraft.«

»Das Drachengift ...« Aber sein Vater war fort und hinterließ nur den Eindruck seines gespenstischen Abgangs.

Elric zwang sich zu Bewegung. Jetzt schien jede umgestürzte Mauer ein unüberwindliches Hindernis zu sein. Langsam suchte er sich seinen Weg zwischen den Ruinen hindurch, zurück über Schutt und zerbrochene Mauern; über die kleinen Bäche und die mit struppigem Gras bestandenen Hügelterrassen zwang er sich mit einem Willen, der schierer Gewohnheit entsprang, zum Erklettern des letzten Hügels, wo als Umriß vor dem riesigen untergehenden Mond Narbenschnauze auf ihn wartete. Ihre Schwingen waren gefaltet, ihre lange Schnauze reckte sich, während ihre Zunge den Wind kostete.

Er erinnerte sich an die letzten Worte seines Vaters. Diese wiederum brachten ihm ein altes Kräuterbuch ins Gedächtnis zurück, in dem von der Destillation von Drachengift die Rede gewesen war: wie es den Schwachen Mut und den Starken Geschicklichkeit bringe, wie ein Mann fünf Tage und fünf Nächte nacheinander kämpfen könne, ohne Schmerzen zu empfinden. Und er erinnerte sich, wie laut diesem Kräuterbuch das Gift gesammelt werden sollte, also nahm er, bevor er auf den Drachen zurückkletterte, seinen Helm und fing in zischendem Stahl einen kleinen Gifttropfen auf, der, wie er wußte, sich abkühlen und zu einer Paste verhärten würde, von der ein oder zwei Krümel mit reichlich Flüssigkeit einzunehmen waren.

Doch für den Augenblick mußte er seine Schmerzen ertragen und gegen seine Schwäche ankämpfen, während der Drache ihn in die abweisende Schwärze oberhalb des Mondes trug; und ein einziger langer, langsamer Silberstrahl durchzuckte die Nacht, und ein einziger Donnerschlag durchbrach das schreckliche Schweigen des Himmels, und die Drachendame hob den Kopf und schlug mit den Flügeln und brüllte den unwahrscheinlichen Elementen eine plötzliche Herausforderung entgegen...

...während Elric die alten wilden Lieder der Drachenlords grölte und sich in sinnlicher Symbiose mit dem großen Reptil aus der Nacht in die blendende Pracht eines sommerlichen Nachmittages stürzte.

DAS DRITTE KAPITEL

Über die sonderbare Geographie eines unbekannten Reiches; über ein Treffen von Reisenden und von der Bedeutung der Freiheit.

Als ob ihr die zunehmende Schwäche ihres Reiters bewußt wäre, flog die Drachendame mit langen gleichmäßigen Schlägen ihrer Flügel und zog mit vorsichtiger Anmut durch das blaue Himmelsgleißen, bis sie über Bäumen flogen, die so dicht nebeneinanderstanden und deren Laub so üppig war, daß es zuerst so schien, als ob sie grüne Wolken durchflogen, bis der alte Wald von grasbewachsenen Hügeln und Feldern abgelöst wurde, durch die ein breiter Fluß verlief, und wieder schien die freundliche Landschaft vertraut, obwohl sich Elric diesmal nicht fürchtete.

Bald lag eine große Stadt vor ihnen ausgebreitet, die an beiden Flußufern errichtet war und die Luft mit Rauchdunst schwängerte. Aus Steinen, Ziegeln und Holz, aus Schiefer, Balken und Holzklötzen erbaut war sie, aus tausend vermischten Gerüchen und Geräuschen bestand sie, Statuen und Märkte und Denkmäler standen darin, über denen die Drachendame langsam kreiste; während unten in Panik und Neugier die Bürger herbeirannten, um nach oben zu schauen, oder davonrannten, um sich zu verbergen – doch dann schlug Narbenschnauze gemächlich mit den Flügeln und ließ sie wieder in stattlicher Majestät in den Himmel aufsteigen, als ob sie den Ort überprüft und ihn für unpassend befunden hätte.

Der Sommertag rann dahin. Mehr als einmal schien die große Drachin landen zu wollen – auf Brachland, Dorf, Sumpf, See oder Ulmenhain – doch jedesmal lehnte Narbenschnauze den Platz wieder ab und flog unzufrieden weiter.

Obwohl Elric sich vorsichtshalber mit seinem langen Seidenschal am Stachelkamm des Drachen festgebunden hatte, verlor er doch immer mehr an Kraft. Zudem hatte er auch keinen Grund mehr, den Tod willkommen zu heißen. Eine Wiedervereinigung mit seinem Vater bis in alle Ewigkeit war vermutlich die schlimmste aller möglichen Höllen. Erst als der Drache durch Regenwolken flog und Elric etwas Wasser in seinem Helm sammeln konnte, eine winzige Flocke des getrockneten Giftes hineinbröselte und das übelriechende Zeug mit einem Zug austrank, empfand er wieder ein wenig Hoffnung. Doch als die Flüssigkeit sämtliche Adern mit einem Feuer erfüllte, dessen Gestank ihn dazu brachte, das Gefäß, das es enthielt, zu verabscheuen, und an gereizten Arterien, Muskeln, Hautflächen zerrte, fragte er sich, ob er sich nicht einen besonders schmerzhaften Weg ausgesucht hatte, um seine ewige Verbindung mit Sadric sicherzustellen. Jeder Nerv stand in Flammen, und er ersehnte jede Todesart, jede Art der Erlösung von dieser Qual.

Doch während der Schmerz ihn erfüllte, wuchs die Kraft, bis es bald möglich wurde, sich auf diese Kraft zu stützen und die Schmerzen zu mißachten, bis sie vorüber waren und er spürte, wie ihn eine sauberere süßere Energie erfüllte, die irgendwie reiner war als jene, die er aus seinem Runenschwert bezog.

Während die Drachendame durch den abendlichen Himmel flog, spürte Elric, wie er wieder ganz wurde. Eine sonderbare Hochstimmung erfaßte ihn. Er sang die alten Drachenlieder hinaus, die vielschichtigen, samtenen, boshaften Lieder seines Volkes, das trotz seiner Grausamkeit jede erdenkliche Erfahrung ausgekostet hatte, und trotz der Schwäche seines Blutes kam diese Lebens- und Genußlust dem Albino ganz natürlich vor.

Tatsächlich erschien es ihm, als ob seinem Blut eine ausgleichende Eigenschaft innewohnte, eine Welt fast völlig ungehemmter Sinnlichkeit und Lebendigkeit, die so intensiv war, daß sie manchmal nicht nur ihn zu vernichten drohte, sondern auch jene um ihn. Es war einer der Gründe, weshalb er bereit war, seine Einsamkeit hinzunehmen.

Jetzt war es gleichgültig, wie weit die Drachendame flog. Ihr Gift nährte ihn. Die Symbiose war nahezu vollständig. Ohne Rast strebte Narbenschnauze weiter hinan, bis unter einer goldenen Spätnachmittagssonne, die das beinahe reife Weizenfeld unter ihnen wie poliertes Kupfer schimmern und leuchten ließ, eine erschrockene Gestalt mit spitzer Alabastermütze bei ihrem Anblick erfreut aufschrie, ein Starenschwarm plötzlich aufstieg, in eiligem Flug eine halbvertraute Hieroglyphe in den zartblauen Himmel zeichnete, ein plötzliches Schweigen hinter ihnen zurückließ und Narbenschnauze die weitgespannten Flügel ausstreckte und mit sehniger Eleganz auf ein Gebilde zuglitt, das auf den ersten Blick wie eine aus Basalt oder einem anderen Gestein geschlagene Straße aussah und dann zu einer meilenbreiten langverheilten Narbe durch die Weizenfelder wurde, zu glatt, zu unbelebt und zu groß, um eine Straße zu sein; der Zweck offenbarte sich jedoch nicht. Es durchschnitt das Getreide, als wäre es gerade heute dort errichtet worden; auf beiden Seiten erhoben sich große ungepflegte Dämme, auf denen Unkraut und Feldblumen wuchsen und jede Art von Aasgetier hüpfte, flatterte und krabbelte. Als sie tiefer gingen, roch Elric den Unrat und übergab sich fast. Seine Nase bestätigte das, was seine Augen sahen – Müll, Knochen, menschlichen Auswurf, zerbrochene Möbelstücke und verdorbene Speisen, große ununterbrochene Müllwälle, die sich auf beiden Seiten der glattgefegten Straße von einem Horizont zum anderen erstreckten ohne einen Hinweis darauf, von wo oder wohin diese verlief... Elric sang seiner Dame zu, sie solle ihn emportragen und von diesem Schmutz fort in die süße Luft des hohen Sommerhimmels heben, aber sie beachtete ihn nicht, drehte zuerst nach Norden ab, dann nach Süden, bis sie genau auf die Mitte dieser großen glatten Narbe hinabstieß, die eine bräunlich-rosige Färbung wie sonnengegerbtes Fleisch aufwies, und fast ohne Ruck setzte sie in der Mitte auf.

Jetzt faltete Narbenschnauze ihre Schwingen zusammen und setzte die klauenbewehrten Tatzen auf den Boden; auf diese Weise gab sie deutlich zu verstehen, daß sie Elric nicht weiter zu tragen beabsichtigte. Etwas unwillig stieg er ab, wickelte den zerfetzten Schal los und sich um die Hüfte, als ob er ihn an diesem Ort vor Gefahren schützen könnte, und sang das Abschiedslied des Dankes und der Verwandtschaft. Als er die letzten Zeilen sang, hob die Drachendame ihren schönen Reptilienkopf und schloß sich in klangvoller Würde den letzten Kadenzen an. Ihre Stimme hätte die Stimme der Zeit selbst sein können.

Dann klappten die Kiefer zu, die Augen wandten sich ihm halb geschlossen, wie in Zuneigung, erneut zu, ihre Zunge ertastete die Abendluft, sie hatte die Flügel wieder ausgebreitet, hüpfte zweimal und brachte dabei den Boden zum Erdröhnen, so daß Elric schon befürchtete, er werde bersten, und schwang sich in die Höhe, in die Atmosphäre hinauf, ihr geschmeidiger Körper krümmte und wand sich, während ihre Flügel sie zum östlichen Horizont trugen und die untergehende Sonne ihren langen schrecklichen Schatten über die Felder warf, und dann zeigte nahe am Horizont ein einziger Silberblitz Elric an, daß seine Drachendame in ihre eigene Dimension zurückgekehrt war. Er hob seinen Helm zum Abschiedsgruß, für ihr Gift ebenso dankbar wie für ihre Geduld.

Elrics einziger Wunsch bestand nun darin, diesen unnatürlichen Straßendamm hinter sich zu bringen. Obgleich er wie polierter Marmor schimmerte, erkannte er jetzt doch, daß er aus nichts anderem als aus gestampftem Lehm bestand; Erdschichten über Erdschichten, bis sie beinahe die Beschaffenheit von festem Gestein angenommen hatten. Vielleicht war die ganze Anlage aus Abfall errichtet? Aus irgendeinem Grund beunruhigte ihn dieser Gedanke, und er setzte sich rasch zum südlichen Rand in Bewegung. Während er sich den Schweiß von der Stirn wischte, fragte er sich erneut, welchem Zweck dieser Ort diente. Fliegen umschwärmten ihn, und Bussarde beäugten ihn argwöhnisch als möglichen Rivalen um die Fleischbissen. Bei dem Gestank hustete er wieder, wußte jedoch, daß er den Wall überklettern mußte, um zu der gesunden Luft der Weizenfelder zu gelangen.

»Eine sichere Reise zu deiner heimischen Höhle, süße Lady Narbenschnauze«, murmelte er, als er weiterging. »Es scheint, daß ich dir sowohl Leben als auch Tod schulde. Aber ich nehme es dir nicht übel.«

Der Albino wickelte sich seinen Schal um Nase und Mund und machte sich daran, den nachgebenden Schmutz zu erklimmen. Mit jeder Bewegung wühlte er Knochen und Ungeziefer auf und kam nur langsam voran, während ihn Vögel und geflügelte Ratten von allen Seiten anzirpten und -zischten. Erneut fragte er sich, welches Geschöpf einen solchen Pfad erschaffen haben mochte, falls es ein Pfad war. Er hatte das bestimmte Gefühl, daß dies kein Werk von Menschenhand war, weshalb er der gewohnten Umgebung des Weizenfeldes nur noch beharrlicher zustrebte.

Er hatte den Rand erreicht und kletterte daran entlang, um einen besseren Halt für den Abstieg zu finden. Während er beim Vorankommen verfaultes Zeug und wütende Nagetiere aus dem Weg trat, fragte er sich, welche Kultur wohl ihren Abfall herbeischaffte, um einen Pfad zu säumen, der von einem übernatürlichen Wesen erschaffen worden war. Dann meinte er, in der

Nähe des Weizens weiter unten etwas Großes sich bewegen zu sehen, aber das Licht war schlecht, und er schrieb es seiner Einbildung zu. War der Abfall eine Art heiliges Opfer? Verehrte das Volk dieses Reiches einen Gott, der eine Siedlung nach der anderen in Form einer riesigen Schnecke abschritt, wenn man es so nennen mochte?

Unter ihm war eine weitere Bewegung, als er einige Meter hinunterschlitterte und an einer alten Zisterne zum Stehen kam, und er sah, wie sich über einem Lumpenhaufen ein weicher Filzhut erhob und ein vogelähnliches Gesicht ihn mit erstaunter Heiterkeit betrachtete. »Gütiger Himmel, Sir. Das kann fürwahr kein Zufall sein! Doch zu welchem Behuf hat das Schicksal uns zwei zusammengeführt, was meint Ihr?« Es war Wheldrake, der ihm vom Weizenfeld her entgegenstolperte. »Was mag hinter Euch liegen, Sir, das noch stumpfsinniger sein könnte als dies? Noch mehr Getreide? Nun, Sir, diese Welt scheint nur aus Getreide zu bestehen!«

»Aus Getreide und Abfall und einem etwas eigenartigen Pfad von unerklärlichem Nutzen, der sich von Osten nach Westen durch all dies hindurchzieht. Er hat etwas Unheimliches an sich.«

»Also nehmt Ihr den anderen Weg, Sir?«

»Um jener wie auch immer gearteten unangenehmen Chaosschöpfung, die sich diese Strecke zum Entlangkriechen auserkoren hat und sich an diesen Leckereien labt, aus dem Weg zu gehen. Ich nehme an, daß meine Pferde nicht mit Euch durch die Dimensionen getragen wurden.«

»Nicht daß ich wüßte, Sir. Ich wähnte Euch schon aufgefressen. Doch war, wie ich vermute, dieses Reptil wohl eins von jenen, die für Helden eine sentimentale Schwäche hegen.«

»So ungefähr.« Elric lächelte; auf eine eigenartige Weise war er für die Ironien des rothaarigen Poeten dankbar. Sie waren der jüngsten Unterhaltung mit seinem Vater vorzuziehen. Als er über eine pulvrige und zerfallende Substanz hinunterschlitterte, die von Maden wimmelte, umarmte er den kleinen Mann, der bei ihrem Wiedertreffen vor Freude beinahe zirpte. »Mein lieber Sir!«

Daraufhin gingen sie Arm in Arm weiter zum süßen Weizen und in Richtung eines Flusses, den Elric von seinem Drachen aus gesehen hatte. An diesem Fluß hatte eine kleine Stadt gelegen, die, wie er annahm, in weniger als einem Tag erreicht werden konnte. Er sprach mit Wheldrake darüber und fügte hinzu, daß es ihnen an Vorräten oder den Möglichkeiten, solche anzulegen, traurig ermangele, falls sie nicht auf dem unreifen Weizen herumkauten.

»Ich bedaure, daß meine Wildererzeit in Northumberland schon lange hinter mir liegt, Sir. Aber als Junge konnte ich recht gut mit einer Schlinge und einem Gewehr umgehen. Vielleicht macht es Euch nichts aus, da Euer Schal schon ziemlich zerzaust ist, wenn ich ihn ein wenig weiter aufribbele. Möglicherweise erinnere ich mich doch noch meiner alten Geschicklichkeiten.«

Elric reichte dem vogelgleichen Poeten mit einem freundlichen Achselzucken seinen Schal und sah zu, wie die kleinen Finger sich rasch bewegten, auseinanderzerrten und zusammenknoteten, bis er eine lange dünne Schnur hatte. »Da sich der Abend schon neigt, Sir, sollte ich vielleicht gleich mit dem Werk beginnen.«

Mittlerweile befanden sie sich in einiger Entfernung von dem Müllwall und rochen nur noch den kräftigen ruhigen Duft der Sommerfelder. Elric machte es sich zwischen den Weizenhalmen bequem, während Wheldrake sich an die Arbeit begab, und als sie ein weites Gebiet abgesteckt und eine Grube gegraben hatten, labten sie sich kurze Zeit später an einem jungen Hasen, derweil sie ihre Mutmaßungen über eine Welt anstellten, die so riesige Felder anbaute und doch nur so wenige Bauernhöfe oder Dörfer zu haben schien. Während Elric auf die Hasenleiche starrte, die sich an einem Stecken (den ebenfalls Wheldrake zurechtgeschnitzt hatte) über dem Feuer drehte, sagte er, daß er trotz seiner Zauberausbildung nicht der gewandte Reisende durch die Welten war, der Wheldrake zu sein schien.

»Nicht aus freien Stücken, Sir, das kann ich Euch versichern. Ich laste dies einem gewissen Doktor Dee an, den ich bezüglich der Griechen zu Rate zog. Es ging um Metrik, Sir. Ich dachte, daß ich Platons Sprache hören müsse. Nun, die Geschichte ist lang und nicht gerade neu für jene von uns, die nolens volens durch das Multiversum reisen, aber ich verbrachte einige Zeit auf einer bestimmten Ebene, auf der ich, wie ich zugeben muß, mich ein wenig durch die Zeit versetzen ließ, bis ich, wie ich ganz sicher war, in Putney zur Ruhe kam.«

»Würdet Ihr dorthin zurückkehren wollen, Meister Wheldrake?«

»Das wünsche ich mir in der Tat, Sir. Die außerdimensionale Abenteurerei will mir nicht mehr recht schmecken, und ich neige dazu, feste Bande zu knüpfen, also fällt's mir schwer, wißt Ihr, so viele Freunde vermissen zu müssen.«

»Nun, mein Herr, ich hoffe, Ihr findet sie wieder.«

»Und für Euch, Sir, viel Glück, bei dem, was Ihr auch immer zu entdecken hofft. Obgleich ich den Verdacht hege, daß Ihr zu der Sorte gehört, die stets Kostbarkeiten hinterherstrebt.«

»Vielleicht«, sagte Elric ernst und nagte einen zarten Schlegel ab, »aber ich glaube, die Kostbarkeit dessen, was ich derzeit suche, würde Euch nicht wenig überraschen ...«

Wheldrake wollte gerade nachfragen, als er es sich anders überlegte und statt dessen mit gehörigem Stolz auf seinen Stecken und seine Beute starrte. Elrics eigene Sorgen wurden durch die Freude über die Gesellschaft des kleinen Mannes und seine schrulligen Charakterzüge beträchtlich gemindert.

Und dann hatte Meister Wheldrake seinen gesuchten Band gefunden und zudem eine Kerze parat, die er am Feuer entzündete, damit er dem Letzten Prinzen von Melniboné eine Geschichte über einen Halbgott aus seiner eigenen Dimension und sein Streben nach einem Königreich vorlesen konnte, als das Geräusch eines Pferdes erklang, das langsam durch den Weizen schritt – ein Pferd, das alle paar Schritte zögerte, als ob es von einem klugen Herrn gelenkt würde. Also ruft Elric laut...

»Zum Gruße, Reiter. Wollt Ihr den Braten mit uns teilen?«

Eine Pause, dann ertönte die gedämpfte Stimme, fern, jedoch höflich:

»Euer Feuer, mein Herr, teile ich eine Zeitlang gern. Mir ist gerade ziemlich kalt.«

Das Pferd kam mit dem gleichen Schritt weiter auf sie zu, immer noch hielt es von Zeit zu Zeit inne, immer noch war es vorsichtig, bis sie schließlich seinen Schatten gegen den Feuerschein erkannten und ein Reiter absteigt, der leise auf sie zukam, ein Umriß von beunruhigender Symmetrie, ein großer Mann, von Kopf bis Fuß in eine Rüstung gekleidet, die silbrig und golden, manchmal blaugrau funkelte. Auf seinem Helm steckte eine dunkelgelbe Feder, und sein Brustpanzer ist mit dem schwarzgelben Wappen des Chaos verziert, dem Wappen eines seelenverbundenen Dieners der Herren der Unwahrscheinlichkeit, das aus acht Pfeilen bestand, die von einer zentralen Nabe fortstrebten und die Vielfalt und Reichweite des Chaos darstellten. Sein vollkommener Kriegshengst hinter ihm war mit einer Haube und einem Überwurf aus strahlend-schwarzsilberner Seide, einem hohen Sattel aus verziertem Ebenholz und Elfenbein und silberner mit Gold eingelegter Panzerung behängt.

Elric sprang auf; er war zu Auseinandersetzungen bereit, doch hauptsächlich überraschte ihn die Erscheinung des Fremden. Der Neuankömmling trug einen Helm, der offenbar kein Visier aufwies, sondern wohl vom Hals bis zum Scheitel aus einem Stück bestand. Nur die Augenschlitze unterbrachen die Glätte des makellosen Stahls, der gleich unter der polierten Oberfläche lebende Materie zu beherbergen schien: Materie, die floß und sich regte und drohte. Durch diese Schlitze verstrahlte ein Augenpaar wütenden Schmerz, den Elric verstand. Ein Gefühl enger Verwandtschaft mit diesem Mann vermochte er nicht zu deuten, als jener an das Feuer herantrat und behandschuhte Finger nach den Flammen ausstreckte. Der Feuerschein fing sich in dem Metall und legte erneut nahe, daß darin etwas Lebendiges enthalten, darin gefangen war – eine enorme Energie, die so kraftvoll war, daß sie durch den Stahl hindurch bemerkt werden konnte. Und trotzdem streckten und krümmten sich die Finger wie alle Finger aus Fleisch und Blut, deren Blutkreislauf durch Wärme wiedererweckt wird, und der Seufzer des Fremden zeugte von schlichtem Wohlbehagen.

»Wollt Ihr etwas Hasenbraten, Sir?« Wheldrake deutete auf das brutzelnde Kaninchen.

»Nein danke, mein Herr.«

»Wollt Ihr nicht den Helm abnehmen und Euch zu uns setzen? Ihr befindet Euch nicht in Gefahr.«

»Das glaube ich Euch. Doch derzeit bin ich nicht in der Lage, den Helm abzunehmen, und ich habe mich, um offen zu sein, schon seit geraumer Zeit nicht von gewöhnlicher Nahrung ernährt.«

Darauf hob Wheldrake eine rötliche Augenbraue. »Schickt denn das Chaos dieser Tage seine Diener als Kannibalen in die Welt, Sir?«

»Es hat reichlich an Dienern, die dies gewesen sind«, sagte der gepanzerte Mann und drehte sich, um die Hitze des Feuers auf dem Rücken zu spüren, »doch gehöre ich nicht zu ihnen. Seit fast zweitausend Jahren, Sir, habe ich weder Fleisch noch Frucht noch Gemüse gegessen. Es könnte auch länger her sein. Es gibt Welten, in denen stets Nacht herrscht, und Welten, die unter ewigem Tag schwelen, und andere, in denen Nacht und Tag in einer Geschwindigkeit eilen, wie sie von uns für gewöhnlich nicht empfunden wird.«

»Also eine Art Schwur, Sir?« fragte Wheldrake vorsichtig. »Ein heiliges Unterfangen?«

»Eine Suche, jawohl, doch nach etwas Einfacherem, Sir, als Ihr es glauben möget.«

»Wonach sucht Ihr, Sir? Nach einer bestimmten verlorenen Braut?«

»Ihr seid aufmerksam, mein Herr.«

»Lediglich belesen, Sir. Aber das ist wohl nicht alles, wie?«

»Ich suche nichts Geringeres als den Tod, mein Herr. Zu diesem unseligen Verhängnis hat mich das Gleichgewicht verdammt, als ich es vor jenen ungezählten Jahrtausenden verriet. Auch ist es mein Verhängnis, gegen jene zu kämpfen, die dem Gleichgewicht dienen, obwohl ich das Gleichgewicht mit einer Raserei liebe, mein Herr, die sich niemals verflüchtigt hat. Es wurde bestimmt – allerdings habe ich keinen Grund, dem fraglichen Orakel mein Vertrauen zu schenken –, daß ich durch die Hand eines Dieners des Gleichgewichts meinen Frieden finden würde – durch die Hand von einem, der das war, was ich einst war.«

»Und was wart Ihr einst?« fragte Wheldrake nach, der den letzten Teil etwas rascher als der Albino begriffen hatte.

»Einst war ich ein Fürst des Gleichgewichts, ein Diener und Vertrauter jener Ungewöhnlichen Intelligenz, die alles Leben im Multiversum duldet, feiert und liebt, und die doch Ordnung und Chaos stürzen würde, falls sie es könnte. Unzufrieden mit Vielfalt und gewaltigen Anpassungen im Multiversum, in Vorahnung einer großen Konjunktion, die die Hauptebenen betrifft und die Realitäten für zahllose Äonen festschreibt – Realitäten, in denen das Gleichgewicht vielleicht nicht mehr existieren würde –, gab ich der Versuchung zum Experimentieren nach. Die Vorstellung war zu stark für mich. Neugier und Narrheit, Selbstgerechtigkeit und Stolz brachten mich zu der Überzeugung, daß ich durch meinen Versuch den Interessen des Gleichgewichts dienen würde. Und für mein Versagen oder mein Gelingen hätte ich den gleichen Preis bezahlt. Den Preis, den ich jetzt zahle.«

»Das ist nicht Eure ganze Geschichte, Sir.« Wheldrake war begeistert. »Ich versichere Euch, daß Ihr mich nicht langweilen werdet, falls Ihr wünscht, sie durch weitere Einzelheiten auszuschmücken.«

»Das kann ich nicht, mein Herr. Ich spreche wie gehabt, weil es alles ist, was ich von meiner Geschichte preisgeben darf. Den Rest darf nur ich allein wissen, bis ich erlöst werde; dann kann er berichtet werden.«

»Erlöst durch den Tod, Sir? Ich nehme doch an, das würde einige Schwierigkeiten beim Erzählen verursachen.«

»Zweifellos wird das Gleichgewicht dergleichen bestimmen«, sagte der Fremde ohne erkennbaren Humor.

»Ist der Tod im allgemeinen alles, wonach Ihr sucht, mein Herr? Oder hat der Tod einen Namen?« In Elrics Stimme schwang Mitgefühl mit.

»Ich suche nach drei Schwestern. Vor ein paar Tagen kamen sie hier entlang, glaube ich. Habt Ihr vielleicht drei Schwestern gesehen? Beritten?«

»Ich bedaure, mein Herr, wir sind erst kürzlich ohne unser Begehren in dieses Reich versetzt worden und sind hier also neu, ohne daß wir Landkarten oder Richtungsweisungen hätten.« Elric zuckte die Achseln. »Ich hatte gehofft, daß Ihr ein wenig über diesen Ort wüßtet.«

»Er liegt in dem – wie die Magier hier es nennen –

Neunmillionten Ring. Er existiert innerhalb dessen, was sie als die Welten Zentraler Bedeutung bezeichnet haben, und es ist wahr, daß diesem Ort eine gewisse Eigenschaft innewohnt, die ich erst noch ergründen müßte. Es ist kein echtes Zentrum, denn das wäre das Reich des Gleichgewichts, doch ist es etwas, das ich Quasizentrum nennen würde. Mein Herr, ich hoffe, Ihr verzeiht mir das Kauderwelsch des Philosophen. Einige Generationen lang war ich Alchimist in Prag.«

»Prag!« krähte Wheldrake erfreut, als er den Namen wiedererkannte. »Diese Glocken und Türme, Sir. Und kennt Ihr vielleicht auch Mirenburg? Ist sogar noch schöner!«

»Die Erinnerungen sind ohne Zweifel angenehmer Art«, sagte der Gepanzerte, »da ich mich nicht darauf besinne. Ich nehme also an, Sir, daß auch Ihr, Sir, Euch auf einer Suche befindet.«

»Ich doch nicht, Sir«, sagte Wheldrake, »falls es nicht um Putney Common und meine verlorene halbe Pinte geht.«

»Ich suche etwas, jawohl«, gab Elric vorsichtig zu. Er hatte gehofft, anstelle der mystischen und astrologischen Einordnung dieses Ortes etwas über die Geographie zu erfahren. »Ich bin Elric von Melniboné.«

Sein Name schien dem Gepanzerten nicht viel zu sagen. »Und ich bin Gaynor, einst ein Prinz des Universellen, jetzt der Verdammte genannt. Vielleicht haben wir uns schon einmal getroffen? Ohne diese Namen oder diese Gesichter? In einer anderen Inkarnation?«

»Es ist nicht mein unglückliches Geschick, mich anderer Leben erinnern zu können«, sagte Elric leise; Gaynors Fragen haben ihn letztlich doch verstört. »Ich verstehe Euch nicht ganz. Ich bin ein Söldner auf dem Weg zu einem Ort, um mir einen neuen Schutzherren zu suchen. Das Übernatürliche ist mir fast völlig fremd.«

Und er war in diesem Augenblick dankbar, daß sich Wheldrakes Augenbrauen hinter Gaynors Rücken hoben. Warum er sich zu dieser Verstohlenheit entschloß, verstand er selbst nicht, nur daß er trotz seiner Sympathie für Gaynor, trotz ihrer gemeinsamen Schutzbefohlenschaft unter das Chaos etwas an ihm fürchtete. Gaynor hatte keinen Grund, ihm Böses zu wünschen, und Elric nahm an, daß Gaynor sich nicht auf bedeutungslose Herausforderungen oder Morde verschwendete, dennoch wurde Elric nur noch verschwiegener, als ob auch er unter dem Edikt des Gleichgewichts stünde, nichts von seiner Geschichte zu offenbaren, und schließlich legten sie sich zum Schlafen nieder, drei sonderbare Gestalten in einer scheinbaren Unendlichkeit aus Weizen.

Früh am nächsten Morgen stieg Gaynor wieder in den Sattel. »Die Gesellschaft war angenehm, meine Herren. Falls Ihr Euch in jene Richtung wendet, werdet Ihr eine hübsche Ansiedlung finden. Die Leute dort sind Händler und heißen Fremde willkommen. Tatsächlich behandeln sie uns mit ungewöhnlichem Respekt. Ich ziehe weiter meiner Wege. Man hat mich in Kenntnis gesetzt, daß meine Schwestern zu einem Ort gereist sind, den man die Zigeunernation nennt. Wißt Ihr etwas darüber?«

»Ich bedaure, Sir«, sagte Wheldrake und wischte sich die Hände an einem riesigen roten Baumwolltaschentuch ab, »wir sind in dieser Welt noch jungfräulich frisch. Unschuldig wie die Säuglinge. Wir haben nicht die leiseste Ahnung, da wir erst kürzlich in diesem Reich eingetroffen sind und weder von seinen Menschen noch seinen Göttern etwas wissen. Wenn ich vielleicht so kühn sein dürfte, es kommt mir in den Sinn, daß Ihr selbst göttlichen oder halbgöttlichen Ursprungs sein könntet.«

Das Lachen, das zur Antwort erklang, schien einen inneren Widerhall zu finden, als ob der Helm des Prinzen den Eingang zu einem unendlichen Abgrund verberge. Es klang weit entfernt, doch eigenartig vertraulich. »Ich sagte Euch doch, Meister Wheldrake, ich war ein Fürst des Gleichgewichts. Doch nicht mehr. Ich versichere Euch, derzeit ist an Gaynor dem Verdammten nichts Göttliches.«

Wheldrake murmelte, daß er die Bedeutung des Fürstentitels immer noch nicht begreife, gab dann jedoch nach. »Falls wir helfen könnten, Sir, würden wir ...«

»Wer sind die Frauen, die Ihr sucht?« fragte Elric.

»Drei Schwestern, die sich ähnlich sehen und sich auf einer Suche oder einer Mission von einzigartiger Wichtigkeit für sie selbst befinden. Soweit ich weiß, suchen sie nach einem verlorengegangenen Landsmann oder vielleicht sogar nach einem Bruder und hatten sich hier in der Gegend nach der Zigeunernation erkundigt. Als die Leute hörten, daß sie nach der Nation suchten, zeigten sie ihnen den Weg, verweigerten jedoch jeden weiteren Umgang mit ihnen. Mein einziger Rat an Euch würde lauten, dieses Thema zur Gänze zu vermeiden, falls es nicht von ihnen selbst zur Sprache gebracht wird! Zudem hege ich den Verdacht, daß Ihr, sobald Ihr dieser Nomadenbande begegnet, wenig Hoffnung darauf habt, ihre Reihen unbeschadet zu verlassen.«

»Für Euren Rat bin ich dankbar, Prinz Gaynor«, sagte Elric. »Und habt Ihr erfahren, wer soviel Weizen anbaut und warum?«

»Man nennt sie feste Pächter, und als ich die gleiche Frage stellte, erklärte man mir mit einem eher humorlosen Lachen, daß es zum Füttern der Heuschrecken gedacht sei. Ich habe schon von sonderbareren Sitten gehört. Ich denke mir, daß es Spannungen mit den Zigeunern gibt. Sie sprechen nicht viel darüber und werden eher unruhig. Sie nennen dieses Reich Salish-Kwoonn; Ihr erinnert Euch sicher: Das ist der Name der Stadt im Elfenbeinbuch. Eine eigenartige Ironie. Sie erheiterte mich.« Und er wendete sein Pferd und ritt davon, als ob er in das Abstrakte flöhe, seine natürliche Umgebung, und ritt langsam auf die ferne Vertiefung zu, jene Abfallhügel, deren Vorhandensein am Horizont bereits durch Krähen, Milane und riesige Fliegenschwärme, die wie schwarzer Rauch wirbelten, gekennzeichnet wurden.

»Ein Gelehrter«, sagte Wheldrake, »wenngleich ein wenig dem Geheimnisvollen zugeneigt. Ihr versteht ihn besser als ich, Prinz Elric. Aber ich wünschte, er wäre in dieselbe Richtung wie wir gereist. Was haltet Ihr von diesem Burschen?«

Elric wählte seine Worte sorgfältig und spielte mit seiner Gürtelschnalle. Schließlich sagte er: »Ich fürchte mich vor ihm. Ich fürchte ihn, wie ich noch nie ein menschliches Geschöpf, sterblich oder unsterblich, gefürchtet habe. Sein Geschick ist fürwahr furchtbar, denn er hat die Zuflucht des Gleichgewichts gekannt, und danach strebe ich. Sie erreicht – und dann eingebüßt zu haben …«

»Also, Sir! Sicher übertreibt Ihr. Ganz sicher war er sonderbar. Aber recht nett, wie ich fand. Den Umständen entsprechend.«

Elric erschauerte. Er war froh, daß Prinz Gaynor fort war. »Dennoch fürchte ich ihn, wie ich nichts sonst fürchte.«

»Wie Ihr Euch vielleicht selbst fürchtet, Sir?« Und dann sah Wheldrake mit Bedauern in das Gesicht seines neuen Freundes. »Ich bitte Euch, Sir, ich wollte nicht vorwitzig sein.«

»Ihr seid mir zu intelligent, Meister Wheldrake. Euer Dichterauge ist vielleicht schärfer, als es mir gefallen kann.«

»Zufälliger Instinkt, Sir, ganz sicher. Ich verstehe nichts und sage alles. Das ist mein Geschick, Sir! Zweifellos nicht so großartig wie manche andere, aber es bringt mich in gleichem Maße in ärgerliche Situationen und auch wieder heraus.«

Und mit diesen Worten stellte Meister Wheldrake sicher, daß das Feuer erloschen war, zerbrach seinen

Stecken und betrachtete ihn mit Bedauern, griff sich seine Schlinge, die er in seine Tasche zu einem Buch steckte, das seinen Umschlag verloren hatte und gewöhnliches Sprenkelpapier enthüllte, warf sich seinen Rock über die Schulter und stürzte sich hinter Elric in den Weizen. »Hatte ich, Sir, denn schon mein Versepos über Liebe und Tod von Sir Tancred und Lady Mary vorgetragen? In Form einer Northumberland-Ballade, der ersten Dichtkunst, die ich je vernahm. Die Familiengüter lagen abgelegen, aber ich war dort nicht einsam.«

Seine Stimme zirpte und trillerte die Kadenzen eines primitiven Grabgesanges herunter, und der rothaarige Schreiberling rutschte und hastete voran, um mit dem hochgewachsenen Albino Schritt zu halten.

Vier Stunden später erreichten sie den breiten, gemächlich dahinströmenden Fluß und machten die Stadt, nach der Elric suchte, auf malerischen Steilklippen über dem Wasser aus. Wheldrake deklamierte derweil die letzten tönenden Couplets der Ballade und schien ebenso erleichtert zu sein wie Elric, daß seine Komposition abgeschlossen war.

Die Stadt schien von verspielten Meistersteinmetzen aus dem funkelnden Kalkstein der Klippen geschnitten worden zu sein und war durch einen recht schmalen Pfad zugänglich, der offenbar an einigen Stellen künstlich errichtet worden war und sich über die Felsen und das weißschäumende Wasser weiter unten wand und allmählich anstieg, bevor er in die Hauptstraße überging und sich dann wieder zwischen mehrstöckigen hohen Wohn- und Lagerhäusern, reich verzierten öffentlichen Gebäuden und Statuen, kunstvoll gestutzten Grünanlagen und üppigen Blumengärten hindurchwand, um in einem Gewirr weiterer Durchgänge und Alleen aufzugehen, das unter einem alten Schloß lag, welches mit Ranken und blühenden Kriechpflanzen bewachsen war und die Stadt sowie die dreizehnbogige

Brücke beherrschte, die den Fluß an der schmalsten Stelle überspannte und zu einer kleineren Siedlung auf der anderen Seite führte, wo offenbar die reichen Bürger ihre hellen Villen erbaut hatten.

Der Stadt haftete eine Atmosphäre zufriedenen Wohlstandes an, und Elrics Stimmung hob sich, als er sah, daß sie keine regelrechten Stadtmauern aufwies und sich offenbar schon viele Jahre lang nicht mehr gegen Angreifer hatte zur Wehr setzen müssen. Sie wurden jetzt von einigen Leuten fröhlich und offen begrüßt, die reichbestickte helle Gewänder in einem Stil trugen, der ganz anders als der von Elric oder sogar Wheldrake war; sie wirkten wie Männer und Frauen, die sich beträchtlicher Sicherheit erfreuen und an Fremde gewohnt sind.

»Falls sie Gaynor willkommen geheißen haben, Prinz Elric«, sagte Wheldrake, »dann möchte ich doch meinen, daß wir ihnen nicht besonders fremdartig vorkommen! Dieser Ort hat etwas Französisches an sich, er erinnert mich an bestimmte Siedlungen entlang der Loire, obwohl die charakteristische Kathedrale fehlt. Bemerkt Ihr irgendeinen Hinweis auf ihre Religionsform?«

»Vielleicht haben sie keine«, sagte Elric. »Von solchen Völkern habe ich schon gehört.« Doch das nahm ihm Wheldrake eindeutig nicht ab.

»Selbst die Franzosen haben Religionen!«

Die Straße führte sie an den ersten Häusern vorbei, die auf Felsen und Terrassen über ihnen kauerten und die reichhaltigsten Blumengärten aufwiesen, derer sich Elric erinnern konnte. Von ihnen wehten Düfte herüber, die sich mit den schwachen Gerüchen nach Farbe und garendem Essen mischten, und beide Reisende entspannten sich allmählich und lächelten denen zu, die sie begrüßten, bis Elric kurz stehenblieb und sich bei einer jungen Frau in einem rotweißen Kleid nach dem Namen der Stadt erkundigte.

»Nun, das ist Agnesh-Val, mein Herr. Und auf der anderen Seite des Flusses liegt Agnesh-Nal. Wie kamt Ihr hierher, Ihr Herren? Erlitt Euer Boot an den Forli-Schnellen Schiffbruch? Ihr solltet zum Haus für Reisende in Not in der Fünfgroschengasse gehen, gleich unterhalb der Salzkuchenallee. Wenigstens wird man Euch dort etwas zu essen geben. Tragt Ihr die Medaille der Versichererzunft?«

»Bedauerlicherweise nicht, meine Dame.«

»Dann steht Euch traurigerweise nur unsere Gastfreundschaft zu.«

»Die mehr als großzügig zu sein scheint, Lady«, sagte Wheldrake mit einem völlig unangemessenen Zwinkern, bevor er davoneilte, um zu seinem Freund aufzuschließen.

Schließlich erreichten sie nach allerlei Windungen und Krümmungen der alten Pflasterstraße das Haus für Reisende in Not, ein Giebelhaus von beträchtlichem Alter, das sich in sämtliche Richtungen neigte, als ob es zu betrunken wäre, um ohne die Unterstützung durch die Nebenhäuser allein stehen zu können, und dessen Balken und Mauern sich wölbten und auf eine Weise krümmten, die Elric bei natürlicher Materie, die das Chaos nicht berührt hatte, für unmöglich gehalten hätte.

Im Eingang dieser Einrichtung lehnte und reckte sich – als ob es Teil des Hauses sei, sowohl was die Haltung als auch was das Alter anginge, die Glieder in alle Richtungen gestreckt, den Kopf so, den Hut so, ein Zahn in eine Richtung ragend, die Pfeife in eine andere – ein Geschöpf von so unglaublicher Magerkeit, Verhärmtheit und Schwermut, daß Elric den unerklärlichen Impuls verspürte, sich zu entschuldigen und anzufragen, ob er zum rechten Ort gekommen sei.

»Es ist der Ort, dem Ihr Euch gegenüberseht, Sir, durch die Gnade Unseres Beobachters, meines Herren. Ihr bittet um Wohltätigkeit, nicht wahr? Um Wohltätigkeit und ein paar kluge Ratschläge?«

»Es war Gastlichkeit, Sir, die man uns anbot!« In Wheldrakes empörten Zirpen schwang eine gewisse Schärfe. »Nicht etwa Wohltätigkeit, Sir!« Mit einem Gesicht, das so rot geworden war wie sein Haar, ähnelte er einem erzürnten Birkhuhn.

»Mir ist es gleich, welche schönen Worte die Handlung verbrämen, werte Herren«, und die Kreatur erhob sich, knickte ein, entfaltete sich und blätterte sich auseinander, um sich aufzurichten, »ich nenne es Wohltätigkeit!« Winzige diamantene Lichter glitzerten aus tiefen Augenhöhlen, und schlechtsitzende Zähne klapperten hinter schlaffen Lippen. »Mir ist es gleich, welchen Gefahren Ihr Euch gegenübersaht, welch schlimmes Geschick Euch befallen hat, welche grauenhaften Verluste Ihr erlitten habt, wie reich Ihr wart, wie arm Ihr geworden seid. Hättet Ihr diese Risiken nicht bedacht, wäret Ihr nicht so weit gekommen und über die Schranke geschritten! Deshalb habt Ihr für Euer Unglück nur Euch selbst die Schuld zu geben.«

»Man sagte uns, daß wir in diesem Haus Speisen fänden«, sagte Elric gemessen. »Nicht etwa schlechtgelaunte Vogelscheuchen und Unhöflichkeit.«

»Als erwiesene Heuchler haben sie gelogen. Das Haus ist wegen Renovierungen geschlossen. Es wird zu einem Restaurant umgebaut. Mit Glück wird es schon bald einen Profit erwirtschaften.«

»Nun, Sir, derart engstirnige Ansichten wie Verantwortlichkeit haben wir in meiner Welt hinter uns gelassen«, sagte Wheldrake. »Allerdings entschuldige ich mich für die Störung. Wie Ihr schon sagt, man hat uns falsch informiert.«

Elric, der solches Benehmen nicht gewöhnt und immer noch ein melnibonéischer Edelmann war, bemerkte, daß er unbewußt seinen Schwertgriff gepackt hatte. »Alter Mann«, sagte er, »Eure Unverschämtheit verstimmt mich ...« Dann fiel ihm Wheldrakes warnende Hand auf den Arm, und er riß sich zusammen.

»Der Alte lügt! Er lügt! Er lügt!« Hinter ihnen stürzte ein untersetzter Bursche um die Fünfzig mit einem großen Schlüssel in der Hand den Hügel herauf. Sein graues Haar schaute wirr unter einer Samtkappe hervor, sein Bart war ungekämmt, seine Kleidung in Unordnung, als ob er sich wie im Halbschlaf eilends angezogen hätte. »Er lügt, gute Herren. Er lügt. (Fort mit dir, Reth'chat, such eine andere Stätte heim!) Der Mann ist ein Relikt, ihr guten Herren, aus einer Zeit, von der die meisten von uns nur gelesen haben. Er würde uns statt nach unserem guten Willen und der inneren Ruhe nach unserem Reichtum und unserem militärischen Ruhm beurteilen. Guten Morgen, guten Morgen. Ihr kamt, um zu speisen, wie ich hoffe.«

»Kalt und geschmacklos ist das Brot der Wohltätigkeit«, brabbelte das Relikt, als es die Straße auf eine Gruppe spielender Kinder zustakste und sie auch durch seine insektendünnen Arme nicht verscheuchen konnte. »Verantwortlichkeit und Eigenständigkeit! Sie werden die Familie zerstören. Wir werden alle untergehen. Wir werden noch alle an den Laufbrettern dienen, denkt an meine Worte!«

Und damit bog er um die Ecke zum Alten Museumstor ab und verschwand unter einer letzten Darbietung wundersamer Eckigkeit in einer Ladenpassage.

Der leutselige Mann mittleren Alters schwenkte seinen Schlüssel, bevor er ihn in das Schloß der alten Tür steckte. »Er verbreitet nur seine eigene Werbung. Blubberköpfe wie ihn findet man in jeder Stadt. Ich nehme an, daß unsere Zigeunerfreunde von euch eine Steuer erhoben haben. Was hättet Ihr uns denn gebracht?«

»Zum großen Teil Gold«, sagte Elric, dem endlich das Benehmen und die raschen Lügen eines Söldners und Diebes verständlich wurden, »und kostbare Juwelen.«

»Euer Versuch zeugt von Tapferkeit. Haben sie Euch auf dieser Seite des Walles gefunden?«

»Es scheint so.«

»Und haben Euch alles abgenommen. Ihr habt Glück, daß Euch noch Waffen und Kleidung geblieben sind. Und es ist noch besser, daß sie Euch nicht beim Überqueren der Schranke erwischt haben.«

»Wir haben eine Jahreszeit gewartet, bevor wir uns unseres Erfolgs sicher waren«, fiel Wheldrake ein, der sich anschloß, als ob es ein Kinderspiel wäre, und dabei ein wissendes Grinsen auf den breiten Lippen hatte.

»Jawohl. Andere haben noch länger gewartet.« Leise öffnete sich die Tür, und sie betraten einen Gang, der von gelben Laternen beleuchtet wurde; seine Mauern waren innen so krumm wie außen. Die Treppen gingen von sonderbaren Stellen aus und führten wer weiß wohin, die Gänge und Kammern tauchten unvermittelt auf und hatten stets eigenartige Formen und Winkel, manchmal mit Kerzen hell ausgeleuchtet, manchmal düster und muffig, als sie ihr Gastgeber tiefer und immer tiefer in das Haus hineinführte, bis sie schließlich in einem heiteren weiten Saal anlangten, in dessen Mitte sich ein großer Eichentisch befand, um den herum Eichenbänke aufgestellt waren, an denen leicht zweimal zwanzig hungrige Reisende hätten Platz nehmen können. Allerdings befand sich nur ein weiterer Gast in dem Raum, der sich gerade an der kräftigen Fleischsuppe bediente, die in einem Topf über dem Herd dampfte. Die Frau war auf schlichte Weise in Rotbraun und Grün gekleidet, ein schmales Schwert hing an ihrer Hüfte, ein Dolch auf der anderen Seite, sie war von muskulöser, vollhüftiger Gestalt, hatte breite Schultern und ein Gesicht von düsterer Schönheit unter einer Masse rotgoldener Haare. Sie nickte ihnen zu, als sie die Beine wieder über die Bank schwang und zu essen begann, womit sie deutlich zeigte, daß sie nicht zu sprechen wünschte.

Ihr Gastgeber senkte die Stimme. »Soweit ich weiß, hat Eure Mitreisende erst vor kurzem ausgesprochene Ungemach für sich und ihre Pläne erfahren. Sie hat den

Wunsch verlauten lassen, sich heute nicht an Unterhaltungen beteiligen zu wollen. Ihr werdet hier alles finden, was Ihr braucht. Irgendwo steckte ein Diener, der sich um jegliche Bedürfnisse kümmert, und ich werde in zwei Stunden zurückkommen und sehen, welche sonstige Unterstützung wir bereitstellen können. Verhinderte Unternehmen werden von uns in Agnesh-Val nicht entmutigt, oder wir können keinen Handel treiben! Es ist unsere Politik, den Unglücklichen zu helfen, ebenso wie wir von den Erfolgreichen profitieren. Dies erscheint uns sowohl gerecht als auch vernünftig.«

»Und das ist es, Sir«, sagte Wheldrake beifällig. »Offensichtlich hegt Ihr liberale Überzeugungen. Man hört so viel Toryismus, wenn man durch das Rei… ich meine, durch die Welt reist.«

»Wir glauben an aufgeklärtes Eigeninteresse, mein Herr, ich glaube, das tun alle zivilisierten Menschen. Es liegt im Interesse der Gemeinschaft und der größeren umfassenden Gemeinschaft, sicherzustellen, daß alle auf höfliche und anständige Weise in die Lage versetzt werden, aus sich zu machen, was sie sich wünschen. Etwas zu essen, mein Herr? Etwas zu essen?«

Elric war sich des düsteren Blickes der Frau bewußt und stellte innerlich fest, daß er seit Cymorils Lebzeiten kein Gesicht gesehen hatte, das lieblicher oder entschlossener gewesen wäre. Ihre blauen Augen waren ruhig und selbstbewußt, sie kaute langsam, ihre Gedanken waren unergründlich. Und dann lächelte sie plötzlich, bevor sie ihre ganze Aufmerksamkeit der Mahlzeit zuwandte und Elric ein noch größeres Rätsel als zuvor aufgab.

Sie schöpften sich ihre tiefen Teller mit der Fleischsuppe voll, die einen köstlichen Duft verbreitete, setzten sich an den Tisch und aßen eine Zeitlang schweigend, bis die Frau schließlich das Wort ergriff. Unerwartete Wärme lag in ihrer Stimme, gepaart mit einer gewissen Herzlichkeit, die Elric anziehend fand.

»Welche Lüge bescherte euch diese freie Mahlzeit, Freunde?«

»Keine Lüge, Lady, eher ein Mißverständnis«, sagte Wheldrake diplomatisch, leckte seinen Löffel ab und dachte darüber nach, ob er noch einmal zum Kessel marschieren sollte.

»Ihr seid genausowenig Händler, wie ich es bin«, sagte sie.

»Das war das Hauptmißverständnis. Offenbar kann man sich hier keine andere Sorte von Reisenden vorstellen.«

»Offenbar. Und Ihr seid erst seit kurzem in diesem Reich. Zweifellos über den Fluß gekommen.«

»Vom Weg weiß ich nichts«, sagte Elric, immer noch auf der Hut.

»Aber Ihr beiden sucht natürlich die drei Schwestern.«

»Das scheint wohl jeder zu tun«, sagte Elric; sollte sie glauben, was sie wollte. »Ich bin Elric von Melniboné, und dies ist mein Freund Meister Wheldrake, der Dichter.«

»Von Meister Wheldrake habe ich gehört.« In der Stimme der Dame lag vielleicht so etwas wie Bewunderung. »Doch Ihr, mein Herr, seid mir unbekannt. Man nennt mich die Rose, und mein Schwert heißt Schneller Dorn, während mein Dolch Kleiner Dorn genannt wird.« In ihrer Stimme lagen Stolz und Trotz, und es war klar, daß sie damit eine Warnung aussprach, doch was sie von ihnen befürchtete, vermochte Elric nicht zu erahnen. »Ich reise über die Zeitströme, um meine Rache zu finden.« Und sie lächelte in ihre leere Schüssel, als ob sie in selbstironischer Verlegenheit über ein peinliches Geständnis befangen sei.

»Und was bedeuten die drei Schwestern für Euch, meine Dame?« fragte Wheldrake mit einem charmanten Zwitschern in der Stimme.

»Sie bedeuten mir alles. Sie haben die Mittel, mich

der Auflösung all dessen zuzuführen, wofür ich seit dem Ablegen meines Schwures gelebt habe. Sie eröffnen mir die Gelegenheit zu Befriedigung, Meister Wheldrake. Nicht wahr, Ihr seid doch der gleiche Wheldrake, der ›Der Traum des Orientalisten‹ geschrieben hat.«

»Nun, meine Dame ...«, erwiderte er mit einigem Unbehagen, »... ich war gerade frisch in einer neuen Zeit eingetroffen. Ich mußte mir meinen Ruf von Grund auf neu erschreiben. Und der Orient war damals heftig in Mode. Allerdings, als reifes Werk betrachtet ...«

»Es ist außerordentlich sentimental, Meister Wheldrake. Aber es half mir durch ein oder zwei schlimme Stunden. Und ich mag es immer um seiner selbst willen. Danach kommt ›Das Lied der Iananthe‹, natürlich Eure beste Arbeit.«

»Himmel, Madam, das habe ich noch nicht einmal fertig geschrieben! Es existiert nur in bloßen Entwürfen in Putney.«

»Es ist ausgezeichnet, mein Herr. Mehr sage ich nicht darüber.«

»Dafür bin ich dankbar, Madam. Und ...«, er hatte sich wieder gefangen, »... auch für Euer Lob. Für meine orientalische Periode habe ich ebenfalls eine gewisse Schwäche. Habt Ihr vielleicht den Roman gelesen, der vor kurzem veröffentlicht wurde – ›Manfred oder Die Gentleman-Huri‹?«

»Gehörte noch nicht zu Eurem Werk, als ich das letzte Mal zur Ruhe kam, mein Herr.«

Und während sich die beiden über die Dichtkunst unterhielten, merkte Elric, daß er den Kopf auf die Arme gelegt hatte und döste, bis er plötzlich Wheldrake sagen hörte:

»Und wie kommen diese Zigeuner ungestraft davon? Gibt es keine Autorität, die sich ihnen widersetzt?«

»Ich weiß nur, daß sie eine Nation von Wanderern sind«, sagte die Rose leise, »vielleicht eine große Nomadenhorde. Sie nennen sich die Freien Reisenden oder das Volk der Straße, und es gibt keinen Zweifel daran, daß sie stark genug sind, um von den Ortsansässigen gefürchtet zu werden. Es gibt einige Hinweise, daß die Schwestern ausritten, um sich der Zigeunernation anzuschließen. Daher will ich das gleiche tun.«

Und Elric erinnerte sich an die breite Straße aus gestampftem Lehm und fragte sich, ob sie in irgendeinem Zusammenhang zur Zigeunernation stand. Aber sie würden sich doch sicher nicht mit dem Übernatürlichen verbünden! Seine Neugier nahm zu.

»Wir befinden uns alle drei in einer mißlichen Lage«, sagte die Rose, »da wir unsere Gastgeber in dem Glauben belassen haben, daß wir Opfer der Zigeuner seien. Das heißt, wir können diesbezüglich keine direkten Erkundigungen einziehen und müssen uns mit Aufgeschnapptem begnügen. Falls wir unsere Täuschung nicht zugeben wollen.«

»Ich habe das Gefühl, daß uns dies eher unbeliebter machen würde. Diese Leute sind stolz darauf, wie sie mit Händlern umgehen. Über Nichthändler haben wir jedoch nichts gehört. Vielleicht ist ihr Schicksal ein weniger angenehmes.« Elric seufzte. »Mir ist es gleich. Aber wenn Euch unsere Begleitung lieb ist, schließen wir uns Euch an, um nach den Schwestern zu suchen.«

»Jawohl, im Augenblick sehe ich in einem derartigen Bündnis keinen Schaden.« Ihre Worte klangen gelassen. »Habt Ihr irgend etwas über sie vernommen?«

»Ebensoviel wie Ihr«, sagte Elric wahrheitsgemäß. Er war zu dem Schluß gekommen, daß er keine weitere Spur hatte, der er hätte folgen können, also konnte er genausogut dieser folgen und darauf hoffen, daß sie ihn letztlich zu dem Rosenholzkasten und der gestohlenen Seele seines Vaters führen würde. Außerdem gefiel ihm irgend etwas an der Gesellschaft dieser Frau, das er vielleicht nie wieder finden würde, ein leichtes angemessenes Verständnis, so daß er sich ungeachtet seiner vorsichtigen Zurückhaltung wünschte, ihr alle Geheimnisse seines Lebens zu offenbaren, alle Hoffnungen und Ängste und Pläne, die er gehabt hatte, alle Verluste; nicht um sie zu belasten, sondern um ihr etwas anzubieten, das sie vielleicht zu teilen wünschte. Denn soviel wußte er, daß sie auch andere Eigenschaften gemeinsam hatten.

Kurz gesagt empfand er so, als hätte er eine Schwester gefunden. Und er wußte, daß auch sie etwas von dieser Verwandtschaft spürte, obwohl er ein Melniboneer war und sie nicht. Und darüber wunderte er sich, denn Verwandtschaft von einer allerdings völlig unterschiedlichen Art hatte er mit Gaynor erfahren – dennoch eben Verwandtschaft.

Als sich die Rose zurückgezogen hatte, da sie, wie sie sagte, seit sechsunddreißig Stunden nicht mehr geschlafen hatte, zeigte sich Wheldrake von ihr völlig begeistert. »Eine weibliche Dame, Sir, wie ich sie noch nie gesehen habe. Welch eine großartige Frau. Eine fleischgewordene Juno! Eine Diana!«

»Von Euren örtlichen Gottheiten weiß ich nichts«, sagte Elric gelassen, doch stimmte er mit Wheldrake überein, daß sie heute einen außergewöhnlichen Menschen getroffen hatten. Er hatte über diese sonderbaren Verbindungen von Vätern und Söhnen, Quasi-Brüdern und Quasi-Schwestern zu spekulieren begonnen. Er fragte sich, ob er hierin nicht die Gegenwart des Gleichgewichts spürte – oder wahrscheinlicher vielleicht auch den Einfluß der Lords des Chaos oder der Ordnung, denn in letzter Zeit war es offensichtlich geworden, daß die Herzöge der Entropie und die Prinzen der Beständigkeit sich auf eine Auseinandersetzung vorbereiteten, deren Heftigkeit das übliche Maß überschreiten würde. Dies mochte eine weitere Erklärung für das Gefühl der Dringlichkeit sein, das die Atmosphäre zu durchdringen schien – jene Dringlichkeit, die sein Vater, obgleich schon tot und ohne Seele, zum Ausdruck zu bringen versucht hatte. War das sich langsam bildende Muster, das sich um ihn zu formen schien, ein Abbild einer größeren kosmischen Konfiguration? Und eine Sekunde lang erhaschte er einen Blick auf die Größe des Multiversums, seine Komplexität und Vielfalt, seine Realitäten und die noch zu verwirklichenden Träume; Möglichkeiten ohne Ende – Wunder und Schrecken, Schönheit und Häßlichkeit – grenzenlos und unbeschränkbar, in allem angefüllt mit dem Letztendlichen.

Und als der grauhaarige Mann zurückkam, diesmal etwas besser angezogen und etwas gepflegter aussehend, fragte Elric ihn, warum man keinen direkten Angriff durch die Zigeunernation befürchtete.

»Oh, soweit ich weiß, haben sie ihre eigenen Regeln, was dies angeht. Es gibt einen Status quo, wißt Ihr. Der ist zwar Eurer Situation nicht zuträglicher ...«

»Ihr verhandelt mit ihnen?«

»In gewissem Sinne, mein Herr. Wir haben Abkommen und dergleichen. Wir fürchten nicht um Agnesh-Val, sondern um jene, die kommen, um mit uns zu handeln ...« Und wieder vollführte er entschuldigende Gesten. »Die Zigeuner haben so ihre eigene Art, wißt Ihr. Sie sind uns fremd, und ich glaube nicht, daß ich sie direkt bedienen würde, aber wir müssen an ihrer Macht sowohl das Positive als auch das Negative sehen.«

»Und sie haben ihre Freiheit, nehme ich an«, sagte Wheldrake. »Das ist das große Thema von ›Der Roma-Roggen‹.«

»Möglich, mein Herr.« Ihr Gastgeber schien jedoch Zweifel zu hegen. »Mir ist nicht klar, wovon Ihr sprecht – ein Theaterstück?«

»Ein Bericht, Sir, über die Freuden der offenen Straße.«

»Ah, dann wurde er vermutlich von Zigeunern geschrieben. Ich fürchte, ihre Bücher kaufen wir nicht. Nun, ihr Herren, ich weiß nicht, ob Ihr Euch dessen bedient, was wir den Reisenden in Not an Krediten und

Ausrüstung zum Selbstkostenpreis anbieten. Falls Ihr kein Geld habt, nehmen wir gern etwas Gleichwertiges. Vielleicht eins von jenen Büchern, wenn Ihr wollt, Meister Wheldrake, für ein Pferd.«

»Ein Buch für ein Pferd, Sir! Nun, Sir!«

»Zwei Pferde? Ich bedaure, daß ich vom gegenwärtigen Marktwert keine Ahnung habe. Bücherlesen steht bei uns nicht sehr in Mode. Vielleicht sollten wir uns dessen schämen, aber wir ziehen das passive Vergnügen der Abendarena vor.«

»Zu den Pferden vielleicht noch einige Tagesrationen Proviant?« schlug Elric vor.

»Wenn Euch das angemessen erscheint, mein Herr.«

»Meine Bücher«, preßte Wheldrake zwischen gefletschten Zähnen hervor, während seine Nase sogar noch spitzer als sonst zu werden schien, »sind mein – mein Ich, Sir. Sie sind meine Identität. Ich bin ihr Beschützer. Außerdem können wir durch die Eigenart einer gewissen Telepathie, derer wir uns alle erfreuen, die Sprache verstehen, wir können sie nicht lesen. Wußtet Ihr das, Sir? Die Fähigkeit reicht dazu nicht aus. Ich nehme an, in gewisser Hinsicht ist das logisch. Nein, Sir, ich werde mich von keiner einzigen Seite trennen!«

Doch nachdem Elric darauf hingewiesen hatte, daß Wheldrake bereits erklärt hatte, eines seiner Bücher sei in einer Sprache abgefaßt, die selbst er nicht kenne, und nahelegte, daß ihr Leben davon abhänge, Pferde zu beschaffen und sich mit der Rose zusammenzutun, stimmte Wheldrake schließlich zu, sich von dem *Omar Khayyam* zu trennen, das er eines Tages zu lesen gehofft hatte.

Also ritten die drei, Elric, Wheldrake und die Rose die weiße Straße am Fluß entlang zu der Stelle zurück, wo sie den Pfad am vorangegangenen Tag beschritten hatten, aber jetzt blieben sie auf dem Weg, der sie langsam und in Windungen nach Süden führte und der dem trägen Flußlauf folgte. Und Wheldrake sang sein

Lied ›An 'Rabien‹ einer bezauberten Rose vor, derweil Elric etwas vor ihnen ritt, sich fragte, ob er einen Traum betreten hatte, und befürchtete, seines Vaters Seele niemals zu finden.

Sie hatten einen Abschnitt der Flußstraße erreicht, an den Elric sich nicht erinnern konnte, und er dachte bei sich, daß dies nahe jener Stelle war, an der der Drache sich gen Süden und fort vom gekrümmten Wasserlauf gewandt hatte, als seine empfindlichen Ohren ein fernes Geräusch einfingen, das er nicht einzuordnen vermochte. Er machte die anderen darauf aufmerksam, aber sie hörten nichts. Erst eine halbe Stunde später legte sich die Rose die Hand ans Ohr und runzelte die Stirn. »Eine Art Rauschen. Ein Dröhnen.«

»Jetzt höre ich es«, sagte Wheldrake, den es offenbar ziemlich ärgerte, daß er, der Dichter, derjenige mit dem schlechtesten Gehör sein sollte. »Ich wußte nicht, daß Ihr dieses Rauschen, dieses Dröhnen meintet. Ich dachte, es käme vom Wasser.« Und dann zeigte er die Schicklichkeit, zu erröten, die Achseln zu zucken und sich für etwas am Ende seiner schnabelgleichen Nase zu interessieren.

Zwei weitere Stunden vergingen, bevor sie sahen, daß das Wasser jetzt mit ungeheurer Gewalt schäumte und durch Felsen stürzte, die selbst der geschickteste Schiffer nicht hätte umfahren können, und dabei ein solches Gepfeife und Gekrache und Gebrüll erzeugte, daß man meinen wollte, es handle sich um etwas Lebendiges, das seinem Zorn Luft machte. Die Spritzer hatten die Straße schlüpfrig gemacht, und sie konnten sich wegen des Lärms kaum verständigen, sahen kaum weiter als einige Schritte, rochen nur das wütende Wasser. Und dann bog die Straße vom Fluß ab und durchzog einen Hohlweg, der den Krach plötzlich weit entfernt erscheinen ließ.

Die Felswände um sie troffen immer noch vor Wasser, das von oben herunterspritzte, aber die beinahe vollständige Ruhe war ihnen fast körperlich willkommen, und sie gaben tiefzufriedene Seufzer von sich. Wheldrake ritt ein wenig voraus und kam dann mit der Meldung zurück, daß die Straße weiter vorn offenbar an einer Klippe abbog. Vielleicht hatten sie das Meer erreicht.

Sie hatten den Hohlweg hinter sich gelassen und waren wieder auf offner Straße, an der sich struppiges Gras zu einem Horizont erstreckte, der immer noch brüllend wie eine silberne Mauer Wasserwolken ausstieß. Jetzt führte die Straße sie zum Rand einer Klippe und einer Schlucht, die so tief war, daß sich der Boden in Schwärze verlor. In diesen Abgrund ergoß sich das Wasser mit rücksichtsloser Wucht, und als Elric nach oben sah, keuchte er auf. Erst jetzt hatte er die Brückenstraße über sich gesehen – eine Brückenstraße, die sich von den östlichen Klippen einer weiten Bucht zu den westlichen Klippen erstreckte – ganz sicher die gleiche Brückenstraße, die er schon vorher gesehen hatte. Aber diese konnte nicht aus gestampftem Lehm erbaut worden sein. Der mächtige Bogen war aus Zweigen, Knochen und metallenen Kabeln errichtet worden, die eine Oberfläche hielten, die aus Tausenden von Tierhäuten zu bestehen schien, die wiederum mit übelriechendem Knochenleim aufeinander verklebt worden waren – Elric dachte sich, daß dies einerseits ausgesprochen primitiv war, andererseits eine stabile und ausgeklügelte Ingenieursarbeit darstellte. Sein eigenes Volk hatte früher einmal einen vergleichbaren Einfallsreichtum besessen, bevor die Magie sie vereinnahmt hatte. Gerade bewunderte er die außergewöhnliche Anlage, während sie nebeneinander herritten, als Wheldrake sich zu Wort meldete.

»Kein Wunder, Freund Elric, daß niemand die Flußstraße unter diesem Gebilde benutzt, das ganz sicher der Wall genannt wird.«

Und Elric mußte über diese Ironie lächeln. »Führt

diese seltsame Straße zur Zigeunernation, was meint Ihr?«

»Führt zu Tod, Verheerung und Verzagen; führt zum Graf von Cray dem Argen«, intonierte Wheldrake; wie so häufig hatte auch diesmal die Assoziation ein Zitat aus seinem eigenen Werk hervorgerufen. »Itzt greifet Ulric nach der Flamm' der Not, sie stehen zusammen zitternd vorm Tod und bringen das gerechte Weh, das grauenhaft-gerechte Weh, zum bösen Gwandyth, dem Grafen von Cray.«

Selbst die sonst begeisterte Rose spendete keinen Beifall, auch schien sie die Zeilen für diesen erstaunlichen Augenblick nicht passend zu finden: der donnernde Fluß zur einen Seite, die Klippen und die Schlucht zur anderen Seite, über ihnen eine Brückenstraße primitiver Konstruktion, die sich hoch über dem brodelnden Wasser über eine Meile weit von Klippe zu Klippe erstreckte – und in einiger Entfernung das weite Gewässer eines Sees, der verträumt und blaugrün in der Sonne schimmerte. Elric sehnte sich nach dem Frieden, den er bot. Dennoch vermutete er, daß dieser Frieden trügerisch sein mochte.

»Seht, meine Herren«, sagte die Rose und ließ ihr Pferd in einen leichten Trab fallen, »da drüben liegt eine Siedlung. Könnte es durch einen glücklichen Zufall vielleicht ein Gasthaus sein?«

»Es wäre sicher ein geeigneter Platz dafür, meine Dame. Bei Land's End, wo mich meine letzte Versetzung hinverschlagen hatte, gibt es eine ähnliche Stätte…«, sagte Wheldrake fröhlich.

Der Himmel hatte sich bedeckt und wirkte jetzt düster und drohend, und die Sonne schien nur noch auf den weitentfernten See, während aus der Schlucht hinter ihnen unangenehme dröhnende Geräusche heraufdrangen, Töne wie heulende Menschenstimmen, die wild und gierig klangen. Und die drei machten nervöse Witze über den Stimmungswechsel in der Landschaft und meinten, wie sehr sie doch die Langeweile des Flusses und des Weizens vermißten und gern dorthin zurückkehren würden.

Die Ansammlung von unbemalten brüchigen Häusern – ein zweistöckiges Haus mit krummen Giebeln, um das sich halbverfallene Wirtschaftsgebäude drängten – wies tatsächlich ein Schild auf: ein Krähenkadaver, an ein Brett genagelt. Die unleserlichen Buchstaben darunter schienen dem Ort vermutlich einen Namen zuzusprechen.

»*Die verwesende Krähe* ist mir recht«, sagte Wheldrake, der Gastfreundschaft offenbar nötiger hatte als die beiden anderen. »Ein Ort, an dem sich Piraten treffen und finstere Hinrichtungen stattfinden. Was denkt ihr?«

»Ich muß zustimmen.« Die blaßroten Locken der Rose nickten. »Ich würde den Ort nicht aufsuchen, hätte ich die Wahl, aber ihr seht selbst, daß es keine Wahl gibt. Laßt uns wenigstens feststellen, welche Neuigkeiten wir erfahren können.«

Im Schatten der Brücke, am Rande des Abgrunds, übergaben die drei unwahrscheinlichen Reisegefährten ihre Pferde eher widerwillig einem Stallknecht von verdrecktem, jedoch gutmütigem Aussehen, betraten *Die verwesende Krähe* und sahen sich überrascht sechs grobschlächtigen Männern und Frauen gegenüber, die sich bereits der vorhandenen Gastfreundschaft des Ortes erfreuten.

»Gegrüßt seid Ihr, meine Herren. Meine Dame.« Einer zog einen Hut, der derart mit Federn, Bändern, Juwelen und anderen Verzierungen versehen war, daß sein ursprünglicher Umriß nicht mehr zu erahnen war. Sämtliche Gäste waren mit Spitzen, Samt und Seide in allen Farben, Formen und Größen angetan und trugen Mützen, Hüte und Helme jedweder Machart. Ihre eingeölten dunklen Locken ringelten sich bis in die Bärte der Männer oder bis auf die olivfarbenen Schultern der Frauen. Alle waren bis an die Zähne bewaffnet und offenbar bereit, jedem Streit mit Stahl zu begegnen. »Seid Ihr weit gereist?«

»Für einen Tag weit genug«, sagte Elric, streifte sich Handschuhe und den Mantel ab und breitete diesen am Feuer aus. »Und Ihr, meine Freunde. Seid Ihr weit gereist?«

»Nun«, sagte eine Frau, »wir sind die Gefährten des Endlosen Weges. Wir sind Reisende auf ewig. Dazu verschworen. Wir folgen der Straße. Wir sind die freien Hilfstruppen der Zigeunernation. Reinrassige Romani der Südwüste mit Vorfahren, die die Welt bereisten, bevor es überhaupt Nationen gab!«

»Dann freut es mich, Euch zu treffen, werte Dame!« Wheldrake schüttelte seinen Hut vor dem Feuer aus und ließ es aufzischen. »Denn die Zigeunernation suchen wir.«

»Die Zigeunernation muß nicht gesucht werden«, erklärte der größte unter den Männern in rot-weißem Samt. »Die Zigeuner kommen stets zu Euch. Ihr müßt nur warten. Heftet ein Zeichen an Eure Tür und wartet. Diese Jahreszeit ist bald vorüber. Bald beginnt die Jahreszeit unseres Vorbeizugs. Dann werdet Ihr das Überschreiten der Vertragsbrücke sehen, durch die wir unseren alten Pfad beibehalten, obwohl das Land schon lange verfallen ist.«

»Die Brücke ist von Euch? Und die Straße?« Wheldrake war verblüfft. »Können Zigeuner solche Dinge besitzen und immer noch Zigeuner sein?«

»Ich rieche Fußgängerunrat!« Eine Frau stand auf und legte drohend die Hand auf ihren Dolchgriff. »Ich rieche den Auswurf eines Professorenvogels. Unsinn liegt in der Luft, und dies ist nicht der Ort für Unsinn.«

Elric löste die Spannung, indem er sich gelassen zwischen die beiden stellte. »Wir sind hierhergekommen, um zu reden und vielleicht zu handeln.«

»Handeln?« Das Wort rief bei den Zigeunern ein allgemeines Grinsen und Murmeln hervor. »Nun, Ihr

Leute, bei der Zigeunernation sind alle willkommen. Alle, die etwas für das Reisen übrig haben.«

»Ihr werdet uns dorthin bringen?«

Das schien sie wieder zu erheitern, und Elric nahm an, daß nur wenige Bewohner der Ebene sich freiwillig den Zigeunern anschlossen.

Elric war klar, daß die Rose einen tiefen Argwohn gegen das halbe Dutzend Halsabschneider hegte und sich keinesfalls sicher war, daß sie sie zu begleiten wünschte, dennoch war sie entschlossen, die drei Schwestern zu finden, und würde sich jeder Gefahr stellen, um ihnen zu folgen.

»Einige Freunde sind uns vorausgegangen«, sagte Wheldrake, der auch diesmal die Sachlage am schnellsten erfaßte. »Drei junge Damen, die einander sehr ähnlich sehen. Habt ihr sie vielleicht kennengelernt?«

»Wir sind die Romani der Südwüsten und halten für gewöhnlich keine müßigen Gespräche mit den Diddicoyim.«

»Ha!« stieß Wheldrake hervor. »Zigeunersnobs! Das Multiversum offenbart nichts außer Wiederholungen! Und ständig werden wir von ihnen überrascht ...«

»Dies ist nicht die Stunde für gesellschaftliche Beobachtungen, Meister Wheldrake«, sagte die Rose streng.

»Madame, dafür ist immer Zeit. Was unterschiede uns sonst von den Tieren?« Er war beleidigt. Er blinzelte der großen Zigeunerin zu und hob die dünne Stimme zu einem Lied. »Möcht' lieber bei dem Zigeuner sein, möcht' ihm gebären sein Kindelein!« Er summte leise. »Kennt Ihr die Ballade, liebe Freunde?«

Und er fesselte sie zur Genüge, bis sie sich behaglich auf die Bänke setzten und herablassende Witze über eine Reihe von Nichtzigeunervölkern erzählten, darunter natürlich auch Wheldrakes eigenes, während Elrics seltsames Erscheinen ihm bald den Spitznamen Hermelin einbrachte, den er mit der gleichen Gelassenheit hinnahm, wie er alle anderen Namen hinnimmt, die ihm von denen zugesprochen wurden, die ihn als unnatürlich und beunruhigend erachteten. Er wartete mit einer Geduld, die beinahe körperliche Beschaffenheit angenommen hatte, als sei sie ein Panzer, den er sich umschnallen konnte, um sich im Warten zu üben. Er wußte, daß er nur für eine Minute Sturmbringer ziehen müßte, und auf dem befleckten Boden des Gasthauses würden sechs tote Zigeuner mit ausgehauchten Leben und Seelen liegen; doch vielleicht würden auch die Rose oder Wheldrake sterben, denn Sturmbringer gab sich nicht immer bloß mit dem Leben von Feinden zufrieden. Und weil er ein Adept war und hier am brüllenden Weltenrand kein anderer Mensch auch nur die leiseste Ahnung von seiner Macht hatte, lächelte er ein wenig. Und falls die Zigeuner dies für ein gefälliges Grinsen hielten und ihm sagten, daß er dünn genug sei, um einen ganzen Kaninchenbau auszulöschen, kümmerte er sich nicht drum. Er war Elric von Melniboné, der Prinz der Ruinen, der Letzte seines Geschlechts, und er suchte das Gefäß für die Seele seines toten Vaters. Er war ein Melnibonéer, und aus diesem atavistischen Stolz bezog er alle Kraft, die ihm daraus erwachsen konnte, und er erinnerte sich der fast sinnlichen Freude, die mit der Aufnahme seiner Überlegenheit über alle anderen natürlichen oder übernatürlichen Geschöpfe einherging, und sie stärkte ihn, obwohl sie auch allzuscharf die Pein der Erinnerung mit sich führte.

Derweil brachte Wheldrake vier Zigeunern ein Lied mit einem lärmenden und vulgären Refrain bei. Die Rose verwickelte den Wirt in ein Gespräch betreffs des Speiseplanes. Er bot Kaninchenhaschee an. Mehr hatte er nicht. Sie nahm in ihrer aller Namen an, sie aßen so viel davon, wie sie ertragen konnten, und zogen sich dann auf einen übelriechenden Dachboden zurück, wo sie nach bestem Vermögen schliefen, während eine Vielzahl von Käfern und Ungeziefer ihre Körper nach einem schmackhaften Bissen absuchten und nur wenig fanden. Elrics Blut wurde von Insekten stets verschmäht.

Bevor die anderen am nächsten Morgen erwachten, stahl sich Elric in die Küche, fand das Wasserbecken, brockte etwas Drachengift in einen Krug und erstickte seine eigenen Schreie, als das Zeug jedes Teilchen, jede Zelle, jedes Atom seines Wesens marterte, und dann kehrten seine Stärke und seine Überlegenheit zurück. Er spürte beinahe, wie die Schwingen an seinem Körper schlugen und ihn in den Himmel trugen, wo seine Drachenbrüder auf ihn warteten. Ein Drachenlied drängte sich auf seine Lippen, aber auch dies unterdrückte er. Er wünschte etwas zu erfahren, nicht Aufmerksamkeit zu erregen. Das war die einzige Art und Weise, wie er den Aufbewahrungsort der Seele seines Vaters erfahren konnte.

Als die anderen beiden herunterkamen, fanden sie ihren Reisegefährten in leutseliger Stimmung vor. Schon grinste er über einen Witz über ein verhungertes Frettchen und einen Hasen – die Zigeuner verfügten über einen wahren Reichtum an solchen Späßen, für sie ein steter Quell der Erheiterung.

Elrics Versuche, eine ähnliche Note anzuschlagen, stürzten sie in Verwirrung, doch als Wheldrake sich mit einer Reihe von Geschichten über Schafe und Wasserstiefel anschloß, war das Eis vollends gebrochen. Als sie zur westlichen Klippe und der Brückenstraße ritten, hatten die Zigeuner beschlossen, daß sie annehmbare Gefährten waren, und versicherten ihnen, daß sie in der Zigeunernation mehr als willkommen sein würden.

»Wau, wau, der Hund schlägt Radau«, nölte Wheldrake; er hielt immer noch seinen Frühstücksbierkrug in der Hand, als er sich auf seinem Sattel herüberlehnte und den großartigen Anblick in sich aufnahm. »Um die Wahrheit zu sagen, Prinz Elric, in Putney wurde mir schon ein wenig langweilig zumute. Obwohl darüber geredet wurde, nach Barnes umzuziehen.«

»Das sind wohl ungesunde Orte?« fragte Elric, froh über etwas Unterhaltung während des Rittes. »Durchsetzt mit übler Magie und dergleichen?«

»Noch schlimmer«, sagte Wheldrake, »sie liegen südlich vom Fluß. Mittlerweile glaube ich, daß ich zuviel geschrieben habe. In Putney kann man sonst wenig anstellen. Ich glaube, daß die Krise der Ursprung der Kreativität ist. Und eins verheißt Putney einem ganz sicher, Sir: daß man nämlich dort von Krisen verschont bleibt.«

Elric hörte höflich zu, wie es eben Brauch ist, wenn ein Freund die verborgeneren oder spitzfindigeren Bereiche des jeweiligen Glaubens erläutert, und ließ die Worte des Poeten wie ein Wiegenlied auf seine immer noch überreizten Sinne wirken. Es lag auf der Hand, daß das Drachengift bei zunehmendem Gebrauch nichts von seiner Wirkung verlor. Aber jetzt wußte er, daß er die Zigeunerführer, sollten sie sich als Verräter erweisen, ohne große Anstrengung würde töten können. Der örtlichen Meinung brachte er eine gewisse Verachtung entgegen. Diese Schurken mochten die Bauern der Gegend in Angst und Schrecken versetzt haben, aber ausgebildeten Kämpfern waren sie offensichtlich nicht gewachsen. Und er wußte, daß er sich bei jedweder Auseinandersetzung auf die Rose würde verlassen können, obwohl Wheldrake so gut wie nutzlos sein würde. Er hatte etwas Ungeschicktes an sich, das beim Gebrauch eines Schwertes den Gegner eher verwirren als bedrohen würde.

Von Zeit zu Zeit tauschte er mit seinen Gefährten Blicke, aber es war klar, daß keiner einen anderen Vorschlag hatte. Da diejenigen, die sie suchten, nach der Zigeunernation gefragt hatten, konnte es keinen erdenklichen Grund dafür geben, nicht zuerst herauszufinden, was genau die Zigeunernation war.

Elric sah, daß die Rose, wohl um einen Teil ihrer Angst abzubauen, ihrem Pferd plötzlich die Zügel ließ und auf dem schmalen Pfad entlang des Abgrunds entlanggaloppierte, während Steine und Erdbrocken in die Finsternis und das Gebrüll des unsichtbaren Flusses hinabstürzten. Dann folgten nacheinander die Zigeuner, die johlend und jauchzend mit tollkühner Geschicklichkeit hinter der Rose herstürmten, in ihren Sätteln aufsprangen und voltigierten, als ob es ganz natürlich wäre, und jetzt lachte Elric beim Anblick ihrer Freude fröhlich auf, und Wheldrake klatschte und johlte wie ein Junge im Zirkus. Und dann waren sie zur großen Abfallmauer gekommen, die höher war, als Elric sie zuvor gesehen hatte. Weitere Zigeuner warteten an einem Durchgang, der durch den Müll gegraben worden war, und begrüßten ihre Kameraden in aller Herzlichkeit, während Elric, Wheldrake und die Rose mit jener gleichmütigen Verachtung behandelt wurden, wie sie allen Nichtzigeunern zuteil wurde.

»Sie wünschen sich unserer freien Schar anzuschließen«, erklärte der große Mann in Rot und Weiß. »Wie ich ihnen schon sagte, weisen wir Neuankömmlinge niemals zurück.« Und er lachte schallend auf, als er einen etwas überreifen Pfirsich aus der Tasche eines Zigeuners entgegennahm. »Wie gewöhnlich ist ziemlich wenig an Vorräten zu ergattern. So ist es immer am Ende einer Jahreszeit und am Anfang.« Plötzlich legte er den Kopf schräg. »Aber die nächste Jahreszeit kommt. Bald. Wir werden sie bald treffen.«

Elric bildete sich ein, ein leichtes Zittern im Boden bemerkt und etwas wie ein fernes Flöten, ein leises Trommeln, ein Dröhnen gehört zu haben. Kroch ihr Gott auf der Straße von einem Versteck zum nächsten? Sollten er und seine Gefährten diesem Gott geopfert werden? Erheiterte dies die Zigeuner sosehr?

»Welche Jahreszeit?« fragte die Rose beinahe drängend und fuhr sich mit den langen Fingern durch die Locken.

»Die Jahreszeit unseres Durchgangs. Tatsächlich die

Jahreszeiten unseres Durchgangs«, sagte eine Frau, die Pflaumenkerne auf den ascheverschmutzten Boden spuckte. Dann stieg sie auf ihr Pferd und führte sie durch den Gang auf die fleischige Härte der Straße, die wie unter einem fernen Erdbeben zitterte und bebte, und jetzt sah Elric die meilenlange Straße nach Osten und erkannte eine Bewegung, hörte weiteren Lärm, und er erkannte, daß etwas auf sie zukam.

»Großer Scott!« schrie Wheldrake und lüftete in einer Geste des Erstaunens den Hut. »Was kann das sein?«

Es war wie eine Dunkelheit, ein Flackern schwerer Schatten und gelegentlicher Lichtfunken, ein beständiges und zunehmendes Beben, das die Abfallwälle zum Wanken und Zittern brachte und die Aasfresser als plärrende Feder- und Fellwolken davonrasen ließ. Und immer noch war es viele Meilen entfernt.

Für die Zigeuner war diese Erscheinung so vertraut, daß sie ihr nicht die geringste Aufmerksamkeit schenkten, aber Elric, die Rose und Wheldrake konnten den Blick nicht abwenden.

Jetzt verstärkte sich das Beben, eine stete Bewegung, die zweifellos zum Teil von dem freien Bogen der Straße über der Bucht erzeugt wurde, bis sie sanft, aber unaufhaltsam wurde, als ob die Hand eines Riesen sie in einer bizarren Wiege schaukeln würde, und die Schatten am Horizont wurden größer und immer größer, bis sie den Straßenverlauf von einem Wall zum anderen ausfüllten.

»Wir sind das freie Volk. Wir folgen der Straße und nennen keinen Menschen unseren Herrn!« sang eine Frau.

»Hört! Hört!« zirpte Wheldrake. »Hoppla, die offene Straße!« Doch seine Stimme schwankte ein wenig, als sie näher kamen und sahen, was dort an der Spitze des Ganzen auf sie zukam.

Es glich einem Schiff, aber es war kein Schiff. Es war eine große Holzplattform, so breit wie ein größeres

Dorf, riesige Räder auf gigantischen Achsen trieben sie langsam voran. Um den unteren Rand der Plattform war eine Art Ledervorhang angebracht; um den oberen Rand war eine Einfriedung erbaut, und darüber befanden sich die Dächer und Türme einer Stadt, die sich auf der Plattform in langsamer ständiger Bewegung befand und deren Gebäude einen ganzen Stamm aufnehmen konnten.

Es war nur eine Plattform von Hunderten.

Hinter dieser ersten kam eine weitere Plattform mit ihrem eigenen Dorf, ihrem eigenen Umriß, ihren eigenen Flaggen. Dahinter eine weitere. Die Straße war erfüllt von diesen Plattformen, die sich rumpelnd und ächzend im Schildkrötentempo voranbewegten, den Abfall in den Boden stampften, die glatte Straße noch glatter machten.

»Mein Gott!« flüsterte Wheldrake. »Das ist ein Alptraum Brueghels! Es ist Blakes Vision der Apokalypse!«

»Es ist in der Tat ein beunruhigender Anblick.« Die Rose schnallte ihr Gürtelende etwas fester und runzelte die Stirn. »Ganz sicher ein Nomadenvolk!«

»Es scheint, daß Ihr euch recht gut selbst versorgen könnt«, sagte Wheldrake zu einem Zigeuner, der sich mit schwerfälliger Würde zum Zuhören herabließ. »Wie viele Städte bereisen diese Straße?«

Der Zigeuner schüttelte den Kopf und zuckte die Achseln. Er war sich nicht sicher. »Etwa zweitausend«, sagte er, »aber nicht alle bewegen sich so rasch wie die hier. Die Städte der Zweiten Jahreszeit folgen diesen hier, und ihnen folgen Städte der Dritten Jahreszeit.«

»Und die Vierte Jahreszeit?«

»Ihr wißt doch, daß wir keine vierte Jahreszeit haben. Die überlassen wir Euch.« Der Zigeuner lachte, als ob er es mit einem Einfaltspinsel zu tun hätte. »Sonst hätten wir doch keinen Weizen.«

Elric lauschte dem Geplauder und der Unruhe der massigen Plattformen, sah Menschen auf die Mauern klettern und hörte ihre Zurufe. Er roch alle üblen Gerüche einer gewöhnlichen Stadt, hörte jedes gewöhnliche Geräusch, und er staunte über diese Dinge, die alle aus Eisen, hölzernen Schrauben und Teilen hergestellt waren, die mit Messing, Kupfer oder Stahl miteinander verbunden waren, aus Holz, das so alt war, daß es Felsen glich, mit Rädern, die so riesig waren, daß sie einen Menschen so leicht zerquetschen würden wie eine Schubkarre eine Ameise. Er sah Wäschestücke auf Leinen flattern, konnte Schilder unterscheiden, die verschiedene Gewerbe und Handelsarten bezeichneten. Schon waren die Reiseplattformen so nahe herangekommen, daß sie ihn zu einem Zwerg machten und er hochsehen mußte, um den Schimmer der geschmierten Achsen zu sehen, die alten metallverstärkten Räder, von denen eine Speiche fast so lang war wie einer der Türme von Imrryr, der Geruch, der Geruch des Lebens in seiner ganzen Vielfalt. Und hoch über seinem Kopf kreischten Gänse; Hunde legten ihre Vorderpfoten auf die Brüstung, bellten und knurrten aus schierer Freude am Bellen und Knurren, während Kinder herunterstarrten und den Fremden auf den Kopf zu spucken versuchten, Schmähungen und altkluge Sprüche über die Untenstehenden von sich gaben, nur um von Eltern geohrfeigt zu werden, die ihrerseits das sonderbare Aussehen der Fremden kommentierten und nicht allzu erfreut schienen, daß ihre Reihen gewachsen waren. Zu beiden Seiten knarrten nun die Räder an ihnen vorbei, und von den Seiten ergossen sich die Eimer mit Müll und Unrat, die die Wälle bildeten, während hier und dort hinter den Plattformen besenbewaffnete Männer, Frauen und Kinder einherschritten und den Abfall auf die Haufen schleuderten, die gereizten Aasfresser störten, die Wolken aus Staub und Fliegen erzeugten oder manchmal anhielten und sich über ein erlesenes Abfallstück zankten.

»Elender Abfall, in der Tat«, sagte Meister Wheldrake, hob sein riesiges rotes Taschentuch an den Mund und hustete kräftig. »Sagt mir doch, Sir – wohin führt diese große Straße?«

»Wohin sie führt, Mann?« Der Zigeuner schüttelte ungläubig den Kopf. »Nun, nirgendwohin und überallhin. Das ist unsere Straße. Die Straße der Freien Reisenden. Sie folgt sich selbst, kleiner Poet! Sie führt um die Welt!«

DAS VIERTE KAPITEL

Über den Anschluß an die Zigeuner. Und einige ungewöhnliche Definitionen, die Beschaffenheit der Freizügigkeit betreffend.

Und als Elric und seine Gefährten zwischen den rollenden Rädern weiterritten, sahen sie, daß hinter der ersten Reihe der beweglichen Dörfer eine große Menschenmenge daherkam: Männer, Frauen und Kinder jeglichen Alters, jeglicher Klasse und in unterschiedlichem Zustand, die redeten und stritten und im Laufen spielten. Einige marschierten in unbefangener Selbstverständlichkeit hinter den dröhnenden Rädern einher; andere hielten seltsamerweise die Hüte in der Hand und weinten; Hunde und andere Haustiere begleiteten sie wie auf einer Pilgerfahrt. Die berittenen Zigeuner waren mittlerweile verschwunden, um sich ihren Leuten anzuschließen, und hatten nicht das geringste Interesse an den dreien, die sie aufgelesen hatten.

Wheldrake lehnte sich von seinem Pferd hinunter und sprach eine freundliche ältere Frau von jener Art an, die ihm häufig zugetan war. Seinen Hut riß er mit einer schwungvollen Bewegung vom roten Schopf, die kleinen Hahnenaugen funkelten. »Verzeiht mir die Unterbrechung, werte Dame. Wir sind neu in Eurer Nation und dachten, daß wir vielleicht Eure Behörden aufsuchen sollten …«

»In der Zigeunernation, kleiner Gockel, gibt es keine Behörden.« Sie lachte über diese Lächerlichkeit. »Hier sind wir alle frei. Wir haben einen Rat, aber der tritt nicht vor der nächsten Jahreszeit zusammen. Wenn Ihr Euch uns anschließen wollt, was Ihr anscheinend schon getan habt, müßt Ihr ein Dorf finden, das Euch aufnimmt. Wenn Euch das nicht gelingt, müßt Ihr laufen.« Sie deutete hinter sich, ohne im Schritt innezuhalten. »Dahinten ist es am besten. Die vorderen Dörfer sind meistens voll mit Reinblütigen, und die sind nie besonders gastfreundlich. Aber irgend jemand dahinten wird Euch mit Freuden aufnehmen.«

»Wir stehen in Eurer Schuld, Madame.«

»Viele heißen den Reiter willkommen«, sagte sie, als ob sie einen alten Spruch zitiere. »Keiner ist freier als der Zigeunerreiter.«

Durch den großen Zug, der die Straße von der einen Müllwand bis zur anderen ausfüllte, ritten Elric, Wheldrake und die Rose weiter, manchmal begrüßten sie die Fußgänger, manchmal wurden sie begrüßt. An vielen Stellen des Zuges war die Stimmung beinahe festlich. Hier und dort wehten Liedfetzen heran, das plötzliche Klingen einer Baßorgel, der Klang einer Geige. Und an anderen Stellen stimmten die Menschen ein bekanntes Lied im Rhythmus ihres Schrittes an.

Wir schworen den Zigeunereid
und wahren das Zigeunerrecht –
und Ungehorsam ist der Tod!
Und Ungehorsam ist der Tod!

Was Wheldrake aus einer Reihe moralischer, ethischer, ästhetischer und metrischer Gründe mißfiel. »Ich hab ja fürwahr was übrig für Primitivität, Freund Elric, aber es muß Primitivität der feineren Art sein. Das hier ist bloßer Fremdenhaß. Kaum ein Nationalepos ...«

Doch die Rose fand es bezaubernd.

Als Elric wie ein Drache den Kopf hob, um die Luft zu schnuppern, entdeckte er einen Jungen, der in unziemlicher Hast unter den Rädern einer riesigen Plattform hervor- und zu den Abfallwällen hinüberrannte (die durch jede vorbeikommende Siedlung immer wieder neu aufgefrischt wurden). Der Junge versuchte, daran hinaufzuklettern, und hatte sich zu diesem Zweck Bretter an Hände und Füße geschnallt, die ihn jedoch eher behinderten. Jetzt war er vom Schrecken geschüttelt und schrie, aber die singende Menge marschierte vorbei, als ob er nicht existierte. Der Junge versuchte wieder auf die Straße zu gelangen, aber die Bretter steckten fest. Sein Schrei schallte mitleiderregend über den zuversichtlichen Gesang der dahinmarschierenden Zigeuner. Dann flog von irgendwoher ein schwarzgefiederter Pfeil herbei, landete in seinem Hals und brachte ihn zum Schweigen. Blut quoll zwischen seinen bebenden Lippen hervor. Der Junge lag im Sterben. Niemand warf ihm mehr als nur einen flüchtigen Blick zu.

Die Rose drängte ihr Pferd durch die Menschen und schrie sie wegen ihrer Achtlosigkeit an, versuchte den Jungen zu erreichen, dessen Todeszuckungen ihn noch tiefer unter dem Abfall vergruben. Als Elric, Wheldrake und die Rose bei ihm eintrafen, war es klar, daß er tot war. Elric streckte eine Hand nach der Leiche aus – und ein weiterer schwarzgefiederter Pfeil bohrte sich von oben direkt in das Herz des Kindes.

Wütend sah sich Elric um, und nur die gemeinsamen Anstrengungen von Wheldrake und der Rose hielten ihn davon ab, sein Schwert zu ziehen und den Ursprung des Pfeils ausfindig zu machen.

»Schändliche Feigheit! Schändliche Feigheit!«

»Vielleicht beging er ein noch schändlicheres Verbrechen«, mahnte die Rose. Sie beugte sich aus dem Sattel und ergriff Elrics Hand. »Hab Geduld, Albino. Wir sind hier, um zu erfahren, was diese Leute uns sagen können, nicht um ihre Gebräuche in Zweifel zu ziehen.«

Elric billigte ihre Weisheit. Bei seinem eigenem Volk war er Zeuge von noch weit grausameren Handlungen gewesen und wußte daher, daß ein empörender Folterakt anderen als gerechte Maßnahme erschien. Also beherrschte er sich, behielt die Menge allerdings noch argwöhnischer im Blick, als die Rose zur nächsten Reihe der fahrbaren Dörfer voranritt, die sich unendlich langsam, nicht schneller als in der Gangart eines alten Mannes über die fleischfarbene Straße fortbewegten; ihre Lederschürzen streiften über den Boden, als sie sich wie massige Witwen beim Abendspaziergang voranbewegten.

»Welche Hexerei treibt diese Siedlungen an«, murmelte die Rose, als sie sich schließlich durch die Nachzügler weiterbewegten, »und wie können wir eine davon besteigen? Diese Leute sind nicht gesprächig. Vor irgend etwas fürchten sie sich …«

»Das ist offensichtlich, meine Dame.« Elric warf einen Blick zurück zu der Stelle, an der der Knabe gestorben war; sein schlaffer Leichnam war auf dem aufgehäuften Abfall immer noch zu sehen.

»Eine freie Gesellschaft wie diese muß keine Steuern entrichten, kann also auch niemanden für Polizeiarbeit bezahlen – daher bilden die Familie und die Blutfehde die wichtigsten Instrumente von Recht und Gesetz«, erklärte Wheldrake, der immer noch sehr verstört wirkte. »Sie sind die einzigen Mittel, auf die man zurückgreifen kann. Ich nehme an, der Knabe bezahlte für das Fehlverhalten eines Verwandten, wenn schon nicht für sein eigenes. ›Blut um Blut, ächzte der Wüstenfürst. Und auf mein Wort: Ein Leben für ein Leben. Eh' sich die Sonne heut senkt über Omdurman, muß der Nazarener das seine geben!‹ Ist nicht von mir! Nicht von mir!« fügte er hastig hinzu. »Aber unter den Einwohnern von Putney sehr beliebt. Wie man mir sagte, hat es M. C. O'Crook, der große Pantomime, geschrieben …«

In dem Glauben, daß der kleine Dichter lediglich um der eigenen Beruhigung willen plapperte, achteten Elric und die Rose nicht weiter auf ihn, und nun rief die Rose der nächsten Plattform etwas zu, die sich mit schabenden und zischenden Schürzen näherte, und durch eine Lücke zwischen den ledernen Behängen kam ein Mann herausgeschlendert, der in hellgrünen Samt mit purpurnen Besätzen gekleidet war und einen Goldring im Ohrläppchen, weiteres Gold um Handgelenke und Hals sowie eine Goldkette über dem Bauch trug. Seine dunklen Augen musterten sie, dann schüttelte er knapp den Kopf und verschwand wieder hinter dem Vorhang. Wheldrake wollte ihm schon folgen, zögerte jedoch. »Ich frage mich, nach welchen Gesichtspunkten wir eigentlich geprüft werden.«

»Das werden wir durch Versuche herausfinden«, erklärte die Rose, schob sich mit einer kräftigen Hand das Haar aus dem Gesicht, als sie zur nächsten sich langsam voranbewegenden Masse ritt. Dort streckte jemand den Kopf nach ihr aus, und eine rotbemützte Frau betrachtete sie ohne besondere Neugier, bevor sie wieder verschwand. Ein weiteres Dorf folgte, dann noch eins. Ein Bursche in bemaltem Lederwams und Messinghelm schien mehr Interesse für ihre Pferde als für sie selbst zu bezeugen, schickte sie jedoch mit dem Ruck seines Daumens fort, was Elric zu der gemurmelten Feststellung veranlaßte, daß er mit diesen Barbaren nichts mehr zu schaffen haben wolle, sich einen anderen Weg suchen und seine Mission anderweitig erfüllen werde.

Das nächste Dorf entsandte einen stattlichen Zigeuner in Kopftuch und bestickter Weste, dessen schwarze Samthose in weißen Strümpfen steckte. »Wir brauchen die Pferde«, sagte er, »aber Ihr seht mir wie Intellektuelle aus. Von der Sorte Unruhestifter braucht dieses Dorf am allerwenigsten. Daher entbiete ich Euch ein Lebewohl.«

»Weder wegen unseres Verstandes noch unseres Aussehens werden wir geschätzt«, sagte Wheldrake grinsend, »und wie es scheint, nur wenig mehr um unserer Pferde willen.«

»Bleibt beharrlich, Meister Wheldrake«, sagte die Rose grimmig, »denn wir müssen unsere Schwestern finden, und ich vermute, daß ein Dorf, das sie aufnimmt, etwas mit einem Dorf gemeinsam haben könnte, das uns willkommen heißt.«

Eine armselige Logik, wie der Albino meinte, aber zumindest eine gewisse Logik überhaupt, und etwas Besseres hatte er auch nicht anzubieten.

Fünf weitere Dörfer begutachteten sie, und noch fünfmal wurden sie zurückgewiesen, bis schließlich aus einem Dorf, das kleiner und vielleicht etwas besser als die meisten anderen instandgehalten zu sein schien, ein hochgewachsener Mann herausspazierte, dessen etwas hagere Erscheinung durch ein heiteres blaues Augenpaar gemildert wurde; seine sorgfältige Kleidung verriet eine Lust am Leben, die seine Züge Lügen strafte. »Euch einen guten Abend, Ihr Leute«, sagte er mit klingender und leicht gezierter Stimme, »ich bin Amarine Goodool. An Euch ist etwas Interessantes. Seid Ihr vielleicht zufällig Künstler? Oder vielleicht Märchenerzähler? Oder habt Ihr möglicherweise eine eigene rührende Geschichte? Wißt Ihr, in Trollon wird es uns etwas langweilig.«

»Ich bin Wheldrake, der Dichter.« Der kleine Gockel trat vor, ohne seine Kameraden einzubeziehen. »Und ich habe Verse für Könige, Königinnen und gemeines Volk geschrieben. Zudem habe ich meine Verse in mehr als einem Jahrhundert veröffentlicht und die Berufung eines Dichters in mehr als einer Inkarnation betrieben. Mir ist eine Leichtigkeit im Umgang mit der Metrik zu eigen, Sir, die alle beneiden – mir Ebenbürtige und Bessergestellte, tatsächlich, Sir. Und ich habe auch eine gewisse Begabung für spontane Verseschmiederei. In Trollon, langsam-elegant, lebte Amarine Goodool, der schmucke Possenreißer. Seinen Freunden war er so teuer schier, sie bewahrten gar seine ...«

»Und mich nennt man die Rose; ich bin auf der Suche nach Rache. Meine Reise hat mich durch mehr als nur ein Reich geführt.«

»Aha«, sagte Amarine Goodool, »Ihr seid dem Megafluß gefolgt! Ihr habt die Mauern zwischen den Reichen niedergerissen! Ihr habt die unsichtbaren Barrieren des Multiversums überquert! Und Ihr, mein Herr? Ihr, mein bleicher Freund? Über welche Künste verfügt Ihr?«

»Zu Hause in meiner ruhigen Heimatstadt hatte ich einen gewissen Ruf als Beschwörer und Philosoph«, erklärte Elric bescheiden.

»Nun wohl, mein Herr, aber Ihr befändet Euch doch nicht in dieser Gesellschaft, wenn Ihr nicht etwas zu bieten hättet. Vielleicht ist Eure Philosophie ungewöhnlicher Art?«

»Recht konventionell, würde ich sagen.«

»Trotzdem, guter Herr. Trotzdem. Ihr habt ein Pferd. Tretet bitte ein. Und seid in Trollon willkommen. Ich halte es für wahrscheinlich, daß Ihr Euch unter Gleichgesinnten wiederfinden werdet. In Trollon sind wir alle etwas sonderbar!« Und er hob den Kopf zu einem freundlichen Gelächter.

Dann führte er sie durch die Schürzen des Dorfes in eine schummerige Dunkelheit, die von schwachen Lampen erleuchtet wurde, so daß man zunächst nur die allerundeutlichsten Umrisse wahrnahm. Fast schien es, als hätten sie einen riesigen Stall betreten, in dem eine Reihe an Unterständen nach der anderen in der Ferne verschwände. Elric roch Pferde und Menschenschweiß, und als sie einen Mittelgang durchschritten, blickte er durch die Reihen und sah die glänzenden Rücken von Männern, Frauen und Heranwachsenden, die sich kräftig gegen Stangen vor ihren Brustkörben stemmten und das große Bauwerk Zoll um Zoll voranschoben. Anderswo waren Pferde in Reihen angeschirrt, die auf schweren Hufen vorwärtsstampften, als sie an den dicken Seilen zerrten, die an den Dachsparren befestigt waren.

»Laßt Eure Pferde bei dem Jungen«, sagte Amarine Goodool und zeigte auf einen zerlumpten Bengel, der die Hand für eine kleine Münze ausstreckte und erfreut über den erhaltenen Wert grinste. »Ihr bekommt dann Quittungen und so. Ihr werdet Euch ganz sicher mindestens zwei Jahreszeiten lang wie Freie verhalten. Oder, falls Ihr anderweitig erfolgreich seid, für immer. Wie ich. Natürlich – er senkte die Stimme, als er sich eine Holztreppe emporschwang – »gibt es andere Verantwortungen, die man auf sich nehmen muß.«

Die lange Treppe führte sie Windung um Windung zur Oberfläche, bis sie in einer unscheinbaren engen Seitengasse herauskamen, aus deren offenen Fenstern Leute träge herunterblickten, ohne ihre Unterhaltung zu unterbrechen. Es war ein Bild von solcher Beschaulichkeit, daß es um so mehr im Gegensatz zu den Szenen unter ihnen stand.

»Sind diese Leute dort unten Sklaven, Sir?« wollte Wheldrake wissen.

»Sklaven! Auf keinen Fall! Es sind freie Zigeunerseelen wie ich selbst. Frei, die große Straße zu bewandern, die die Welt umspannt, um die Luft der Freiheit zu atmen. Sie erfüllen lediglich ihre Pflicht an den Marschierbrettern, wie es die meisten von uns zum einen oder anderen Zeitpunkt im Leben tun müssen. Sie erfüllen eine öffentliche Pflicht, mein Herr.«

»Und sollten sie eine solche Pflicht nicht zu erfüllen wünschen?« fragte Elric leise.

»Ah, nun, mein Herr, ich sehe, daß Ihr in der Tat ein Philosoph seid. Ich fürchte, daß solche Absonderlichkeiten über meinen Horizont gehen. Doch gibt es Leute in Trollon, die nur allzu erfreut wären, diese abstrakten Gedanken mit Euch zu erörtern.« Er klopfte Elric freundschaftlich auf die Schultern. »Tatsächlich fällt mir mehr als nur ein Freund ein, der Euch freudig aufnähme.«

»Ein wohlhabender Ort, dieses Trollon.« Die Rose spähte durch die Lücken zwischen den Gebäuden auf andere Dörfer, die sich mit einer ähnlichen Geschwindigkeit fortbewegten.

»Nun, wir halten gern gewisse Maßstäbe, meine Dame. Ich werde mich um Eure Quittungen kümmern.«

»Ich glaube nicht, daß wir unsere Pferde hier eintauschen wollen«, sagte Elric. »Wir müssen so bald wie möglich weiterreisen.«

»Und reisen werdet Ihr auch, mein Herr. Reisen liegt uns schließlich im Blut. Aber wir müssen Eure Pferde arbeiten lassen. Oder, mein Herr« – er stieß ein leichtes Kichern aus –, »wir würden nicht mehr viel weiter reisen, wie?«

Erneut erstickte ein rascher Blick der Rose Elrics Erwiderung. Doch nahm seine Ungeduld immer stärker zu, als er an seinen toten Vater und an die drohende Gefahr dachte, die über ihnen beiden schwebte.

»Wir sind nur allzu glücklich, Eure Gastfreundschaft anzunehmen«, sagte die Rose diplomatisch. »Sind wir die einzigen, die sich in jüngster Zeit Trollon angeschlossen haben?«

»Sind Euch denn Freunde vorausgereist, Lady?«

»Vielleicht drei Schwestern?« meinte Wheldrake.

»Drei Schwestern?« Er schüttelte den Kopf. »Das hätte ich gewußt, wenn ich sie gesehen hätte, mein Herr. Aber ich werde Anfragen an unsere Nachbardörfer schicken. Falls Ihr in der Zwischenzeit Hunger bekommen habt, bin ich nur zu glücklich, Euch Kredite zu gewähren. In Trollon haben wir einige wunderbare Gaststätten.«

Offensichtlich gab es in Trollon nur wenig Armut. Die Farbe war frisch, das Glas funkelte, die Straßen waren so schmuck und sauber wie das Beste, das Elric je gesehen hatte.

»Es scheint, daß alles Elend und alle Mühe dort unten versteckt werden«, flüsterte Wheldrake. »Ich werde froh sein, wenn ich diesen Ort wieder verlasse, Prinz Elric.«

»Wir könnten in Schwierigkeiten geraten, sollten wir uns entscheiden, unseren Aufenthalt zu beenden.« Die

Rose achtete darauf, nicht von unbefugten Ohren gehört zu werden. »Hat man vor, uns wie diese armen Kerle dort unten zu Sklaven zu machen?«

»Ich nehme an, daß sie nicht sofort vorhaben, uns an die Laufbretter zu schicken«, sagte Elric, »aber ich hege keinen Zweifel daran, daß sie uns ebenso wegen unserer Muskeln und unserer Pferde als auch unserer Gesellschaft wegen bei sich behalten wollen. Falls ich nicht rasch einen Hinweis darauf entdecken kann, was ich suche, gedenke ich nicht, hier lange zu verweilen. Ich habe wenig Zeit.« Seine alte Überheblichkeit kehrte wieder. Seine alte Ungeduld.

Er versuchte sie als Anzeichen der Krankheit zu unterdrücken, die ihn in sein gegenwärtiges Dilemma geführt hatte. Er haßte sein eigenes Blut, seine Zauberei, seine Abhängigkeit von seinem Runenschwert oder andere ungewöhnliche Stärkungsmittel. Und als Armadine Goodool sie auf den Dorfplatz führte (der ringsum von Läden, öffentlichen Gebäuden und Häusern von offensichtlichem Alter gesäumt war), um sie dort einem Willkommensausschuß vorzustellen, zeigte Elric wenig Wärme, obgleich er wußte, daß Lügen, Heuchelei und Täuschung die Gebote der Stunde waren. Sein Versuch, ein Lächeln zustande zu bringen, brachte auf der anderen Seite keine Fröhlichkeit hervor.

»Willkomm'n, willkomm'n«, krähte eine grüngekleidete Erscheinung mit einem kleinen Spitzbart und einem Hut, der sich anschickte, den gesamten Kopf und den halben Körper zuzudecken. »Im Namen der Zügelmänna und -phrauen phon Trollon mög wi förderhi eur Weche mit Freud'n fahr'n. Oder in der jemeinsamen Sprache ausjedrückt müßt Ihr uns nu alle als Eure Brieder un Schwestern anseh'n. Ich heiß Filigwip Nant, und ich kümmer mich um die Schauspiele...« Daraufhin stellte er eine zusammengewürfelte Gruppe mit sonderbaren Namen, eigenartigen Akzenten und unnatürlichen Gesichtstönungen vor, deren Auftreten Wheldrake mit schreckerfülltem Erkennen beobachtete. »Das könnte die Putney Fine Arts Society sein«, murmelte er, »oder schlimmer noch, die Surbiton Poetasters – ich war bei beiden und vielen weiteren ein unfreiwilliger Gast. Soweit ich mich erinnere, war Ilkley am schlimmsten…« Und er verfiel in seine düsteren Betrachtungen, während er mit einem Lächeln, das kaum überzeugender als das des Albinos war, die Aufzählung provinziellen Ruhms über sich ergehen ließ, bis er seinen kleinen Schnabel in einen Himmel reckte, der immer noch bewölkt und dunstig war, und eine Art Schutzdeklamation begann, die ihn sofort mit dem grünen, schwarzen und purpurnen Samt, dem raschelnden Brokat und den romantischen Rüschen, dem Duft von hundert Gartenblumen und Kräutern, den Zigeuner-Literati umgab. Und davontrug.

Auch die Rose und Elric scharten zeitweilige Jünger um sich. Dies war offenbar ein Dorf von einigem Wohlstand, das nach Neuheiten lechzte. »Wißt Ihr, in Trollon sind wir sehr weltbürgerlich eingestellt. Wie die meisten ›Diddicoyim‹-(ha, ha)-Dörfer bestehen wir fast nur noch aus Außenseitern. Ich bin selbst eine Außenseiterin. Aus einem anderen Reich, wißt Ihr. Aus Heeshigrowinaaz, in der Tat. Kennt Ihr das vielleicht…?« Eine Frau in den mittleren Jahren mit aufgedonnerter Perücke und beträchtlicher Bemalung hakte sich mit einem ringbehängten Arm bei Elric ein. »Ich heiße Parapha Foz. Mein Mann ist natürlich Barraban Foz. Ist das nicht langweilig?«

»Ich habe das Gefühl«, sagte die Rose leise, als sie mit ihrer eigenen Bewundererschar vorbeiging, »daß dies die schwerste Prüfung von allen sein wird…«

Doch Elric kam es so vor, daß sie auch erheitert war, und zwar besonders über seine Miene.

Und er beugte sich mit geschmeidiger Ironie dem Unvermeidlichen.

Es folgte eine Anzahl von Einführungsritualen, mit

denen Elric nicht vertraut war, die Wheldrake jedoch als nur allzu vertraut fürchtete und die die Rose hinnahm, als ob sie dergleichen Erfahrungen schon eingehend hinter sich gehabt hätte.

Es gab Essen und Ansprachen und Vorführungen, Besichtigungen der ältesten und sonderbarsten Dorfteile, kleine Erläuterungen zu seiner Geschichte und seiner Architektur und zu seiner ach, so wundervollen Restaurierung, bis Elric, der ständig über die gestohlene Seele seines Vaters nachgrübelte, sich wünschte, sie würden sich in etwas verwandeln, womit er leichter fertigwerden könnte – wie vielleicht in die hüpfenden, schlitternden, sabbernden Ungeheuer des Chaos oder in einen nicht ganz bei Verstand befindlichen Halbgott. Selten hatte er sich sosehr gewünscht, sein Schwert ziehen zu können und damit diesen Mischmasch aus Vorurteilen, Halbwissen, Hochnäsigkeit und vorgekauter Meinung, aus lauten überheblichen Stimmen zum Schweigen zu bringen, die von allem, was sie angetroffen und gelesen hatten, so gründlich in ihrer Selbstsicherheit bestärkt worden waren, daß sie zuversichtlich und unerschütterlich an ihre Herrschaft über die Wirklichkeit glaubten …

Und die ganze Zeit über dachte Elric an die armen Seelen drunten, die ihre Leiber gegen die Laufbretter stemmten und dieses Dorf im Gleichmarsch mit den anderen freien Zigeunerdörfern Zoll um Zoll auf seinem unerbittlichen Vorangleiten um die Welt sandten.

Elric war es nicht gewohnt, gewünschte Informationen durch weniger direkte Methoden als Folter herauszufinden, und er überließ es daher der Rose, aufzuschnappen, was sie aufzuschnappen vermochte, und als sie schließlich allein beisammensaßen (Wheldrake war als Trophäe zu irgendeinem Essen mitgeschleift worden), entspannte sie sich zufrieden. Sie hatten nebeneinanderliegende Zimmer in einem Gasthof bekommen, der, wie ihnen versichert worden war, der beste seiner

Art in jedem der Dörfer des zweiten Ranges sei. Man hatte ihnen zugesagt, daß man ihnen morgen zeigen werde, welche Wohnungen vorhanden seien.

»Ich glaube, den ersten Tag haben wir gut überstanden«, sagte sie und setzte sich auf eine Truhe, um ihre Rehlederstiefel auszuziehen. »Wir haben uns für sie als interessant genug erwiesen, so daß wir immer noch unser Leben, unsere relative Freiheit und vielleicht – wie ich denke, am wichtigsten – unsere Schwerter haben…«

»Dann mißtraut Ihr ihnen also zutiefst?« Neugierig blickte der Albino die Rose an, während sie ihr blasses rotgoldenes Haar ausschüttelte, sich aus ihrem braunen Wams schälte und darunter eine dunkelgelbe Bluse enthüllte. »Einem Volk wie diesem bin ich noch nie begegnet.«

»Abgesehen davon, daß sie aus allen Teilen des Multiversums stammen, sind sie einer Art sehr ähnlich, die ich lange hinter mir gelassen hatte, und genau wie der arme Wheldrake hoffte ich darauf, ihr niemals wieder zu begegnen. Die Schwestern haben die Zigeunernation weniger als eine Woche vor uns erreicht. Die Frau, die mir das erzählte, hat es von einer Frau aus dem nächsten Dorf. Die Schwestern sind allerdings von einem Dorf des vorderen Ranges aufgenommen worden.«

»Und wir können sie dort finden?« Elric war derart erleichtert, daß er erst jetzt begriff, wie verzweifelt er schon geworden war.

»Das ist nicht so einfach. Wir haben keine Aufforderung zum Besuch jenes Dorfes. Es sind bestimmte Formen zu wahren, bevor wir eine solche Aufforderung erhalten. Allerdings habe ich auch erfahren, daß Gaynor ebenfalls hier ist, obwohl er fast augenblicklich verschwand und niemand etwas über seinen Aufenthaltsort weiß.«

»Er hat die Nation nicht verlassen?«

»Ich nehme an, das ist selbst für jemanden wie Gaynor nicht so einfach.« In ihre Stimme hatte sich plötzlich zusätzliche Bitterkeit geschlichen.

»Es ist also verboten?«

»In der Zigeunernation«, erwiderte sie höhnisch, »ist nichts verboten. Es sei denn«, ergänzte sie, »es handelt sich um Veränderungen irgendwelcher Art.«

»Warum wurde der Junge dann getötet?«

»Man erzählte mir, daß man nichts davon wisse. Man erzählte mir, man sei der Meinung, ich hätte mich wahrscheinlich geirrt. Man erzählte mir, man habe das Gefühl, es sei abartig, die Abfallhaufen zu betrachten und zu denken, daß man darin etwas gesehen habe. Kurz gesagt, soweit es sie betrifft, wurde kein Junge getötet.«

»Dennoch versuchte er zu fliehen. Das sahen wir beide. Wovor, meine Dame?«

»Das werden sie uns nicht verraten, Prinz Elric. Anscheinend gibt es Themen, deren Erwähnung durch die guten Sitten verboten ist. Wie wohl in vielen Gesellschaften, in denen die Grundlagen der Existenz den schwersten Tabus unterliegen. Ich frage mich, was dieser Schrecken vor der Wirklichkeit ist, der den menschlichen Geist plagt.«

»Gegenwärtig suche ich nicht nach Antworten auf dergleichen Fragen, meine Dame«, sagte Elric, den nach soviel Geschwätz allmählich selbst die Spekulationen der Rose reizten. »Ich bin der Ansicht, daß wir Trollon verlassen und uns zu dem Dorf begeben sollten, das die drei Schwestern aufgenommen hat. Wußten sie seinen Namen?«

»Duntrollin. Sonderbar, daß man die Schwestern überhaupt aufgenommen hat. Soweit ich es verstanden habe, handelt es sich dabei um eine Art Kriegerorden, der sich der Verteidigung der Straße und ihrer Reisenden verschworen hat. Die Zigeunernation besteht aus Tausenden solcher beweglicher Kantone, von denen jeder seinen besonderen Beitrag zum Ganzen leistet.

Man sollte meinen, es müsse ein Traum demokratischer Vollkommenheit sein.«

»Wenn da nicht die Laufbretter wären«, sagte Elric beunruhigt in dem Wissen, daß selbst jetzt, da er sich zur Ruhe begab, die große Plattform, auf der all dies existierte, Schritt um Schritt von ausgezehrten Männern, Frauen und Kindern vorwärtsgeschoben wurde.

In dieser Nacht schlief er schlecht, obgleich er nicht von seinen üblichen Alpträumen geplagt wurde. Und für diese kleine Gnade war er dankbar.

Als die drei Freunde in einem Gemeinschaftssaal frühstückten, der immer noch hygienisch frei von gewöhnlichem Volk war und in dem ihnen von jungen Frauen in Bauernkleidern aufgewartet wurde, die ihre Arbeit wie spielende Kinder eher für erheiternd als belastend hielten, tauschten sie weiter das wenige aus, das sie erkundet hatten.

»Sie hören niemals mit der Vorwärtsbewegung auf«, sagte Wheldrake. »Der bloße Gedanke ist ihnen ein Greuel. Sie glauben, daß ihre gesamte Gesellschaft vernichtet werde, sobald sie diese riesige Karawane anhalten. Also treiben ihre Hoi polloi, ohne daß Rücksicht auf ihren Zustand genommen wird, ob mit Pferden oder ohne sie, die Dörfer weiter voran. Und bei den Menschenmengen auf der Straße handelt es sich um Schuldiger, Herumtreiber, Zahlungssäumige und Stifter kleinerer Unruhen. Das sind wohl Straftäter mittlerer Kategorie, die nicht besonders wichtig sind. Ihnen gemeinsam ist die Furcht, daß sie sich jenen an den Laufbrettern anschließen müssen und dadurch ihren Status und die Aussicht verlieren, ihn jemals wiederzuerlangen. Ihre Moral und ihre Gesetze ruhen gewissermaßen auf dem Felsen der ewigen Bewegung. Ich denke, der Junge wollte nicht mehr weiterlaufen, und was das angeht, gibt es nur eine Regel – lauf oder stirb. Und lauf stets vorwärts. Ich habe zu Glorianas, zu Victorias und zu Elizabeths Zeit gelebt, aber noch nie ist mir eine derart faszinierende und originelle Heuchelei begegnet.«

»Gibt es keine Ausnahmen? Muß jeder ständig voranstreben?« fragte die Rose.

»Es gibt keine Ausnahmen.« Wheldrake verschaffte sich eine Schüssel mit verschiedenen Fleisch- und Käsesorten. »Ich muß allerdings sagen, daß die Qualität ihrer Küche ausgezeichnet ist. Man wird für solche Dinge dankbar. Falls Ihr Euch zum Beispiel jemals in Ripon aufhieltet und für Kuchen nichts übrig hättet, würdet Ihr verhungern.« Er schenkte sich etwas Leichtbier nach. »Wir haben also unsere Schwestern. Wir glauben, daß Gaynor bei ihnen sein könnte. Ich nehme an, jetzt brauchen wir eine Einladung nach Duntrollin. Wobei mir einfällt: Warum hat man Euch nicht ersucht, Eure Waffen herauszurücken? Hier scheint niemand eine Klinge zu führen.«

»Ich denke, daß sie die Mittel sein werden, um uns ein oder zwei weitere Jahreszeiten von den Brettern zu erkaufen«, sagte Elric, der ebenfalls darüber nachgedacht hatte. »Für sie besteht keine Notwendigkeit, sie abzufordern. Sie glauben, daß sie sie bald besitzen werden – als Mietzahlung, gegen Essen oder was auch immer es ist, das die Menschen ihrer Meinung nach der Freiheit vorziehen …« Düster kaute er auf seinem Brot herum und starrte, versunken in eine unglückliche Erinnerung, ins Leere.

»Durch schweres Unrecht wird der Unrechtsstaat erhalten; durch Knebel fauler Frömmelei muß Albion in Schweigen walten …«, intonierte der kleine Dichter, selbst recht trauriger Stimmung. »Gibt es keinen Wohlstand, der nicht durch das Elend anderer erschaffen worden ist?« fragte er. »Gab es jemals eine Welt, in der alle gleich waren?«

»O doch«, erklärte die Rose verbittert, »doch, die gab es. Meine Welt.« Und dann hielt sie inne, bezähmte ihren Ausbruch und machte sich schweigend über ihren

Haferbrei her. Die anderen wußten so schnell nichts mehr zu sagen.

»Ich frage mich, warum uns der Abschied von diesem Paradies so schwer gemacht wird«, sagte Elric schließlich. »Wie rechtfertigt die Zigeunernation diese Einschränkungen?«

»Sicherlich durch eines von tausend ähnlichen Argumenten, Freund Elric. Zweifellos durch einen Zirkelschluß. Und alles in allem durch etwas Passendes. Wenn man das Multiversum durchreist, werden einem die Metaphern niemals knapp.«

»Das nehme ich auch nicht an, Meister Wheldrake. Aber vielleicht ist ein solcher Zirkelschluß das einzige, wodurch ein jeder von uns seine Existenz rechtfertigt.«

»In der Tat, Sir. Sehr wahrscheinlich.«

Und nun mischte sich die Rose ein und gemahnte Wheldrake mit leiser Stimme daran, daß sie nicht als Detektive des Abstrakten hier seien, sondern mit einer gewissen Dringlichkeit nach den drei Schwestern suchten, die bestimmte machtvolle Gegenstände mit sich führten – oder zumindest einen Hinweis, der zur Entdeckung dieser Gegenstände führen mochte. Wheldrake kannte mittlerweile seine Schwäche, derartig verlockenden Gedankengängen zu folgen, und entschuldigte sich. Doch bevor sie das Thema des Verlassens von Trollon wieder aufgreifen und einen Plan zum Eindringen nach Duntrollin ausarbeiten konnten, schwangen die Außentüren des Raums nach innen und gaben den Blick auf eine großartige Gestalt frei, die ganz in aufgebauschte Seide und Rüschen gekleidet war, auf dem Kopf eine riesige schwankende Perücke trug und das erlesene Antlitz im kunstvollen Stil einer jharkorischen Kokubine bemalt hatte.

»Vergebt mir, daß ich Euch beim Frühstück unterbrochen habe. Ich heiße Vailadez Rench, stets zu Diensten. Ich bin hier, liebe Freunde, um Euch Unterbringungsmöglichkeiten vorzustellen, damit Ihr Euch so rasch wie möglich in unsere Gemeinschaft einfügen könnt. Soweit ich weiß, habt Ihr doch die Mittel, Euch ein besseres Quartier leisten zu können.«

Da sie im Augenblick keine andere Möglichkeit sahen, ohne den Argwohn des Trolloniers zu erregen, folgten sie Vailadez Rench bescheiden auf dem Fuße, als der hochgewachsene Erlesene sie durch die ordentlichen und übermäßig gewienerten Gassen seiner malerischen kleinen Stadt führte. Und immer noch rollte die Zigeunernation Zoll um Zoll auf der Straße entlang, die sie seit Jahrhunderten ausgetrampelt hatte, und erschuf einen Eigenschwung, der trotz aller anderer Überlegungen aufrechterhalten werden mußte. Und stets kehrte sie zu dem Punkt zurück, an dem Ankunft und Weiterfahrt identisch waren.

Man zeigte ihnen ein Haus am Rande der Plattform mit Blick über die Mauer auf die kleinen Fußgänger und die anderen im Schneckentempo dahinkriechenden Siedlungen. Man zeigte ihnen Wohnungen in sonderbaren alten begiebelten Häusern oder solche, die aus Lagerhäusern oder Läden umgebaut worden waren, und schließlich wurden sie von Vailadez Rench, während sich dieser wie in einer langrezitierten Fuge als einziges Unterhaltungsthema über das Eigentum, seine Attraktivität und seinen Wert ausließ, zu einem kleinen Haus geführt, vor dem ein Gärtchen angelegt war. Die Mauern waren mit Kletterteerosen und leuchtendem Schleierkraut in Purpur und Gold bedeckt, die Fenster funkelten und waren von Rüschenvorhängen gesäumt, und von den Blumenbeeten und den Blumen stieg ein süßer, frischer Frühlingsduft auf; die Rose klatschte in die Hände, und einen Augenblick lang war es offensichtlich, daß dieses Haus mit seinem schiefen Dach und den von der Zeit geschwärzten Giebeln sie anzog. Etwas in ihr sehnte sich nach so einfacher Schönheit und Behaglichkeit. Und Elric sah, wie sich ihre Miene veränderte und sie sich abwandte. »Ganz hübsch, dieses Haus«, sagte sie. »Vielleicht könnten wir dort alle zusammen einziehen.«

»O ja. Eine Familie wohnt darin, wißt Ihr. Aber sie hatte so ihre Schicksalsschläge, versteht Ihr, und muß gehen.« Vailadez Rench seufzte, dann grinste er und drohte ihr schelmisch mit dem Finger. »Ihr habt Euch allerdings das teuerste ausgesucht! Ihr habt Geschmack, liebe Dame.«

Wheldrake, der mittlerweile eine finstere Abneigung gegen diesen Eleven des Eigentums gefaßt hatte, machte einige unpoetische Bemerkungen, die aus unterschiedlichen Gründen von allen unbeachtet blieben. Er streckte die Nase einem üppig blühenden Busch entgegen. »Ist ihr Geruch noch hier?«

Vailadez Rench pochte gegen eine Tür, die er nicht öffnen konnte. »Ihre Dokumente wurden ihnen ausgehändigt. Sie sollten schon weg sein. Es gab irgendein Unglück ... Nun, man muß gnädig sein, denke ich, und den Sternen danken, daß wir nicht selbst dem Bettergriff und dem ewigen Stampfen entgegenrutschen.«

Mit einem Schnappen wurde die Tür weit aufgerissen, und vor ihnen stand ein aufgelöster, rundäugiger, rotgesichtiger Bursche, der fast so groß wie Elric war, eine Feder in der einen Hand und ein Tintenfaß in der anderen Hand hielt. »Guter Herr! Guter Herr! Habt Geduld, ich bitte Euch. Just in diesem Augenblick verfasse ich einen Brief an einen Verwandten. Mein Kredit steht nicht in Frage. Ihr wißt selbst, welchen Verzögerungen die Verbindung zwischen den Dörfern unterliegt.« Er kratzte sich mit der Federspitze im unordentlichen kornfarbenen Haar, wodurch ihm dunkelgrüne Tinte über die Stirn rann und ihn wie einen nicht ganz zurechnungsfähigen Wilden aussehen ließ, der sich zum Kampf rüstete. Seine wachen hellen Augen huschten von Antlitz zu Antlitz, seine Lippen flehten. »Ich habe vielleicht eine Kundschaft! Ihr wißt ja, Tote bezahlen keine Rechnungen. Oder Enttäuschte. Ich bin ein Hellseher. Das ist meine

Berufung. Meine liebe Mutter ist eine Hellseherin, meine Brüder und Schwestern sind es, und der größte von allen ist mein edler Sohn Koropith. Mein Onkel Grett war in der ganzen Nation und darüber hinaus berühmt. Vor unserem Niedergang waren wir sogar noch berühmter.«

»Eurem Niedergang, Sir?« fragte Wheldrake, der sehr neugierig und dem Mann sofort zugetan war. »Eure Schulden?«

»Schulden, mein Herr, haben uns durch das gesamte Multiversum verfolgt. Sie sind eine Konstante, mein Herr. Zumindest sind sie unsere Konstante. Ich spreche von unserem Absinken in der Gunst des Königs jenes Landes, das sich meine Familie auserkoren und wo sie sich niederlassen zu können hoffte. Salgarafad hieß es, es lag in einer Randsphäre, die von dem alten Gärtner lange vergessen worden war, und warum sollte es auch anders sein? Aber Tod ist nicht unsere Schuld, mein Herr. Das ist er nicht. Wir sind Freunde des Todes, aber nicht seine Diener. Und der König war der Ansicht, daß wir die Pest herbeigeholt hatten, da wir sie vorhersagten. Und deshalb mußten wir fliehen. Meiner Ansicht nach hatte auch Politik eine Menge mit der Sache zu tun. Aber wir sind nicht im Rat der Steuermänner zugelassen, geschweige denn dem der Lords der Höheren Welten, denen meine Familie und ich auf unsere eigene Weise dienen.«

Nach Beendigung dieser Ansprache holte er tief Luft, stemmte eine tintenbekleckste Faust in die Hüfte, die andere mit dem Tintenfaß legte er vor die Brust. »Die Kredite«, so beharrte er, »sind in der Post.«

»Dann wird man Euch leicht finden, lieber Herr, und wieder hier ansiedeln können. Vielleicht in einem anderen Haus? Doch sollte ich Euch daran erinnern, daß Eure Kredite auf gewissen Dienstleistungen beruhten, die Eure Schwester und Euer Onkel für diese Gemeinschaft ausführten. Und sie wohnen nicht mehr hier.«

»Ihr schicktet sie an die Bretter!« schrie der bedrohte

Hausbewohner. »Ihr habt sie den Laufbrettern überlassen. Gebt es zu!«

»Über solche Angelegenheiten weiß ich nichts. Herr, dieses Eigentum wird benötigt. Dies sind die neuen Mieter ...«

»Nein«, sagte die Rose, »dem ist nicht so. Ich werde nicht die Ursache dafür sein, daß dieser Mann und seine Familie ihr Zuhause verlieren!«

»Gefühlsduselei! Lachhafte Gefühlsduselei!« Vailadez Rench stieß ein donnerndes Gelächter aus, das alle Arten von Beleidigungen und herzlosem Spott enthielt. »Meine liebe Frau, diese Familie hat sich Eigentum angemietet, das sie sich nicht mehr leisten kann. Ihr könnt es Euch leisten. Das ist ein einfaches Naturgesetz, mein Herr. So spielt nun einmal das Leben, mein Herr.« (Die letzten Worte waren an den bockbeinigen Schuldner gerichtet.) »Laßt uns durch, mein Herr. Laßt uns durch. Wir bestehen auf dem altehrwürdigen Recht der Besichtigung!« Mit diesen Worten drängte er den unglücklichen Briefeschreiber beiseite und zerrte das verdutzte Dreiergespann hinter sich her in einen dunklen Eingang, von dem Treppenstufen fortführten. Vom Absatz spähten ihnen helle Knopfaugen entgegen, die einem Wiesel hätten gehören können, während von den Stufen ein weiteres Augenpaar sie mit schwelendem Zorn betrachtete. Sie betraten ein großes unordentliches Zimmer, das mit dürftigem Mobiliar und alten Dokumenten vollgestopft war und in dem in einem aus Elfenbein und Ebenholz gefertigten Rollstuhl zusammengekrümmt eine kleine Gestalt saß. Wieder schienen nur die Augen lebendig zu sein – durchdringende schwarze Augen, in denen keine sichtbare Intelligenz zu wohnen schien. »Mutter, sie dringen ein!« schrie der heimgesuchte Hausbesitzer. »Oh, mein Herr, Ihr seid grausam, wenn Ihr so strenge Gerichtsbarkeit gegen eine schwache alte Frau ausübt! Wie soll sie denn laufen, mein Herr? Wie soll sie sich bewegen?«

»Sie muß geschoben werden, Meister Fallogard! Sie wird rollen, wie wir alle rollen. Vorwärts, immer nur vorwärts. In eine bessere Zukunft, Meister Fallogard. Ihr wißt doch, dafür arbeiten wir.« Vailadez Rench beugte sich hinunter und starrte die alte Frau an. »So bewahren wir die Integrität unserer großen Nation.«

»Irgendwo habe ich gelesen«, sagte Meister Wheldrake leise, während er einige Schritte in dem Raum tat und ihn musterte, als ob er tatsächlich beabsichtige, ihn zu seinem Heim zu machen, »daß eine Gesellschaft, die sich einzig dem Erhalt ihrer Vergangenheit widmet, bald nur noch ihre Vergangenheit zu verkaufen hat. Warum kann das Dorf nicht angehalten werden, Meister Rench, damit die alte Dame nicht zu laufen braucht?«

»Ich nehme an, mein Herr, daß Ihr Euch in Eurem Reich an derartigen Unanständigkeiten erfreut. Hier hält man davon nichts.« Vailadez Rench äugte an seiner langen Nase hinunter – ein Storch, der einem Sittich schiere Abneigung entgegenbrachte. »Die Plattformen müssen stets fahren. Die Nation muß stets fahren. Auf dem Weg des Zigeuners darf es keine Rast geben. Und alle, die sich uns in den Weg stellen wollen, sind unsere Feinde! Alle, die nicht dazu aufgefordert wurden, unsere Straße zu betreten, und sie trotz unserer Gesetze dennoch beschreiten – sie sind unsere Todfeinde, denn sie stehen stellvertretend für die Vielzahl derer, die sich uns in den Weg stellen und die Zigeunernation zum Anhalten bringen wollen, nachdem sie mehr als tausendmal den Umfang der Welt über Land und Meer auf ihren selbstgebauten Straßen beschritten hat. Die Freie Straße des Freien Zigeunervolkes!«

»Auch mir hat man Schuljungenverse beigebracht, die die Narrheiten meines eigenen Landes erklären sollten«, sagte Wheldrake und wandte sich ab. »Mit verletzten bedürftigen Seelen wie Euresgleichen, die ein Glaubensbekenntnis als eine Art primitiven Bannspruch gegen das Unbekannte daherbeten müssen, habe ich keinen Streit. Auf meinen Reisen durch das Multiversum habe ich den Eindruck gewonnen, daß das einzige, das den Sterblichen gemein ist, die Abhängigkeit von diesen Glaubenssätzen ist. Millionen und Abermillionen verschiedener Stämme, und jeder verfügt über eine eigene wütend verteidigte Wahrheit.«

»Bravo, mein Herr«, schrie Fallogard Phatt und schwenkte seine große Feder (und Tinte spritzte auf Mutter, Bücher und Papiere), »doch legt Eure Ansichten nicht weiter dar! Ich warne Euch! Sie sind auch mir zu eigen. Sie sind meiner gesamten Familie zu eigen, doch sind sie hier wie auf so vielen Welten verboten. Sprecht nicht so offen, mein Herr, sonst folgt Ihr meinem Onkel und meiner Schwester an die Bretter und in den Langen Gang des Vergessens.«

»Ketzer! Ihr habt kein Recht auf dieses schöne Eigentum!« Vailadez Renchs unheilschwangere Miene verzog sich unbehaglich, seine prächtige Bemalung glühte unter der Hitze seines aufgewühlten Blutes, als ob eine exotische Paradiesfrucht erblühte und zugleich mit der Gabe des Sprechens ausgestattet worden wäre. »Räumer werden gerufen werden müssen, und das wird für Fallogard Phatt und die Familie Phatt nicht angenehm werden!«

»Was davon noch übrig ist«, brummte Phatt in plötzlicher Niedergeschlagenheit, als ob er seine Niederlage schon immer geahnt hätte. »Ich habe ein Dutzend Zukünfte. Welche nehme ich?« Und er schloß die Augen und verzog das Gesicht, als ob auch er vom verdünnten Gift eines Drachen gekostet hätte, und er stieß einen lauten Schrei aus, den Schrei einer zu Unrecht mißhandelten Seele, die verzweifelnde Stimme eines Geschöpfes, das die Gerechtigkeit plötzlich als Schimäre und alle ihre Erscheinungen als bloße Scharade erkennt. »Ein Dutzend Zukünfte, aber immer noch keine Gerechtigkeit für das einfache Volk! Wo existiert dieses Tanelorn, dieses Paradies?«

Und Elric, wahrscheinlich der einzige, der Phatt mit mehr als nur einer metaphysischen Antwort auf diese Frage hätte versorgen können, verharrte in Schweigen, denn in Tanelorn leistete er einen Eid, wie es alle tun, die ihres Schutzes und ihres Friedens zuteil werden. Nur die wahren Friedenssucher werden Tanelorn finden, denn Tanelorn ist ein Geheimnis, das alle Sterblichen in sich tragen. Und Tanelorn existiert überall dort, wo sich Sterbliche in dem gemeinsamen Entschluß versammeln, dem Gemeinwohl zu dienen und so viele Paradiese zu schaffen, wie es menschliche Seelen gibt…

»Man erzählte mir«, warf er ein, »daß es in uns selbst existiert.«

Woraufhin Fallogard Phatt seine Feder und seine Tinte ablegte, einen Sack aufnahm, in dem er bereits, wie es schien, seine nötigsten Habseligkeiten eingepackt hatte, und mit niedergeschlagenem Blick seine alte Mutter aus dem Zimmer rollte, wobei er mit lauter Stimme nach den anderen Familienangehörigen rief.

Vailadez Rench sah sie mit ihren Bündeln und ihren Habseligkeiten davongehen und schnupperte mit beträchtlicher Zufriedenheit, als er sich im Hause umsah. »Etwas Farbe wird dieses Eigentum bald wieder neu erstrahlen lassen«, versicherte er, »und natürlich werden wir diesen ganzen Plunder zur Verwertung und angemessenen Verteilung abholen lassen. Ihr werdet mir sicherlich zustimmen, wenn ich sage, daß wir die Familie Phatt und diese widerliche Hypochonderin los sind!«

Mittlerweile ließ auch Elrics Selbstbeherrschung nach, und wenn nicht der ruhige Blick der Rose auf ihm geruht hätte, und wäre nicht Wheldrakes grimmiges und erzürntes Schweigen gewesen, hätte er wohl seine Meinung kundgetan. So jedoch stimmte die Rose der Anmietung des Hauses zu, einigte sich über die Pacht und nahm aus den mäkeligen Händen dieses Sultans der Sophisterei die Schlüssel entgegen, komplimentierte ihn rasch hinaus und eilte ihnen dann in hastiger Verfolgung der verbannten Schuldner voraus; sie entdeckte sie, als sie langsam auf den nächstgelegenen Treppenabgang zugingen.

Elric sah, wie sie Fallogard Phatt einholte, eine tröstende Hand auf die Schulter eines halbwüchsigen Mädchens legte, ein freundliches Wort in das Ohr der Mutter flüsterte, den Jungen freundlich am Kopf zauste und sie verdattert wieder zurückbrachte. »Sie werden bei uns wohnen – oder zumindest auf unseren Kredit. Sicherlich kann dies selbst dem eigenartigen Sicherheitsverständnis der Zigeunernation nicht widersprechen.«

Elric betrachtete die fadenscheinige Gruppe mit einigem Widerwillen; er hegte nicht den Wunsch, sich mit einer Familie zu belasten, in Sonderheit mit einer, die einen derart untüchtigen Eindruck auf ihn machte. Er warf einen Blick auf das Mädchen, das dunkel und schmollend in seiner aufblühenden Schönheit vor ihm stand und einen Gesichtsausdruck beständiger Verachtung für alles, was sie erblickte, zur Schau stellte, während der Junge, der etwa zehn Jahre alt war, Besitzer jener schwarzen Augen war, die er auf der Treppe bemerkt hatte: die aufmerksamen und flinken Augen eines Wiesels, ein schmales, spitzes Gesicht, das diese Wirkung noch verstärkte, langes blondes Haar, das glatt am Kopf anlag; die kleinfingrigen Hände zuckten und huschten. Die Nase war neugierig vorgereckt, als ob er Ungeziefer wittere. Und als er in verständiger Erwiderung der Barmherzigkeit der Rose grinste, legte er scharfe kleine Zähne frei, die sich weiß vor dem feuchten Rot seiner Lippen abhoben. »Euch steht ein Ende Eurer Suche bevor, meine Dame«, sagte er. »Blut und Sproß werden sich wieder vermengen – falls das Chaos diese Prognose nicht zu widerlegen beschließt. Zwischen den Welten gibt es eine Straße, die zu einem besseren Ort führt als jene, die wir jetzt bereisen. Ihr müßt den Unendlichen Pfad einschlagen, meine Dame, und an seinem Ende nach der Lösung für Euren Kummer suchen.«

Anstatt mit Verwirrung oder Furcht auf seine seltsamen Worte zu reagieren, lächelte die Rose und beugte sich hinunter, um ihm einen Kuß zu geben. »Seid Ihr alle hellsichtig?« fragte sie.

»Es ist das Hauptgeschäft der Familie Phatt«, erklärte Fallogard Phatt mit eine gewissen Würde. »Stets ist es uns vergönnt gewesen, die Karten zu lesen, durch den Nebel des Kristalls zu sehen und die Zukunft zu erfahren, so sie denn mit einiger Zuverlässigkeit vorhergesagt werden kann. Deshalb waren wir auch nicht unglücklich, als wir herausfanden, daß wir uns der Zigeunernation anschließen mußten. Aber wir stellten fest, daß diese Leute über keine echte Hellsichtigkeit verfügen, lediglich über eine Ansammlung von Taschenspielertricks und Illusionen, mit denen andere Menschen beeindruckt oder beherrscht werden. Einst hatte ihr Volk die umfassendsten Kräfte von allen. Nach und nach verschwanden sie auf ihrem sinnlosen Marsch um die Welt. Sie gaben sie nämlich aus Sicherheitsgründen auf. Und nun haben auch wir keine Verwendung für unsere Fähigkeiten mehr ...« Er seufzte, kratzte sich in schneller Folge an verschiedenen Stellen, ordnete dabei Knöpfe und Senkel und Träger, als ob er erst jetzt seinen heruntergekommenen Aufzug bemerkte. »Was sollen wir tun? Sollten wir Fußgänger werden, sind wir unvermeidlicherweise dazu verdammt, unsere Tage an den Laufbrettern zu beschließen.«

»Wir würden uns mit Euch zusammentun«, hörte Elric die Rose sagen, und er sah sie überrascht an. »Wir haben die Macht, Euch gegen die Rechtsprechung der Zigeunernation beizustehen. Und Ihr habt die Macht, uns beim Auffinden dessen zu helfen, wonach wir suchen. Wir müssen drei Schwestern ausfindig machen. Vielleicht haben sie auch noch jemanden weiteren bei sich, einen Gepanzerten, dessen Gesicht niemals unverhüllt ist.«

»Was das angeht, müßt Ihr Euch an meine Mutter wenden«, sagte Fallogard Phatt geistesabwesend, als er über ihre Worte nachdachte. »Und meine Nichte. Charion verfügt über alle Talente ihrer Großmutter, denke ich, obgleich sie noch an Weisheit lernbedürftig ist ...«

Das Mädchen starrte ihn böse an, schien jedoch geschmeichelt zu sein.

»Mein Junge Koropith Phatt allerdings ist der Größte unter den Phatts«, sagte sein Vater und legte eine stolze und vielleicht besitzerische Hand auf den Knaben, dessen kleine schwarze Augen seinen Vater mit erheiterter Zuneigung und einem gewissen verständnisvollen Mitgefühl betrachteten. »Niemals hat es einen Phatt gegeben, der von der Gabe so erfüllt ist wie Koropith. Er brodelt förmlich vor psychischen Begabungen!«

»Dann müssen er und wir zu einer raschen Einigung kommen«, sagte die Rose. »Denn nun ist die Zeit reif, um einen bestimmten Kurs zwischen den Welten festzulegen. Falls wir Euch befreien, könnt Ihr uns dann dorthin führen, wohin wir gehen müssen?«

»Zumindest ich verfüge über jene Fähigkeit«, sagte Fallogard Phatt, »und werde Euch freudig beistehen, soweit es in meinen Kräften steht. Doch der Junge hat Schleichwege zwischen den Reichen entdeckt, von denen ich noch nicht einmal gerüchteweise gehört habe. Und das Mädchen kann ein einzelnes Wesen durch sämtliche Schichten des Multiversums aufspüren. Dieses Kind ist ein Bluthund. Sie ist ein Terrier. Sie ist ein Spaniel ...«

Meister Wheldrake unterbrach diesen Überfluß der Vergleiche aus dem Hundereich: Er hatte ein Buch in einer Innentasche gefunden und beförderte es nun mit einer großartigen Geste zutage. »Da ist es, woran ich mich erinnerte! Da habe ich es!«

Sie sahen ihn in höflicher Erwartung an, als er seine

frischempfangenen Kreditbestätigungen aus der Weste zog und sie dem verblüfften Knaben in die Hand drückte. »Hier, Jungmeister Koropith, geht mit Eurer Kusine auf den Markt! Ich werde Euch eine Liste mitgeben. Heute nacht gedenke ich uns allen ein Mahl zu bereiten, das ausreichen dürfte, uns für das bevorstehende Abenteuer zu stärken!«

Er hielt das rot eingeschlagene Buch in die Höhe. »Ich denke, mit Unterstützung von Mistress Beeton werde ich uns mit einem Abendessen versorgen können, desgleichen Ihr in einem Jahr nicht gekostet habt!«

DAS FÜNFTE KAPITEL

Unterredungen mit Hellsehern, die Natur des Multiversums etc. betreffend. Dramatische Fluchtmethoden.

Als das meisterhaft zusammengestellte und zubereitete Festmahl vorbei war und er sich durch das Rezitieren einiger erlesener Sonette entspannte, war selbst Elric zumindest für den Augenblick imstande, seine Aufmerksamkeit von der beharrlichen Erinnerung an seinen toten Vater abzuwenden, der in der toten Stadt auf ihn wartete.

»Seit Generationen haben wir, die Phatts, dank unseres Verstandes überlebt.« Fallogard Phatt war betrunken. Selbst seine alte Mutter führte Wein an die verdorrten Lippen und kicherte gelegentlich. Sein Sohn und seine Nichte waren entweder schon im Bett oder hielten sich im Schatten des Treppenaufgangs versteckt. Wheldrake füllte Mutter Phatts Glas bis zum Rand, derweil die Rose sich in ihrem Sessel zurücklehnte und als einzige entschlossen schien, ihren Verstand auf die lebenswichtigen Themen ihrer gegenwärtigen Lage zu konzentrieren. Sie trank keinen Wein, schien jedoch gewillt zu sein, die anderen sich nach ihrem Belieben entspannen zu lassen. Elric saß neben ihr am Tisch, nippte an der dunklen schwarzblauen Flüssigkeit und wünschte sich, daß sie einige Wirkung auf ihn hätte; zynisch stellte er bei sich fest, daß nach einem Trunk Drachengift die meisten Getränke eher schal zu schmecken schienen ...

»Es gibt nur wenige Adepten«, erklärte Fallogard Phatt gerade, »die auch nur einen Bruchteil des Multiversums erforscht haben, aber ich muß sagen, daß die

Phatts darin so erfahren wie alle anderen sind. Mutter hier kennt zum Beispiel die Strecken von mindestens zweitausend verschiedenen Pfaden zwischen etwa fünftausend Reichen. In letzter Zeit sind ihre Instinkte etwas abgestumpft, aber unsere Nichte lernt rasch. Sie hat die gleiche Begabung.«

»Also habt Ihr diese Ebene freiwillig aufgesucht?« fragte die Rose plötzlich, als ob die Bemerkungen mit ihren eigenen Gedanken übereinstimmten.

Das rief bei Fallogard Phatt einen Schwall wilden Gelächters hervor, der drohte, seine sorgfältig geknöpfte Weste zu sprengen, während ihm das Haar wirr vom Kopf abstand und sein Gesicht sich rötete. »Nein, Madame, das ist ja gerade der Witz daran. Nur wenige sind jemals hierhergekommen, weil sie von der Zigeunernation gehört hatten und sich ihr anzuschließen wünschten. Die Nation hat jedoch ihr eigenes sonderbares Kraftfeld errichtet – eine Art psychische Gravitation –, das viele anzieht, die anderweitig im Limbus verharren würden. Sie verhält sich – psychisch, aber irgendwie auch materiell gesehen – wie eine Art Pseudolimbus, in der Tat eine Welt der verlorenen Seelen.«

»Verlorene Seelen?« Jetzt wurde Elric aufmerksam. »Verlorene Seelen, Meister Phatt?«

»Und natürlich auch Körper. Meistens.« Fallogard Phatt vollführte eine trunkene Handbewegung und hielt dann inne, als ob er etwas gehört hätte, dann spähte er mit plötzlicher Aufmerksamkeit in die roten Augen des Albinos. »Jawohl, mein Herr«, sagte er mit ruhigerer Stimme, »verlorene Seelen. In der Tat!« Und Elric empfand einige Sekunden lang die Gegenwart einer wohlwollenden, mitfühlenden und sogar beschützenden Präsenz in ihm. Das Gefühl verschwand bald, und Phatt wandte sich wieder mit einer drolligen Abstraktion an Wheldrake, die beide anzuregen schien, allerdings war die Rose noch nachdenklicher geworden, als sie von Phatt zu Elric und häufig auch auf den geschäftigen Kopf von Mutter Phatt sah, die mit beiden Händen ihren Weinkelch umklammerte, nickte, lächelte und kaum der Gesprächsrichtung folgte oder folgen wollte, dennoch auf ihre eigene geheimnisvolle Weise zufrieden und wachsam zu sein schien.

»Ich kann es mir nur schwer vorstellen, Sir«, sagte Wheldrake gerade. »Zudem ist es etwas beängstigend, sich diese gewaltige Größe vorzustellen. So viele Welten, so viele Stämme, und ein jeder mit einem anderen Verständnis des Wesens der Wirklichkeit. Milliarden, Sir. Milliarden und Abermilliarden – eine Unendlichkeit an Möglichkeiten und Alternativen! Und Ordnung und Chaos kämpfen um dies alles?«

»Gegenwärtig ist der Krieg unerklärt«, erwiderte Phatt. »Statt dessen gibt es da und dort Scharmützel, Schlachten um eine oder zwei Welten oder höchstens um ein Reich. Aber eine große Konjunktion steht bevor, und zu jenem Zeitpunkt wünschen die Lords der Höheren Welten ihre Herrschaft durch die Sphären zu festigen. Jede Sphäre enthält ein Universum, und man schätzt ihre Zahl auf mindestens eine Million. Das ist kein gewöhnliches kosmisches Ereignis!«

»Sie kämpfen um die Herrschaft über die Unendlichkeit selbst!« Wheldrake war beeindruckt.

»Strenggenommen ist das Multiversum nicht unendlich...«, begann Phatt, um sogleich von seiner Mutter unterbrochen zu werden, deren Stimme vor plötzlicher Gereiztheit ganz schrill geworden war.

»Unendlichkeit? Dummes Geschwätz! Unendlichkeit? Das Multiversum ist endlich. Es hat Grenzen und Dimensionen, die lediglich ein Gott gelegentlich wahrzunehmen vermag – aber es sind tatsächlich Grenzen und Dimensionen! Anderenfalls läge kein Sinn darin!«

»Sinn worin, Mutter?« Selbst Fallogard Phatt war überrascht. »Worin?«

»Natürlich in der Familie Phatt. Wir glauben fest

daran, daß wir eines Tages ...« Und sie überließ es ihrem Sohn, den Hauptteil dessen zu rezitieren, was offenbar das Familienmotto war ...

»... den Plan des gesamten Multiversums erfahren und nach Belieben von Sphäre zu Sphäre, von Reich zu Reich, von Welt zu Welt, durch die großen Wolken sich wandelnder vielfarbiger Sterne, die dahintaumelnden Planeten in ihrer millionenfachen Zahl, durch Galaxien wie Mückenschwärme in einem sommerlichen Garten und Flüsse aus Licht – Pracht über Pracht – Pfade wie Mondstrahlen zwischen den wandernden Sternen reisen werden.

Mein Herr, habt Ihr jemals allein gestanden und Visionen erlebt? Ihr wißt doch, jener Augenblick, da Ihr innehaltet und Euch ein kurzer Blick in die Fast-Ewigkeit, das Multiversum, gewährt wird? Vielleicht seht Ihr auf eine Wolke oder ein brennendes Scheit, Ihr bemerkt einen gewissen Faltenwurf in einer Decke oder den Winkel, in dem ein Grashalm sich neigt – das ist ganz gleich. Ihr wißt, was Ihr gesehen habt, und daraus entspringt jene größere Vision. Zum Beispiel gestern ...?« Und er warf dem Dichter einen fragenden Blick zu, bevor er die Zustimmung seines neuen Freundes zum Fortfahren erhielt.

»... blickte ich um Mittag in die Höhe. Wie Wasser fließt silbernes Licht an den massigen Wolken herunter, die selbst riesige schwebende unsymmetrische Seetiere sind, so groß, daß sie ganze Nationen anderer Spezies beherbergen, darunter sicher auch die Menschen, als ob sie zur Gänze aus ihrem Element aufgetaucht und bereit wären, in Tiefen zu tauchen, die für jene unter ihnen so geheimnisvoll sind wie Ozeane für jene über ihnen.« Bei dieser klaren Erinnerung glühte sein Gesicht in einem kräftigen Rot, seine Augen schienen sich wieder auf die erwähnten Wolken zu heften, auf jene gewaltigen natürlichen Barken, aufgestiegenen Schiffswracks gleich, die nach Jahrtausenden noch beängstigend vollständig und über alle Vorstellungskraft hinaus fremdartig sind, jedem Bestreben gewöhnlicher Sterblicher entrückt, ihnen folgen zu wollen, die die schiere Seele zu vergessen suchte, diese abscheulich alten Bestienschiffe, die in ihrem neuen Element, der Leuchtkraft der Sonne und des Himmels, substanzlos geworden sind, und allmählich verschwimmen ihre Umrisse, werden grau und verblassen nacheinander, bis schließlich nur noch die Sonne und der Himmel als Zeugen ihres unbetrauerten Dahinscheidens zurückbleiben. »Sind sie unsichtbar geworden oder für immer verschwunden, sogar aus dem seltsamen Gedächtnis unseres Blutes, jenem winzigen Flecken der Urmaterie, der die vereinte Seele unseres Volkes darstellt? Würde das bedeuten, daß sie niemals existiert haben und niemals existieren konnten? Viele Dinge existierten, bevor unsere Vorfahren schwimmhautbesetzte Füße an ein nebelumhülltes Ufer hoben…«

Und da lächelte Elric, denn das Gedächtnis seiner Rasse reichte weiter zurück als das der Menschheit, zumindest in seinem eigenen Reich. Sein Volk – ältere und unmenschliche Siedler, die verfolgt, verbannt oder durch die Reiche geflohen waren – war Opfer einer gewaltigen Katastrophe gewesen, die es vielleicht selbst geschaffen hatte.

Erinnerung folgt Erinnerung, Erinnerung besiegt Erinnerung; einige Dinge sind nur in die Reiche unserer üppigen Vorstellungskraft verbannt worden, doch das bedeutet nicht, daß sie nicht existieren oder nicht existieren können oder werden – sie existieren! Sie existieren!

Der letzte Melnibonéer dachte über die Geschichte und die Legenden seines Volkes nach, und er erzählte seinen Menschenfreunden etwas von seinem Wissen, und eines Tages würde ein Menschenschreiber diese bewahrten Worte aufschreiben, die wiederum die Grundlage für ganze Mythenzyklen bilden würden, auf daß das Korn eines Samens vormenschlicher Erinnerung uns überliefert werde, Blut um Blut, Leben um Leben. Und die Zyklen wenden, drehen und überschneiden sich an unvorhersehbaren Stellen in einer Ewigkeit der Möglichkeiten, Paradoxe und Konjunktionen, und eine Geschichte nährt die andere, und eine Anekdote stattet andere mit ganzen Epen aus. So beeinflussen wir Vergangenheit, Gegenwart und Zukunft und alle ihre Möglichkeiten. Auf diese Weise sind wir alle füreinander verantwortlich durch jene Myriaden Dimensionen der Zeit und des Raumes, aus denen das Multiversum besteht …

»Die Liebe der Menschen«, sagte Fallogard Phatt und wandte den Blick von der Vision ab, »sie ist letztlich doch unsere einzige echte Waffe gegen die Entropie …«

»Wenn Chaos und Ordnung sich nicht im Gleichgewicht befinden«, sagte Wheldrake, griff nach etwas Käse und fragt sich müßig, welche angstgeschüttelte Gegend neben der Straße diesen speziellen Tribut gezollt haben mochte, »berauben wir uns der größten denkbaren Anzahl an Wahlmöglichkeiten. Das ist das einzige Paradox dieses Konfliktes zwischen den Höheren Welten. Laßt zu, daß eines über das andere dominiert, und die Hälfte dessen, was wir haben, ist verloren. Manchmal komme ich um die Überlegung nicht herum, daß sich unser Schicksal in den Händen von Geschöpfen befindet, die kaum intelligenter als ein Wiesel sind!«

»Intelligenz und Macht waren niemals dasselbe«, murmelte die Rose und riß sich für den Augenblick aus ihrer eigenen Gedankenwelt los. »Häufig sind Machtgelüste nichts anderes als die Impulse der Verdatterten, die nicht begreifen, daß die Dame Schicksal sie so schmählich behandelt hat. Wer kann es diesen Stumpfsinnigen zuzeiten verdenken? Die zufällige Natur empört sie. Vielleicht empfinden diese Götter das gleiche? Vielleicht unterziehen sie uns deshalb diesen schrecklichen Prüfungen, weil sie wissen, daß wir ihnen tatsächlich überlegen sind? Vielleicht sind sie senil geworden und haben den Sinn ihrer alten Friedensabkommen vergessen?«

»In einer Hinsicht sprecht Ihr wahr, meine Dame«, sagte Elric. »Die Natur verteilt Macht wahrlich mit der gleichen Gleichgültigkeit, wie sie Intelligenz, Schönheit oder Reichtum verteilt!«

»Und daher unterliegt die Menschheit der Verpflichtung«, sagte Wheldrake und gab etwas von seinem eigenen Hintergrund preis, »jene Fehler der Gerechtigkeit zu berichtigen, die die Natur begeht. Deswegen müssen wir jene versorgen, die die Natur zufällig arm, krank oder anderweitig bekümmert erschafft. Falls wir dies nicht tun, so denke ich, erfüllen wir unsere eigene natürliche Funktion nicht. Ich sage dies«, fügte er hastig hinzu, »als Agnostiker. Wohlgemerkt, ich bin ein gestrenger Radikaler. Doch kommt es mir so vor, als ob Paracelsus es gut traf, als er nahelegte ...«

Woraufhin die Rose, die sich allmählich in dieser Hinsicht ein gewisses Geschick erworben hatte, seinen Aufstieg in das Reich des Abstrakten dadurch unterbrach, daß sie Mutter Phatt mit lauter Stimme fragte, ob sie noch etwas Käse haben wolle.

»Heut nacht genug Käse«, sagte die alte Frau rätselhaft, doch ihr Lächeln war freundlich. »Immer in Bewegung. Immer in Bewegung. Von der Ferse zu den Zehn, die Läufer gehn. Sie laufen, meine Liebe, und hoffen, ihrer Verdammnis zu entfliehen. Ohne Wandel, eine Generation nach der anderen; eine Ungerechtigkeit nach der anderen, die von weiterer Ungerechtigkeit genährt wird. Immer in Bewegung. Immer in Bewegung ...« Und beinahe dankbar versank sie wieder in starrender Schweigsamkeit.

»Oh, diese schändliche Gesellschaft, mein Herr«, sprach ihr Sohn mit weisem Nicken und bestätigendem Schwenken eines Kekses. »Schändlich. Sie ist eine Lüge, mein Herr. Ein riesiger Betrug, diese ›freie Nation‹, die stets voranzuschreiten scheint, sich dennoch niemals wandelt! Ist das nicht wahre Dekadenz, mein Herr?«

»Ich frage mich, ob dies Engelands Geschick sein wird«, sann Wheldrake über eine verschollene Heimat nach. »Ist dies das Geschick aller ungerechten Imperien? Ach, ich fürchte, daß ich die Zukunft meines eigenen Landes erschaue!«

»Gewiß wurde sie die einzige Zukunft meiner eigenen Heimat«, sagte Elric mit einem Grinsen, das weit mehr preisgab, als es zu verbergen suchte. »Und deshalb zerfiel Melniboné auch wie eine wurmzerfressene Hülle, wie bei der allerleisesten Berührung ...«

»Nun«, sagte die Rose, »zur Sache.« Und sie entwarf einen Plan, des Nachts zwischen den Rädern hindurchzuhuschen, Duntrollin zu finden, dort zwischen den Laufbrettern umherzuschleichen, bis sie die Treppen erreichten – von da ab sollte dann Fallogard Phatt ihr Bluthund sein und seine Hellsichtigkeit auf die drei Schwestern ausrichten. »Doch die Einzelheiten müssen wir noch besprechen«, sagte sie, »es könnten Gegebenheiten existieren, Meister Phatt, die ich übersehen habe.«

»Ganz sicher einige, meine Dame.« In höflichem Ton zählte er sie auf. Die Klappen zu den Laufbrettern standen unter Bewachung. Die kriegerischen Einwohner von Duntrollin waren mit Sicherheit auf einen ähnlichen Versuch wie den ihrigen gefaßt. Er selbst hatte die Schwestern nie gesehen, daher wäre seine Gabe wenig verläßlich. Zudem gab es keine Garantie, daß sie von ihnen willkommen geheißen würden, selbst wenn sie die Schwestern erreichten. Und wie sollten sie danach die Zigeunernation verlassen? Die Abfallwälle waren beinahe unmöglich zu überqueren, und die Wachen bemerkten stets Fluchtversuche. Außerdem war es für die Familie Phatt sinnlos, über solche Dinge nachzudenken, da sie von jener seltsamen Abart psychischer

Schwerkraft festgehalten wurden, die so viele arme Seelen zu dieser Straße geführt hatte, damit sie ewig darauf oder darunter leben sollten. »Wir alle werden hier durch mehr gefangengehalten als nur durch ein paar schwarzgefiederte Pfeile und einen Müllberg«, sagte er. »Die Zigeunernation beherrscht diese Welt, mein Freund. Sie hat eine dunkle, sonderbare Macht errungen. Sie hat Abkommen geschlossen. Sie hat Teile des Chaos zu eigenen Zwecken gemeistert. Ich glaube, deshalb wagt sie auch nicht anzuhalten. Alles hängt davon ab, daß sie ihr Bewegungsmoment beibehält.«

»Dann müssen wir die Nation zum Stehen bringen«, sagte die Rose nur.

»Nichts kann dies vollbringen, werte Dame.« Fallogard Phatt schüttelte traurig und verzweifelt den Kopf. »Sie existiert, um sich zu bewegen. Sie bewegt sich, um zu existieren. Deswegen wird die Straße auch nie geändert, sondern neugebaut, selbst wenn das Land abgebröckelt ist, wie es in jener Bucht der Fall ist, die wir bald überqueren werden. Sie können die Straße nicht ändern. Als wir hier eintrafen, machte ich ihnen den Vorschlag. Man sagte mir, daß es zu teuer sei, daß die Gemeinschaft sich das nicht leisten könne. Tatsächlich jedoch können sie ihre Bahn ebensowenig verändern wie ein Planet die seine um die Sonne. Und falls wir zu fliehen versuchen würden, wäre es so, als ob ein Kiesel der Schwerkraft entfliehen wolle. Man empfahl uns, daß unsere Hauptsorge sein sollte, in den Dörfern, jedoch nie unter den Dörfern zu bleiben!«

»Das ist ein bloßes Gefängnis«, sagte Wheldrake und pickte derweil immer noch an den Käsestücken herum, »keine Nation. Es ist eine stinkende Störung im Ablauf der Dinge. Sie ist tot und wird durch Tod aufrechterhalten. Ungerecht und durch Ungerechtigkeit aufrechterhalten. Grausam und durch Grausamkeit genährt. Und dennoch haben wir selbst gesehen, wie sich die Bürger von Trollon ihrer Weltgewandtheit, ihrer Menschlichkeit, ihrer Freundlichkeit und ihrer gewandten Manieren brüsten: derweil die Toten unter ihren Füßen stolpern und sie in ihrer selbstverlogenen Dummheit stützen! Diese Farce des Fortschritts!«

Mutter Phatts alter Kopf drehte sich, und sie betrachtete Wheldrake. Sie lachte leise, nicht spöttisch, sondern voller Zuneigung. »Mein Bruder sagte ihnen dasselbe und sagte es ihnen immer wieder. Aber dennoch starb er an den Laufbrettern. Ich war bei ihm. Ich spürte, wie er starb.«

»Ach!« machte Wheldrake, als ob auch er diese Todeserfahrung teile. »Dies ist eine üble Parodie auf Freiheit und Gerechtigkeit! Es ist eine Lüge tiefsitzender Unehrlichkeit! Denn wenn eine Seele in dieser Welt erleidet, was Hunderttausende, vielleicht Millionen erleiden, dann sind sie dafür haftbar.«

»In Trollon sind eben lauter feine Kerle«, sagte Fallogard Phatt ironisch. »Es sind Menschen guten Willens und voller Barmherzigkeit. Sie sind stolz auf ihre Weisheit und ihre Gleichberechtigung ...«

»Nein«, sagt Wheldrake mit einem ärgerlichen Schütteln seines roten Schopfes, »sie nehmen vielleicht an, daß sie Glück haben, aber sie können sich weder für weise noch gut halten! Denn letztlich stimmt solches Volk jeder Maßnahme zu, die es im Zustand der Bevorzugung und der Behaglichkeit verbleiben läßt, und behält so seine Herrscher bei, die es mit allen Anzeichen demokratischen und republikanischen Eifers erwählt. So läuft das ab, Sir. Und die Ungerechtigkeit des Ganzen ist für sie kein Thema, Sir. Das macht sie durch und durch zu Heuchlern. Wenn es nach mir ginge, Sir, geböte ich dieser ganzen elenden Scharade des Fortschritts Einhalt.«

»Den Fortschritt der Zigeunernation aufhalten!« Fallogard Phatt lachte voller Schadenfreude und fügte mit gespieltem Ernst hinzu: »Seid vorsichtig, mein lieber Herr. Hier seid Ihr unter Freunden – doch in anderen Kreisen werden derartige Ansichten als die reinste Ketzerei erachtet! Schweigt, mein Herr. Um Eurer selbst willen!«

»Schweigt! Das ist die ewige Ermahnung der Tyrannei. Den Schreien ihrer Opfer, dem elenden Stöhnen und Jammern und den flehentlichen Bitten der geschundenen Millionen bellen die Tyrannen ihr ›Schweigt!‹ entgegen. Wir sind eins, Sir – oder wir sind zerstückeltes Aas, dem die Würmer den falschen Anschein von Leben verleihen – Leichen, die unter dem Gewicht der Maden zucken und zittern –, der verrottete politische Leichnam einer idealen Freiheit. Die Freie Zigeunernation ist eine enorme Falschheit! Bewegung, Sir, ist nicht gleich Freiheit!« Zornig holte Wheldrake Luft.

Aus dem Augenwinkel sah Elric, wie die Rose sich aus ihrem Sessel erhob und das Zimmer verließ. Er nahm an, daß sie die Debatte langweilte.

»Das Rad der Zeit ächzt und dreht eine Million Räder, die wiederum eine Million bewegen und so weiter und so fort, bis in die Unendlichkeit – oder die Beinahe-Unendlichkeit«, sagte Phatt und warf einen Seitenblick auf seine Mutter, die wieder die Augen geschlossen hatte. »Alle Sterblichen sind ihre Gefangenen und ihre Vorsteher. Das ist die unvermeidliche Wahrheit.«

»Man kann die Wahrheit widerspiegeln oder sie zu lindern suchen«, sagte Elric. »Manchmal kann man sogar danach trachten, sie zu verändern ...«

Wheldrake nahm einen Schluck aus einem Glas. »Sir, ich wurde nicht in einer Welt erzogen, in der die Wahrheit formbar oder die Wirklichkeit eine Frage dessen ist, was man daraus macht. Es fällt mir schwer, so etwas anzuhören. Tatsächlich, Sir, gebe ich zu, daß es mich erschreckt. Nun ist es nicht etwa so, daß mir das Wundersame daran entgeht, Sir, oder der Optimismus, dem Ihr auf Eure Weise Ausdruck verleiht. Es ist nur so, daß ich geboren wurde, um bestimmten Sinnen zu vertrauen und sie zu genießen und um hinzunehmen, daß eine große unwandelbare Schönheit die Ordnung des Universums ist, eine Reihe von Naturgesetzen, die auf subtile Weise einer großen Maschine ähnelten – verflochten und komplex, doch letztlich vernünftig. Dieser Natur, Sir, galten mein Erleben und meine Verehrung, wie andere vielleicht eine Gottheit erleben und verehren. Eure Ansichten, Sir, kommen mir rückschrittlich vor. Sicherlich stehen sie doch den verworfenen Ansichten der Alchimie nahe.«

Und so ging die Diskussion weiter, bis sie alle dem Geräusch ihrer eigenen Stimmen müde wurden und sich nicht mehr sträubten, ihre Betten aufzusuchen.

Als Elric die Stufen hinaufstieg und seine Lampe riesige Schatten an die getünchten Wände warf, dachte er über den plötzlichen Aufbruch der Rose von der Tafel nach und hoffte, daß sie sich nicht durch etwas beleidigt gefühlt hatte. Für gewöhnlich hätte ihn dergleichen wenig bekümmert, doch diese Frau achtete er in einem Maße, das über die bloße Wertschätzung ihrer Intelligenz und ihrer Schönheit hinausging. Sie strahlte überdies eine Ruhe aus, die ihn auf sonderbare Weise an seine Zeit in Tanelorn erinnerte. Es war schwer zu glauben, daß eine Frau von so offensichtlicher Integrität und Weisheit darauf aus war, eine gewöhnliche Blutfehde zum Abschluß zu bringen.

In dem engen Raum, den er sich ausgesucht hatte, kaum mehr als eine Nische mit einem Klappbett, bereitete er sich zum Schlafen vor. Die Familie Phatt hatte es ihnen bereitwillig bequem gemacht, ohne sich ihrerseits mehr als nur der allernotwendigsten Unbill zu unterziehen, und hatte sich einverstanden erklärt, ihre geistigen Kräfte in den Dienst der Mission der Rose zu stellen. Bis dahin würde der Albino sich ausruhen. Er war müde, und nun sehnte er sich zutiefst nach einer Welt, die er nie wieder erfahren konnte. Einer Welt, die er selbst vernichtet hatte.

* * *

Nun schlief der Albino, und sein hagerer bleicher Körper wälzte sich hin und her; ein Stöhnen entwich den empfindsamen breiten Lippen, und einmal öffneten sich sogar die roten Augen und starrten schreckerfüllt in die Dunkelheit.

»Elric«, sagte eine Stimme, die von altem Zorn und alter Trauer so sehr durchdrungen war, daß sie schon feste Bestandteile ihres Klanges geworden waren, »mein Sohn. Hast du meine Seele gefunden? Für mich ist es hier schwer. Es ist kalt. Es ist einsam. Bald muß ich zu dir kommen, ob ich es will oder nicht. Ich muß in deinen Körper dringen und auf ewig ein Teil von dir sein ...«

Und Elric erwachte mit einem Schrei, der den Abgrund zu erfüllen schien, in dem er schwebte, und sein Schrei gellte ihm in den Ohren weiter und hallte in einem anderen Schrei wider, bis beide gemeinsam schrien und er nach dem Gesicht seines Vaters suchte, doch war es nicht sein Vater, der schrie ...

Es war eine alte Frau – weise und taktvoll, voll außerordentlichen Wissens –, die wie eine Wahnsinnige schrie, als ob sie sich im Griff der furchtbarsten Qual winde, und sie schrie: »NEIN!« Und schrie: »HALT!« Und schrie: »SIE STÜRZEN HINAB, O TEURE ASTARTE, SIE STÜRZEN HINAB!«

Mutter Phatt schrie. Mutter Phatt erlebte eine Vision von so unerträglicher Intensität, daß ihre Schreie die von ihr empfundene Qual nicht zu lindern vermochten. Und sie verfiel in Schweigen.

Wie auch Elric schwieg.

Wie auch die Welt schwieg bis auf das leise Rumpeln der gewaltigen Räder, das stetige, weit entfernte Stampfen marschierender Füße, die auf ihrem Marsch um die Welt niemals stillstanden ...

»HALTET AN!« schrie der Albinoprinz auf, wußte jedoch nicht, was er befahl. Er hatte nur den allerkleinsten Bruchteil von Mutter Phatts Vision erfahren ...

Vor seiner Tür ertönten alltäglichere Geräusche. Er hörte, wie Fallogard Phatt nach seiner Mutter rief, hörte Charion Phatt schluchzen und erkannte, daß eine Katastrophe kurz bevorsteht...

Mit entzündeter Lampe und in geborgtem Gewand trat Elric auf den Treppenabsatz und sah durch die offene Tür Mutter Phatt kerzengerade in ihrem Bett sitzen. Schaum befleckte die alten Lippen, die Augen starrten verängstigt ins Leere. »Sie stürzen hinab!« stöhnte sie. »Oh, wie sie hinunterstürzen. So weit sollte es nicht kommen. Arme Seelen! Arme Seelen!«

Charion Phatt hielt ihre Großmutter umarmt und wiegte sie ein wenig, als ob sie ein Kind trösten wolle, das aus seinem Alptraum erwacht war. »Nein, Großmama, nein! Nein, Großmama, nein!« Dennoch erkannte man an ihrer eigenen Miene, daß auch sie etwas unendlich Erschreckendes gesehen hatte. Und ihr Vater war außer sich – er schwitzte, sein Gesicht war rot und aufgedunsen, er flehte, hielt sich den zerzausten Kopf, als ob er ihn vor einem Ansturm bewahren wolle, schrie: »Nicht das! Das kann nicht sein! Oh, und sie hat den Jungen entführt!«

»Nein, nein«, sagte Charion und schüttelte den Kopf. »Er ging freiwillig. Deswegen hast du auch keine Gefahr gespürt. Er glaubte nicht, daß sie bestand!«

»Sie plant dies?« stöhnte Fallogard empört und ungläubig auf. »Sie plant diesen Tod?«

»Bringt ihn zurück«, sagte Mutter Phatt rauh, ihre Augen nahmen die Welt um sie immer noch nicht wahr. »Holt sie rasch zurück. Findet sie, und ihr werdet ihn retten.«

»Sie gingen nach Duntrollin, um die Schwestern aufzusuchen«, sagte Charion. »Sie fanden sie auch, aber da war ein anderer... Ein Kampf? In diesem Durcheinander kann ich nicht lesen. Oh, Onkel Fallogard, sie müssen angehalten werden.« Schmerzvoll verzog sie das

Gesicht, klammerte sich daran fest. »Onkel! Diese seelischen Verzerrungen!«

Und auch Fallogard Phatt zitterte unter der Pein dieser Erfahrung, während Elric und Wheldrake fieberhaft zu ergründen suchten, was sie denn so fürchteten. »Es ist ein Wind, der durch das Multiversum heult«, sagte Phatt. »Ein schwarzer Wind heult durch das Multiversum! Oh, das ist das Werk des Chaos. Wer hätte das gedacht?«

»Nein«, sagte Mutter Phatt, »sie dient dem Chaos nicht, sie ruft auch nicht das Chaos an! Dennoch ...«

»Haltet sie an!« schrie Charion.

Und in hilfloser Verzweiflung hob Fallogard Phatt die langgliedrigen Hände. »Es ist zu spät. Schon sind wir Zeugen des Untergangs!«

»Noch nicht«, sagte Mutter Phatt. »Noch nicht. Es könnte noch Zeit sein ... Aber es ist so stark ...«

Elric gab sich nicht länger mit Überlegungen ab. Die Rose befand sich in Gefahr. Rasch kehrte der Albino in sein Zimmer zurück, zog sich an, gürtete sein Schwert. Wheldrake war bei ihm, als sie das Haus verließen und durch die hölzernen Straßen rannten, falsche Richtungen in der unvertrauten Finsternis einschlugen, bis sie einen Treppenabgang zu den Laufbrettern fanden, und Elric, für den Vorsicht eine nur halberlernte Erfahrung war, hatte Sturmbringer aus der Scheide gezogen, und die schwarze Klinge glühte mit einem schwarzen Leuchten, und die Runen wanden und zuckten über die Klinge, und plötzlich tötete es alle, die ihm mit einer Waffe in der Hand gegenübertraten.

Wheldrake sah die Gesichter der Erschlagenen, erschauerte und wußte kaum, ob er in der Nähe des Albinos bleiben oder eine sichere Entfernung zwischen sich und ihn legen solle; derweil versuchten Fallogard Phatt und die restliche Familie ihnen zu folgen und trugen die alte Frau auf ihrem Stuhl mit sich.

Elric wußte nur, daß sich die Rose in Gefahr befand.

Seine Geduld hatte ihn letztlich im Stich gelassen, und beinahe mit Erleichterung überließ er dem Höllenschwert seinen Zoll an Blut und Seelen, während er spürte, wie ihn eine gewaltige erregende Vitalität durchdrang und er die komplizierten Namen fremdartiger Götter hinausbrüllte! Er hackte auf die Geschirre ein, die die Pferde festhielten, er schlug nach den Ketten, die die Marschierer an den Brettern festhielten, und dann schwang er sich auf ein großes schwarzes Schlachtroß, das vor Entzücken über seine Freilassung wieherte. Elric klammerte sich an der Mähne fest, es bäumte sich auf, wirbelte mit den Hufen durch die Luft und raste dann auf die Öffnung zu.

Von irgendwoher war ein neues Geräusch zu vernehmen – menschliche Stimmen, die in blinder Panik schrien –, und Mutter Phatt schluchzte noch lauter. »Es ist zu spät! Es ist zu spät!« Wheldrake griff nach einem Pferd, aber es schüttelte sich frei und rannte an ihm vorbei. Er gab jeden weiteren Versuch auf, sich ein Reittier zu beschaffen, und rannte statt dessen dem Albino hinterher. Fallogard Phatt erreichte den Fuß der Treppe und packte den Rollstuhl seiner Mutter, derweil die alte Frau immer noch mit offenem Mund einen traurigen Schreckensruf ausstieß. Seine Nichte hielt sich die Ohren zu und lief neben dem Stuhl weiter.

Hinaus in die Nacht – Elric war ein tobender Schatten vor ihnen, und die gewaltigen Räder der ständig in Bewegung befindlichen Dörfer mahlten unaufhaltsam vorwärts – ein kalter Wind brachte Regen mit sich – die wilde Nacht wurde von den zischenden Feuern und Lampen der Fußgänger erleuchtet, als sie weiter auf die fernen Dörfer der ersten Reihe zuschritten. Der Straße haftete jetzt ein gewisses Federn an, was bedeuten mochte, daß sie sich der Brücke über die Bucht näherten.

Wheldrake hörte Liedfetzen. Er verhielt nicht im Schritt, sondern zwang sich zu längeren Schritten, zu gelassenerem Atem, wie es ihm einst beigebracht worden war. Er hörte Gelächter, gelassene Unterhaltungen, und einen Augenblick lang fragte er sich, ob dies ein Traum mit all jener Zufälligkeit sei, die er mit Träumen in Verbindung brachte. Aber vor ihm waren weitere Stimmen – Flüche und Schreie, als Elric sein Pferd durch die Fußgänger drängte; die Vielzahl der Leiber hielt ihn auf, aber er wollte sein Runenschwert nicht gegen die unbewaffnete Menge einsetzen.

Und hinter ihnen wurde Mutter Phatt leiser, während die Schluchzer ihrer Enkelin lauter wurden.

Irgendwie vermochten Wheldrake und die Phatts mit Elric Schritt zu halten, sogar zu ihm aufzuschließen, als er sich weiter durch die Menge drängte, und Mutter Phatt schrie: »Halt! Ihr müßt anhalten!« Und das Volk der Freien Zigeunernation hörte diese verpönten Worte aus dem Mund einer alten Frau und wandte sich entrüstet und angewidert ab.

Weitere Verwirrung stellte sich ein: Wheldrake fragte sich, ob sie als Reaktion auf den Alptraum einer altersschwachen Frau nicht gedankenlos gehandelt hatten. Kein Rad war zum Stehen gekommen, kein Fuß hatte im Laufen innegehalten; alles war so, wie es auf der großen Straße um die Welt sein sollte. Als sie sich schließlich ihren Weg durch die Hauptmasse gebahnt hatten und sich frei bewegen konnten, hatte Elric sein Pferd in einen Trab fallen lassen; er wunderte sich, warum Trollons restliche Wachen ihnen nicht gefolgt waren. Wheldrake war allerdings gewitzt und wartete ab, bis der Albino das große Runenschwert zurückgesteckt hatte, bevor er auf ihn zuging. »Was habt Ihr gesehen, Elric?«

»Nur daß die Rose in Gefahr war. Vielleicht auch etwas anderes. Wir müssen rasch Duntrollin finden. Sie war eine Närrin ob ihrer Tat. Ich hatte sie für weiser gehalten. Schließlich war sie es, die uns zur Vorsicht geraten hatte!«

Der Wind wehte jetzt schärfer, und die Flaggen der Zigeunernation knatterten und knallten unter seiner Wucht.

»Bald wird es Morgen«, sagte Wheldrake. Er drehte sich um und sah auf die Familie Phatt: drei Gesichter, denen eine gemeinsame verzehrende Furcht eingebrannt war, die sie gegen ihre Umgebung nahezu blind machte. Sie flehten, heulten, stießen Warnungen aus, schluchzten und kreischten. Mutter Phatt hatte die Führung in einer Hymne unaussprechlicher Verzweiflung und großen Leids übernommen. Wovor sich die freien Fußgänger diskret zurückzogen und nur ab und zu mißbilligende Blicke herüberwarfen.

Gelassen bewegte sich die Zigeunernation voran, die Räder, angetrieben von ihren marschierenden Millionen, drehten sich in langsamer Beständigkeit und schritten ewig auf ihrem Weg um die Welt voran …

Dennoch stimmte etwas nicht; etwas zutiefst Erschreckendes befand sich vor ihnen, das Mutter Phatt bereits sehen konnte, das Charion bereits hören konnte und das Fallogard Phatt aus ganzer Seele zu umgehen wünschte!

Erst als die Morgenröte mit rosigen Strahlen, blauen und schwachgoldenen Lichtern heraufzog und die Straße vor ihnen mit einem trüben bleichen Licht füllte, verstand Elric, warum Mutter Phatt schrie und Charion sich die Ohren zuhielt und warum Fallogard Phatts Gesicht eine gequälte Maske war!

Das Licht raste über den großen Bogen des Weges, enthüllte die dahinziehenden Siedlungen, die trampelnden Massen, den Rauch und die schwächer werdenden Lampen, die üblichen häuslichen Einzelheiten des Tages – doch vor ihnen – vor ihnen spielte sich das ab, was die Hellseher vorhergesehen hatten …

Wie mit einem riesigen Schwert war der meilenweite Bogen über die Bucht, jene erstaunliche Schöpfung eines zu Besessenheit neigenden nomadischen Volkes, durchschnitten worden – mit einem einzigen Streich durchtrennt!

Unter dem Schock dieser Katastrophe hoben und senkten sich nun die beiden Hälften. Diese gewaltige Brücke aus Menschenknochen und Tierhäuten, aus allen Arten verdichteten Abfalls zitterte wie ein abgebrochener Zweig, hob und senkte sich fast unmerklich in einem gleichmäßigen Rhythmus, während auf der Landseite das kochende Wasser seine ganze Wut freisetzte und die weiße Gischt über ihnen Regenbogen erzeugte.

Mit abscheulicher Unbeirrtheit krochen die Dörfer der Zigeunernation eines nach dem anderen zum Rand und stürzten in den Abgrund.

Anzuhalten war verpönt. Sie wußten nicht, wie man anhielt. Sie konnten nur sterben.

Auch Elric schrie auf, als er sein Pferd vorwärtsdrängte. Doch er wußte, daß er ob der offenkundigen Unvermeidbarkeit menschlicher Dummheit aufschrie, angesichts von Menschen, die sich selbst vernichten konnten, um einem Prinzip und einer Gewohnheit Ehre zu erweisen, die schon vor langem keinen praktischen Nutzen mehr gehabt hatten. Sie starben, weil sie lieber der Gewohnheit folgten, als ihren Kurs zu ändern.

Während die Dörfer an den abgebrochenen Rand der Straße krochen und dort in das Vergessen stürzten, dachte Elric an Melniboné und an die Verweigerung seines eigenen Volkes angesichts der Veränderungen. Und er weinte um die Zigeunernation, um Melniboné und um sich selbst.

Sie werden nicht anhalten.

Sie können nicht anhalten.

Verwirrung entstand. Verblüffung breitete sich aus. Die Panik in den Dörfern wuchs. Aber sie halten immer noch nicht an.

Jetzt ritt Elric durch den sich senkenden Nebel und rief ihnen zu, daß sie umkehren sollten. Er ritt fast bis an den Rand der Straße, und sein Pferd stampfte und schnaubte angsterfüllt. Die Zigeunernation stürzte nicht nur in das Meer weit unten, sondern in eine große sich ausdehnende Masse aus Rot und Gelb, deren Seiten sich wie riesige Blüten öffneten und deren heißes Zentrum pulsierte, während es ein Dorf nach dem anderen verschlang. Und da erkannte Elric, daß es sich um das Werk des Chaos handelt!

Er trieb den schwarzen Hengst vom Rand fort und galoppierte durch die dem Untergang geweihte, ihm entgegenstrebende Menge zurück zu der Stelle, an der Mutter Phatt in ihrem Stuhl kreischte: »Nein! Nein! Die Rose! Wo ist die Rose?«

Elric stieg ab und packte Fallogard Phatt an den mageren zitternden Schultern. »Wo ist sie? Wißt Ihr es? Welches Dorf ist Duntrollin?« Doch Fallogard Phatt schüttelte den Kopf, sein Mund bewegte sich stumm, bis er schließlich nur noch ihren Namen wiederholen konnte. »Die Rose!«

»Das hätte sie nicht tun sollen«, weinte Charion. »Es ist falsch, so etwas zu tun!«

Selbst Elric vermochte die Ereignisse nicht zu billigen, obgleich er sonst dem menschlichen Leben gegenüber achtlos eingestellt war, und er wünschte das Chaos anzurufen, um die schreckliche Verheerung zu einem Ende zu bringen. Aber das Chaos war gerufen worden, um diese Tat zu vollbringen, und er wußte, daß es vergeblich wäre. Er hatte nicht daran geglaubt, daß der Rose so mächtige Verbündete zu Gebote stünden; er konnte es kaum fassen, daß sie willentlich diesen Schrecken zuließe, während Tausende und Abertausende von lebenden Geschöpfen in den Abgrund stürzten; ihre Schreckensschreie erklangen jetzt wie aus einem Mund, während über ihnen die weiße Gischt schäumte und die Regenbogen funkelten.

Dann hatte er sich umgedreht, als er eine vertraute Stimme vernahm, und der junge Koropith Phatt kam auf sie zugerannt, seine Kleider hingen in Fetzen an ihm herunter, und Blut floß aus einer Vielzahl kleinerer Wunden.

»Oh, was hat sie da getan!« schrie Wheldrake. »Die Frau ist ein Ungeheuer!«

Doch Koropith zeigte keuchend hinter sich, wo mit schweißnassen Haaren und gleich ihm in zerfetzter Kleidung, ihr Schwert Schneller Dorn in der rechten, ihren Dolch Kleiner Dorn in der linken Hand, die Rose herantaumelte; auf ihrem hageren Gesicht glänzten Tränen wie Diamanten.

Wheldrake sprach sie als erster an. Auch er weinte. »Warum habt Ihr das getan? Nichts kann eine derartige Mordtat rechtfertigen!«

Erschöpft und verblüfft starrte sie ihn an, bis seine Worte für sie Sinn ergaben. Dann drehte sie ihm den Rücken zu und steckte ihre Waffen fort. »Ihr tut mir unrecht, mein Herr. Das ist das Werk des Chaos. Es konnte nur das Werk des Chaos sein. Prinz Gaynor hat einen Verbündeten. Er wirkt gewaltige Zauberei. Gewaltiger, als ich sie mir hätte vorstellen können: Es scheint, daß es ihm gleich ist, wie viele er in seiner verzweifelten Suche nach dem Tod umbringt …«

»Gaynor hat dies getan?« Wheldrake griff nach ihrem Arm, aber sie widersetzte sich. »Wo ist er jetzt?«

»Wohin ich ihm seiner Ansicht nach nicht zu folgen wage«, sagte sie. »Doch folgen muß ich ihm.« Der Frau haftete eine müde Entschlossenheit an, und Elric sah, daß Koropith Phatt ihr nicht etwa für seine erlittene Unbill die Schuld gab, sondern seine Hand in ihre gelegt hatte und sie tröstete.

»Wir werden ihn wiederfinden, Lady«, sagte das Kind. Er wollte sie wieder dorthin zurückführen, woher sie gekommen waren.

Aber Fallogard Phatt stellte sich ihnen in den Weg. »Ist Duntrollin vernichtet?«

Die Rose hob die Schultern. »Zweifellos.«

»Und die Schwestern?« wollte Wheldrake wissen. »Hat Gaynor sie gefunden?«

»Er fand sie. So wie wir – dank Koropith und seiner Hellsichtigkeit. Doch Gaynor – Gaynor hatte sie irgendwie in seiner Gewalt. Wir kämpften. Er hatte bereits Unterstützung durch das Chaos erhalten. Zweifellos hatte er alle Einzelheiten geplant. Er hatte gewartet, bis sich die Nation der Brücke näherte …«

»Er ist entkommen? Wohin?« Elric ahnte bereits die Antwort, und sie bestätigte seinen Verdacht.

Mit dem Daumen deutete sie auf den Rand. »Dort hinab«, sagte sie.

»Dann hat er schließlich doch seinen Tod gefunden.« Wheldrake runzelte die Stirn. »Doch offenbar wünschte er auf seiner Reise in das Vergessen so viel Gesellschaft wie nur möglich zu haben.«

»Wer kann schon sagen, wohin er reist?« Die Rose drehte sich um und ging langsam wieder auf den Rand zu, wo ein weiteres Dorf auf der Kippe balancierte, dessen Bewohner heulten und zappelten, jedoch nicht wirklich zu entkommen versuchten. Dann war die Anlage verschwunden, stürzte sich überschlagend in die flammende Chaos-Manifestation, um verschlungen, um umschlossen zu werden. »Ich nehme an, daß nur er das weiß.«

Elric nahm sein Pferd am Zügel und ging ihr nach. Ihre Hand lag immer noch in der von Koropith. Elric hörte, wie der Junge sagte: »Sie sind immer noch dort, Lady. Sie alle. Ich kann sie finden, Lady. Ich kann ihnen folgen. Kommt.« Jetzt führte der Junge sie unmittelbar an den Rand der geborstenen Brücke, wo sie in den Abgrund starrten.

»Wir werden Euch einen Weg suchen, Lady«, versprach Fallogard Phatt in plötzlicher Furcht. »Ihr könnt doch nicht …«

Doch seine Worte kamen zu spät, denn ohne Warnzeichen hatten die Frau und der Junge sich in das

Nichts gestürzt, hinab in den pulsierenden glühenden Schlund, der so hungrig, so versessen schien auf die Seelen, die ihm zu Hunderten und Tausenden zufielen. Hinab in den Stoff des Chaos selbst!

Erneut schrie Mutter Phatt auf. Es war ein langer gequälter Schrei, der nicht mehr die allgemeine Verheerung betrauerte. Dieses Mal verlieh sie einem ganz persönlichen Kummer lautstarken Ausdruck.

Elric rannte an den Rand, sah, wie die beiden Gestalten stürzten, kleiner wurden, rasch von der krankhaften Schönheit des gefräßigen Bodens verschlungen wurden.

Er war beeindruckt von einem Mut, einer Verzweiflung, die noch größer als seine eigene zu sein schien, sprachlos vor Erstaunen trat er zurück…

…und hatte Fallogard Phatts schmerzlich empörtes Aufbrüllen nicht erwartet, als der Mann seine Mutter an den Rand der geborstenen Straße schob, für einen Sekundenbruchteil zögerte und schließlich mit der Nichte an den Rockschößen seinem verschwindenden Kind hinterhersprang. Durch die bebenden hungrigen Farben stürzten drei weitere Gestalten in die Flammen des Chaos.

Entsetzt, verwirrt zog Elric in dem Versuch, eine bisher ungekannte Furcht zu beherrschen, Sturmbringer aus der Scheide.

Wheldrake trat neben ihn. »Sie ist fort, Elric. Sie sind alle verschwunden. Hier könnt Ihr gegen nichts mehr kämpfen.«

Elric nickte langsam und zustimmend. Er streckte die Klinge aus, führte sie flach vor die bebende Brust, legte die andere Hand nahe der Spitze auf die Klinge, auf der Runen flackerten und glühten. »Ich habe keine andere Wahl«, sagte er. »Ich würde lieber jede Gefahr erdulden als das Schicksal erleiden, das mir mein Vater verheißen hat…«

Und dann schrie er den Namen seines beschützenden Dämonenherzogs und schleuderte seine Klinge und seinen Körper in die Chaosklüfte, ein wildes unheimliches Lied auf den Lippen …

Das letzte, was Wheldrake von seinem Freund noch sah, waren rote Augen mit einem schrecklichen ruhigen Blick, als der Zaubererkaiser haltlos in die flammende Nabe dieses höllischen Abgrunds gezerrt wurde …

Buch Zwei

Esbern Snare, der Werwolf des Nordens

Vom Troll der Kirche singt man die Mär
zum Erntemond am Nördlichen Meer;
und Seelands Fischer hören ihn zürnen
mit seiner Frau in Ulshois Dünen

Und bei den Birkenhainen an der See
ragt Kallunborgs Kirchenturm in die Höh,
wo am Altar in frischen Hochzeitsbanden
Helva von Nesvek und Esbern Snare standen

Wheldrake, *Norwegische Gesänge*

DAS ERSTE KAPITEL

Die Folgen unüberlegten Umgangs mit dem Übernatürlichen; über das Unbehagen, das mit unheiligen Pakten einhergeht.

Elric stürzte durch Jahrhunderte der Qualen, durch Jahrtausende sterblichen Elends und sterblicher Dummheit; im Fallen brüllte er seinen Trotz heraus, sein Schwert war ein Leuchtfeuer und eine Herausforderung in seinem Griff. Hinab ging es in das leuchtende Herz des Chaos, während um ihn nur Verwirrung und Lärm herrschten, rasche Bilder von Gesichtern, Städten, ganzen Welten, verklärt und dem Wahnsinn verfallen, sich verzerrend und neu formend; denn im ungezügelten Chaos befand sich alles in immerwährendem Wandel.

Er war allein.

Ganz plötzlich war alles still. Seine Füße berührten festen Boden, obgleich es kaum mehr war als ein Felsbrocken, der im flammenden Licht des Quasi-Unendlichen dahintrieb – ein Universum auf dem nächsten, ineinander übergehend, jedes Funkeln eine andere Farbe in einem anderen Spektrum, jede Facette eine eigene Wirklichkeit. Es war, als ob er im Zentrum eines unvorstellbar komplexen Kristalls stünde, und seine Augen verweigerten sich dem Anblick, der sich ihnen bot, und wurden gegen alles außer dem intensiven, wabernden Licht blind, dessen Farben er nicht erkennen konnte, dessen Gerüche voll von Hinweisen auf das Vertraute waren, dessen Stimmen von allen Schrecken und allen Tröstungen kündeten und doch nicht sterblich waren. Und das brachte den Albinoprinzen zum Schluchzen. Besiegt und hilflos stand er da, als die Kraft ihm entwich; sein Schwert lastete immer schwerer in seinem Griff und wurde zu einem gewöhnlichen Stück Eisen, und hinter den Flammen erklang ein leises heiteres Lied, aus dem Worte wurden:

»Du hast soviel Mut, süßester meiner Sklaven! Kühner Kämpe des Ewig-Wandelbaren, wo ist die Seele deines Vaters?«

»Ich weiß es nicht, Lord Arioch.« Elric spürte, wie seine Seele bis zur Grenze der Auslöschung erstarrte, der bevorstehenden Vernichtung all dessen, was er je gewesen war oder je sein würde – weniger als eine Erinnerung. Und Arioch erkannte, daß er nicht log. Er nahm die Kälte fort. Und Elric war wieder getröstet …

Noch nie hatte er eine derartig heftige Ungeduld bei seinem höllischen Schutzpatron gespürt. Welcher Notfall konnte die Götter in Unruhe versetzen? fragte er sich.

»Sterblicher Bissen, du bist mein Liebling und mein Schatz, hübsches kleines Fleisch …«

Elric, der die wechselhaften Launen seines Schutzpatrons kannte, war sowohl fasziniert als auch verängstigt. Vieles in ihm wünschte um jeden Preis die Anerkennung seines Schutzpatrons. Vieles in ihm wünschte sich auf ewig dem Willen des Herzogs Arioch auszuliefern, wie auch immer dieser aussehen mochte, jedwede Qualen zu erleiden, die sein Lord sich einfallen lassen mochte, so stark war die Kraft der Gegenwart des Gottlings, die ihn umarmte und neckte und pries und stets mit der absoluten Macht über Leben und Tod seiner unsterblichen Seele versehen war. Dennoch war Elric im tiefsten Inneren seines Verstandes dazu entschlossen, eines Tages die Welt gänzlich von Göttern zu befreien – sollte sein Leben nicht innerhalb der nächsten Sekunde wie eine Kerzenflamme ausgelöscht werden (denn solcherart war die gegenwärtige Stimmung seines Schutzpatrons). Hier, in seinem eigenen wahren Element, verfügte Arioch über seine volle Macht, und jeder

Pakt, den er je mit einem Sterblichen geschlossen haben mochte, war nichtig; dies war sein ureigenes Herzogtum, und hier benötigte er keine Verbündeten, hielt sich an keine Vereinbarung und verlangte auf die Gefahr der sofortigen Auslöschung hin den unbedingten Gehorsam all seiner Sklaven, mochten sie nun sterblicher oder übernatürlicher Art sein.

»Sprich, Leckerfleisch. Was führt dich in mein Reich?«

»Der schiere Zufall, denke ich, Lord Arioch. Ich stürzte …«

»Ah, stürzte!« In dem Wort war eine tiefe Bedeutung, ein tiefes Verständnis enthalten. »Du stürztest.«

»In einen Abgrund, den nur ein Lord der Höheren Welten zwischen den Reichen hätte auftun können.«

»Ja. Du stürztest. ES WAR MASHABAK!«

Elric war instinktiv erleichtert, daß diese Wut sich nicht auf ihn richtete. Und auch er begriff, was sich ereignet hatte – daß Gaynor der Verdammte in den Diensten von Ariochs Erzrivalen, Graf Mashabak vom Chaos, gestanden hatte …

»Dann hattet Ihr Diener in der Zigeunernation, Lord?«

»Dieser Beinahe-Limbus, er gehörte mir. Ein nützliches Instrument, das viele zu beherrschen trachteten. Und weil er ihn nicht selbst besitzen konnte, zerstörte Mashabak ihn …«

»Aus einer Laune heraus, Lord?«

»Oh, ich glaube, er diente den kleinlichen Zwecken irgendeines Geschöpfes …«

»Es war Gaynor, Lord.«

»Ah, Gaynor. Ist er also zum Politiker geworden, wie?«

Elric bemerkte das nachdenkliche Schweigen seines Schutzpatrons. Nach vielleicht einem Jahr murmelte der Herzog der Hölle in besserer Laune: »Nun wohl, Leckerfleisch, geh deiner Wege. Doch merke dir, daß du mir gehörst und die Seele deines Vaters mir gehört. Beide gehören mir. Beide müssen mir ausgeliefert werden, denn so lautet unser uralter Pakt.«

»Wohin soll ich gehen, Herr?«

»Ei, natürlich nach Ulshinir, wohin die drei Schwestern vor ihrem Häscher geflohen sind. Und von wo sie in ihre Heimat zurückkehren könnten.«

»Nach Ulshinir, Gebieter?«

»Keine Sorge, du sollst reisen wie ein Edelmann. Ich werde dir deinen Sklaven nachsenden.« Der Herr der Höheren Welten hatte seine Aufmerksamkeit inzwischen anderen Dingen zugewandt. Es lag nicht in der Art des Herzogs des Chaos, sich allzulange mit einem Thema zu befassen, falls es nicht von ungeheurer Bedeutsamkeit war.

Die Flammen erloschen.

Elric stand immer noch auf dem Felsen, dieser war nun jedoch Teil eines stattlichen Hügels, von dem aus er in ein karges Tal sehen konnte, in dem spärliches Gras wuchs und Kalksteinfelsen aufragten, über die ein leichter Schneefall wehte. Die Luft war scharf und kühl und tat seinen Sinnen wohl, und obgleich ihn fror, rieb er sich heftig über die nackten Arme und das Gesicht, als ob er sich den Höllenbrodem abwischen wollte. Zu seinen Füßen murmelte etwas. Vor sich sah er das Runenschwert, das dort lag, wo er es während seiner Audienz bei Arioch hatte fallen lassen. Er bewunderte die Macht seines Schutzherrn, die selbst Sturmbringer anzuerkennen gezwungen war. Beinahe liebevoll hob er die Klinge und wiegte sie wie ein Kind. »Noch brauchen wir einander, du und ich.«

Die Klinge wurde fortgesteckt, die Umgebung erneut prüfend betrachtet, und dann dachte er, er sähe einen Rauchfaden hinter dem nächsten Hügel aufsteigen. Von dort aus konnte seine Suche nach Ulshinir beginnen.

Er dankte dem Zufall, daß er sich vor seiner Jagd nach der Rose die Stiefel angezogen hatte, denn gegen die spitzen Steine und den trügerischen Boden taten sie ihm jetzt gute Dienste. Mittels einer willkommenen Dosis Drachengifts, unter Schmerzen zu sich genommen, widerstand er der Kälte, und weniger als eine Stunde später ging er über einen schmalen Pfad auf eine steinerne Kate zu, die mit Pech und Stroh abgedichtet war. Sie verströmte einen Geruch nach Erde, Wärme und eine gesunde Fruchtbarkeit und war nur eins von mehreren Gebäuden gleicher Art, die sich so behaglich in die Landschaft schmiegten, als seien sie daraus emporgewachsen.

Auf Elrics höfliches Klopfen an der knorrigen Eichentür öffnete eine hellhäutige junge Frau und lächelte ihm unsicher zu; sie musterte sein Erscheinungsbild mit einer Neugier, die sie vergeblich zu verbergen suchte. Errötend wies sie ihm die Straße nach Ulshinir und sagte, daß es von hier weniger als drei Stunden leichten Fußmarsches zum Meer seien.

Sanfte Hügel und seichte Täler, eine weiße Kiesstraße inmitten des sanften Grüns, Kupfers und Purpurs der Gräser und Heidekräuter; Elric freute sich über seinen Marsch. Er wünschte einen klaren Kopf zu erlangen, über Ariochs Begehren nachzudenken, sich zu fragen, ob Gaynor die Spur der drei geheimnisvollen Schwestern verloren hatte. Und er fragte sich, was er in Ulshinir finden sollte.

Und er fragte sich, ob die Rose noch am Leben war.

Tatsächlich, so dachte er überrascht, lag es ihm am Herzen, ob die Rose noch lebte. Er war, wie er sich einredete, neugierig darauf, mehr von ihrer Geschichte zu erfahren.

Ulshinir war eine Hafenstadt mit steilen Dächern und schmalen Giebeln, die alle mit einem Hauch von Frühschnee bestäubt waren. Der durch die herbstliche Luft treibende Duft nach Holzrauch tröstete ihn ein wenig.

In seinem Gürtel steckten immer noch einige Goldmünzen, auf deren Mitnahme Mondmatt vor langer

Zeit bestanden hatte, und er hegte die Hoffnung, daß Gold in Ulshinir als Währung akzeptiert wurde. Jedenfalls machte die Stadt einen vertrauten Eindruck und sah den Städten in den nördlichen Jungen Königreichen sehr ähnlich; er nahm an, daß diese Ebene zumindest seinem eigenen Teil der Sphäre, möglicherweise auch des Reiches, sehr nahe lag. Und auch dies vermittelte ihm ein wenig Trost. Die wenigen Einwohner, denen er auf den gepflasterten Straßen begegnete, musterten seine fremdartige Erscheinung, aber sie waren recht freundlich und wiesen ihm bereitwillig den Weg zu einem Gasthaus. Wie ähnliche Orte in seiner eigenen Welt war das Gasthaus karg ausgestattet, aber warm und sauber. Er freute sich über das kräftige, vollmundige Ale, das man ihm brachte, sowie über die Fleischbrühe und das Gebäck. Er zahlte im voraus für sein Bett, und als die Wirtin ihm einen beträchtlichen Betrag an Silbermünzen als Wechselgeld vorzählte, fragte er, ob sie von anderen Besuchern in der Stadt gehört hätte – drei Schwestern, um genau zu sein.

»Dunkelhaarige bleiche Schönheiten mit so wundervollen Augen – in der Form den Eurigen nicht unähnlich, mein Herr, obgleich ihre so tief blau waren, daß sie fast schwarz wirkten. Und überaus edle Kleider und Schmuckstücke! Keine Frau in Ulshinir, die nicht vor die Tür gegangen wäre, um einen Blick auf sie zu werfen. Gestern bestiegen sie ein Schiff, und wie Ihr Euch vorstellen könnt, ist ihr Reiseziel unter uns ein wichtiges Gesprächsthema.« Sie lächelte nachsichtig über ihre eigene Schwäche. »Die Legende besagt, daß sie von der anderen Seite der Schweren See stammen. Seid Ihr vielleicht ein Freund, Herr? Oder ein Verwandter?«

»Sie führen eine Kleinigkeit mit sich, die meinem Vater gehörte, das ist alles«, sagte Elric gelassen. »Sie haben sie unabsichtlich mitgenommen. Ich bezweifle, daß sie wissen, daß sie sich in ihrem Besitz befindet! Sie nahmen ein Boot, sagtet Ihr?«

»Vom Hafen dort drüben.« Sie zeigte durch das Fenster auf das graue Wasser, das von zwei langen Kais eingeschlossen wurde, an deren Enden je ein Leuchtturm stand. Zur Zeit waren dort nur Fischerboote festgemacht. »Es war die ›Onna Peerthon‹. Für gewöhnlich legt sie hier mit einer Ladung Kleinkram und Nähsachen aus Shamfird an. Normalerweise nimmt Kapitän Gnarreh keine Passagiere an Bord, aber die Schwestern boten ihm, wie wir hörten, ein Fährgeld an, und er wäre ein Narr gewesen, es abzulehnen. Doch was ihr Reiseziel angeht …«

»Kapitän Gnarreh wird zurückkehren?«

»Nahezu sicher im nächsten Jahr.«

»Und was liegt jenseits Eurer Küsten, meine Dame?«

Sie schüttelte den Kopf und lachte, als hätte sie noch nie einen so lustigen Scherz vernommen. »Zuerst die Inselriffe und dann die Schwere See. Sollte etwas auf der anderen Seite der Schweren See existieren – sollte sie tatsächlich eine andere Seite haben –, dann haben wir keine Kenntnis davon. Ihr seid sehr unwissend, mein Herr, wenn ich so sagen darf.«

»Ihr dürft es so sagen, werte Dame, und ich entschuldige mich bei Euch. In letzter Zeit habe ich unter einem kleinen Zauberbann gestanden, und mein Verstand ist getrübt.«

»Dann solltet Ihr ausruhen, Herr, anstatt zum Rand der Welt zu reisen!«

»Welche Insel wollten sie aufsuchen?«

»Eine von etwa zwanzig, schätze ich. Falls Ihr wünscht, Herr, kann ich Euch eine alte Karte heraussuchen, die wir hier haben.«

Dankbar nahm Elric ihr Angebot an, nahm die Karte mit auf sein Zimmer und brütete darüber in der Hoffnung, daß vielleicht irgendeine Eingebung auf die richtige Insel hinweisen würde. Nach einer halben Stunde war er nicht klüger geworden und wollte sich schon zur Ruhe begeben, als er einen Ton vernahm, eine laute Stimme von unten, die er wiederzuerkennen glaubte.

Mit freudigem Herzen lief Elric, der geglaubt hatte, daß er den Mann nie wiedersehen würde, zum oberen Treppenabsatz und sah in den Hauptraum der Gaststätte herunter, wo ein kleiner rotköpfiger Dichter, in Frack und Hosen, Weste und Krawatte, die alle so aussahen, als seien sie einem Feuer zu nahe gekommen, eine Ode deklamierte in der Hoffnung, dies würde ihm ein Bett für die Nacht – oder zumindest eine Schüssel Suppe – einbringen. »Gold war die Farbe, die Gwyneth Gwinefyr gab. Koralle für die Wangen, Augen so blau wie das Meer. Und eine Haltung so vollkommen, so anmutig, so fein. Und Lippen rot wie Burgundertrauben, die üppig stehen am Wein. Das waren die Gaben, die sie gab ihrer tragischen Königin. Ihrer übermütigen Königin, die durch Tragödie erlöst ward. Beim Himmel, Sir! Ich wähnte Euch schon ein Jahr oder länger dem Vergessen anheimgefallen! Gut, Euch wiederzusehen, Sir! Ihr könnt mir mit Eurem Memoriam helfen. Ich habe so wenig Ausgefeiltes. Ich fürchte, es wird Euch nicht gefallen. Falls ich mich recht erinnere, ist es nicht der von Euch bevorzugte Stil. Ich gebe zu, es neigt etwas zum Heroischen. Und von vielen wird die Balladenform lediglich als eigenartig erachtet.« Er wühlte in seinen Taschen nach einem Manuskript. »Ich fürchte, es ist zu einer Triole geworden. Oder sogar zu einem Rondel – Lord Elric verließ seine Heimat trauernd um seine geliebte junge Braut, die er liebte für und für. Wir sehen ihn stehend an der offenen Tür. Während süße Tränen rinnen über ihrer Wangen zarte Haut – ein Versuch, teurer Freund, ich gebe es zu, dem breiten Geschmack zu entsprechen. Solche Kleinigkeiten erfreuen sich großer allgemeiner Beliebtheit, und ich dachte, Sir, daß Euer Thema die Zuneigung der Öffentlichkeit auf sich ziehen würde. Ich hatte gehofft, Euch unsterblich zu machen, während gleichzeitig – Aha! Nein, das handelt von einem Hugniten, den ich letzte Woche getroffen habe – und Ihr werdet der Meinung sein, daß das Rondel der epischen Form nicht angemessen ist – aber heutzutage muß man die Epen herausputzen – sie irgendwie versüßen. Und einige unverfängliche Kadenzen tragen dazu eine Menge bei. Wißt Ihr, Sir, ich habe kein Geld ...«

Und der arme kleine Bursche sah auf einmal sehr schwach aus. Er ließ sich auf einer Bank nieder, ließ die Schultern, ja sogar den roten Haarschopf auf seinem Vogelkopf hängen, während seine Finger verschiedene Blätter in einer unbewußten Geste der Selbstverachtung zusammenrollten.

»Nun, dann muß ich wohl ein Werk bei Euch in Auftrag geben«, sagte Elric und beugte sich zu ihm. Er legte eine mitfühlende Hand auf die Schulter seines Freundes. »Habt Ihr mir nicht einmal gesagt, daß die Patronage über einen Künstler die einzige Berufung von Wert sei, die ein Prinz anstreben könne?«

Daraufhin grinste Wheldrake, aufgemuntert durch die Bestätigung einer Freundschaft, die er für immer entschwunden geglaubt hatte. »In letzter Zeit, Sir, ist es für mich nicht einfach gewesen, wie ich zugeben muß.« In den Augen des Dichters stand noch gewaltiges Grauen, und Elric sprach ihn darauf nicht an. Er wußte selbst, daß alles, was Wheldrake gegenwärtig wünschte, nur darin bestand, seinen Geist von diesen Erinnerungen zu befreien. Der Dichter erlebte eine zeitweilige Erleuchtung und glättete das letzte Blatt, das er zerknüllt hatte. »Ja, die Ballade Memoriam, ich erinnere mich – ich nehme an, es ist eine etwas begrenzte Form. Doch für die Parodie, Sir – unübertroffen! Ein Krieger ritt über des Todes einsame Straße, eine einsam're Straße ritt er nimmermehr ...« Erneut vermochte das kurze Wiederaufflackern seines alten Feuers nicht die Glut seiner Seele zu entfachen. »Es ermangelt mir doch sehr, Sir, an Essen und Trinken. Das ist die erste menschliche Siedlung, die ich seit einigen Monaten gesehen habe.«

Und dann gönnte sich Elric das Vergnügen, für seinen Freund Essen und Ale zu bestellen und ihn langsam zu einem Hauch seiner früheren Persönlichkeit zurückfinden zu sehen. »Ihr könnt sagen, was Ihr wollt, Sir, aber kein Dichter hat je seine besten Arbeiten im Hungerzustand verfaßt, obgleich er sich bei der Schaffung des Werkes ausgehungert haben mag, das gebe ich wohl zu. Das ist aber etwas anderes.« Und er lehnte sich auf der Bank zurück, richtete seinen knochigen Hintern in eine bequeme Lage, rülpste verhalten und stieß einen langen Seufzer aus, als ob er sich erst jetzt den Gedanken gestattete, daß sich sein Geschick zum Besseren gewendet hatte. »Ich bin verdammt froh, Euch zu sehen, Prinz Elric. Auch froh über Euer aristokratisches Gewissen. Allerdings hoffe ich, daß ich die Einzelheiten des Auftrages mit Euch am Morgen aushandeln kann. Wie ich mich entsinne, Sir, ist Euer Interesse in der Kunst der Verseschmiederei lediglich flüchtiger Natur – metrische Fragen, Reime – Lizenz, dichterische Kombination, gemischte Metren – allgemeine Orthometrie – bekümmern Euch nicht.«

»In all diesen Dingen verlasse ich mich auf Euren Rat, mein Freund.« Elric staunte über seine Zuneigung zu dem kleinen Mann, seine Bewunderung für diesen sonderbaren schlauen Verstand, der so völlig jeden rechten Bezug verloren hatte, daß er sich stets an der einzigen Beständigkeit festhalten mußte, die er besaß: Jener der Dichtkunst. »Und es hat keine Eile. Ich würde mich über Eure Gesellschaft auf einer Reise, die ich bald anzutreten gedenke, freuen. Sobald ein passendes Schiff frei ist. Sollte dies nicht der Fall sein, wäre ich gezwungen, ein wenig Zauberei einzusetzen …«

»Nur als letztes Mittel, Sir, ich bitte Euch. Von Hexerei und wilder Romantik habe ich für den Augenblick genug.« Meister Wheldrake leerte mit einem letzten Schluck seinen Alekrug. »Doch glaube ich mich zu entsinnen, Prinz Elric, daß Euch derlei so vertraut ist wie mir der Peckham-Omnibus, und ich verknüpfe lieber mein Geschick mit jemandem wie Euch, der zumindest ein gewisses Verständnis des Chaos und seiner willkürlichen Ausbrüche besitzt. Daher nehme ich mit Freuden Euren Auftrag und Eure Begleitung an. Ich bin verdammt froh, Euch wiederzusehen, Sir.« Und mit diesen Worten fiel er auf seinen Arm und begann zu schnarchen.

Dann hob der Albinoprinz den kleinen Dichter hoch und trug ihn wie ein Kind auf sein Zimmer, bevor er in sein eigenes Bett und zur Betrachtung der Karte zurückkehrte – die Inseln des großen Riffs und dahinter Finsternis, ein unvorstellbares Meer, unbefahrbar und unnatürlich, die Schwere See. Schließlich beschloß er, sich ein Fischerboot zu mieten, um die Inseln nacheinander abzufahren, und verfiel in einen tiefen Schlaf; geweckt wurde er durch ein Kratzen an seiner Tür und das Poltern einer Magd, die ihn darüber in Kenntnis setzte, daß die tausendundfünfzehnte Stunde schon vorüber sei (die größte Aufteilung der Jahreszeit in Ulshinir), und daß es, falls er sich nicht sogleich erhebe, kein Frühstück mehr geben würde.

Das Frühstück war ihm gleichgültig, aber er brannte darauf, sich mit Wheldrake über das Thema der drei Schwestern zu besprechen, und stellte, als er sich für den Tag fertiggemacht hatte, etwas überrascht fest, daß der Dichter bereits über dieses Thema deklamierte – zumindest schien es so ...

»Lord Soulis ist ein wackrer Zauberer
Magier von gewaltigem Witz
Wer Lord Soulis zu Diensten war
zu lachen hatte der nix.

Drei starke Burgen sein eigen er nennt
  Dieser Zaub'rer so alt wie ein Stein
Das erste im Osten, das zweite im Westen
  Das dritte liegt mittendrein

Drei schöne Mädchen sein eigen er nennt
  Schön und noch schöner sind sie
Die erste heißt Annet, die zweite heißt Janet
  Die dritte heißt Marjorie

Die erste, sie trägt 'ne goldene Kron'
  Die zweite 'nen goldenen Ring
Die dritte, sie hat nur wenig Gold,
  Sie hat ein besseres Ding

Die erste trägt 'ne Ros' bei sich
  Die zweite 'ne Goldblume führt
Die dritte hat die schönste Blume bei sich
  's ist eine, die immer blüht.«

Die Schankmagd, die Wirtin und ihre Tochter lauschten Wheldrakes Singsang hingerissen. Doch die Worte waren es, die Elrics Vorstellungskraft fesselten...

»Guten Morgen, Meister Wheldrake. Ist das ein Dialekt Eures Heimatlandes?«

»Das ist es, Sir.« Wheldrake küßte die Hände der Damen und stolzierte in alter Frische durch den Raum, um seinen Freund zu begrüßen. »Eine Ballade von der Grenze, glaube ich, oder zumindest etwas, das sehr ähnlich aufgemacht ist...«

»Ihr habt sie nicht selbst geschrieben?«

»Das kann ich Euch wirklich nicht sagen, Prinz Elric.« Wheldrake setzte sich dem Albino gegenüber auf eine Bank und sah ihm zu, wie er an einem Pflanzenaufguß nippte. »Nehmt etwas Honig dazu.« Er schob den Topf vor. »Der macht es schmackhaft. Es gibt einiges, von dem ich nicht weiß, ob ich es schrieb, ob ich es hörte, ob ich es von einem anderen Dichter kopiert habe – obgleich ich glaube, daß es keinen gibt, der Wheldrakes Beherrschung der Dichterkünste gleichkäme. Ich beanspruche keinesfalls, ein Genie zu sein – lediglich ein Handwerker –, denn ich bin recht fleißig, wißt Ihr. Das ist meine Art und vielleicht auch mein Untergang. Wäre ich nach meinen ersten ein oder zwei Bänden gestorben, hätte ich meinen Wohnsitz nun in der Westminster Abbey.«

Elric hegte nicht den Wunsch, eine längere und unverständliche Ausführung über die Beschaffenheit dieses speziellen Paradieses zu vernehmen, und ließ, wie er es mittlerweile gewohnt war, die unvertrauten Worte an sich vorbeiplätschern.

»Aber dieser Lord Soulis. Wer ist das?«

»Soweit ich weiß, Sir, eine reine Erfindung. Die drei Damen hier erinnerten mich an diese Ballade, aber natürlich können unsere drei flüchtigen Schwestern ebenfalls eine Erinnerung ausgelöst haben. Wenn ich mich weiterer Verse erinnere, werde ich es ganz sicher erwähnen. Doch ich denke nicht, daß es mehr als nur ein Zufall ist. Das Multiversum ist voll von bestimmten Zahlen der Macht und ähnlichem, und die Drei ist bei Dichtern stets beliebt, da drei Namen immer ausgezeichnet für klangvolle Veränderungen in längeren Stücken geeignet sind – was natürlich in der Art erzählender Verse liegt. Wieder einmal wird dies, wohin ich auch gehe, immer weniger beliebt. Der Künstler steht außerhalb der Mode, Sir, jedoch sein Geldbeutel leider nicht. Ein komisches Schiff, nicht wahr, Sir, das heute nacht in den Hafen eingelaufen ist?«

Elric hatte kein Schiff gesehen. Er stellte seine Schüssel ab und ließ sich von Wheldrake zum Fenster führen, an dem die Wirtin und ihre Tochter immer noch lehnten und auf ein Schiff starrten, dessen Rumpf gelb und schwarz schimmerte und dessen Bug das Zeichen des Chaos aufwies; vom Mast wehte eine rotschwarze

Flagge, in deren Mitte ein Zeichen aus irgendeinem unbekannten Alphabet stand. Auf dem Vorderdeck stand ein großer eckiger Gegenstand, der in Planen gehüllt war, fast das gesamte Deck einnahm und das Schiff einseitig belastete, so daß der Bug in die Höhe ragte und zuviel Ruderblatt zeigte. Gelegentlich erbebte das Ding leise und stand dann wieder unbeweglich da. Nichts deutete darauf hin, was unter der Plane verborgen war. Elric sah jedoch, wie eine Gestalt aus der Kabine unter dem Vorderdeck hervorkam, einen Augenblick stehenblieb und direkt in seine Richtung zu blicken schien. Elric konnte den Blick kaum erwidern, da der Helm keine erkennbaren Augenschlitze aufwies. Es war Gaynor der Verdammte, und wie Elric sich nun besann, war die von ihm gesetzte Fahne die des Grafen Mashabak. Es schien, daß sie erbitterte Gegner sein mußten, da sie Schutzherren dienten, die miteinander im Streit lagen.

Gaynor ging wieder in seine Kabine zurück, und dann wurde ein Steg vom Schiffaufbau auf die Mole heruntergelassen. Die Matrosen bewegten sich mit beinahe affenartiger Geschwindigkeit und sicherten den Laufsteg, als ein Knabe von nicht mehr als fünfzehn Jahren in der bunten Aufmachung eines Piraten, ein Entermesser in der einen Schärpenseite, einen Säbel in der anderen, ihn betrat und mit dem selbstbewußten Stolzieren eines Eroberers auf die Stadt zumarschierte.

Erst als die Gestalt näher an den Gasthof herankam, erkannte Elric, um wen es sich handelte – und wieder einmal staunte er ob der sich drehenden Sphären des Multiversums, wunderte sich über die außerordentlichen Verbindungen von Ereignissen und Welten innerhalb und außerhalb der Dimensionen der Zeit, die innerhalb der unergründlichen Parameter des Quasi-Unendlichen möglich waren.

Während ihn zugleich etwas in ihm warnte, daß das, was er da sah, eine Illusion oder etwas noch Schlimmeres sein mochte: Es konnte sich um jemanden handeln, den die Illusion aufgezehrt hatte, der sich dem Chaos vollständig übereignet hatte und nicht mehr war als Gaynors Puppe.

Doch anhand ihres Ganges und der Art, wie sie sich umsah, anhand des aufmerksamen und fröhlichen Eindrucks, den sie machte, konnte sich Elric kaum vorstellen, daß sie unfreiwillig in Gaynors Diensten stand.

Er wandte sich vom Fenster ab und wollte sie schon begrüßen, als die Tür von Ernest Wheldrake aufgerissen wurde, der sie mit großen blauen Augen anstarrte und freudig überrascht piepste: »Ei, Charion Phatt als Junge verkleidet! Ich habe mich verliebt! Ihr seid gewachsen!«

DAS ZWEITE KAPITEL

Worin alte Bekanntschaften erneuert und neue Absprachen getroffen werden.

Charion Phatt war seit ihrem letzten Zusammentreffen zur Frau gereift, und ihr haftete etwas an, das die Vorstellung nahelegte, daß ihre zuversichtliche Ausstrahlung eher auf Vertrauen in sich selbst als auf künstliche Großspurigkeit begründet war. Sie war nur wenig überrascht, Wheldrake zu sehen, und auch als sie ihm freundlich entgegengrinste, durchmaßen ihre Augen den Gasthof und fanden Elric.

»Ich bringe eine Einladung vom Herrn des Schiffes an Euch – an Euch Herren –, ihn heute abend aufzusuchen«, murmelte sie.

»Wie lange steht Ihr schon in Prinz Gaynors Diensten, Frau Phatt?« fragte Elric, der darauf achtete, seinen Ton gleichmütig zu halten.

»Lange genug, Prinz Elric – mehr oder weniger seit ich Euch zuletzt gesehen habe – an jenem Morgen auf der Zigeunerbrücke …«

»Und Eure Familie?«

Sie strich über kastanienbraune Locken, die auf die Rüschen und die Seide ihrer Bluse fielen. Eine Sekunde lang verbargen die Lider ihre Augen. »Sie, Herr? Nun, ich habe mich ihretwegen mit Prinz Gaynor verbündet. Wir suchen sie und haben sie seit jener großen Zerstörung gesucht.«

Und sie erklärte kurz, wie Gaynor sie in einem fernen Reich als Hexe eingekerkert gefunden und ihr gesagt hatte, daß auch er ihren Vater und ihre Großmutter suche, da nur sie allein, wie er glaubte, mit einiger Sicherheit die Pfade zwischen den Dimensionen beschreiten und ihn zu den drei Schwestern führen könnten.

»Seid Ihr sicher, daß sie überlebt haben?« fragte Wheldrake sanft.

»Zumindest Vater und Großmama«, sagte sie, »dessen bin ich mir sicher. Und ich glaube, der kleine Koropith ist weiter fort – oder vielleicht auch vor mir verborgen. Ich nehme an, daß irgend etwas von ihm irgendwo weiterexistiert ...« Dann verabschiedete sie sich von ihnen und ging weiter in die Stadt – wie sie sagte, um sich ein paar Kleinigkeiten zu kaufen.

»Ich bin wahrlich, wahrlich verliebt«, vertraute Wheldrake seinem Freund an, der sich mit der Feststellung zurückhielt, daß es eine gewisse Unstimmigkeit bezüglich ihrer Lebensjahre gäbe. Wheldrake näherte sich dem fünfzigsten Lebensjahr, wie er schätzte, und die junge Frau war nicht viel älter als achtzehn.

»Dergleichen bedeutet nichts, wenn zwei Herzen in Harmonie vereint schlagen«, sagte Wheldrake hingerissen, und es war nicht ganz klar, ob er sich selbst oder einen geschätzten Kollegen zitierte.

Elric verfiel in Schweigen, beachtete die Ergüsse seines Freundes nicht weiter und dachte über die Eigenarten des Multiversums, dieser Umgebung nach, die er als Zauberer bislang nur in symbolischen Begriffen verstanden hatte.

Er dachte über das Symbol des Gleichgewichts nach, jenes Equilibriums, das früher alle Philosophen zu erlangen trachteten, bis sie aus Bequemlichkeit oder wegen Bedrohungen ihres Lebens oder ihrer Seelen Abmachungen trafen, einige mit der Ordnung, die meisten jedoch mit dem Chaos, das als Element der Natur der meisten Zauberer näher steht. Und so stellten sie sicher, daß sie niemals das Ziel erreichten, das sie anstrebten; für das einige von ihnen geboren waren; das einigen von ihnen vom Geschick vorherbestimmt war. Die letztgenannten waren diejenigen, die die große Verdorbenheit, die stattgefunden hatte, verstanden, die all das verstanden, was sie aufgegeben hatten.

Gaynor, ehemaliger Prinz des Universellen, verstand das besser als jeder andere, denn er hatte die Vollkommenheit erfahren und sie verloren.

In dem Augenblick, als er die Tür zu einer gewöhnlichen Gaststätte hinter sich schloß, erkannte Elric, daß sein Schrecken sich in etwas anderes, eine Art Entschlossenheit, verwandelt hatte. Eine Art kalten Wahnsinns. Er spielte nicht nur um das Schicksal der eigenen Seele, auch nicht bloß um die seines Vaters – sondern um weit mehr. Anstatt weiter durch Ereignisse verblüfft, von ihnen beherrscht zu werden, beschloß er, an dem Spiel zwischen den Göttern teilzunehmen und es zur Gänze auszuspielen, es für sich und seine sterblichen Freunde zu spielen, für die wenigen Geschöpfe, die er noch liebt – für Tanelorn. Dies war kaum mehr als ein Versprechen, das er sich gab, kaum deutlich formuliert – aber es sollte die Grundlage für seine zukünftigen Handlungen werden, diese Weigerung, die Tyrannei des Schicksals hinzunehmen, sein Geschick durch die geringste Willkür einer halbtierischen Gottheit bestimmen zu lassen, deren einziges Recht in der überlegenen Macht begründet lag, die ihr zu eigen war. Es war dies eine Realität, die sein Vater akzeptiert hatte, als er noch das Spiel spielte, feinfühlig und sorgsam mit dem eigenen Leben und der eigenen Seele als Haupteinsatz umgehend – allerdings eine Realität, die Elric zu leugnen begann …

Auch fand sich in ihm nun eine andere Art Kälte, die Kälte der Wut auf jede Kreatur, die gelassen so viele der eigenen Art dahinmetzeln konnte. Diese Wut richtete sich nicht nur gegen Gaynor, sondern auch gegen ihn selbst. Vielleicht fürchtete er deshalb Gaynor so sehr, denn sie waren beinahe ein und dasselbe Geschöpf. Wenn man einigen Gedankenrichtungen Glauben schenken durfte, dann hätten sie in der Tat Aspekte eines einzigen Geschöpfes sein können. Vergrabene Erinnerungen regten sich in ihm, waren jedoch unwillkommen. Er drängte sie wieder hinab, wo sie erneut lauerten wie die Bestien in einer unvorstellbaren Tiefe, die alle in Schrecken versetzen, die ihnen begegnen, sich jedoch selbst vor dem Licht fürchten ...

Der andere Teil Elrics, der Teil, der zur Gänze Melnibonéer war, schalt ihn als Narren, der Zeit auf nutzlose Gewissensartigkeiten vergeudet, und legte ihm nahe, daß ein Bündnis mit Gaynor ihnen gemeinsam die Macht verschaffen könnte, die er herauszufordern – und vielleicht sogar zu besiegen suchte.

Oder vielleicht könnte ein zeitweiliger Waffenstillstand zwischen den beiden seine unmittelbaren Bedürfnisse befriedigen – obwohl: Was wäre dann? Was würde sich ereignen, sollte Arioch alles verlangen, was zu suchen er Elric aufgetragen hatte? Könnte ein Herzog der Hölle überlistet, sogar geschlagen, von einer bestimmten Ebene durch einen Sterblichen verbannt werden?

Elric erkannte, daß dies eben jene Gedanken waren, die seinen Vater in sein jetziges Dilemma geführt hatten, und mit einem bitteren Lächeln ließ er sich wieder auf seiner Bank nieder, um sein unterbrochenes Frühstück fortzusetzen.

Vor heute abend, wenn er an Bord von Gaynors Schiff speisen würde, wollte er keine Entscheidung treffen.

Wheldrake warf einen letzten Blick hinter der entschwindenden Schönheit her, holte Pergament aus einer Tasche, die Feder aus einer anderen, ein Reisetintenfaß aus der linken oberen Westentasche und hob zunächst mit einer Sestina an, dann mit einem Rondeau, dann einer Villanelle, bis er wieder zur Sestina zurückkehrt...

Dies war es, woran sich meiner Seel' Entzücken maß
   Am Tag gebrach es ihr an Freudenkraft, zu fliegen

Noch sich der Herrschaft finstrer Nacht zu fügen
Doch unter Mondlicht von erlesnen Träumen laß
Und sanft, frei träumen mag in jeder Nacht
Aus Lieb' und Leben schöpft in seiner Macht

Worauf der Prinz der Ruinen sich leise davonmachte und wieder zu seinen Seekarten und seinen eigenen Problemen zurückkehrte, derweil Wheldrake innehielt, seufzte und sich diesmal an einem Sonett versucht…

»Ich hatte schließlich auch an eine Ode gedacht. Ungefähr vielleicht etwas in der Art, wie ich es in Putney geschrieben hatte.«

Goldene östliche Meere wiegten sie im Schlaf
Liedlos, Schaumkronen mit fremden Hymnen
angetan,
Der sanfte ruhige Hauch gewaltiger Meere ward
ihr zuteil
Die ihr Geburtsrecht still und stark bewahrten,
Weich, streng und süß wie Morgenlicht, als es
zum ersten Male
Lachte und dem Himmel entwich und sich durch
Wolken bohrte, die ihm Unrecht angetan!

»Guten Abend, Prinz Gaynor. Ich nehme an, Ihr habt eine Erklärung für die Vernichtung einer Nation? Eure Spitzfindigkeiten sollten zumindest unterhaltsam sein.« Der kleine Dichter sah zu dem geheimnisvollen Helm hinauf, hatte die Knöchel in die Hüften gestemmt, sein Schnabel blitzte förmlich vor Abneigung, er zeigte sich ungerührt, weder von irgendwelcher Furcht vor der Macht Gaynors noch von irgendeiner gesellschaftlichen Zurückhaltung, die ihn hieß, seine Zunge betreffend des Völkermordes ihres Gastgebers zu hüten, als er an Bord des Schiffes trat.

Elric sagte seinerseits wenig und wahrte eine Distanz zwischen sich und den anderen, die er früher als melnibonéischer Adeliger in aller Gelassenheit zu wahren gelernt hatte. Diese Kälte war Wheldrake neu, wäre Mondmatt jedoch sehr vertraut gewesen, wenn er hier und nicht vielleicht immer noch in Tanelorn gewesen wäre. Elric nahm diese Haltung stets dann ein, wenn die Umstände ihn zu einem gewissen Zynismus verleiteten, der auf eigenartige Weise mit anderen Regungen durchsetzt war, die schwerer zu beurteilen oder festzumachen waren. Die langfingrige knochenweiße Hand ruhte auf dem Heft des riesigen Runenschwertes, und sein Kopf war in einem bestimmten Winkel wie in noch größerer Zurückhaltung geneigt, derweil aus den nachdenklichen roten Augen eine Geisteshaltung sprach, die beizeiten selbst von den Lords der Höheren Welten als gefährlich erachtet worden war. Dennoch verneigte er sich. Seine freie Hand vollführte eine Bewegung. Mit festem Blick sah er in die Augen hinter dem Helm, die Augen, die mit den Feuern der Hölle rauchten und funkelten und waberten.

»Guten Abend, Prinz Gaynor.« In seiner Stimme klangen eine Sanftheit und zugleich eine stählerne Schärfe an, die Wheldrake an die Krallen einer Katze gemahnten, die in weichem Pelz ruhten.

Der ehemalige Prinz des Gleichgewichts neigte, vielleicht ironisch, den Kopf zur Seite und sprach mit jener klingenden Stimme, die seit Jahrhunderten dem Chaos als Lockinstrument gedient hatte. »Ich bin froh, Euch zu sehen, Meister Wheldrake. Erst vor kurzem habe ich erfahren, daß uns das Privileg Eurer Gesellschaft zuteil werden sollte. Obgleich mir gemeinsame Freunde berichteten, daß Ihr, Elric, in Ulshinir anzutreffen wäret.« Er schob die angedeutete Frage mit einem Schulterzucken beiseite. »Wie auch immer Ihr es nennen mögt, scheinbar formt sich für uns eine Art neues Glück. Oder sind wir nur die Zutaten? Eier im Omelett eines wahnsinnigen Gottes? Mein Koch ist übrigens ausgezeichnet. So berichtet man mir jedenfalls.«

Dann trat Frau Charion Phatt heran, angetan mit schwarzem und weißem Samt und Rüschen; ihre jugendliche Schönheit leuchtete wie ein Juwel in einer Schatulle.

Halb taumelnd zelebrierte Meister Wheldrake seine ausführlichen Artigkeiten, die sie mit erheiterter Gutmütigkeit entgegennahm und ihn dann mit sich zog, als sie zu der vorderen Kabine schlenderten, wo der brütende Schatten der geheimnisvollen Fracht hin und her schaukelte; sie wurden von Prinz Gaynor und Charion Phatt nicht weiter beachtet, als sähen oder hörten sie nichts Ungewöhnliches.

Dann wurde das Abendessen gereicht. Elric, der sich häufig nicht um Feinschmeckerei kümmerte, befand das Essen als so wohlschmeckend, wie Gaynor es versprochen hatte. Der verdammte Prinz erzählte eine Geschichte von einer Reise nach Aramandy und in das Malvenland, um dort Xermenif Blüche, den Meisterkoch von Volofar, zu suchen. Und beinahe hätten sie wieder inmitten der reichen Intelligenzia von Trollon speisen können, die ungewöhnlichen Umstände – wie kriegführende Götter, gestohlene Seelen, verschwundene Hellseher und so weiter – nicht beachtend und den Wohlgeschmack der Mousse kommentierend.

Prinz Gaynor saß in einem verzierten schwarzen Stuhl, der mit dunkelrotem Stoff beschlagen war, am Kopfende seiner Tafel, drehte einen unergründlichen Helm in Elrics Richtung und sagte, daß er schon immer ein gewisses Niveau beibehalten hätte, selbst in der Schlacht oder mit dem Befehl über Halbbestien, wie es einem dieser Tage ja so häufig widerführe. Schließlich, so fügte er mit gewisser Erheiterung hinzu, müsse man beherrschen, was einem zum Beherrschen bliebe, besonders da mit der sich nähernden Konjunktion das eigene Schicksal so ungestaltbar würde.

Elric hatte wenig davon gehört, und ungeduldig regte er sich in seinem Sessel, stieß Geschirr und Besteck von sich. »Wollt Ihr uns nicht offenbaren, Prinz Gaynor, warum wir Eure Gäste sind?«

»Wenn Ihr mir sagt, Elric, warum Ihr mich fürchtet!« sagte Gaynor in plötzlichem Flüsterton, und die Kälte des Limbus durchschnitt Elrics Seele.

Doch Elric wankte auf dem psychischen Schlachtfeld keinen Zoll; er wußte wohl, daß Gaynor ihn auf die Probe stellte.

»Ich fürchte Euch, da Ihr zu allem bereit seid, um Euren Tod herbeizuführen. Und da das Leben für Euch keinen Wert besitzt, seid Ihr zu fürchten, wie alle derartigen Lebewesen zu fürchten sind. Denn Ihr strebt nur um dieses selbstsüchtigsten aller Ziele willen nach Macht, und daher kennt Ihr kein Maß bei der Suche danach und ihrem Erringen. Daher fürchte ich Euch, Gaynor der Verdammte. Und daher seid Ihr verdammt.«

Die gesichtslose Kreatur warf den stählernen Helm zurück, während die Farben dahinter bebten und flammten, und lachte laut auf. »Euch fürchte ich, Elric, weil Ihr verdammt seid und Euch dennoch so verhaltet, als wäret Ihr es nicht ...«

»Ich habe kein Abkommen wie das Eurige getroffen, Prinz.«

»Euer gesamtes Volk hat ein Abkommen getroffen! Und jetzt bezahlt es den Preis – irgendwo, nicht weit von hier, in einem Reich, das Ihr Heimat nennen werdet, werden die letzten Eures Volkes gemustert, um im Heer des Chaos mitzumarschieren. Noch ist die Zeit für diesen letzten großen Kampf nicht gekommen. Aber wir rüsten uns dafür. Werdet Ihr ihn überleben, Elric? Oder werdet Ihr zum Nichts zermalmt werden, wenn nicht einmal die Erinnerung an Euch verbleibt – noch weniger dauerhaft als, sagen wir, einer von Meister Wheldrakes Versen ...«

»Ich muß schon sagen, Sir! Ihr habt Euch bereits als hemmungsloser Schurke erwiesen! Erinnert Euch doch bitte wenigstens daran, daß Ihr ein Gentleman seid!«

Dann kehrte Wheldrakes Blick wieder zu seiner Geliebten zurück.

»Könnt Ihr die Aussicht auf einen immerwährenden Tod ertragen, Elric? Ihr, der Ihr das Leben so sehr liebt, wie ich es hasse. Wir könnten beide unsere tiefste Sehnsucht stillen…«

»Ich denke, Ihr fürchtet mich, Prinz Gaynor, weil ich mich diesem letzten Kompromiß verweigere«, sagte Elric. »Ich fürchte Euch, weil Ihr zur Gänze dem Chaos gehört. Ihr jedoch fürchtet mich, weil das bei mir nicht der Fall ist.«

Ein fragender Laut entrang sich dem Helm, fast wie das Schnauben eines kosmischen Schweines. Dann kamen drei Matrosen mit einer Flöte, einem Tamburin und einem Singschwert herein, um ein trauriges Shanty zum besten zu geben; sie wurden zur Erleichterung aller rasch von Gaynor entlassen.

»Nun gut, mein Herr«, sagte Gaynor, dessen Gleichmut scheinbar wiederhergestellt war. »Dann darf ich Euch einen bescheidenen Vorschlag unterbreiten?«

»Falls Ihr Euch uns anzuschließen wünscht, um die drei Schwestern zu suchen, werde ich über Euren Vorschlag nachdenken«, sagte Elric. »Anderenfalls sehe ich wenig, was wir zu besprechen hätten.«

»Aber das ist gerade das, was ich zu besprechen wünsche, Elric. Ich hege den Verdacht, daß wir alle etwas anderes von den Schwestern begehren, und der Grund, warum uns soviel Unruhe mal hierhin, mal dorthin durch das Multiversum verschlägt, ist der, daß mehrere Interessen und mehrere Lords der Höheren Welten daran beteiligt sind. Stimmt Ihr darin mit mir überein, meine Herren?« Diesmal bezog er Wheldrake mit ein. Charion Phatt lehnte sich auf ihrem Stuhl zurück; offenbar war sie bereits über die Pläne ihres Herren unterrichtet.

»In einigen Punkten sind wir uns uneins«, fuhr Gaynor fort, »in anderen jedoch haben wir keinen Streit miteinander. Und ich sehe, daß Ihr mir darin zustimmt. Nun, so laßt uns doch gemeinsam nach den drei Schwestern und der Familie Phatt – oder was davon noch übrig ist – suchen. Zumindest solange, bis unsere Interessen nicht mehr dieselben sind.«

Und so akzeptierten Elric von Melniboné und Meister Wheldrake die Logik des Kompromisses des verdammten Prinzen und erklärten sich einverstanden, mit ihm zu segeln, wenn sein Schiff am nächsten Morgen auslaufen würde, sobald sie noch ein oder zwei weitere Matrosen aus den tapfereren oder verzweifelteren Wasserratten von Ulshinir ausgesucht hatten.

»Aber«, sagte Elric, als sie sich wieder auf den Weg machten und über ihnen ein Schaben und Schieben andauerte, das von gelegentlichen leichten Schlägen begleitet wurde, »Ihr habt Euch noch nicht über Euer Ziel ausgelassen, Prinz Gaynor. Sollen wir Euch dahingehend vertrauen, oder werdet Ihr uns den Namen der Insel verraten, die die drei Schwestern erreicht haben?«

»Insel?« Gaynors Helm verdunkelte sich beinahe wie verdutzt, und blaue und schwarze Töne wirbelten über seine glatte, manchmal undurchsichtige Oberfläche. »Insel, mein Herr? Wir fahren zu keiner Insel.«

»Wo sind dann die drei Schwestern?«

»Dort, wohin wir reisen, mein Herr, obwohl es wohl so bald nicht zu einem Zusammentreffen kommen wird, fürchte ich.«

»Und wohin«, fragte Wheldrake mit einer gewissen gerechtfertigten Ungeduld, »reisen wir dann, Sir?«

Wieder legte sich der Helm leicht zur Seite, als ob er sich amüsiere, und mit beträchtlichem Genuß sagte die musikalische Stimme:

»Ei was, mein Herr, ich dachte, Ihr hättet es erraten. Morgen fahren wir auf die Schwere See hinaus.«

DAS DRITTE KAPITEL

Ungewöhnliche Methoden der Seefahrt; enttäuschte Piraten; eine verlegte Höllenklinge.

Ulshinir lag schon weit hinter dem Horizont, und die Riffe vor ihnen waren noch unsichtbar, als Gaynor der Verdammte den Befehl gab, doch ›etwas Licht an die arme Kröte heranzulassen‹, und die Matrosen gehorchten mit vielleicht einer Spur Widerwillen, zogen an einer schwarzen Plane, rollten sie zusammen und legten die eisernen Stangen eines großen Käfigs frei. Darin erschienen zwei riesige blinzelnde, grüngeliderte Augen in einem knorrigen Reptilienschädel, dessen Nüstern bebten und dessen langes rotes Maul sich öffnete und eine rosige wedelnde Zunge freigab. Das außerordentlich große Gewicht des schuppigen Fleisches wurde von massigen Füßen mit Schwimmhäuten getragen, die Glieder waren so dick wie Ulmenstümpfe, das ganze Geschöpf erzitterte und bebte unter der Anstrengung des Atmens.

Augen wie große Halbedelsteine suchten nach Gaynor und richteten sich auf ihn, als er wartend unter dem Käfig stand und hinaufsah. Die roten schwammigen Lippen öffneten und schlossen sich, und dem Ungeheuer entströmten tiefe stöhnende Laute. Erst als er genauer hinhörte, erkannte Elric, daß das Reptil sprach.

»Ich bin unzufrieden, Meister, ich bin hungrig.«

»Bald darfst du fressen, mein Hübscher. Sehr bald.« Gaynor lachte leise, als er die Kajütentreppe emporstieg, die Käfigstangen mit behandschuhten Händen umfaßte und die riesige Kröte anstarrte, die mindestens fünfmal so groß und so schwer war wie er.

Wheldrake verspürte seinerseits kein Verlangen näher zu kommen. Er blieb zurück, als Charion Phatt, die über sein Zaudern lachte, zu der Kröte ging, während diese auf ihr Schnalzen und Gurren mit weiterem Gebrummel und Gescharre antwortete.

»Ein Geschöpf mit Selbstmitleid«, sagte Elric und starrte mit einem gewissen Mitgefühl zu dem Ding hinauf. »Wo habt Ihr es gefunden? Ist es ein Geschenk von Graf Mashabak, etwas, das nicht einmal das Chaos duldet?«

»Khorghakh entstammt einem naheliegenden Reich, Prinz Elric.« Gaynor schien erheitert zu sein. »Er wird uns beim Überqueren der Schweren See helfen.«

»Und was liegt dahinter?« fragte Elric und sah Charion Phatt zu, wie sie ihr Schwert nahm und den Kröterich am Bauch kratzte, was ihn mit einem gewissen Vergnügen grunzen ließ und etwas zu beruhigen schien, obgleich er immer noch darauf bestand, daß er hungrig sei.

»Khorghakh ist ein Bewohner der Schweren See?«

»Nicht gerade«, sagte Gaynor, »ein Bewohner. Aber mit diesem Meer ist er vertraut, jedenfalls hat man mir das versichert. Ich erwarb ihn von einigen Abenteurern, denen wir nach einer dreijährigen Suche nach ihm begegneten, als wir die Inseln nach Ulshinir absuchten ...«

»Wir suchten nach Euch«, sagte Charion. »Ich wußte, daß Ihr hier wart. Erst später habe ich die Gegenwart der drei Schwestern gespürt. Ich hatte gedacht, daß sie Euch gefolgt seien. Dennoch habt Ihr sie auch gespürt. Ich wußte nicht, daß Ihr ebenfalls hellsichtig seid.«

»Das bin ich auch nicht«, sagte Elric. »Jedenfalls nicht so, wie Ihr es meint. Ich hatte keine Wahl, was mein Ziel angeht. Wie ich sehen kann, sind für Euch einige Jahre verstrichen. Für mich hat sich sehr wenig ereignet, seit ich Euch in den Chaosschlund gefolgt bin. Wheldrake hat mindestens ein Jahr der Wanderschaft hinter sich. Das legt nahe, daß, sollten wir die drei Schwestern oder tatsächlich Eure Familie finden, sie Kinder oder verwitterte Greise sein könnten, wenn wir sie erreichen.«

»Diese Zufälligkeit gefällt mir gar nicht«, sagte Wheldrake. »Obgleich meine Kritiker anderer Ansicht sind, war das Chaos nie nach meinem Geschmack. Ich wuchs in dem Glauben auf, daß es bestimmte universelle Gesetze gibt, die von allen befolgt werden. Daß ich nun entdecken muß, daß diese Hyperrealität nur einige wenige Regeln aufweist, die bei Bedarf ebenfalls geändert werden können, ist für mich sehr beunruhigend.«

»Das beunruhigte auch meinen Vater«, sagte Charion. »Deswegen erwählte er sich auch ein Leben in ruhiger Beschaulichkeit. Natürlich war ihm diese Wahl letztlich nicht gestattet. Er verlor meine Mutter, seinen Bruder und dessen Frau an die Machenschaften des Chaos. Ich habe meinerseits das Unvermeidliche akzeptiert. Mir ist bewußt, daß ich in einem Multiversum lebe, das, obwohl es bestimmten vorgegebenen Verläufen und Regeln unterliegt und obwohl es, wie man mir sagte, einer großen und unverletzlichen Logik folgt, so riesig ist, so verschiedenartig, so vielfältig, daß es allein vom Zufall regiert zu sein scheint. Daher werde ich akzeptieren, daß mein Leben nicht von der Beständigkeit bestimmt wird, wie sie die Ordnung verheißt, sondern von der Unsicherheit, die das Chaos verspricht.«

»Eine pessimistische Ansicht, süße Lady.« Wheldrake hielt sich mit seinen eigenen Ansichten zu diesem Thema zurück. »Wäre es nicht besser, so zu leben, als ob unsere Existenz einer dauerhaften Logik unterläge?«

»Täuscht Euch da nicht, Meister Wheldrake.« Sie berührte ihn mit einer gewissen Zuneigung. »Diese dauerhafte Logik habe ich hingenommen – und es ist die Logik der Macht und der Eroberungen ...«

»So entschieden sich auch meine Vorfahren«, sagte Elric leise. »Sie gewahrten ein Multiversum, das fast völlig zufällig war, und sie ersannen sich eine Philosophie zur Formalisierung dessen, was sie sahen. Da ihre

Welt von den Launen der Lords der Höheren Welten beherrscht wurde, behaupteten sie, daß die einzige Möglichkeit, das eigene Überleben zu sichern, darin bestünde, soviel Macht zu erlangen wie nur möglich – Macht, die mindestens der gewisser kleinerer Gottheiten gleichzukommen hatte. Zumindest hinreichend Macht, um das Chaos zu einem Abkommen anstatt zur Bedrohung und Vernichtung zu veranlassen. Doch was brachte ihnen diese Macht letztlich ein? Ich fürchte, weniger, als Euer Vater durch seinen Entschluß bekam ...«

»Mein Vater war unklug«, sagte Charion und beendete damit die Unterhaltung. Sie wandte ihre Aufmerksamkeit erneut der Kröte zu, die sich wieder niedergekauert hatte, und starrte, während sie mit ihrem Schwert der Kröte über den riesigen Rücken kratzte, düster zum Horizont, an dem allmählich dunkle Zakken auftauchten, erste Anzeichen jener Riffe, die nach Ansicht der Bewohner von Ulshinir die bewohnbare Welt von der unbewohnbaren trennten.

Jetzt konnten sie die Brandung hören, konnten erkennen, wie sie sich an den vulkanischen Felsen brach, die dadurch in ungastlicher Schwärze schimmerten.

»Ich bin unzufrieden, Herrin. Ich habe Hunger.« Die Kröte wandte den Blick Charion zu, und Wheldrake erkannte, daß er einen Rivalen vor sich hatte. Er genoß die sonderbare Empfindung gleichzeitiger Erheiterung, Eifersucht und grundlegender Furcht.

Auch Elric hatte die Haltung der Kröte bemerkt, als sie Charion angesehen hatte, und er runzelte die Stirn. Ein Instinkt rührte sich in ihm, war jedoch noch nicht zum bewußten Gedanken gereift. Er würde gelassen abwarten, bis der Instinkt gereift war, Worte und Bestätigung gefunden hatte und zu einem Gedanken geworden war. Unterdessen lächelte er über Wheldrakes Unbehagen. »Keine Angst, Freund Wheldrake! Falls es Euch an der Schönheit und vielleicht auch dem besonderen Charme dieses Burschen ermangelt, so seid Ihr ihm doch fast gewiß überlegen, was den Verstand betrifft.«

»Oh, in der Tat, Sir«, sagte Wheldrake in leisem Selbstspott, »und ich weiß, daß Verstand im Liebesspiel für gewöhnlich nichts bedeutet. Keine Versform wurde ersonnen, die eine solche Geschichte zu tragen vermag – von einem Dichter, dessen Rivale ein Reptil ist! Die Beklemmungen des Herzens! Die Ungewißheit! Die Narretei!«

Und plötzlich hielt er inne, musterte die riesige Kröte, die seinen Blick erwiderte und ihn anstierte, als ob sie jedes Wort verstanden hätte.

Dann teilten sich ihre Lippen, und langsam sprach sie.

»Mein Ei sollt Ihr nicht bekommen ...«

»Genau, Sir. Ganz genau, wie ich auch schon zu meinem Freund hier meinte.« Mit einer Verneigung, die derart theatralisch und geziert wirkte, daß sich Elric zuweilen fragte, was der Dichter eigentlich darstellte, ging Wheldrake seiner Wege, um sich eine Zeitlang mit irgendwelchen Angelegenheiten am Schiffsheck zu befassen.

Vom Ausguck erschallte ein Ruf; dies lockte Gaynor von seinem Standort herbei, wo er offensichtlich auf das Meer gestarrt hatte, fast als ob er geschlafen oder seine Seele den Körper verlassen hätte. »Was? Ach ja. Der Steuermann. Holt den Steuermann herbei!«

Und vom unteren Steuerborddeck kam ein grauer Mann heran – ein Mann, dessen Haut von Wind und Regen, jedoch nicht von der Sonne gegerbt war, ein Mann, dessen Augen unter dem Licht schmerzten, der jedoch auch dankbar dafür war. Er rieb sich die Handgelenke, die, nach ihren Schürfwunden zu urteilen, vor kurzem noch gefesselt gewesen waren. Er roch den salzigen Wind, und bei der Erinnerung überzog ein Grinsen sein Gesicht.

»Steuermann. Hier ist das Mittel, mit dem Ihr Eure

Freiheit wiedererlangen könnt«, sagte Gaynor und deutete zum Bug, der sich anmutig hob und senkte, während der Wind die Segel faßte. Vor ihnen lagen die felsigen Küsten von einem Dutzend Inseln – schwarze bösartige Zähne in brüllenden Gischtmündern.

»Oder mit dem ich uns alle umbringen und mit mir in die Hölle nehmen kann«, sagte der Steuermann gelassen. Er war ein Mann von etwa fünfundvierzig Jahren, sein heller Bart war von der gleichen graubraunen Farbe wie sein zottiges Haar, und seine graugrünen Augen waren so durchdringend und fremdartig, daß es auf der Hand lag, daß er gelernt hatte, sie zu verbergen, denn jetzt blinzelte er, als ob er in starkes Sonnenlicht blickte, obgleich die Sonne doch hinter ihm lag, und mit den gewandten Bewegungen eines Mannes, der froh ist, sich wieder regen zu können, sprang er zum Vorderdeck, zwängte sich am Käfig der Kröte vorbei, als ob er solchen Bestien jeden Tag begegnen würde, und stellte sich neben Gaynor am Bug auf. »Ihr nehmt dieses Segel besser so schnell wie möglich herunter«, sagte der Steuermann und hob die Stimme über den stärker werdenden Wind, »oder Ihr macht eine Wende und versucht es noch einmal. Noch zwei Minuten, dann rettet uns nichts mehr vor diesen Felsen!«

Brüllend wandte sich Gaynor an die Mannschaft, und Elric staunte über das Geschick, mit dem sich die Matrosen an die Arbeit machten; sie wendeten das Schiff gerade so weit, daß das Segel schlaff am Mast hing, und holten es dann ein, bevor der Wind es wieder einfangen konnte. Der Steuermann schrie ihnen ermunternde Rufe zu und schickte sie an die Ruder, denn das war die einzige Möglichkeit, um durch die Riffe am Rand der Welt hindurchzugelangen.

Langsam bewegte sich das gelbschwarze Schiff durch die zerrende Strömung der Riffe – ein paar Zoll in diese Richtung, ein paar in jene, manchmal berührte es einen Felsen so sacht, daß der leiseste Hauch von Reibung zu vernehmen war, manchmal schien es sich zwischen Säulen aus Basalt und Obsidian hindurchzuzwängen, während der Wind heulte und die Brandung donnerte und die Welt wieder einmal dem Chaos anheimgefallen zu sein schien. Bis sie die erste Riffreihe überwunden hatten und in den ruhigen Gewässern zwischen der ersten und der zweiten Reihe vor Anker gegangen waren, war es Mittag geworden. Nun gab der Steuermann Anweisung an die Mannschaft, anständig zu essen und sich auszuruhen. Die nächste Reihe würden sie nicht vor dem folgenden Tag in Angriff nehmen.

Am Tag darauf stürzten sie sich erneut in tosenden Lärm und wellengeschüttelte Verwirrung, als der Steuermann erst eine Richtung angab, dann eine andere, manchmal über das gesamte Schiff zurückrannte, um das Ruder zu übernehmen, und manchmal zum Ausguck hinaufkletterte, um sich zu vergewissern, was vor ihm lag, denn es war offensichtlich, daß er diese Riffe schon mehrmals durchquert hatte.

Ein weiterer Streifen klaren blauen Meeres, der über hellen Sand verlief, ein weiterer Fleck ruhigen Wassers – und der Steuermann ließ sie einen weiteren Tag ausruhen.

Zwölf Tage brauchten sie, um das letzte Riff zu erreichen und mit unangenehmen Gefühlen auf die schwarze Brandung zu blicken, die wie öliger Rauch auf Strände aus weichem, glattem Obsidian, auf die massige natürliche Barriere spülte, die durch die letzte Inselreihe erschaffen wurde. Die Schwere See bewegte sich mit außerordentlicher Genauigkeit, die Wellen hoben und senkten sich quälend langsam, und die tiefen Laute, die dabei entstanden, ließen den Eindruck entstehen, als habe dieses Meer eine Stimme, die für Menschen größtenteils unhörbar war, denn über dem dunklen langsamen Wasser lag eine sonderbare Stille.

»Sie ist wie ein Meer aus kaltem verflüssigtem Blei«, sagte Wheldrake. »Sie spricht allen Naturgesetzen

Hohn!« Bei dieser Bemerkung zuckte er die Achseln, als wolle er sagen: ›Wieso denn nicht?‹

»Wie kann irgendein Schiff darüber segeln? Ich nehme an, daß die Oberflächenspannung mehr als genügend ist...«

Der Steuermann hob den Kopf von der Reling, wo er ausgeruht hatte. »Sie kann überquert werden«, sagte er. »Sie ist auch schon überquert worden. Es ist ein Meer, das zwischen den Welten fließt, doch gibt es Menschen, denen dieses Meer so vertraut ist wie uns das, was wir hinter uns gelassen haben. Der menschliche Einfallsreichtum ist gewöhnlich in der Lage, ein Mittel zu finden, alles zu durchreisen oder überall hinzugelangen.«

»Aber ist dieses Meer nicht gefährlich?« fragte Wheldrake und betrachtete es mit einiger Abneigung.

»Oh ja«, pflichtete der Steuermann ihm bei. »Es ist sehr gefährlich.« Sein Ton war gleichgültig. »Obgleich man behaupten könnte, daß alles Vertraute weniger gefährlich wird...«

»Oder gefährlicher«, sagte Elric betont. Er warf einen letzten Blick auf die Schwere See und suchte seine Kabine auf, die er unter Deck mit Wheldrake teilte. In dieser Nacht blieb er in seiner Unterkunft und grübelte über Themen, die er mit niemand anderem besprechen konnte, während sich Wheldrake dem Steuermann und der Mannschaft anschloß, um ihre erfolgreiche Durchquerung der Riffe zu feiern und hoffentlich weiteren Mut für den Rest der Reise zu schöpfen. Doch falls Wheldrake mehr über den Steuermann zu erfahren hoffte als die Tatsache, daß ihn Gaynor erst zwei Tage vor seiner Ankunft in Ulshinir an Bord genommen hatte, wurde er enttäuscht. Auch bekam er in dieser Nacht seine geliebte Charion nicht zu Gesicht. Etwas hielt ihn davon ab, ebenfalls seine Kajüte aufzusuchen – vielleicht ein Gefühl der Diskretion – und statt dessen blieb er eine Zeitlang auf Deck, lauschte den trägen Wellen, die sich am meeresglatten Obsidian brachen, und dachte an das ägyptische Buch der Toten und an die Geschichten vom Seelenboot, an Charon, den Fährmann der Götter, denn wahrlich kam ihm dieses Meer wie ein Ozean der Jenseitswelten vor – vielleicht war es dasselbe Wasser, das an die Ufer des Limbus selbst schwappte.

Und dann fand sich Wheldrake neben dem Käfig wieder, in dem das Ungeheuer schlief, mit geschlossenen Augen schnarchte und schnüffelte und mit den schlaffen, schwammigen Lippen schmatzte, und in diesem Augenblick empfand der Dichter ein gewisses Mitgefühl für dieses Geschöpf, das ebenso sicher wie alle anderen an Bord dieses Schiffes in einem Kompromiß mit Gaynor gefangen war. Er stützte sich auf die schwarze verzierte Holzreling und beobachtete, wie der Mond hinter einer Wolke hervorkam und sein Licht auf die Schuppen und auf die ledrigen Fleischfalten und die fast durchsichtigen Schwimmhäute zwischen den riesigen Fingern fiel, und er wunderte sich über so viel Häßlichkeit, die von solcher Schönheit verzaubert war. Danach dachte er an sich selbst, dachte an einen Vers, eine bestimmte Kadenz, tastete in seiner Tasche nach Tinte, Feder und Pergament und machte sich im Schein des Mondes daran, romantische Vergleiche zwischen Wheldrake, dem Dichter und Khorghakh, der Kröte zu finden, was, wie er mit gewisser Selbstzufriedenheit feststellte, noch schwieriger war, wenn man sich zum Beispiel an einer Art trochäischem Dimeter versuchte …

Dieser Spaltung
Zauberwaltung
Jüngstgestaltung
(Hocherhaltung)
Zwingt zu Manneshaltung gar.

Was ihn derart in seiner Beschäftigung fesselte, daß es Morgen wurde, ehe er das grübelnde Haupt auf ein

Kissen bettete und die süßesten Liebesträume träumte, die er je genossen hatte …

Am Morgen kamen alle mit Ausnahme von Wheldrake an Deck und ließen sich einen sanften Regen aus einem tiefhängenden Himmel auf die Gesichter fallen. Über Nacht war es wärmer geworden, und es war sehr feucht. Elric zupfte an seinen Kleidern und wünschte sich, daß er nackt wäre. Er fühlte sich, als ob er durch schalen Met gewatet wäre. Der Steuermann war auf dem Vorderdeck bei der Kröte; sie schienen sich zu unterhalten. Dann richtete sich der graue Mann auf und kam zu dem groben Verdeck, unter dem Elric, Gaynor und Charion standen und auf das mit trägem Rhythmus der Regen fiel. Er wischte sich über seinen Wollärmel. »Das Zeug ist wie Quecksilber. Versucht doch mal, es herunterzuschlucken. Es wird Euch nicht schaden, aber es ist fast unmöglich – man muß es kauen. Nun, Prinz Gaynor der Verdammte, Ihr habt mit mir einen Handel abgemacht, und ich habe den ersten Teil davon erfüllt. Für den Fall, sagtet Ihr, würdet Ihr mir zurückgeben, was mir gehört. Bevor wir, wie Ihr Euch einverstanden erklärtet, durch die Schwere See weitersegeln.«

Gelassen ruhte der graugrüne Blick auf dem sich wandelnden Helm. Es waren Augen, die beinahe nichts fürchteten.

»Stimmt«, sagte Gaynor, »ein solcher Handel wurde abgemacht …« Er schien zu zögern, als wöge er die Risiken bei einem Vertragsbruch ab, und entschied dann, daß bei einer Einhaltung mehr zu erreichen sei. »… und natürlich werde ich mich daran halten. Einen Augenblick.« Er verließ das Deck, stieg in das Schiff hinab und tauchte mit einem kleinen Bündel – vielleicht einem eingewickelten Übermantel – wieder auf, das er dem Steuermann in die Hand drückte. Eine Sekunde lang flammten die sonderbaren Augen auf, und der Mund verzerrte sich zu einem seltsamen Grinsen, dann zeigte sich der graue Mann wieder ungerührt. Mit dem Bündel in der Hand ging er wieder zu der Kröte und wechselte noch einige Worte mit ihr. Dann hieß es: »Ein Mann in den Ausguck!« und: »Ruderer auf die Plätze!« und: »Behaltet das Segel unten – der Wind ist nur langsam, aber es ist den Versuch wert!« und der Steuermann war überall auf dem schwarzgelben Schiff – ein Mann der wilden See, ein Mann mit sorgsam erworbener Weisheit und natürlicher Intelligenz, alles, was der Befehlshaber eines Schiffes sein sollte – ermutigend, rufend, pfeifend, mit allen scherzend – sogar mit der großen alten Kröte, die grollend aus ihrem Käfig stieg, als Charion ihn öffnete, und Zoll um Zoll zum Bug schlurfte und sich quer über den ächzenden Bugspriet legte und das Schiff so noch tiefer in die Wellen zwang – das jetzt durch einen engen Kanal stieß (bezeichnet durch den Steuermann, der über dem grünen Kopf der Kröte in der Takelage hing), wo weißes Wasser auf schwarzes traf, wo luftiger Schaum und bleierne Tropfen, die in der dicken Luft hingen, sich vermischten. Der Bug des Schiffes – scharf und spitz nach Art der Bakrasim der Vilimirischen Halbinsel gearbeitet, heruntergedrückt durch das Gewicht der Kröte – durchschnitt die träge Masse. Das Schiff wurde jetzt nach dem rauhen Bellen der Kröte gesteuert, das der Steuermann für den Rudergänger übersetzte, und dann fuhren sie in die Schwere See, in die Finsternis, an einen Ort, an dem der Himmel selbst eine Art Haut zu sein schien, von der alle Klänge widerhallten und der schwache Hall selbst verstärkt wird, bis es so schien, als ob die Stimmen gequälter Sterblicher in ihrer Milliardenzahl in ihren gepeinigten Ohren klängen, und es unmöglich wurde, etwas anderes zu hören. Sie waren versucht, Prinz Gaynor, der nun selbst am Ruder stand, ein Zeichen zu geben, das Schiff zu wenden, denn an diesem Lärm mußten sie sterben.

Doch Gaynor der Verdammte achtete nicht auf sie. Sein schrecklicher Helm war gegen die Elemente gerichtet, sein gepanzerter Körper forderte das Multiversum heraus, trotzte dem Natürlichen oder dem Übernatürlichen oder jedweder anderen Form der Bedrohung! Denn der Tod schreckte ihn nicht.

Die Kröte ächzte und gestikulierte, der Steuermann deutete mit den Händen dahin und dorthin, und Gaynor drehte das Rad mit den feinen Bewegungen einer Näherin an ihrem Rahmen mal hierhin, mal dorthin, derweil sich Elric die Ohren zuhielt, nach etwas suchte, womit er sie verstopfen konnte, um den Schmerz zu stillen, der ganz sicher seinen Kopf zerplatzen lassen würde. Mit weißem Gesicht kam Wheldrake an Deck gestolpert …

… und dann war der Lärm vorbei. Schweigen umschloß das Schiff.

»Ihr auch«, sagte Wheldrake einigermaßen erleichtert. »Ich dachte schon, daß es am Wein von gestern abend gelegen hätte. Oder vielleicht auch an der Dichterei …«

Mißmutig starrte er auf die langsam wallende Finsternis um das Schiff, sah zum geschundenen Himmel hinauf, von dem immer noch der träge Regen fiel, und zog sich ohne weiteren Kommentar für einen Augenblick wieder in seine Kabine zurück.

Noch immer fuhr das Schiff voran, noch immer wogte die Schwere See, und durch den nassen Irrgarten strebte das Chaosgefährt. Die Kröte stöhnte ihre Anweisungen, der Steuermann brüllte; und Gaynor drehte auf dem Oberdeck das Steuerrad gen Süden. Die Schwimmpfote der Kröte wedelte eindringlich, wieder wurde das Rad gedreht, und durch die träge See fuhren Gaynor und seine Mannen. Und auf allen Gesichtern mit Ausnahme derer Elrics und seines Freundes war eine wilde dunkle Freude zu sehen, und ein Hauch schierster Angst wehte vom Meer herüber. Sie schnüffelten nach dieser Angst wie Hunde nach Blut; sie sogen die träge Luft ein; sie schnüffelten nach Gefahr und Todesgeruch und sie schmeckten den Wind wie Brot. Und die Kröte stöhnte ihre Anweisungen hervor, und ihr Mund war naß vor Gier, und der Atem der Kröte pfiff durch ihr dunkles Maul, denn bald mußte sie fressen.

»Meister, ich bin hungrig!«

»Bald, Khorghakh, bald!«

Wie Quecksilber rollte das seltsame Wasser über das Deck des Schiffes, als es weiterglitt und manchmal, wie es schien, in einer gallertartigen Welle steckenzubleiben drohte. Und schließlich bewegte sich das Schiff gar nicht mehr. Die Kröte nahm Taue vom Bug an sich und bewegte sich in einem offenbar natürlichen Gang auf dem Wasser; die Füße durchbrachen die Oberflächenspannung, und sie zerrte das Schiff hinter sich her. Hinter ihr verharrten die Fußstapfen für Augenblicke im Wasser, und dann durchbrach der Bug des Schiffes die Spannung, bis die Kröte schließlich wieder schwamm und mit gewissem Vergnügen grunzte, als die großen Tropfen über ihre Schuppen rollen. Sie gab einen Laut von sich; einen freudigen Laut: Einen Laut, der von ferne über ihnen widerhallte und nahelegt, daß sie sich in einer riesigen Höhle oder auch einer organischen Manifestation des Chaos befanden. Dann erstarb das dröhnende Lied der Kröte, und das Geschöpf paddelte zum Schiff zurück, kroch langsam an Bord, kam wieder zum Bug, nahm wieder seine Haltung über dem Bugspriet ein; der Steuermann stieg wieder in die Takelage, und Gaynor nahm wieder seinen Platz am Ruder ein.

Elric faszinierten diese Ereignisse; er sah zu, wie die Wassertropfen vom glänzenden Körper der Kröte herabrollten und zurück in die See fielen. In der wallenden Finsternis über ihnen blitzten plötzlich dunkelrote und dunkelblaue Streifen auf, als ob dort eine Sonne schiene, die sie niemals zuvor gesehen hatten. Jetzt war sogar die Luft so dick geworden, daß sie wie gestrandete Schiffe nach ihr schnappen mußten und ein Mann sich in einem Anfall auf dem Deck wand, doch Gaynor hob weder die gepanzerte Hand vom Steuerrad, noch machte er irgendeine Kopfbewegung, die erkennen lassen hätte, daß sie anhalten würden. Und niemand bat ihn anzuhalten. Elric erkannte, daß sie Nihilisten gleicher Gesinnung waren, die bereits zu viel erlitten hatten, als daß sie jegliche ihnen bevorstehende Pein noch fürchteten. Sicherlich fürchteten sie keinen sauberen Tod. Im Unterschied zu Gaynor suchten diese Männer nicht mit verzweifelter Hingabe nach dem Tod. Dies waren Männer, die sich selbst töten würden, wenn sie nicht den Glauben gehegt hätten, daß Leben ein wenig interessanter als Sterben sei. Elric erkannte in ihnen etwas von dem, was er häufig empfand – eine schreckliche tiefsitzende Langeweile über alles, was einen an die Käuflichkeit und Narrheit der Menschen gemahnte – dennoch gab es in ihm noch eine weitere Empfindung, eine Erinnerung an sein Volk, bevor es Melniboné gründete, als es noch sanfter war und mit den existenten Wirklichkeiten lebte, anstatt die eigenen erzwingen zu wollen; eine Erinnerung an Gerechtigkeit und Vollkommenheit. Er ging an die Reling und spähte über das sich langsam hebende und senkende Wasser der Schweren See, und er fragte sich, wo in dieser zähen Finsternis die drei Schwestern wohl zu finden sein mochten. Und hatten sie immer noch den Kasten aus schwarzem Rosenholz bei sich? Und enthielt dieser Kasten immer noch die Seele seines Vaters?

Wheldrake tauchte an der Seite von Charion Phatt auf, gab einige Reime von nahezu betörender Einfalt von sich, errötete plötzlich und verstummte.

»So etwas in dieser Art«, sagte Fräulein Phatt, »wäre für die Ruderer nützlich. Sie brauchen einen eingängigen Rhythmus. Ich versichere Euch, Meister Wheldrake, ich hege nicht die geringste Absicht, diese Kröte zu heiraten. Ich hege keinerlei Absicht, überhaupt zu heiraten. Ich glaube, Ihr habt bereits meine Ansichten über die Gefahren der Häuslichkeit vernommen.«

»Hoffnungslose Liebe!« klagte Wheldrake nahezu genüßlich. Er warf ein Blatt Papier über Bord. Es fiel flach aufs Wasser und schlingerte dort umher, als besäße es den Hauch eines eigenen Lebens.

»Wie es Euch gefällt, mein Herr.« Sie zwinkerte Elric fröhlich zu.

»Für jemanden, der an einer derartigen Reise teilnimmt«, sagte der Albino, »scheint Ihr ausgezeichneter Laune zu sein.«

»Ich kann die Schwestern spüren«, sagte sie. »Ich habe es Prinz Gaynor gesagt. Ich spürte sie schon vor einer Stunde. Und ich kann sie jetzt spüren. Sie sind auf diese Ebene zurückgekehrt. Und falls sie hier sind, werden mein Vater und meine Großmutter und vielleicht auch mein Vetter sie bald finden.«

»Denkt Ihr, daß die Schwestern Euch wieder mit Eurer Familie zusammenbringen? Das ist der einzige Grund, warum Ihr sie sucht?«

»Ich glaube, falls sie am Leben sind, wird unser Zusammentreffen unausweichlich sein, aller Wahrscheinlichkeit nach durch die Vermittlung der Schwestern.«

»Aber die Rose und der Junge sind tot.«

»Ich sagte, daß ich nicht wüßte, wo sie sind, nicht, daß sie tot sind …« Es war klar, daß sie das Schlimmste befürchtete, es jedoch nicht zugeben wollte.

Elric verfolgte das Thema nicht weiter. Er wußte, wie es war, mit Gram zu leben.

Und weiter in das träge Schweigen der Schweren See segelte das Chaosschiff, und das Krächzen der großen Kröte und die Stimme des Steuermanns waren die einzigen Laute, die die sumpfige Luft durchdrangen.

In dieser Nacht warfen sie Anker, und bis auf Gaynor begaben sich alle zur Ruhe. Der verdammte Prinz durchmaß das Deck mit gleichmäßigen Schritten, die fast im Einklang mit dem Rhythmus der trägen Wellen standen, und gelegentlich hörte Elric, der nicht schlafen konnte, aber keinen Wunsch hegte, sich Gaynor an

Deck anzuschließen, die Kreatur wie erschrocken aufschreien. »Wer ist da?«

Elric fragte sich, ob noch andere Bewohner die Schwere See bevölkerten. Gab es andere Wesen wie die Kröte, jedoch mit boshafterer Veranlagung?

Bei Gaynors drittem Aufschrei stand er auf, warf sich einige Kleidungsstücke über und nahm das Schwert mitsamt der Scheide auf. Wheldrake war ebenfalls erwacht, richtete sich jedoch lediglich in seiner Koje auf und murmelte eine Frage.

Elric schritt hinaus in den Salzgestank und suchte nach Gaynor. Dann sah er über der Backbordreling die aufragende Masse von etwas, bei dem es sich nur um ein Schiff handeln konnte. Ein hohes Holzgerüst – eine Art zinnenbewehrter Turm, von dem sich bereits ein halbes Dutzend Gestalten herunterschwangen, die mit langen bösartigen Piken und Krummsäbeln bewaffnet waren, brutalen Waffen, die jedoch für diese Art von Kampf gut geeignet waren.

Wenngleich auch, dachte Elric mit bitterem Humor, nicht ganz so gut wie ein schwarzes Runenschwert.

Und dann zog er die Höllenklinge aus ihrer Scheide und lief auf bloßen Füßen über das Deck, um die ersten Piraten in Empfang zu nehmen, als sie auf das Schiff sprangen.

Über ihnen tauchte auf dem Vorderdeck einen Augenblick lang der Steuermann auf, starrte nach oben und begab sich mit einer Reihe sonderbarer Sprünge wieder in die Takelage. »Dramianische Krötenjäger!« rief er Elric zu. »Sie haben es auf unseren Lotsen abgesehen! Ohne ihn sind wir tot!«

Dann war der Steuermann wieder verschwunden, und der erste Jäger stach mit der zackigen Spitze seiner Pike nach Elric ...

... und starb beinahe, ohne es zu begreifen, und wand sich wie ein aufgespießter Fisch, als seine Seele in die Klinge gesaugt wurde ...

Sturmbringer schnurrte förmlich vor Vergnügen. Das Lied des Schwertes wurde lauter, gieriger, als die Jäger nacheinander niedersanken.

Elric, der übernatürliche Gegner gewöhnt war, stand wie ein Bauer, der an einem angenehmen Sommertag Heu mäht, im wachsenden Leichenhaufen, und es blieb Charion und der Mannschaft überlassen, die wenigen niederzumachen, die verzweifelt wieder ihr Schiff zu erreichen trachteten …

Aber Elric war ihnen voraus und kletterte an einem ihrer Seile in die Höhe, als ein Jäger es verzweifelt mit seiner Pike zu durchsägen versuchte. Elric erreichte den Jäger, bevor das Seil durchtrennt war: er trieb sein Schwert tief durch das Brustbein des Mannes und sah ihn zappeln. Der Jäger versuchte, das Seil festzuhalten, dann packte er mit beiden Händen die Klinge, als sich das Schwert am langsamen Genuß des reichen Marks seiner Seele ergötzte. Er versuchte sich vom Schwert abzustoßen, sich in das dunkle Wasser zu stürzen, das sich nun zwischen den beiden Schiffen zeigte, und einer Eingebung folgend löste Elric seinen Griff um Sturmbringer und sah mit tiefer Gelassenheit zu, als Schwert und Opfer hinabstürzten. Waffenlos setzte er seinen Aufstieg am Seil fort, schwang sich über die Zinnen und stellte fest, daß der klobige Vorturm zu einem außerordentlich schlank geschnittenen Fahrzeug gehörte. Das war ein Schiff, das auf Geschwindigkeit über der Oberfläche dieses eigenartigen Ozeans zugeschnitten war. Elric konnte große Ausleger erkennen, die sich wie die Glieder eines riesigen Wasserinsekts in die Finsternis krümmten.

Und dann kamen weitere Jäger aus einer Klappe im Verdeck empor; sie waren alle mit Krummsäbeln bewaffnet und schwelgten schon in der Vorfreude ihrer Schlächterei. Elric schalt sich im stillen einen Narren und wich zurück, während er nach einer Fluchtmöglichkeit suchte.

Die Jäger sahen wie Männer aus, die die Absicht hatten, ihre Arbeit zu genießen. Der erste hieb versuchsweise mit seinem Krummsäbel durch die Luft. Die breite gekrümmte Klinge pfiff durch die Schwüle.

Sie hatten Elric schon fast erreicht, als der Albino ein tiefes Knurren irgendwo über ihm vernahm und dachte, daß die Kröte den Turm unbemerkt erklommen hätte. Aber statt dessen sah er einen großen knurrenden Hund, silbern in der Dunkelheit schimmernd, der dem nächsten Jäger an die Kehle sprang und solange daran riß, bis sie nur noch blutiges Fleisch war, und dann mit triumphierend geblähten Nüstern aufsah, als die anderen Jäger flohen. Elric war es im Augenblick gleichgültig, woher sein Retter gekommen war. Er dankte dem Tier und blickte auf das Deck hinunter, um zu sehen, wie es seinen Gefährten erging. Er beobachtete, wie Charion einen Gegner niedermachte und ihren schönen Kopf zu einem hohen trillernden Schrei erhob.

Die wenigen noch lebenden Jäger rannten in blinder Panik zu den Seitenaufbauten; denn nun wälzte sich mit schmatzenden Lippen und glühenden Augen und trägem pfeifendem Atem der Kröterich über die Steuerbordreling, die sie für sich selbst einzunehmen gedacht hatten. Der Hund war verschwunden.

Khorghakh zögerte, als er an Bord war, seine Masse verbarg die Teile der Reling und der Decksklappen, und er neigte fragend den Kopf.

Irgendwo auf dem Chaos-Schiff konnte Elric Gaynors Stimme begeistert und voll ungewöhnlicher Aufregung ausrufen hören.

»Jetzt, Kröte! Jetzt, mein Liebling, jetzt kannst du fressen!«

Als später das, was von den Jägern noch übriggeblieben war, und ihr Schiff brennend auf der Schweren See zurückgelassen worden waren und Khorghakh mit riesigen Händen auf seinem geschwollenen Bauch in seinem Käfig schnarchte und Charion im Schneidersitz neben ihm saß, als ob sie durch die enorme Macht der Bestie getröstet würde, schritt Elric langsam über das Deck und suchte nach seinem Schwert.

Er hatte keinen Augenblick geglaubt, daß er die Klinge eingebüßt hatte, als er sie mit ihrem Opfer losgelassen hatte. Wenn er früher versucht hatte, sich Sturmbringers zu entledigen, war sie stets zu ihm zurückgekommen. Nun bedauerte er seine Torheit. Wahrscheinlich würde er sein Schwert noch benötigen. Aufgeregt setzte er seine Suche fort und fragte sich, ob die Klinge nicht durch einen übernatürlichen Einfluß gestohlen worden sein könnte.

In den Schatten des Schiffes suchte er weiter. Er wußte, daß die Klinge sich weigerte, von ihm getrennt zu sein. Er hatte in aller Gewißheit auf ihre Rückkehr gewartet. Aber auch die Scheide war verschwunden, und das legte einen Diebstahl nahe. Auch sah er sich nach dem Hund um, der ihm beigestanden hatte und ebenso plötzlich, wie er aufgetaucht war, wieder verschwunden war. Wem an Bord hatte ein solcher Hund gehört? Oder hatte er zu den Jägern gehört und sich wie die Kröte an seinen Unterdrückern gerächt?

Als er an der Kabine unter dem Vordeck vorbeiging, hörte er einen vertrauten Laut. Er kam aus Gaynors Kajüte – ein eigenartiges leises Stöhnen. Er war überrascht und zudem erneut beunruhigt wegen des Umfanges der Macht, die dem Prinzen der Verdammten zu Gebote stand. Kein Sterblicher hätte das nackte Schwert ungeschoren aufnehmen können, besonders wenn es erst vor kurzem so gewaltige psychische Energien in sich aufgenommen hatte!

Leise huschte Elric zu Gaynors Tür. Auf der anderen Seite herrschte nur noch Schweigen.

Die Tür war nicht verschlossen. Gaynor mißachtete jedwede Gefahr eines todbringenden Angriffs auf sein Leben oder seine Person.

Elric hielt eine Sekunde lang inne, bevor er die Tür aufstieß und sich einem Ausbruch von heulendem Licht, einem Kreischen und einem Zischen gegenübersah, und dann stand Gaynor vor ihm, rückte seinen Helm mit einer gepanzerten Hand zurecht und hielt das Runenschwert in der anderen. Die Runen auf der Klinge bebten und flüsterten, als ob das Schwert selbst begriff, daß das Unmögliche eingetreten war. Dennoch bemerkte Elric, daß Gaynor zitterte und daß er seine andere Hand auf das Heft des Runenschwertes legen mußte, um es ruhigzuhalten, obgleich seine Haltung scheinbar gelassen blieb.

Elric streckte die offene Hand nach der Klinge aus.

»Selbst Ihr, Prinz der Verdammten, könntet mein Runenschwert nicht ohne Folgen schwingen. Versteht Ihr nicht, daß die Klinge und ich eins sind? Wißt Ihr nicht, daß wir Brüder sind, dieses Schwert und ich? Und daß wir andere Verwandte haben, die wir nötigenfalls zu unserem Beistand herbeirufen können? Wißt Ihr nichts von den Eigenschaften der Schlachtklinge, Prinz?«

»Nur das, was ich in Legenden vernommen habe«, seufzte Gaynor in seinem Helm. »Ich würde sie gerne ausprobieren. Werdet Ihr mir Euer Schwert leihen, Prinz Elric?«

»Ich könnte Euch leichter eine meiner Gliedmaßen überlassen.« Der Albino machte erneut eine Geste, mit der er das Schwert zurückverlangte.

Prinz Gaynor zeigte sich widerwillig. Er betrachtete die Runen, er prüfte die Ausgewogenheit der Klinge. Und dann nahm er die Klinge wieder in seine gepanzerten Hände. »Ich befürchte nicht, daß Euer Schwert mich töten wird, Elric.«

»Ich bezweifle, daß es die Macht hat, Euch zu töten, Gaynor. Ist es das, was Ihr Euch davon versprecht? Es mag Eure Seele nehmen. Es mag Euch verklären. Allerdings bezweifle ich, daß es Euch Euren Wunsch erfüllt.«

Bevor er sie weitergab, legte Gaynor einen metallbekleideten Finger auf die Klinge. »Ist dies die Macht des Anti-Gleichgewichtes, frage ich mich?«

»Von solch einer Macht habe ich noch nichts gehört«, sagte Elric. Er schob die Scheide wieder in seinen Gürtel zurück.

»Man sagt, daß es eine Macht sei, die sogar noch ehrgeiziger als die Lords der Höheren Welten ist. Gefährlicher, grausamer, tüchtiger als alles andere, was das Multiversum kennt. Man sagt, daß die Macht des Anti-Gleichgewichts über die Mittel verfügt, die gesamte Beschaffenheit des Multiversums mit einem Streich zu ändern.«

»Ich weiß nur, daß das Schicksal mich und die Klinge aneinandergeschmiedet hat«, sagte Elric. »Unsere Schicksale sind dieselben.« Er warf einen Rundblick durch Gaynors spärlich eingerichtete Kajüte. »An großangelegten kosmischen Dingen habe ich wenig Interesse, Prinz Gaynor. Meine Sehnsüchte sind weit weniger übertrieben als die der meisten Personen, die ich in letzter Zeit getroffen habe. Ich suche nur die Antworten auf gewisse Fragen, die ich mir gestellt habe. Gerne wäre ich frei von sämtlichen Lords der Höheren Welten und ihren Machenschaften. Sogar vom Gleichgewicht.«

Gaynor wandte sich von ihm ab. »Ihr seid eine interessante Kreatur, Elric von Melniboné. Zum Dienst am Chaos schlecht geeignet, wie mir scheint.«

»Schlecht geeignet für die meisten Dinge, mein Herr«, sagte Elric. »Dem Chaos zu dienen ist lediglich eine Tradition meiner Familie.«

Gaynors Helm kam wieder herum und starrte grübelnd auf den Albino. »Ihr haltet es für möglich, Ordnung und Chaos zur Gänze zu verbannen – sie aus dem gesamten Multiversum zu verbannen?«

»Dessen bin ich nicht so sicher. Aber ich habe von Orten gehört, über die weder Ordnung noch Chaos Gewalt haben.« Elric achtete darauf, Tanelorn nicht zu erwähnen. »Ich habe auch von Welten gehört, auf denen das Gleichgewicht unangefochten herrscht …«

»Auch ich habe solche Orte gekannt. Ich lebte einst an einem davon …« Aus dem sich wandelnden Helm erklang ein schreckliches Kichern, dann eine Pause, als der Prinz der Verdammten langsam auf die andere Seite der Kabine ging und durch das Bullauge starrte.

Seine letzten Worte erklangen mit derart furchterregender Raserei, daß Elric, der darauf vollkommen unvorbereitet gewesen war, das Gefühl hatte, als ob er mit einem Stahl in die Lebensteile getroffen worden sei, der so unendlich kalt war, daß er seine Seele erreichte …

»Oh, Elric, ich hasse Euch mit einem so abgrundtiefen Haß! Ich hasse Euch für Eure beharrliche Lebensfreude! Für das, was ich einst war, und das, was ich hätte sein können, hasse ich Euch! Für das, was Ihr anstrebt, hasse ich Euch am meisten …«

Als er die Tür schloß, sah der Albino noch einmal zu der Gestalt Gaynors, und es kam ihm so vor, als ob die Rüstung, die den verdammten Prinzen umschloß, schon vor langer Zeit aufgehört hatte, ihn vor jenen Dingen zu beschützen, die er wahrlich fürchtete. Jetzt war die Rüstung zu nichts anderem als einem Gefängnis geworden.

»Und ich, Gaynor der Verdammte«, sagte er mit sanfter Eindringlichkeit, »ich für meinen Teil bemitleide Euch aus ganzer Seele.«

DAS VIERTE KAPITEL

Endlich Land! Ein gewisser Interessenskonflikt. Und über die Anatomie von Lykanthropen.

Leider muß ich sagen, Sir, daß in meiner eigenen Welt menschliches Vorurteil nur noch von menschlicher Dummheit übertroffen wird. Natürlich behauptet nicht eine Seele von sich, voreingenommen zu sein, da es wenige gibt, die sich als Narren bezeichnen würden…«, sprach Ernest Wheldrake zu dem grauen Steuermann, als sie am Morgen darauf sich zum Frühstück auf Deck unter einem bleiernen Himmel auf der Schweren See niedergelassen hatten und schwarzen Wellen zusahen, wie sie sich mit scheinbar unnatürlicher Behäbigkeit hoben und senkten.

Elric, der auf einem leidlich schmackhaften Stück Pökelfleisch herumkaute, bemerkte, daß dies im gesamten Multiversum auf die meisten Gesellschaften zuträfe.

Der Steuermann wandte seinen scharfen graugrünen Blick dem Albino zu, und bei seinen Worten zeichnete sich auf seinem Gesicht eine gewisse zurückhaltende Erheiterung ab. »Ich habe ganze Sphären gesehen, in denen Vernunft und Freundlichkeit, Achtung vor sich selbst und vor anderen gemeinsam mit kraftvollen intellektuellen und künstlerischen Strömungen existierten – und in denen die Welt des Übernatürlichen eine bloße Metapher darstellte…«

Darauf lächelte Wheldrake. »Selbst in meinem Engeland, Sir, war derartige Vollkommenheit selten anzutreffen.«

»Ich sagte nicht, daß Vollkommenheit häufig vorkam«, murmelte der graue Mann, und er hob seinen kräftigen alten Körper von der Bank, um den grün-schwarzen Himmel auszuspähen und seine langen Glieder zu recken und sich die Lippen zu lecken und in den Wind zu schnüffeln und sich zum Bug und zur Kröte zu wenden, deren schläfriges Bellen den allmählich wach werdenden Passagieren wie Wutschreie vorkam. »Dort ist ein Komet!« Er deutete mit einem wackelnden Finger nach oben. »Er bedeutet, daß ein Prinz den Tod gefunden hat.« Einen Augenblick lang lauschte er, bis er, auf geheimnisvolle Weise zufriedengestellt, sich munter seinen Pflichten zuwandte.

»Wo ich einst lebte«, erklang die Grabesstimme von Gaynor dem Verdammten, als er von seiner Kabine an Deck stieg, »sagte man, wenn ein Komet starb, daß ein Dichter den Tod gefunden hatte.« Er ließ einen schimmernden Handschuh auf Wheldrakes widerstrebende Schulter fallen. »Sagt man das auch dort, woher Ihr kommt, Meister Wheldrake?«

»Wie ich sehe, Sir, seid Ihr heut morgen unwirscher Laune«, sagte Wheldrake gelassen; sein kalter Zorn überwog seine Furcht. »Haben sich die Verdauungsstörungen Eurer Kröte auf Euch übertragen?«

Gaynor zog seine Hand zurück und nahm den Rüffel des kleinen Mannes zur Kenntnis. »Ei, ei, mein Herr! Einige Prinzen sind erpichter auf den Tod als andere. Und wie wir wissen, Dichter auf das Leben. Lady Charion.« Eine Verneigung schien seinen Helm in zornige Flammen zu hüllen. »Prinz Elric. Ah ja! Und Meister Snare...«, denn der graue Steuermann kam eilends von seinem Posten zurück.

»Ich hatte Euch schon gesucht, Prinz Gaynor. Wir hatten eine Vereinbarung.«

»Für Euch gibt es keine Hoffnung«, sagte Gaynor der Verdammte und trat einen Schritt vor, vielleicht aus Mitleid. »Sie ist tot. Sie starb, als die Kirche einstürzte. Ihr müßt Eure Braut nun im Limbus suchen, Esbern Snare.«

»Ihr verspracht mir, daß Ihr mir sagen würdet ...«

»Ich versprach, daß ich Euch die Wahrheit sagen würde. Und die Wahrheit ist es, die ich Euch gesagt habe. Sie ist tot. Ihre Seele erwartet Euch.«

Der graue Steuermann senkte den zottigen Kopf. »Ihr wißt, daß ich nicht zu ihr gelangen kann! Ich habe mein Recht auf das Leben nach dem Tod verwirkt! Und dafür, der Himmel stehe mir bei, habe ich mich den Untoten angeschlossen ...« Mit diesem plötzlichen Gefühlsausbruch eilte Esbern Snare zum Vordeck zurück und erklomm die Takelage, um blind in den siedenden Horizont zu starren.

Worauf Gaynor der Verdammte ein Geräusch ausstieß, das wie ein Seufzer klang, und Elric verstand, warum zwischen dem Steuermann und dem todlosen Prinzen ein Verwandtschaftsgefühl bestand.

Wheldrake jedoch lachte seltsam erfreut laut auf und schlug mit der flachen Hand auf den Frühstückstisch, wodurch das gekochte Gemüse unbetrauert aus der Tasse auf die Tischdecke schwappte. »Beim Himmel, Sir, das ist Esbjörn Snorre, nicht wahr? Jetzt habe ich Eure Aussprache raus – und seine, wie ich bemerke. Ich erhebe keine Ansprüche. Schließlich sind wir alle recht dankbar für die einzigartige Telepathie, die uns so häufig mit Überlebensmöglichkeiten in ausgesprochen unfreundlichen sozialen Bedingungen ausgestattet hat – der guten Mutter Natur sollten wir einige nördliche Akzente nicht verdenken –, wohl als gewisse heitere Entlastung in ihrer immer wachen Sorge um unsere fortgesetzte Existenz. Erstaunlich, Sir, wenn man es sich recht überlegt.«

»Ihr habt vom Steuermann gehört?« griff Lady Charion die im wesentlichen verständlichen Teile seiner Rede auf.

»Ich habe von Esbern Snare gehört. Aber seine Geschichte endete glücklich. Er bewog durch Schliche einen Troll dazu, ihm eine Kirche zu erbauen, in der er seine Braut heiratete. Die Frau des Trolls verriet den Namen des Trolls und entband dadurch Esbern Snare von seinen Verpflichtungen. Man sagt, daß das Klagegeheul der Trollfrau immer noch unter dem Ullshoihügel vernommen werden kann. In meinen Norwegischen Gesängen habe ich darüber eine Art Ballada geschrieben. Die natürlich von Whittier ausgeschlachtet wurde, doch darüber brauchen wir kein Wort mehr zu verlieren. Zweifellos benötigte er das Geld. Dennoch ist ein Plagiat nur unehrenhaft, falls die dadurch verdiente Münze weniger wert ist als die, die man gestohlen hat.«

Erneut versuchte Charion wacker, das Wesentliche zu erfassen:

»Ihr sagt, daß er glücklich geheiratet hat? Aber ihr hörtet doch, was Gaynor sagte?«

»Zu der ursprünglichen Geschichte scheint es eine Fortsetzung zu geben. Ich weiß nur von dem erfolgreichen Schwindler. Jede darauffolgende Tragödie ist in der Folklore meiner Tage vergessen worden. Wißt Ihr, manchmal kommt es mir so vor, als sei ich in einem Traum, in dem alle Helden und Heldinnen, Schurken und Schurkinnen meiner Verse zum Leben erwacht sind, um mich heimzusuchen, sich mit mir anzufreunden, um mich zu einem der Ihren zu machen. Schließlich darf ein Mann nur selten darauf hoffen, Kumpane zu finden, die einen so krassen Gegensatz zu Putney finden …«

»Also wißt Ihr nicht, warum Esbern Snare sich an Bord dieses Schiffes befindet, Meister Wheldrake?«

»Nicht mehr, als Ihr, meine Lady.«

»Und Ihr, Prinz Elric?« Sie erweckte die flüchtige Aufmerksamkeit des Albinos. »Wißt Ihr um seine Geschichte?«

Elric schüttelte den Kopf.

»Ich weiß nur«, sagte er, »daß er ein Gestaltwandler ist und als Mensch von seltener Güte und Vernunft zu jenen allerverfluchtesten Seelen gehört. Stellt Euch die Qualen vor, die er leidet!«

Selbst Wheldrake neigte wie als Zeichen seiner Hochachtung den Kopf. Denn es gibt nur wenige Schicksale, die schrecklicher sind, als das der Unsterblichen, die kraft der tiefgründigsten Logik der Natur von jenen unsterblichen Seelen getrennt sind, denen sie im Leben zugetan sind. Sie können nur den Schmerz des Todes erfahren, jedoch nie die Ekstase des ewigwährenden Lebens. Ihre Vergnügungen und Vergünstigungen sind kurzlebig, ihre Qual dauerhaft.

Und dies ließ Elric an seinen Vater denken, der in der zeitlosen Zerstörung von Imrryrs Vorgängerstadt verharrte; getrennt von seiner einzigen dauerhaften Liebe durch seine Bereitschaft, mit seinem Schutzdämon zu schachern – ihn sogar zu betrügen –, um ein wenig mehr an unverdienter Macht auf Erden zu erlangen.

Der Albino fand sich in tiefsinnige Gedankengänge über die Beschaffenheit aller unheiligen Pakte verstrickt, über seine eigene Abhängigkeit vom Höllenschwert Sturmbringer, über seine Bereitschaft, übernatürliche Hilfe herbeizurufen, ohne an spirituelle Folgen für sich selbst zu denken, und, was vielleicht am wichtigsten war, über seinen Mangel an Bereitschaft, nach einem Weg zu suchen, sich von der verführerischen Anziehung des Okkulten zu befreien; denn in seinem sonderbaren Verstand gab es einen Teil, der neugierig darauf war, dem eigenen Schicksal zu folgen, um zu erfahren, welchen verheerenden Abschluß es finden würde – er mußte das Ende der Saga erfahren: Vielleicht den Wert seiner Qual.

Elric bemerkte, daß er an der Kröte vorbei zum Vordeck gewandert war, sich mit dem Rücken gegen den kupferbeschlagenen Bugsprietaufbau lehnte und zum Steuermann hinaufstarrte, der immer noch reglos in der Takelage hing.

»Wohin reist Ihr, Esbern Snare?« fragte er.

Der graue Mann legte den Kopf schief, als ob er einen fernen, jedoch vertrauten Pfiff hörte. Dann richteten sich seine grüngrauen Augen auf den roten Blick des Albinos, ein tiefer Atemzug entwich ihm, und eine Träne rollte über seine Wange.

»Nun nirgends«, sagte Esbern Snare. »Nun nirgends, mein Herr.«

»Werdet Ihr Euren Dienst bei Gaynor fortsetzen?« fragte Elric. »Selbst wenn Land in Sicht kommt?«

»Bis ich mich zu anderem entscheide, mein Herr. Wie Ihr selbst feststellen werdet. Vor uns liegt Land, nicht weiter als eine Meile entfernt.«

»Ihr könnt es sehen?« fragte Elric überrascht und versuchte den wirbelnden Dunst der Schweren See mit den Blicken zu durchdringen.

»Nein, mein Herr«, sagte Esbern Snare. »Aber ich kann es riechen.«

Und tatsächlich war bald Land zu sehen. Land, das sich aus dem trägen, schrecklichen Wasser der Schweren See erhob; ein Land wie ein erwachtes Ungeheuer, ein zorniger Schatten aus scharfen Kanten und zackigen Spitzen; Klippen aus schwarzem Marmor; Strände aus Kohlen und schwarze Brecher, die sich wie der Rauch der Hölle auf das stöhnende Ufer ergossen...

Ein so ungastliches Land, daß die Reisenden, die es jetzt erblickten, alle ziemlich einhellig derselben Meinung waren, daß die Schwere See weniger unerfreulich sei; und Wheldrake war es, der vorschlug, daß sie weitersegelten, bis sie eine zugänglichere Insel fänden.

Doch Gaynor schüttelte den flackernden Helm und hob die leuchtende Faust und legte die stählerne Handfläche auf die schlanken Schultern von Charion Phatt. »Du sagtest mir, Kind, daß die anderen Phatts hier seien. Haben sie die Schwestern gefunden?«

Langsam schüttelte die junge Frau den Kopf. Ihr Gesicht war ernst, und ihre Augen schienen in eine andere

Wirklichkeit zu schauen. »Sie haben die Schwestern nicht gefunden.«

»Aber sie – und die Schwestern – sind hier?«

»Dahinter – jawohl – dort...« Ihr Mund erschlaffte ein wenig, als sie den Kopf hob und auf die massigen Klippen deutete, die der schwarze Schaum bespritzte. »Aye – dort – und dort gehen sie – aber – oh, Onkel! Ich sehe es! Die Schwestern reiten weiter. Aber Onkel? Wo ist Großmutter? Die Schwestern wenden sich gen Osten. Es liegt in ihrer Natur, stets ostwärts zu ziehen. Sie gehen nach Hause.«

»Gut«, sprach Gaynor in tiefer Befriedigung. »Wir müssen eine Stelle finden, an der wir landen können.«

Und Wheldrake meinte zu Elric, daß er das Gefühl habe, Gaynor wäre willens, sie alle Schiffbruch erleiden zu lassen, um landen und seine Suche fortsetzen zu können.

Und doch lief das Schiff schließlich an dem schwarzen salzigen Strand auf Grund, auf den sich die träge Flut rollte und ebenso behäbig wieder zurückglitt.

»Das«, sagte Wheldrake mißmutig, als er sich seinen Gehrock um die magere Brust schürzte und storchbeinig durch die seichten Fluten schritt, »ist wie eine Art Kleister. Wodurch wird dies verursacht, Meister Snare?«

Mit seinem Bündel unter dem Arm hob Esbern Snare seine langen Beine durch die Flüssigkeit. »Nichts anderes«, sagte er, »als eine geringfügige Verzerrung im Gefüge der Zeit. In dieser bestimmten Sphäre ist das nichts Ungewöhnliches. In meiner eigenen kam es selten vor. In der Nähe des Nordpols fand ich eine kleinere – wenige Fuß im Durchmesser. Das muß etwa, glaube ich, zur Wende Eures Jahrhunderts gewesen sein, Meister Wheldrake.«

»Welchen Jahrhunderts, Sir? Ich bin in mehreren zu Hause. Man könnte sagen, daß ich zeitlos bin. Vielleicht ist mir mein eigenes ironisches Verhängnis zugeteilt worden, haha!«

Esbern Snare sprang nun voraus an den Strand, wo sich in der Marmorwand ein großer Riß aufgetan hatte und durch die zackige Öffnung ein Keil wäßrig-goldenen Lichtes fiel. »Ich glaube, das ist unser Aufgang zum Klippenrand«, sagte er.

Er steckte sich sein Bündel zwischen die Zähne und machte sich ans Klettern – seine langen Glieder schienen für den Weg von einer Felskante zur nächsten, den er sich erwählt hatte, wie geschaffen zu sein – eine große graue Spinne, die den Felsen hinaufhuschte und erst hier einen Vorsprung fand, dann dort einen weiteren, bis er für die anderen einen Weg markiert hatte, einen leichten Weg, um vom Strand bis zum Klippenrand emporzuklimmen. Nacheinander stiegen sie hinauf, Elric als letzter. Auf Gaynors Befehl setzten die Matrosen bereits wieder die Segel und führten das Schiff auf das Wasser zurück, während vom Vordeck das Heulen und Stöhnen einer gerade erwachten Kröte ertönte, die erst jetzt erkannte, daß ihr Geliebter vielleicht für immer fortging.

Bald standen sie alle am Rand der Klippe und versuchten, unter sich das Meer auszumachen, aber die sich zusammenziehenden schwarzen Wolken verbargen die Schwere See vor ihren Blicken, und alles, was sie zu hören vermochten, waren die unheimlichen Wellen, die am Strand scheuerten und immer schwächer erklangen, als ob sich die Szenerie nach unten von ihnen fort zurückzöge – oder als ob die Klippe in die Höhe stiege.

Elric drehte sich um. Sie befanden sich jetzt oberhalb der Wolkengrenze, und das Atmen fiel leichter. Vor ihnen erstreckte sich eine flache Ebene aus leuchtendem Gestein – ein riesiges Marmorfeld, in dem da und dort kleine Lichter aufflackerten, als ob sich dort Geschöpfe befänden, deren Beschaffenheit von einer derartigen Dichte war, daß sie im Marmor lebten wie wir im Sauerstoff und darunter ihren häuslichen Tätigkeiten nachgingen.

Esbern Snare verlieh seinen eigenen Ur-Ängsten Ausdruck. »Das sieht wie Trolland aus«, sagte er. »Bin ich so weit gereist, um die Gastlichkeit Trollheims erdulden zu müssen? Welche Ironie das wäre.«

Gaynor brachte ihn zum Schweigen. »Wenn wir alle herumstünden, um die Absonderlichkeiten unserer einzelnen Verhängnisse zu beklagen, meine Herren, dann würden wir hier auf ewig stehen. In Anbetracht dessen, daß mindestens zwei aus unserer Gesellschaft unsterblich sind, dürfte sich dies als einzigartig ermüdend erweisen. Esbern Snare, Euch heiße ich, weder zu plärren noch andere hörbare Zeugnisse Eurer Seelenqual abzulegen.«

Und der graue Steuermann runzelte die Stirn; vielleicht war er gelinde überrascht ob einer Anklage, die seiner Meinung nach besser auf den Ankläger gemünzt gewesen wäre. Gaynor jedoch gab nichts dergleichen zu. Aus der bunt zusammengewürfelten Gruppe war er der einzige, der nicht gewillt war, anderen jene Toleranz zukommen zu lassen, nach der er sich sehnte, jene Toleranz, wie sie durch die erhabene Gerechtigkeit des Kosmischen Gleichgewichts verkörpert wurde, das er abgeleugnet hatte. Es schien, daß er sich in zunehmendem Maße verängstigt und ungeduldig zeigte, vielleicht weil er vor ihnen Geheimnisse verbarg – ein Wissen aus früheren Tagen um dieses Land und seine Bewohner? Derweil verfiel er in Schweigen und sprach sie nicht mehr an, bis endlich die mitleidlose Härte des Marmors von Erde abgelöst wurde, dann von Gras, und das Land sich zu einem überraschend lieblichen Tal neigte, durch das sich ein Bach schlängelte und dessen Hügel von allen Arten dicht wachsender Winterbäume bedeckt war. Dennoch gab es keinerlei Anzeichen von Besiedelung, und als sie die pfadlosen Hänge in das Tal hinabstiegen, wurde die Luft stetig kälter, bis sie dankbar für die zusätzliche Kleidung waren, die sie in ihrem Gepäck mit sich führten.

Nur Esbern Snare verzichtete darauf, seine zusammengeschnürte Kleidung zu lösen und sie sich überzuwerfen. Statt dessen zog er das Bündel enger an seine Brust, als ob er bedroht sei. Und erneut empfand Elric ein gewisses Verständnis für den grauen Mann, der erst heute den letzten Rest seiner Hoffnung verloren hatte.

In dieser Nacht schlugen sie in einem Kiefernhain ihr Lager auf, ein großes Feuer brüllte gegen die bittere Kälte an, und ein großer silberner Mond erschien nahezu unerwartet über ihnen am klaren Winterhimmel und warf tiefe Schatten zwischen die Bäume – Schatten, die einen stillen Kontrast zu den springenden, unruhigen Schatten des Feuers wirkten.

Das Feuer, angefacht durch einen günstigen Fund toten Holzes, war bald so heiß geworden, daß Elric, Charion und Wheldrake sich etwas weiter zurückziehen mußten, sonst wären sie im Schlaf versengt worden. Nur Esbern Snare und Gaynor der Verfluchte blieben im Feuerschein zurück, der graue traurige Mann und der übernatürliche Prinz in der fragwürdigen Rüstung – zwei verdammte Unsterbliche, die versuchten, ihre Seelen gegen die Kälte der ewigen Nacht zu wärmen; Kreaturen, die die Flammen der Hölle ihren gegenwärtigen Leiden vorgezogen hätten, die sich nach einer anderen Realität sehnten, wie sie sie einst gekannt hatten, in der das Leid verbannt war und Männer und Frauen selten in Versuchung waren, ihren Seelenfrieden gegen die grellen Schätze und gierigen Gelüste des Okkulten einzutauschen.

»Wie schön«, sagte Charion fast als Antwort auf diese Gedanken, »ist doch ein Schmetterlingsflügel. Der Reichtum der Natur einer Rose übereignet. Kennt Ihr das, Meister Wheldrake?«

Der Dichter gestand, daß es nicht in seinem Repertoire sei. Er dachte über das Versmaß nach. Er fragte sich, ob es für diese Stimmung die beste Wahl sei.

»Ich glaube, ich sollte jetzt schlafen«, sagte sie mit leisem Bedauern in der Stimme.

»Schlaf ist in meinem Werk ein bevorzugtes Thema«, stimmte er zu. »Daniels Sonett darüber ist exzellent. Zumindest akademisch gesehen. Kennt Ihr es?

Schlaf, Bannwirker des Friedens, Sohn der
    schwarzen Nacht,
Bruder des Todes, in stummer Finsternis
    auf die Welt gebracht,
Lindere meine Bürde, bring das Licht zurück,
Kehr wieder, bringe dunkles Vergessen meiner Last
Und laß den Tag die Zeit des Trauerns sein
Um Jugend, die in Schande ich vertan.«

Er zitierte weiter, während ein leichter kalter Wind durch die Bäume strich, und bald schlossen sich seine Schnarchlaute sanft und unauffällig denen der anderen an...

Mit der Morgendämmerung war auch etwas Schnee heraufgezogen. Während die meisten Reisenden bibbernd ihr Pech verfluchten, öffnete Esbern Snare den Mund und sog seinen Geruch ein, leckte sich über die Lippen, um ihn zu schmecken; sein Gang zeugte von neuer Frische, als er sich an die Zubereitung des Frühstücks machte. Doch schon gab es Streit, als Gaynor ausrief: »Erinnert Ihr Euch nicht an einen Handel, der zwischen uns abgeschlossen wurde, meine Dame? Einen Handel, den Ihr selbst vorgeschlagen habt?«

»Einen Handel, der nun sein Ende findet, mein Herr. Ihr habt Euch meiner in mehrfacher Hinsicht bedient. Nun werde ich wieder meine eigene Herrin. Ich brachte Euch hierher, und hier sollt Ihr auch Eure Schwestern finden, doch ohne meine Hilfe!«

»Unsere Interessen sind dieselben! Eine Trennung

wäre Torheit!« Prinz Gaynors Hand lag auf dem Knauf seines Breitschwertes, als ob er sie bedrohen würde, wenn sein Stolz dies gestattet hätte. Er war der Überzeugung gewesen, daß die ihm innewohnende Macht ausgereicht hätte, um sie zu überzeugen, und dies zeigte sich in jeder unterdrückten Körperbewegung, jeder mißlaunigen Stimmnuance. »Eure Familie wird die Schwestern finden. Das müssen sie früher oder später. Wir befinden uns auf der gleichen Suche!«

»Nein«, schrie Charion. »Aus irgendeinem Grunde – der mir nicht offenbar wird – gehen die Schwestern in diese Richtung, mein Onkel jedoch schlägt jene ein – und meinem Onkel, mein Herr, muß ich folgen!«

»Ihr erklärtet Euch bereit, die Schwestern gemeinsam mit uns zu suchen.«

»Das war, bevor ich wußte, daß mein Vater und meine Großmama in Gefahr sind. Ich gehe zu ihnen. Ganz ohne Frage, mein Herr, gehe ich zu ihnen!«

Und damit stürzte sie durch die Bäume davon, verabschiedete sich von niemandem, fegte den Schnee von den Zweigen, an denen sie vorbeirannte, ihr Atem dampfte, und ihr drahtiger Körper wurde immer schneller, als ob sie keine Zeit mehr zu verlieren hätte.

Wheldrake sammelte seine Bücher und Habseligkeiten zusammen und rief ihr hinterher, sie solle auf ihn warten. Er würde sie begleiten! Bei diesem Abenteuer brauchte sie einen Mann, sagte er. Seine eigene Verabschiedung geschah hastig und wurde nicht vollendet, als er den Spuren seiner Geliebten hinterherjagte und ein kaltes und plötzliches Schweigen hinter sich ließ, als über der Asche des glimmenden Feuers die drei dem Untergang geweihten Männer sich in unsicherem Gefährtentum ansahen.

»Werdet Ihr mit mir die Schwestern suchen, Elric?« fragte Gaynor schließlich. Seine Stimme klang jetzt ruhiger, fast gedemütigt.

»Die Schwestern haben das, was ich benötige, also

muß ich sie aufsuchen, um sie darum zu bitten«, sagte Elric.

»Und Ihr, Esbern Snare?« fragte Gaynor. »Bleibt Ihr noch bei uns?«

»An Euren geheimnisvollen Schwestern habe ich kein Interesse«, sagte Esbern Snare, »falls sie nicht das zu meiner Erlösung Notwendige mit sich führen.«

»Offenbar haben sie zwei begehrte Dinge bei sich«, sagte Elric und legte eine freundliche Hand auf die Schulter des grauen Mannes, »vielleicht haben sie dann auch ein drittes für Euch.«

»Nun gut«, sagte Esbern Snare. »Ich werde mich Euch morgen anschließen. Geht Ihr gen Osten?«

»Die Spuren unserer Schwestern führen stets gen Osten, wie wir erfahren haben«, sagte Gaynor.

Also traten die drei – hochgewachsene Gestalten, hager wie Winterwiesel – ihre Reise gen Osten an, sie stiegen die Steilhänge des Tales hinauf, durch froststarre Hügel zu einer alten Bergkette, deren brüchiges Granit unter ihren Füßen zusammenzufallen drohte, während der Schnee nun schwerer fiel und sie Eis zerkleinern mußten, um Wasser zu gewinnen, was ihnen nur zur Mittagszeit erspart blieb, wenn die schwache Sonne es zum Schmelzen brachte und breite Silberbahnen sich durch die funkelnden weißen Eisscherben zogen.

Gaynor verharrte weiter in mürrischem Schweigen, derweil Esbern Snare, der ihnen häufig vorausrannte, immer wachsamer wurde, als ob er sich seinem heimischen Element nahe fühle. Und während der ganzen Zeit ließ er sein Bündel keinen Augenblick aus seiner Nähe, ob er nun schlief oder aß, so daß eines Tages, als sie sich langsam oberhalb einer tiefen Schlucht bewegten, die schneegefüllt so etwas wie einen Gletscher ergab, unterhalb dessen ein wilder Strom durch Höhlen und Tunnel floß, den er durch das Eis geschnitten hatte, Elric ihn fragte, warum er dieses Ding so hoch schätzte. War es vielleicht eine Art Pfand?

Sie hatten auf dem schmalen Pfad, der kaum so breit wie ihre Füße war, angehalten, um Atem zu schöpfen, doch Gaynor war unermüdlich weitermarschiert und beachtete die Tiefe und Steilheit der Schlucht offenbar nicht.

»In gewisser Hinsicht ist es ein Schatz, mein Herr!« Esbern Snare stieß ein freudloses Lachen aus. »Denn ich muß es bewahren, wie ich nichts sonst bewahre. Wie ich, wenn Ihr so wollt, mein eigenes Leben bewahre. Meine Seele hat, wie ich befürchte, nur noch bescheidenen Wert, sonst würde ich sie ebenfalls anführen.«

»Dann ist es Euch in der Tat kostbar«, sagte Elric. Er unterhielt sich hauptsächlich, um seinen Gram über den Verlust der Gesellschaft Wheldrakes zu verdrängen, als ob ein Teil von ihm – der Teil, der sich am Leben und an menschlicher Liebe ergötzte – ihm verboten, von ihm verbannt sei. Er empfand sich als so froststarr wie der Gletscher unter ihm, mit einem Strom, der ihn durchraste, unfähig, sich in jener Hinsicht auszudrücken, die ihm am meisten am Herzen lag – die gewöhnliche Art und Weise, die Welt zu lieben und die Freuden, die sie bot. Vielleicht ermangelte es ihm an den sprachlichen Feinheiten, die dazu nötig waren, seine Stimmungen passend abzuändern, und doch verstand er besser als alle anderen, daß die Sprache selbst den vollkommenen und vielleicht den einzigen ehrenhaften Weg darstellte, sich sein Recht auf Achtung unter den Bewohnern der natürlichen Welt, die wiederum er achtete, zu erwerben. Dennoch geschah es eher durch Taten denn durch Worte, daß er seine unausgesprochenen Ziele zu verwirklichen trachtete. Gedankenlose Taten, blinde Romantik hatten ihn dazu gebracht, alles zu vernichten, was ihm teuer war, und Verständnis hatte er allein dadurch gesucht, indem er nur Taten beging, die andere ihm nahelegten, indem er dem Gewerbe anderer verarmter melnibonéischer Adeliger, dem des Söldners, nachging – eines Söldners von außerordentlichen Erfolgen und Begabungen. Selbst seine jetzige Suche war nicht von ihm geplant worden. In seinem tiefsten Inneren erkannte er, daß er sich alsbald nach förderlicheren Mitteln umsehen mußte, das zu erreichen, was er mit der Brandschatzung der Träumenden Stadt und der Vernichtung des Strahlenden Kaiserreiches von Melniboné zu erreichen versucht hatte. Bisher hatten sich seine Bemühungen hauptsächlich auf die Vergangenheit ausgerichtet. Doch dort lagen keine Antworten. Nur Beispiele, die schwerlich zu seiner augenblicklichen Verfassung paßten.

Ein langes Schweigen trat ein, als die beiden Männer nebeneinander auf dem schmalen Pfad standen und über die Schlucht zur anderen Seite auf die leblose Landschaft starrten, in der weder Vogel noch Hase zu sehen war, als ob die Zeit, durch die Schwere See ohnehin schon verlangsamt, hier fast zum Stillstand gekommen sei, und das Donnern des Wassers unter dem Eis schien leiser zu werden und nur das stete Geräusch ihres Atems bestehen zu lassen.

»Ich liebte sie«, sagte der graue Mann plötzlich, und seine Brust bebte, als ob er von etwas Schwerem getroffen worden wäre. Kurzes weiteres Schweigen, als ob er ertränke, und dann beruhigte sich sein Verhalten wieder. »Sie hieß Helva von Nesvek, Tochter des Fürsten von Nesvek, und war unter allen Sterblichen die Schönste und Fraulichste in all ihrem Witz und ihrer Kunst, ihrer Anmut und ihrer Milde; es gab keine heiligmäßigere oder natürlichere Frau (in natürlichen Dingen) als meine Helva. Nun, ich entstammte einem guten Hause, war aber nicht so reich wie Fürst Nesvek, und der große Fürst selbst hatte verkünden lassen, daß die Hand seiner Tochter jenem gehören solle, der vor dem Antlitz Gottes am würdigsten sei. Ich erkannte, daß laut Fürst Nesveks Ansicht Gott dazu neigte, jene, die vor seinem Antlitz am würdigsten waren, mit weltlichen Reichtümern zu segnen, und laut Nesveks Fürsten war dies die rechte Ordnung der Dinge. Daher wußte ich, daß ich die Hand meiner Helva nicht erringen konnte, obgleich sie mich schon erwählt hatte. Ich entsann den Plan, mir übernatürliche Hilfe zu suchen, und, um es kurz zu machen, schloß einen Pakt mit einem Troll; danach sollte der Troll mir eine schöne Kathedrale errichten – die schönste in den Ländern des Nordens –, wohingegen ich nach Vollendung des Gebäudes den Namen des Erbauers herausgefunden haben mußte oder andererseits Augen und Herz an ihn verlieren würde. Nun, durch einen glücklichen Zufall belauschte ich die Frau des Trolls, wie sie ihrem kleinen Kind etwas vorsang und ihm erzählte, daß er doch nicht weinen solle, denn bald käme Fine, sein Vater, nach Hause und brächte ihm Augen und Herz eines Menschen zum Schmaus.

So erreichte ich mein Ziel, und Fürst Nesvek war es natürlich unmöglich, sich einem Freier zu verweigern, der Gott eine so großartige Gedenkstätte zu offensichtlich so außerordentlichen Kosten errichtet hatte.

In der Zwischenzeit wurde natürlich die arme Trollfrau, die Ursache meiner Errettung, von ihrem erzürnten Ehegespons regelmäßig verdroschen, und ich machte mich an die Errichtung meines Hofes, der etwa eine Meile von Kallundborg entfernt lag, wo ich die Kirche errichtet hatte und nun vom Turm meines neuen Hauses ihre Spitze sehen konnte. Die Bauarbeiten verliefen auch ohne trollischen Beistand gut, und bald war die Halle fertig, und schöne Außengebäude und Hütten für die Diener schlossen sich dank der Mitgift meiner Helva auf bestem Land an. Es schien, daß für uns alles zum besten stand. Bis im folgenden Winter, während wir uns daran machten, die langen Nächte mit Festlichkeiten und Geschichten und allen möglichen Lustbarkeiten zu verschönen, sowie uns mit der harten Arbeit der Wintervorsorge plagten, der Wolf ins Land kam. Letzteres fiel uns eben wegen des Wolfes schwerer. Der Wolf war eine große Bestie, zweimal so lang und so schwer wie ein großer Mann, und hatte auf seiner Suche nach Nahrung Hunde, Vieh, Schafe und ein Kind gerissen. Nur wenige Knochen waren gefunden worden, und jene waren bis zum Mark abgenagt, als ob der Wolf auch noch Junge zu füttern hätte. Was wir angesichts des Mittwinters als seltsam befanden, allerdings hat man auch schon Wölfe gesehen, die mehr als einen Wurf im Jahr hatten, besonders nach einem milden Winter und einem frühen Frühling. Dann tötete der Wolf das schwangere Weib meines Truchsesses und trug von dannen, was wir nicht an Überresten in dem flachen Loch finden konnten, in dem er sich ausgeruht hatte, während er das Fleisch verzehrte, das er benötigte, um seine rasche Flucht vor uns fortzusetzen. Denn natürlich nahmen wir die Verfolgung auf.

Einer nach dem anderen gaben die anderen Männer aus verschiedenen Gründen auf, die der Truchseß und ich verständnisvoll anerkannten, und dann folgten nur noch wir beide den Spuren des Wolfes in eine tiefe bewaldete Schlucht, bis eines Nachts der Wolf über die Feuer sprang, die wir um einer trügerischen Sicherheit willen errichtet hatten, und meinen Truchseß riß – ihn tötete, bevor er ihn durch die Feuer davonschleifte, als seien sie gar nicht vorhanden.

Ich gebe zu, Prinz Elric, daß ich geradezu starr vor Schrecken war! Obwohl ich Pfeile auf die Bestie abgeschossen und ihr mit meinem Schwert Schnitte versetzt hatte, hatte ich sie dennoch nicht verletzt. Die von mir geschlagenen Wunden verheilten augenblicklich. Dann – und erst dann, mein Herr – wußte ich, daß ich es mit keinem natürlichen Tier zu tun hatte.«

Eine Zeitlang schob sich Esbern Snare zollweise den Pfad entlang, um sein Blut weiter zum Kreisen zu bewegen und in der Hoffnung darauf, vor Einbruch der Nacht einen besseren Durchgang zu finden. Als sie das nächste Mal Atem schöpften, brachte er seine Erzählung zum Abschluß:

»Ich blieb der Bestie weiter auf der Spur, obwohl ich glaube, daß sie sich von Verfolgern frei wähnte – vielleicht sogar meinen Truchseß mit Absicht getötet hatte, nicht etwa aus Hunger, sondern um uns loszuwerden. Tatsächlich fand ich einen Tag später die meisten seiner Überreste und stellte überrascht fest, daß offenbar ein menschlicher Reisender die Sachen des Toten an sich genommen haben mußte; allerdings waren die Kleider natürlich zu zerfetzt und blutdurchtränkt, um noch von Nutzen zu sein.

Ich wurde so wütend und dürstete so sehr nach Rache, daß ich nicht mehr schlafen konnte. Unausgeruht und dennoch frei von Erschöpfung behielt ich die Verfolgung bei, bis ich eines Nachts unter einem Dreiviertelmond auf ein Menschenlager stieß. Eine Frau hatte dort ihr Lager aufgeschlagen. Ich beobachtete sie aus dem Schutz der Bäume heraus, zu argwöhnisch, um mich zu erkennen zu geben, aber zu ihrer Verteidigung bereit, sollte der Wolf sie angreifen. Zu meinem Unbehagen sah ich, daß sie zwei kleine Kinder bei sich hatte, einen Jungen und ein Mädchen, die mit einer Zusammenstellung aus Tierhäuten und anderen verschiedenen Kleidungsstücken angetan waren und Suppe aus einem Topf aßen, den sie über dem Feuer aufgestellt hatte. Die Frau sah müde aus, und ich mutmaßte, daß sie vor einem gewalttätigen Ehemann auf der Flucht war oder daß ihr Heimatdorf von Plünderern vernichtet worden war – denn wir befanden uns im Grenzland zwischen dem Nordvolk und den Ostlingen, jenen grausamen Heiden, die weder Christenreligion noch heidnische Ehrbarkeit kennen. Dennoch hielt mich etwas immer noch zurück. Schließlich begriff ich, daß ich sie als Lockvogel benutzte – als Köder für den Wolf. Nun, jedenfalls kam der Wolf nicht, und während meines Spähens nahm ich alles innerhalb des Lagers auf, bis ich die große Wolfshaut sah, die an dem Baum hing, unter dem sie und ihre Kinder schliefen, und das hielt ich für eine Art Zauber, vermittels dessen dem Wolf irgendwie Widerstand geleistet werden konnte. Also beobachtete ich sie einen weiteren Tag und eine weitere Nacht und folgte der Frau in Richtung des fernen Gebirges, wo die wilden Ostnomaden umherstreiften, und ich erwog, sie vor dieser Gefahr zu warnen, aber es wurde mir allmählich klar, daß nicht sie diejenige war, die sich in Gefahr befand. Ihre Bewegungen waren selbstsicher, und sie kümmerte sich um ihre Kinder in der Art derer, die schon lange ein wildes Leben hinter den Außenposten der Zivilisation geführt haben. Ich bewunderte sie. Sie war eine gutaussehende Frau, und die Art, in der sie sich bewegte, ließ mich meinen Vermählungsschwur vergessen. Vielleicht beobachtete ich sie auch aus diesem Grunde. In diesem Ausspähen, dieser geheimen Kenntnis ihrer Person spürte ich eine gewisse Macht. Jetzt weiß ich, daß ich in der Tat eine gewisse Macht besaß, die nur solche ihresgleichen besitzen, und jene waren die einzigen Geschöpfe, deren Gegenwart sie nicht auszumachen vermochte. Wäre ein anderer bei mir gewesen, hätte sie es sofort gewußt.

In der Vollmondnacht geschah es dann, daß ich sah, wie sie die gefaltete Wolfshaut an sich nahm und um ihre Schultern legte, sich dann auf alle viere fallen ließ, und einen verwirrenden Augenblick später stand dort eine riesige Wölfin, die den Kindern schwach zuknurrte, in der Nähe des Feuers zu bleiben, und in die Nacht starrte. Dennoch sah sie mich immer noch nicht, roch mich immer noch nicht. Für ihre übernatürlichen Sinne war ich unsichtbar. Sie machte sich in Richtung des Gebirges von dannen und war am Mittag des nächsten Tages wieder da; als Beute brachte sie einen Nomadenjungen mit, wahrscheinlich einen Hirten, und zwei Lämmer, die sie, indem sie die Leiche des Jungen als Schlitten benutzt hatte, hinter sich her zerrte. Die menschlichen Überbleibsel behielt sie für sich, aber sobald sie die Lämmer ins Lager brachte, nahm sie wieder ihre Frauengestalt an. Sie bereitete sie für die Kinder zu. Als sie später am Abend die wohlriechende Fleischsuppe aßen, die sie für sie zubereitet hatte, kehrte sie zu ihrer menschlichen Beute zurück und verschlang, fast sicher in ihrer Wolfsgestalt, einen guten Teil davon. Ich war zu achtsam, um ihr näher zu kommen.

Mittlerweile hatte ich natürlich erkannt, daß die Frau eine Werwölfin war. Eine besonders wilde Werwölfin, da sie zwei menschliche Jungen zu füttern hatte. Diese kleinen Geschöpfe waren unschuldige Kindlein und frei von irgendwelcher Verseuchung. Ich nahm an, daß sie aus Verzweiflung diese Lebensweise angenommen hatte, damit ihre Kinder nicht verhungern mußten. Dennoch bedeutete dies, daß andere Kinder verhungerten und weitere Menschen sterben mußten, bloß damit ihre Brut am Leben blieb, daher hatte mein Mitgefühl Grenzen. Sobald sie in dieser Nacht vollgefressen einschlummerte, nahm ich allen Mut zusammen, schlich mich in das Lager, riß die Wolfshaut vom Baum und rannte wieder in den Wald.

Sie erwachte beinahe sofort, aber weil ich jetzt das Fell besaß, mittels dessen sie sich in eine unbezwingliche Bestie verwandelt hatte, wußte ich, daß ich vor ihr sicher war. Aus den Schatten heraus richtete ich das Wort an sie: ›Meine Dame, ich habe das furchtbare Ding, das Ihr benutzt habt, um meine Freunde und ihre Familien zu töten. Wenn ich zurückkehre, wird es vor der Kirche von Kallundborg verbrannt werden! Ich werde keine Mutter vor ihren eigenen Kindern töten, daher seid Ihr, so Ihr Euch in ihrer Nähe aufhaltet, vor meiner Rache sicher. Ich entbiete Euch mein Lebewohl.‹

Darauf begann die arme Kreatur zu heulen und zu schreien – sehr unähnlich der selbstsicheren Mutter, die in der Wildnis ihre Jungen gehegt hatte. Aber ich wollte nicht auf sie hören. Ich wußte, daß sie bestraft werden mußte. Damals wußte ich natürlich nicht, wie grausam ihre Strafe sein würde. ›Begreift Ihr, wie ich überleben muß, wenn Ihr mir das Fell nehmt?‹ fragte sie. ›Jawohl, meine Dame, das ist mir klar‹, sagte ich. ›Doch müßt Ihr nun die Folgen tragen. Für einige Tage ist noch ausreichend Fleisch in Eurem Topf – und ein wenig weiteres Fleisch außerhalb Eures Lagers, und ich denke nicht, daß Ihr zu zimperlich sein werdet, Euch dessen zu bedienen. Also noch einmal mein Lebewohl, werte Dame. Dieses üble Ding wird schon bald auf einem christlichen Scheiterhaufen verbrennen.‹

›Ihr müßt Mitleid haben‹, sagte sie, ›denn Ihr seid von meiner Art. Wenige können sich wie ich verwandeln – wie Ihr Euch verwandeln könnt. Nur Ihr konntet dieses Fell stehlen. Ich wußte, daß ich Euch hätte stärker fürchten sollen. Doch ich verschonte Euch, ich erkannte meinen Verwandten. Wollt nicht auch Ihr, mein Herr, unserem gemeinsamen Blut die Treue erweisen und meinen Kindern ein unvorstellbares Schicksal ersparen?‹

Doch ich hörte nicht länger zu und ging davon. Als ich mich entfernte, stimmte sie ein fürchterliches Klagen und Heulen an – ein Schreien und Jammern – ein tierisches schreckliches Winseln –, als sie nach ihrem einzigen Mittel zur Wahrung der Würde, irgendeines menschlichen Anscheins schrie. Das ist die krönende Ironie an den Untoten – daß sie sich an den kläglichen Resten ihrer menschlichen Würde festklammern – sich festklammern an der Erinnerung des einen, das sie verschachert haben, um das zu werden, was sie geworden sind! Sicherlich das schlimmste Schicksal, so dachte ich, das einem Werwolf widerfahren kann. Aber, mein Herr, es gibt noch schlimmere Geschicke als dieses – oder zumindest Verfeinerungen. Ich ließ die Wolfsfrau heulend und sabbernd zurück – inzwischen eine wahnwitzige Metze. Es war fast unmöglich, sich die Qual auszumalen, die sie bereits zeigte, geschweige denn, sich die kommende Pein vorzustellen.

Nun ja, mein Herr, die Geschichte ist die übliche Mär

von Dummheit und Nachlässigkeit, die Ihr so gut kennt. Der Winter der östlichen Einöden hielt mich in den Klauen, und so griff ich selbst auf die Verwendung des Fells zurück. Als ich schließlich nach Kallundborg zurückkehrte, war ich mit ihm stärker verehelicht, als ich meinem Schatz und Eheweib Helva von Nesvek angelobt war. Ich suchte geistliche Hilfe und begegnete nur Schrecken beim Anhören meiner Geschichte. Daher ging ich fort, um die Welt zu durchwandern, um eine Erlösung zu finden, ein Mittel, um wieder in jene Vergangenheit zurückzukehren, die ich einst gekannt hatte, um wieder mit meinem Liebling vereinigt zu sein. Weitere unirdische Abenteuer stießen mir auf meiner Reise von Sphäre zu Sphäre zu, mein Herr, und dann erfuhr ich, daß der Troll seinerseits Rache gesucht und einen Geistlichen, einen Bischof auf Besuch, zu einem Handel verleitete, der die Kathedrale einstürzen ließ, während die meisten Menschen, darunter auch meine Frau, darin für meine verlorene Seele beteten …

Dies versprach Gaynor mir zu berichten – das Schicksal meiner Frau. Und deshalb weine ich jetzt, so lange danach.«

Elric vermochte nichts zu erwidern, um diesen guten Mann zu trösten, der um seines bloßen Daseins willen von diesem schrecklichen Fell abhing und entweder die unmenschlichsten Handlungen in boshafter Wildheit vollbringen oder aber für immer in das Nichts eingehen mußte und nicht einmal mehr durch den Tod mit seiner verlorenen Liebe vereint werden konnte.

Vielleicht war es nicht völlig überraschend, daß Elric den Knauf seines Höllenschwertes betastete, lange über seine Beziehung zu der Klinge nachdachte und in dem armen Esbern Snare ein Schicksal erkannte, das schlimmer als sein eigenes war.

Als er das nächste Mal eine helfende Hand nach dem grauen Mann ausstreckte, während er durch das Zwielicht stolperte, lag eine sonderbare Verwandtschaft in der Geste. Langsam setzten die beiden, deren Geschichten so unterschiedlich und deren Geschicke so ähnlich waren, ihren Weg über das schmale Felsband fort, während unter ihnen das Wasser bedrohlich flüsterte, derweil es sich seinen Weg durch den Schnee auf der Schlucht bahnte.

DAS FÜNFTE KAPITEL

Worin gewisse Hinweise auf die Höheren Welten entdeckt werden; eine Zusammenkunft der Schutzpatrone und der Beschützten; das Opfer des Gesunden und Vernünftigen.

Prinz Gaynor der Verfluchte hielt auf den felsigen Hängen des letzten Berges an und spähte über ödes Grasland zu einer fernen Bergkette. »Dieses Land besteht anscheinend nur aus Bergen«, sagte er. »Vielleicht ist dies der Rand des anderen Ufers? Die Schwestern müssen in der Nähe sein. Auf dieser öden Ebene könnten wir sie kaum übersehen.«

Sie hatten ihren letzten Proviant verzehrt und immer noch keine Anzeichen von Tieren am Boden oder in der Luft entdeckt.

»Es ist so, als hätte es hier nie irgendwelche Bewohner gegeben«, sagte Esbern Snare. »Als ob das Leben vollständig von dieser Ebene verbannt worden sei.«

»Solche Anblicke habe ich schon zuvor gesehen«, sagte Elric. »Sie flößen mir Unbehagen ein – denn es könnte ein Zeichen dafür sein, daß die Ordnung alles erobert hat oder daß das Chaos herrscht und sich noch nicht manifestiert hat...«

Sie stimmten überein, daß jeder von ihnen solche Erfahrungen gemacht hatte. Jetzt wurde Gaynor sogar noch ungeduldiger und trieb sie zu größerer Geschwindigkeit in Richtung der Bergkette an – »bevor die Schwestern sich am anderen Ufer einschiffen« –, doch Esbern Snare, dem weder jene höllische Macht, die Gaynor speiste, noch Drachengift zur Verfügung stand, wurde hungrig und fiel zurück und wühlte in seinem Bündel herum, und manchmal dachte Elric, er hätte ihn sabbern und leise vor sich hinknurren hören, und als er sich einmal umdrehte, um ihn danach zu fragen, sah er in Augen, deren Blick von tiefstem Leid zeugte.

Als sie am Morgen darauf ihr Lager abbrachen, war Esbern Snare, der Werwolf des Nordens, verschwunden; er hatte der Versuchung nachgegeben, die bereits jede Hoffnung zerstört hatte, die je in ihm gewesen war. Zweimal dachte Elric, er hätte ein trauriges Heulen gehört, das von den Bergen zurückgeworfen wurde und daher unmöglich auszumachen war. Dann herrschte erneut Schweigen.

Einen Tag und eine Nacht lang sprachen Elric und Gaynor kein Wort miteinander, sondern marschierten in einer Art Trance auf die Berge zu. Mit dem Hereinbrechen des Morgens stellten sie jedoch fest, daß die Ebene langsam zu einem sanften Hügel anstieg, hinter dem sie die leisen Geräusche einer Siedlung, vielleicht sogar einer großen Stadt zu hören vermochten.

Gutgelaunt schlug Gaynor Elric auf den Rücken und sagte fast leutselig: »Bald, Freund Elric, werden wir beide das haben, was wir suchen!«

Und Elric sagte nichts und fragte sich, was Gaynor tun würde, falls sie durch einen sonderbaren Zufall dasselbe suchten – oder zumindest den gleichen Behälter. Und das ließ ihn wieder an die Rose denken und ihren Verlust betrauern.

»Vielleicht sollten wir den genauen Sinn unserer Suche festlegen«, sagte er, »damit wir nicht unvorbereitet sind, wenn wir schließlich mit den Schwestern zusammentreffen.«

Gaynor zuckte die Achseln. Er drehte seinen Helm in Elrics Richtung, und seine Augen schienen weniger gequält als bisher. »Wir suchen nicht nach derselben Sache, Elric von Melniboné, dessen könnt Ihr sicher sein.«

»Ich suche einen Kasten aus Rosenholz«, sagte Elric geradeheraus.

»Und ich suche nach einer Blume«, sagte Gaynor gleichmütig, »die seit Anbeginn der Zeit in Blüte steht.«

Sie standen nun kurz vor dem Hügelkamm und hatten ihn beinahe erreicht, als die Erde plötzlich von einem gewaltigen Dröhnen erschüttert wurde, das sie umzuwerfen drohte. Erneut erklang das hallende Geräusch. Offenbar wurde immer wieder ein gewaltiger Gong geschlagen, bis Elric sich die Ohren zuhielt und Gaynor auf ein Knie gesunken war, als ob eine riesige Hand ihn niederdrücke.

Der große Gong erklang insgesamt zehnmal, doch der Nachhall der Schläge schien sich fast endlos fortzusetzen und die Gipfel der umliegenden Berge zu erschüttern.

Als sie sich wieder vorwärtsbewegen konnten, kamen Elric und Gaynor zum höchsten Punkt des Hügels und starrten in die Höhe zu dem riesigen Bauwerk, das, wie sie hätten schwören können, sich einen Augenblick zuvor noch nicht dort befunden hatte. Dennoch ragte es nun vor ihnen in allen massiven und komplizierten Einzelheiten auf, ein Gewirr aus Holzgerüsten und gewaltigen Zahnrädern, die alle knarrten und ächzten und sich mit langsamer Präzision drehten, während darunter Metall blitzte und surrte – kupferne und bronzene und silberne Drähte, die erstaunliche Muster und sonderbare Lichtbrechungen hervorriefen – und Tausende menschlicher Gestalten enthüllten, die sich auf diesem gewaltigen Gebilde abmühten, Sand oder Wassereimer über die Laufstege trugen, zwischen Zapfen balancierten, die sorgsam angeordnet waren, um ein empfindliches inneres Gleichgewicht zu wahren. Und das Ganze erbebte, als ob es jeden Augenblick umstürzen und alle nackten Männer, Frauen und Kinder, die unaufhörlich an ihm arbeiteten, unter sich zermalmen wollte. Auf dem höchsten Punkt des Turmes befand sich eine große Kugel, die Elric zuerst für Kristall hielt; dann begriff er jedoch, daß sie zur Gänze aus der stärksten ektoplasmischen Membran bestand, die er je gesehen hatte – und sogleich glaubte er zu wissen, was in der Membran gefangengehalten wurde, denn auf Erden gab es kaum einen Zauberer, der nicht nach ihrem Geheimnis geforscht hätte …

Auch Gaynor erkannte, was die Membran enthielt, und es war klar, daß er sich vor den bevorstehenden Enthüllungen fürchtete, als die riesige unirdische Skelettuhr die Augenblicke maß und eine fröhliche Stimme leichthin aus dem Nichts das Wort an sie richtete.

»Seht, meine kleinen Schätze, wie Arioch einer zeitlosen Welt die Zeit bringt? Nur einer der geringeren Vorteile des Chaos. Es ist meine Hommage an das Kosmische Gleichgewicht.«

Und in seiner gelassenen Grausamkeit hatte sein Gelächter einen scheußlichen Klang.

Die riesenhafte Uhr klickte und klapperte, sirrte und knarrte, und das Gebilde zitterte und bebte mit jeder Bewegung, so daß es jeden Augenblick kurz vor dem Zusammenbruch zu stehen schien; derweil war in der kugelförmigen Membran auf der Spitze, die sich mit jeder verstreichenden Sekunde drehte und wackelte, gelegentlich ein zorniges Auge zu sehen, während ein Maul mit Reißzähnen in unnatürlichem Schweigen raste und Krallen, die grausamer als die eines Drachen waren, blitzten und kratzten und rissen, ohne jedoch irgendwelche Wirkung zu zeigen, denn das Wesen war in dem machtvollsten Gefängnis gefangen, das in den Höheren Welten, unterhalb oder jenseits davon bekannt war. Die einzige Wesenheit, die Elric kannte und die solche Fesseln benötigte, war ein Lord der Höheren Welten!

Im gleichen Augenblick erkannte dies auch Gaynor, trat einige Schritte zurück und sah sich um, als ob er nach einem Unterschlupf spähte, aber es gab keinen, und bei seinem Unbehagen lachte Arioch nur noch lauter. »Ach ja, kleiner Gaynor, deine Schliche haben dir nichts eingebracht. Wann seht ihr alle es denn endlich ein, daß ihr weder die Mittel noch den Charakter habt, die vonnöten sind, um gegen die Götter zu wetten, selbst so klägliche Götter wie mich und Graf Mashabak hier?« Das Lachen war noch lauter geworden.

Gerade das hatte Gaynor befürchtet. Sein Herr, die einzige Kreatur, die in der Lage gewesen war, ihn vor Arioch zu beschützen, hatte jene wie auch immer geartete Auseinandersetzung zwischen ihnen verloren. Und das bedeutete zudem, daß Sadrics Versuch, seine Schutzpatrone um ihren Tribut zu betrügen, fehlgeschlagen war.

Dennoch hatte Gaynor schon zuviel verloren, schon zuviel Grauen gesehen, zu viele abstoßende Schicksale betrachtet, zuviel Leiden verursacht und beobachtet, um selbst Angst zu zeigen. Er richtete sich auf, faltete die Hände vor sich und senkte den behelmten Kopf in einer angedeuteten Geste der Unterwerfung. »Dann muß ich Euch jetzt Meister nennen, Lord Arioch«, sagte er.

»Aye. Stets der wahre Meister. Stets der Meister, der sich um seine Sklaven sorgt. Ich hege ein starkes Interesse an den Tätigkeiten meiner kleinen Menschen, denn ihre Ambitionen und Träume spiegeln auf so vielfache Weise die der Götter wider. Stets war Arioch der Herzog der Hölle, dem sich die meisten Sterblichen zuwenden, wenn sie der Machenschaften des Chaos bedürfen. Und ich liebe dich. Doch das Volk von Melniboné liebe ich am meisten, und davon liebe ich Sadric und Elric am meisten.«

Und Gaynor wartete immer noch mit leicht geneigtem Helm, als ob er eine einzigartige und auserlesen dramatische Form des Untergangs erwarte.

»Seht, wie ich meine Sklaven beschütze«, fuhr Arioch fort, immer noch unsichtbar. Seine Stimme huschte immer noch von einem Ende des Tales zum nächsten, dennoch klang sie stets nahe, stets erheitert. »Die Uhr erhält ihr Leben. Sollte auch nur einer von ihnen, ob alt oder jung, in der ihm zugewiesenen Funktion versagen, wird das ganze Gebilde zusammenbrechen. So erlernen meine Geschöpfe die wahre Beschaffenheit von Zusammenarbeit. Ein Zapfen im falschen Loch, ein Eimer Wasser im falschen Abfluß, ein falscher Tritt auf einer Tretmühle, eine zögernde Hand auf einem Hebel, und alle werden vernichtet. Um weiterzuleben, müssen sie die Uhr bedienen, und jedes Geschöpf ist für das Leben aller anderen verantwortlich. Mein Freund dort oben, Graf Mashabak, würde natürlich keine besonderen Verletzungen davontragen, allerdings würde es mir ein gewisses Vergnügen bereiten, sein Gefängnis auf einem Zufallskurs zwischen den Ruinen umherrollen zu sehen. Siehst du deinen früheren Herren, Gaynor? Was solltest du noch für ihn suchen?«

»Eine Blume, Herr. Eine Blume, die seit Jahrtausenden blüht, seit sie zum ersten Mal gepflückt wurde.«

»Ich frage mich, warum Mashabak mir das nicht selbst sagen wollte. Ich bin mit dir zufrieden, Gaynor. Wirst du mir dienen?«

»Wie Ihr es wünscht, Herr.«

»Süßer Sklave, schon wieder liebe ich dich! Süßer, süßer gehorsamer Sklave! Oh, wie ich dich liebe!«

»Und ich liebe Euch, Herr«, erklang Gaynors bittere Erwiderung – mit einer Stimme, die Jahrtausende der Niederlagen und unerfüllter Sehnsüchte gekannt hatte. »Ich bin Euer Sklave.«

»Mein Sklave! Mein lieblicher Sklave! Willst du nicht deinen Helm abnehmen und mir dein Gesicht zeigen?«

»Das kann ich nicht, Herr. Es gibt nichts zu zeigen.«

»Wie auch du nichts bist, Gaynor, von dem Leben abgesehen, das ich in dir zu verbleiben gestatte. Von den Kräften des Abgrundes abgesehen, die dich antreiben. Von der allumfassenden Gier abgesehen, die dich durchdringt. Möchtest du, daß ich dich vernichte, Gaynor?«

»Wenn es Euch gefällt, Herr.«

»Ich denke, du solltest eine Zeitlang auf der Uhr arbeiten. Würdest du mir dort dienen, Gaynor? Oder würdest du deine Suche fortsetzen?«

»Wie es Euch gefällt, Lord Arioch.«

Elric machte das Ganze krank; er stellte an sich einen gewissen Selbstekel fest. War das auch sein Schicksal, dem Chaos so gründlich wie Gaynor zu dienen – ohne das letzte bißchen Selbstachtung oder eigenen Willen? War das der Preis, den man letztendlich für jeden Handel mit dem Chaos zu zahlen hatte? Und trotzdem wußte er, daß sein eigenes Verhängnis nicht das gleiche war, daß er immer noch einen gewissen Grad an freiem Willen besaß. Oder war dies lediglich eine Illusion, mit der Arioch die Wahrheit schönte? Er schauderte.

»Und Elric, würdest du auf der Uhr arbeiten?«

»Ich würde Euch eher vernichten, Lord Arioch«, sagte der Albino kalt. Seine Hand ruhte auf dem Heft des Runenschwertes. »Meine Abkommen mit Euch sind die des Blutes und des alten Erbes. Ich schloß keinen besonderen Handel über meine Seele ab. Andere Seelen sind es, mein Lord, die ich Euch weihe.«

In sich spürte er jetzt eine Kraft, die nicht einmal der Herzog der Hölle auszulöschen vermochte – einen kleinen Teil seiner Seele, der sein eigen blieb. Trotzdem sah er auch eine Zukunft vor sich, in der dieses winzige Bruchstück an Integrität sich auflösen und ihn so hoffnungsleer und selbstachtungslos wie Gaynor den Verdammten hinterlassen mochte ...

In seinem Blick auf den ehemaligen Prinzen des Universellen lag keine Verachtung – nur ein gewisses Verständnis und Mitgefühl für das elende Geschöpf, zu dem Gaynor geworden war. Von dieser letzten Würdelosigkeit war er nur einen einzigen Schritt entfernt.

Aus dem ektoplasmischen Gefängnis erklang eine Art dünnes Kreischen; das Unbehagen seines Rivalen bereitete Graf Mashabak offenbar Vergnügen.

»Du bist mein Sklave, Elric, täusch dich nur nicht«, schnurrte der Chaoslord. »Und wirst es immer bleiben, wie auch alle deine Vorfahren mir gehörten ...«

»Bis auf einen vor mir«, sagte Elric mit fester Stimme. »Das Abkommmen wurde von einem anderen gebrochen, Lord Arioch. Etwas Derartiges habe ich nicht als Erbe übernommen. Ich sagte es bereits, mein Lord – wenn Ihr mir beisteht, gebe ich Euch das unsterbliche Plündergut zur eigenen Verwendung – Seelen wie die dort, die Eure Uhr betreiben. Diese, großer Herzog der Hölle, mißgönne ich Euch nicht, auch knausere ich nicht an der Anzahl derer, die ich Euch zuteile. Wie Ihr wißt, ist es ohne meine Anrufung für jeden Lord der Höheren Welten unmöglich, meine Welt zu erreichen, und auf eben dieser Welt bin ich der mächtigste aller sterblichen Zauberer. Ich allein verfüge über die Kraft, Euch durch die Dimensionen des Multiversums zu rufen und einen psychischen Pfad zu legen, dem Ihr zu folgen vermögt. Das wißt Ihr. Deshalb lebe ich. Deshalb steht Ihr mir bei. Ich bin der Schlüssel, den das Chaos eines Tages zu drehen hofft, um alle Türen im unereroberten Multiversum zu öffnen. Das ist meine größte Macht. Und, Lord Arioch, sie steht mir zu Gebote, wie ich sie zu verwenden wünsche, um Abkommen zu schließen, wie es mir gefällt und mit wem es mir gefällt. Sie ist meine Kraft und mein Schild gegen alle übernatürliche Wildheit und alle drohenden Forderungen. Ich akzeptiere Euch als meinen Schutzpatron, edler Dämon, doch nicht als meinen Herren.«

»Das sind törichte Worte, kleiner Elric. Löwenzahnsamen in der Augustluft. Dennoch befindest du dich hier keinesfalls aus eigenem freiem Entschluß. Und hier befinde ich mich durch wohlbedachten Einsatz, ganz wo ich zu sein wünsche. Welche Freiheit erscheint dir die größere zu sein, mein schwachfarbiges Schoßtier?«

»Wenn Ihr mich fragt, Lord Arioch, ob ich lieber ich selbst oder Ihr sein möchte, muß ich immer noch sagen, daß ich es vorziehe, ich selbst zu sein; denn ewiges Chaos muß ebenso ermüdend wie ewige Ordnung oder jede andere Beständigkeit sein. Eine Art Tod. Ich glaube, daß ich mehr als Ihr vom Multiversum genießen kann, Herr Dämon. Ich lebe noch. Noch immer gehöre ich den Lebenden an.«

Und aus dem Helm von Prinz Gaynor dem Verdammten erklang ein lautes qualvolles Stöhnen, denn ebenso wie Esbern Snare gehörte auch er weder zu den Lebenden noch zu den Toten.

Dann erschien rittlings auf der ektoplasmischen Kugel sitzend, in der Graf Mashabak kauernd glotzte, das goldene Abbild eines schönen Jünglings, eines Traums vom herrlichen Arkadien, dessen Güte süßer als Honig und dessen Schönheit reichhaltiger als Sahne war und dessen boshafter Blick, trunken vor Grausamkeit, die scheußliche Lüge im Namen alles Unheiligen und Perversen, das es wahrhaftig war, verriet.

Es kicherte.

Arioch kicherte. Dann grinste er. Dann pißte er auf die schwellende Membran, während sein hilfloser Gegenspieler, ausgestattet mit den psychischen Energien von einhundert Sonnen, darinnen hilflos wie ein Wiesel in der Schlinge wütete und zeterte.

»Der verrückte Jack Porker überfuhr den Krüppel noch einmal, packte ihn am Hirn, so sagt man, machte weiter, bis er dran… Porker-Schnapp, Porker-Schnapp riß ihm dann die Eier ab… Zappelt nicht so, mein lieber Graf, während ich mich erleichtere, Sir, bitte schön. Ihr seid ein ungezogener Dämon, Sir. Habe ich schon immer gesagt… Hihihi… Riecht Ihr Käse, Sir? Wollt Ihr etwas Eis dazu, Jack? Hihihi…«

»Wie ich, glaube ich, schon zuvor bemerkte«, sagte der Albinoprinz zu dem immer noch geknickten Gaynor, »sind die mächtigsten Wesen nicht unbedingt die intelligentesten, auch keinesfalls geistig gesund oder mit guten Manieren ausgestattet. Je mehr man von den Göttern erfährt, desto offensichtlicher wird diese grundsätzliche Einsicht ...« Er drehte Arioch und seiner Uhr den Rücken zu und vertraute darauf, daß sein Schutzdämon ihn nicht aus einer Laune heraus auszulöschen gedachte. Er wußte, daß nichts seinen Geist vernichten konnte, solange er jenen winzigen Funken an Selbstachtung in sich selbst bewahrte. Er gehörte ganz ihm, er war das, was einige vielleicht seine unsterbliche Seele genannt hätten.

Dennoch erzitterte und erschlaffte er mit jeder Bewegung und jedem Wort und wollte hinausschreien, daß er nicht mehr war als Ariochs Geschöpf, das jeden Wunsch seines Herren erfüllen und durch jedwede Großmut seines Herren belohnt würde: Um dennoch durch einen zufälligen Stimmungswandel seines Meisters niedergestreckt zu werden, wie er auch jetzt niedergestreckt werden mochte.

Denn das war jenes andere, das Elric wußte; einen Kompromiß mit der Tyrannei einzugehen, bedeutete, von ihr vernichtet zu werden. Die gesündeste und logischste Wahl bestand stets im Widerstand. Dieses Wissen verlieh Elric die Kraft – seinen tiefen Ärger über Ungerechtigkeit und Ungleichbehandlung – und den Glauben, nachdem er nun Tanelorn besucht hatte, daß es möglich war, mit Sterblichen jedweder Überzeugung zusammenzuleben und dennoch der Welt lebhaft und teilnehmend verbunden zu bleiben. Diese Überzeugungen würde er niemals verkaufen noch feilbieten, und indem er sich weigerte, sich dem Chaos gänzlich zu übereignen, mußte er die Last seiner Verbrechen auf seinem eigenen Gewissen ertragen und Tag und Nacht mit dem Wissen darum leben, wen und was er getötet und ins Verderben gestürzt hatte. Er vermutete, daß dies eine Last war, die Gaynor nicht zu tragen vermocht hatte. Er würde für seinen Teil lieber die Last seiner eigenen Schuld auf sich nehmen als jene Last, die Gaynor sich erwählt hatte.

Wieder drehte er sich zu der abscheulichen Uhr um. Er beobachtete Ariochs grausame Scherze, die er mit seinen Sklaven, mit seinen Widersachern trieb, und jedes Atom seines geschwächten Blutes empörte sich gegen eine derart gelassene Ungerechtigkeit, eine derartige Freude an Schrecken und Elend anderer, eine derartige Verachtung für alles, das im Multiversum lebte, eingeschlossen seiner selbst; einen derartigen kosmischen Zynismus!

»Hast du mir deines Vaters Seele gebracht, Elric? Wo ist das, was ich dir zu finden auftrug, mein Süßer?«

»Ich suche sie immer noch, Lord Arioch.« Elric wußte, daß Arioch seine Herrschaft in diesem Reich noch nicht zur Gänze gefestigt hatte und daß sein Griff um sein neues Gebiet noch unsicher sein mußte. Das bedeutete, daß Arioch keineswegs über die Macht verfügte, die er in seiner eigenen Domäne besaß, wohin sich nur die Wahnwitzigsten unter allen Zauberern freiwillig gewagt hätten. »Und wenn ich sie finde, werde ich sie meinem Vater übergeben. Ich würde meinen, daß der Rest dann zwischen ihm und Euch auszumachen ist.«

»Du bist ein tapferes kleines Hermelin, mein Liebling, da du dich ja nicht mehr in meinem Königreich befindest. Aber das hier wird bald mir gehören. Alles. Verärgere mich nicht, mein bleicher Schatz. Bald wird die Zeit kommen, da du jedem meiner Befehle gehorchen wirst!«

»Möglicherweise, großer Höllenfürst, doch noch ist diese Zeit nicht angebrochen. Ich treffe keine weiteren Abkommen. Und ich glaube, daß Ihr lieber unsere alte Absprache einhaltet, anstatt gar keine zu haben.«

Lord Arioch entfuhr ein wütendes Knurren, während er mit den Fäusten auf den ektoplasmischen Kerker eindrosch und Graf Mashabak darin vor wahnwitzigem Gelächter kreischte. Der Herzog der Hölle sah auf die arbeitenden Tausende hinab, von denen jeder nur durch einen fein abgemessenen mechanischen Rhythmus das Leben seiner Kameraden erhielt, und feixend drohte er mit einem spitzen goldenen Finger eine der kleinen Figuren anzustoßen und so das ganze komplizierte Gebilde zum Zusammenbruch zu bringen.

Dann sah er zu Gaynor dem Verdammten auf, der schon seit einiger Zeit unbeweglich am gleichen Fleck stand. »Finde diese Blume für mich, und ich werde dich zu einem Ritter des Chaos machen und zu unsterblichem Adel erheben, der in unserem Namen tausend Königreiche regieren wird!«

»Ich werde die Blume finden, großer Herzog«, sagte Gaynor.

»An dir werden wir ein Exempel statuieren, Elric«, sagte Arioch. »Jetzt gleich. Indem ich dich unterwerfe, werde ich das Chaos auf dieser Ebene zur Gänze errichten.« Und plötzlich streckte sich eine goldene Hand immer länger und länger, größer und größer Elrics Gesicht entgegen. Doch mit dem blitzschnellen Geschick vieler Jahre hatte der Albino sein Runenschwert gezogen, und die große Kampfklinge brüllte eine Herausforderung und eine Drohung gegen alle Myriaden Bewohner der Unteren, Mittleren und Höheren Welten hinaus, auf daß sie zu ihr kommen, sich ihr entgegenwerfen, sie und ihren Herren füttern mögen, denn dieses Ding war nichts, das irgend jemandem gehörte, sondern war, falls es das nicht schon immer gewesen war, zu einer unabhängigen Kraft geworden, deren einzige Treue gegenüber dem eigenen Dasein bestand, dennoch war es von Elrics Handhabung so abhängig, wie Elric von seiner Energie für sein Überleben abhing. Diese unheilvolle Symbiose, die auf tiefgründige Weise geheimnisvoller war, als die weisesten Philosophen es zu erahnen vermochten, hatte Elric zum erwählten Kind des Schicksals gemacht, und sie war es auch, die ihn letztlich seines Glückes beraubt hatte.

»Das darf nicht sein!« Voller Wut zog Arioch seine

Hand zurück. »Kraft darf nicht Kraft bekämpfen! Noch nicht. Noch nicht.«

»Im Multiversum wirkt mehr als nur Ordnung und Chaos, mein Lord«, sagte Elric gelassen, während er das Schwert noch immer vor sich hielt. »Und von diesen ist mehr als einer Euer Feind. Verärgert mich nicht zu sehr.«

»Ach, gefährlichste und mutigste meiner Seelen, du bist wahrlich dazu geeignet, über allen anderen mein auserwählter Sterblicher zu sein, um in meinem Namen, mit meiner Macht zu herrschen. Ganze Welten wären dein, Elric – ganze Sphären würden sich unter jeder deiner Launen wandeln. Alle Vergnügungen stünden dir zu Gebote. Alle Erfahrungen. Und alles endlos. Ohne Preis oder Folgen. Ewige Lust, Elric!«

»Über das Thema der ewigen Beständigkeit, Lord Herzog, habe ich meine Einstellung bereits deutlich kundgetan. Es könnte sein, daß ich eines zukünftigen Tages feststellen werde, daß mein Schicksal zur Gänze bei Euch liegt. Doch bis dahin …«

»Ich werde in dein Gedächtnis eingreifen. Das vermag ich!«

»Nur in gewisser Hinsicht, Lord Arioch. Niemals in meine Träume. In meinen Träumen erinnere ich mich an alles. Mit diesem Herumgewirbel von Ebene zu Ebene und von Sphäre zu Sphäre verwirren sich die Welten von Erinnerungen und Träumen mit den Welten der Wirklichkeit und der Unmittelbarkeit. Aye, meinen Verstand könnt Ihr angreifen, mein Lord. Doch nicht das Gedächtnis meiner Seele.«

Was den wahnsinnigen Graf Mashabak erneut zu gackerndem Gelächter verleitete. »Gaynor!« Seine wilden Augen entdeckten seinen ehemaligen Diener. »Befreie mich hiervon, und deine Belohnung wird das Zehnfache dessen sein, was ich dir versprach.«

»Tod«, sagte Gaynor plötzlich. »Tod, Tod, Tod ist

alles, wonach ich giere. Und was ihr alle mir verweigert!«

»Weil wir dich schätzen, mein Lieber...«, sagte der honigsüße Knabe, hob den Kopf und zwitscherte wie ein verschreckter Zaunkönig. »Ich bin Chaos. Ich bin alles. Ich bin der Herr des Nicht-Linearen, Kapitän der Zufälligen Teilchen und größter Jubilant der Entropie! Ich bin der Wind von Nirgendwo, und ich bin der Ersäufer der Welten; ich bin der Prinz der Unendlichen Möglichkeit! Welch ruhmreiche Veränderungen werden auf dem Antlitz des Multiversums erblühen, welch unwahrscheinliche und abartige Eheschließungen werden von der Priesterschaft der Hölle abgesegnet werden, und welche Wunder und Gelüste werden dort sein, Elric. Nichts Vorhersehbares. Die einzig wahre Gerechtigkeit im Multiversum – worin alles, selbst die Götter, zufälliger Geburt und zufälliger Auslöschung unterworfen sind! Die Resolution wird verbannt, und an ihre Stelle wird ewige Revolution treten. Ein Multiversum in der permanenten großartigen Krise!«

»Ich fürchte, ich habe zuviel Zeit mit dem freundlichen Volk der Jungen Königreiche verbracht«, sagte Elric leise, »um von Euren Versprechungen groß in Versuchung geführt zu werden, mein Lord. Ich kann auch kaum sagen, daß ich mich vor Euren Drohungen allzusehr fürchte. Prinz Gaynor und ich befinden uns auf einer Mission. Wenn wir einander nützen sollen, mein Herr, schlage ich vor, Ihr laßt uns mit dieser Mission fortfahren.«

Woraufhin Arioch seinen schönen Wanst auf der nachgebenden Kugel verlagerte und in schmollendem Tonfall sagte: »Der Verdammte kann seiner Wege gehen. Was dich angeht, störrischer Diener, so kann ich dich nicht direkt züchtigen, aber ich kann deine Suche behindern, bis dieser vertrauenswürdigere Diener sein Ziel erreicht hat – danach werde ich ihm weit mehr versprechen, als Mashabak ihm versprach. Ich werde ihm einen wirklichen Tod versprechen.«

Aus Gaynors sonderbarem Helm erklang ein Schluchzen, und er fiel – vielleicht aus Dankbarkeit – auf die Knie.

Nun hob Arioch in jeder Faust einen goldenen Hammer, und seine jugendlichen Züge leuchteten vor Freude, als er die Hämmer nacheinander auf die nachgebende Oberfläche des ektoplasmischen Schoßes krachen ließ, und bei jedem Schlag erklang ein unheilvolles Dröhnen wie das eines großen Gongs, und in dem Gefängnis bedeckte Graf Mashaback unsymmetrische Ohren mit schuppigen Klauen und heulte in grausigem Schweigen, als ob ganze Universen Pein litten.

»Es ist an der Zeit!« schrie Arioch. »Es ist an der Zeit!«

Elric stürzte kreischend zu Boden, auch seine Hände lagen auf seinen Ohren. Und Gaynor sackte zusammen, kroch umher und kreischte in so hohen Tönen, daß sie noch über den dröhnenden Hammerschlägen zu vernehmen waren.

Dann erklang ein leises Pfeifen, und Elric spürte, wie seine Substanz, Atom um Atom, von dieser Ebene in eine andere gesaugt wurde. Und er versuchte gegen diese Kraft anzukämpfen, die nur ein Herzog der Hölle anwenden würde, da sie mit der Gewalt der dimensionalen Risse ganzen Geschichtsabläufen und Völkern schadete, doch er war hilflos, und sein Runenschwert wollte ihm nicht helfen. Sturmbringer schien froh zu sein, diese leblose Ebene hinter sich zu lassen; es mußte sich von lebendigen Seelen nähren, und Arioch hatte ihm nicht einen Bissen aus seinem Vorrat angeboten.

Doch als er schon die ungeheure Uhr schimmern und verschwommener werden sah, als Gaynors geheimnisvolle Rüstung ein schwacher Umriß vor einer noch schwächeren Landschaft wurde, sah der Albino eine riesige graue Gestalt auf sich zuspringen, die rote

Zunge hechelte, die grüngrauen Augen funkelten, die weißen Fänge schlugen krachend in dem bestialischen Schädel aufeinander, und er erkannte, daß es der ausgehungerte Werwolf war, dessen Mangel an Nahrung ihn so sehr in den Wahnwitz getrieben hatte, daß er dazu bereit war, es selbst mit Sturmbringers Spitze aufzunehmen!

Doch dann wandte er sich witternd ab, das wilde Maul verzog sich zu einem Grinsen, heißer Speichel troff von seinem Kiefer, die Ohren stellten sich auf, legten sich dann wieder an, und er schien sich in einer flüssigen Bewegung mitten in der Luft zu drehen und lenkte seinen riesigen Körper hinauf, wo Lord Arioch erst kicherte und dann in echter Überraschung aufquiekte, als Esbern Snare seine Fänge in der Kehle dessen vergrub, den er als seinen wahren Quälgeist erkannte.

Arioch war so erschrocken und ging so sparsam mit den ihm auf dieser Ebene verbliebenen Kräften um, daß er weder die Gestalt wechselte noch zu fliehen wünschte – denn wenn er floh, würde er seinen gefangenen Gegenspieler zurücklassen, der dann vielleicht befreit werden würde, und das konnte er nicht ertragen. Also kämpfte er auf der schwankenden Uhr, während unter ihm die verdammten Seelen sich emsig mühten, jedwede unvorhergesehene Bewegung des Dinges auszugleichen, und das letzte, was Elric von Esbern Snare erblickte, war sein Wolfskörper, der in einem wütenden rotgoldenen Licht brannte, als ob er in selbstloser Freude seine letzten Lebensfunken hingab.

Dann sah Elric die ektoplasmische Sphäre schwanken und zu Boden fallen, während Arioch und Esbern Snare immer noch im Kampf verstrickt waren; etwas flammte auf, und durch ihn schwappte eine Finsternis und verschluckte ihn und trug ihn rücksichtslos durch die zerbrochenen Wälle von tausend Dimensionen, von denen eine jede aufbegehrend eine andere Stimme laut werden ließ und von denen eine jede in einer anderen wütenden Farbe explodierte. Er wurde mit nahezu der letzten Energie, die Arioch auf diese Ebene herbeizurufen in der Lage gewesen war, durch das Multiversum geschleudert.

Das hatte Esbern Snare gewußt, und deshalb hatte er auf diese Gelegenheit gewartet, seinen Gefährten beizustehen.

Denn Esbern Snare war in der Tat ein Mann von seltener Güte und Vernunft. Er hatte schon zu lange im Banne einer bösen Macht gelebt. Er hatte ihretwegen alles, was ihm teuer gewesen war, vernichtet gesehen. Und obwohl er seine unsterbliche Seele nicht zurückzuerlangen vermochte, konnte er zumindest für ein unsterbliches Denkmal Sorge tragen, für eine Handlung, die sicherstellte, daß sein Name und der Name jener Liebe, die er niemals wiederfinden konnte, in den Geschichten, die man sich in den Reichen erzählte, in allen möglichen Zukünften, die bevorstanden, auf ewig miteinander verbunden blieben.

Auf diese Weise erlangte Esbern Snare, der Werwolf des Nordens, wenn nicht seine Seele, so doch seine Ehre zurück.

Buch Drei

Eine erlöste Rose,
eine erneuerte Rose

Drei schnelle Schwerter für der Schwestern
 Drei,
Aus Elfenbein das erste sei;
Aus Gold sei das zweite Schwert gemacht;
Aus Granit das dritte in grauer Pracht.

Das erste Schwert ›Alter Gerechter‹ heißt;
Als ›Notfeuer‹ das zweite die Wunden reißt;
Und das durstige dritte der schimmernden drei
hungert als ›Freiheit‹ nach Tyrannei.

Wheldrake, *Grenzballaden*

DAS ERSTE KAPITEL

Von Waffen mit eigenem Willen; einer Familienzusammenkunft; wiedergefundenen alten Freunden; einer wiederaufgenommenen Suche.

Nun kämpfte Elric gegen die Gewalt von Ariochs Wut; er streckte die linke Hand aus, als ob er sich am Stoff von Raum und Zeit festklammern und seinen Sturz durch die Dimensionen verlangsamen wolle; er klammerte sich an sein Runenschwert, das in seiner rechten Hand heulte und schnatterte und vor übernatürlichem Zorn auf den Herrn der Hölle außer sich war, der den Rest seiner weltlichen Kräfte auf dieser Ebene in einem Akt kleinlicher und flüchtiger Rachsucht vergeudet hatte. Denn Arioch hatte sich als ebenso launisch wie jeder andere Chaosbewohner erwiesen, indem er alle erhofften Zukunftsaussichten zu vernichten bereit gewesen wäre, um einen momentanen Reiz zu befriedigen. Daher konnte man dem Chaos genauso wenig wie der Ordnung vertrauen (die geneigt war, ähnliche Handlungen zu gestatten, die jedoch im Namen von Prinzipien geschahen, deren Sinn und Zweck häufig schon lang vergessen waren, was im Namen des Intellekts genausoviel menschliches Elend hervorrief, wie das Chaos es im Namen der Gefühlsstimmung erzeugte).

Derlei Gedanken waren dem Albino zugänglich, als er durch die unter Leuchterscheinungen durchstoßenen Barrieren des Multiversums – fast eine Ewigkeit lang – geschleudert wurde, denn sobald sich die Ewigkeit dem Bewußtsein entzieht, kennt es nur noch die einzigartige Qual einer nie zur Gänze erfüllten Erwartung. Die

Ewigkeit ist das Ende der Zeit; das Ende des Leidens der Erwartung; sie ist der Beginn des Lebens, des entfesselten Lebens! Und deshalb strebte Elric danach, die Schönheit und die seelische Anmut jenes als vollkommen verheißenen Multiversums in einem ewigen Zustand der Verwandlung zwischen Leben und Tod, zwischen Ordnung und Chaos in sich aufzunehmen – alles anzunehmen, alles zu lieben, alles zu beschützen – diesen Zustand sich ständig wandelnder Gesellschaften, natürlicher Intelligenz, wohlwollender Übernatürlichkeit, sich fortentwickelnder Wirklichkeiten, die auf ewig in harmonischer Anarchie in ihren Unterschieden schwelgten – diesen natürlichen Zustand, den einige Weise als eine einzige allwissende Wesenheit, als die vollkommene Summe des Ganzen sahen.

Menschliche Liebe, so dachte der Albino, als ein Universum nach dem anderen ihn aufnahm und wieder ausstieß, ist unsere einzige Beständigkeit, die einzige Eigenschaft, mit der wir die unausweichliche Logik der Entropie besiegen können. Und bei diesem Gedanken erbebte das Schwert in seiner Hand und schien sich freizerren zu wollen, als ob es von solch sentimentalem Altruismus angewidert sei. Doch Elric klammerte sich an der Klinge als seiner einzigen Wirklichkeit fest, seiner einzigen Sicherheit in der Wildnis zerrissener Raumzeit, in der die Bedeutung der Farbe tief und die Bedeutung des Klanges unergründlich waren.

Erneut wand sie sich in seinem Griff, und er mußte das Heft fester packen, als das Höllenschwert seinen eigenen zielgerichteten Kurs durch die Dimensionen einschlug. In diesem Augenblick begann Elric die außerordentliche Macht zu respektieren, die in der schwarzen Klinge enthalten war, eine Macht, die dem Chaos zu entstammen schien, die dennoch weder dem Chaos noch der Ordnung die Treue hielt – trotzdem diente sie auch nicht dem Gleichgewicht – eine Macht, die so sehr sie selbst war, daß sie nur weniger äußerlicher Gestaltwerdungen bedurfte, und die dennoch das grundsätzliche Gegenteil von allem sein mochte, was Elric wertschätzte und zu erschaffen stritt – als ob durch dieses ironische Band zwischen sehnsuchtserfülltem Idealisten und zynischem Solipsisten eine in sich widersprüchliche Kraft symbolisiert würde, die vielleicht in den meisten denkenden Geschöpfen festgestellt werden konnte und eine übermäßig dramatische Auflösung in der Symbiose zwischen Sturmbringer und dem letzten Herrscher von Melniboné fand …

Jetzt flog der Albino hinter dem Runenschwert einher, als es sich seine Bahn schnitt – fast als ob es gegen Ariochs Macht strebte und sich den Folgen nicht aus einem Gefühl heraus verweigerte, das Elric erkannt hätte, sondern um ein Prinzip zu beweisen, das so sorgfältig aufrechterhalten wurde wie jedes vielleicht weniger geheimnisvolle Prinzip der Ordnung, fast als ob es eine abstoßende Mißbildung im Stoff des Kosmos zu berichtigen trachtete, irgendein Ereignis, das zu erlauben es sich weigerte …

Jetzt war Elric in einem intradimensionalen Wirbelsturm gefangen, in dem sich tausend Widersprüche gleichzeitig in seinem Hirn ereigneten, und einen Augenblick lang wurde er tausend andere Geschöpfe, und während er zehntausend andere Leben durchlebte (ein Schicksal, das sich nur geringfügig von dem unterschied, mit dem er vertraut war), wurde das Multiversum derart gewaltig, derart undenkbar, daß er wahnsinnig zu werden drohte, als er versuchte, auch nur einen Bruchteil dessen zu verstehen, was auf seinen Verstand einhämmerte, und er flehte das Schwert an, anzuhalten, in seinem verschlungenen Flug innezuhalten, ihn zu verschonen.

Doch er wußte, daß das Schwert ihn gegenüber seiner Hauptsorge als nebensächlich erachtete, die darin bestand, sich wieder an dem Ort zu etablieren, den es im Multiversum als für sich richtig befand … Vielleicht war dies ein Impuls, der nicht bewußter war als ein Instinkt.

Elrics Sinne vervielfachten und wandelten sich.

Da war ein süßer, ruhiger Klang von Rosen, während die Musik seines Vaters seine Adern mit verwirrter Trauer durchflutete … mit verzehrendem Bangen … als ob er ihn wissen ließ, daß die Zeit beinahe verstrichen war und Sadric bald keine andere Möglichkeit mehr hatte, als die Seele seines Sohnes aufzusuchen und sie mit seiner eigenen zu vereinen …

Darauf gab das heulende Runenschwert ein Aufbrüllen der Entrüstung von sich, als ob auch dies dem eigenen Streben und der Logik seiner unüberlegten Entschlossenheit, ohne Kompromiß mit jedem anderen Wesen im Multiversum zu überleben, zuwiderliefe – sogar ohne Kompromiß mit Elric, der ausgelöscht werden mußte, sobald er seine letztendliche Bestimmung erfüllt hatte, die gegenwärtig niemandem bekannt war, nicht einmal dem Runenschwert, das in keiner Vergangenheit, Gegenwart oder Zukunft lebte, die von Geschöpfen der Niederen, Mittleren oder Höheren Welten verstanden werden konnte; dennoch wob es ein eigenes Muster, setzte Energien frei, die gewaltiger waren als alles andere, was Elric je erlebt hatte, gewaltiger als alles, was es jemals zu verwenden gezwungen gewesen war, um ihm im Austausch gegen die Seelen, die nicht Arioch zuteil wurden, beizustehen …

»Elric!«

»Vater, ich fürchte, ich habe Eure Seele verloren …!«

»Meine Seele wird für dich niemals verloren sein, mein Sohn …«

Ein plötzliches Aufleuchten von grellem rotgoldenem Licht, das wie eine Waffe in seine Augen stach, und ein Windstoß kalter Luft gegen sein Fleisch, und ein rhythmischer Klang, so vertraut, so wunderbar, daß er spürte, wie ihm heiße Tränen einmal, zweimal über die kalten Wangen rannen …

Dann ritt Gaynor zum Schiff Das War
Und machte es sich zu eigen,
Er fing drei Schwestern wunderbar,
Um den Chaos-Thron zu besteigen.
Die erste der Schwestern war Geschlossene Blume,
Die zweite hieß man die Knospe der Pflicht,
Die dritte nannten sie Geheimer Dorn,
Ihre Laube war ein Blutgericht.

Und schluchzend fiel Elric in die willkommenen Arme jenes großherzigen, wenngleich kleinwüchsigen Dichters Meister Ernest Wheldrake. »Mein lieber guter Sir! Mein guter alter Freund! Seid gegrüßt, Prinz Elric. Verfolgt Euch etwas?« Und er zeigte auf die tiefen Schneewehen am Talrand, wo eine frische Furche verlief, als ob Elric vom Hang zum Boden heruntergeschlittert sei.

»Ich freue mich, Euch zu sehen, Meister Wheldrake.« Er fegte sich klumpigen Schnee von der Kleidung und fragte sich nicht zum ersten Mal, ob er seine Reise durch das Multiversum geträumt hatte oder ob das Drachengift noch weitere außer den stärkenden Eigenschaften aufwies. Er warf einen Blick über die frischen Spuren einer Lichtung im winterlichen Birkenwald und sah Sturmbringer wie unschuldig an einem Baum lehnen, und einen reinen klaren Augenblick lang empfand er schieren Haß auf die Klinge, auf jenen Teil seiner selbst, ohne den er nicht mehr fortbestehen konnte, oder auch (wie eine leise Stimme ihm immer wieder zuflüsterte) auf vielleicht jenen Teil, den er am Leben zu halten wünschte, dieweil er nur in der Wut übernatürlicher Schlachten Erleichterung vor der Last seines Gewissens fand.

Mit erzwungener Gemächlichkeit begab er sich zu dem Baum, nahm die Klinge auf und steckte sie wie eine ganz gewöhnliche Waffe in die Scheide, während sein Blick noch immer auf der ramponierten Gestalt seines Freundes ruhte. »Wie kamt Ihr hierher, Meister Wheldrake? Ist diese Ebene Euch vertraut?«

»Hinreichend vertraut, Prinz Elric. Wie auch Euch, sollte man denken. Wir haben das Reich, in dem die Schwere See fließt, nicht verlassen.«

Und nun erkannte Elric ganz genau, was das Schwarze Schwert getan hatte; es hatte sie beide wieder in jene Welt gezerrt, aus der Arioch sie zu verbannen getrachtet hatte. Und das legte nahe, daß die Höllenklinge eigene Beweggründe hatte, um sein fortgesetztes Verweilen hier sicherzustellen. Nichts davon teilte er Wheldrake mit, statt dessen hörte er seinem Freund zu, als der erklärte, daß Charion Phatt endlich mit ihrem Onkel Fallogard und ihrer Großmutter vereint war.

»Koropith bleibt für uns gegenwärtig jedoch noch verloren«, sagte der Dichter abschließend. »Allerdings hat Fallogard einen deutlichen Eindruck von der Präsenz seines Sohnes. Daher sind wir guter Hoffnung, lieber Prinz, daß alle verbliebenen Phatts alsbald die Freuden familiärer Geborgenheit spüren werden.« Er senkte die Stimme zu einem verschwörerischen Quieken. »Ich und meine geliebte Charion haben uns ein wenig über Hochzeiten unterhalten.«

Und bevor er sich in Versen ergießen konnte, teilten sich die verschneiten Zweige über einem Waldpfad, und herbei kam die selbstbewußte Charion und hatte die vorderen Griffe einer Sänfte in den Händen, auf der lächelnd und nickend wie eine Königin während der Parade Mutter Phatt saß; das hintere Ende wurde von ihrem hochgewachsenen unordentlichen Sohn getragen, der dem Albino ein fröhliches wiedererkennendes Lächeln schenkte, wie jemand ein vertrautes Gesicht in einer Taverne begrüßt hätte. Nur Charion schien beim Anblick des Neuankömmlings ein wenig bestürzt zu sein. »Vor einem Jahr spürte ich Eure Vernichtung«, sagte sie leise, als sie die Sänfte ihrer Großmutter absetzte. »Ich spürte, wie Ihr aus jeder Existenzform herausgeschmettert wurdet. Wie konntet Ihr das überlebt haben? Seid Ihr Gaynor oder ein Gestaltwandler in Elrics Erscheinung?«

»Ich versichere Euch, Frau Phatt«, sagte Elric nicht minder beunruhigt, »ich bin nur der, als den Ihr mich kennt. Aus irgendeinem Grund will das Schicksal noch nicht, daß ich ausgelöscht werde. Tatsächlich scheint es, daß ich Auslöschungen recht erfolgreich überstehe.«

Diese letzte kleine Ironie schien sie schließlich zu überzeugen, und sie entspannte sich. Doch war es offensichtlich, daß jeder ihr zu Gebote stehende psychische Sinn sein Wesen auf Zeichen von Falschheit absuchte. »Ihr seid in der Tat ein bemerkenswertes Geschöpf, Elric von Melniboné«, sagte Charion Phatt und wandte sich ab, um sich um ihre Großmutter zu kümmern.

»Ich bin froh, daß Ihr uns gefunden habt, mein Herr. Wir haben einige ausgezeichnete Hinweise meinen vermißten Sohn betreffend«, rief Fallogard Phatt fröhlich; von den Verdächtigungen seiner Nichte hatte er nichts bemerkt. »Allmählich nehmen wir sozusagen wieder Formen an. Ich glaube, Ihr kennt bereits den Zukünftigen meiner Nichte?«

Woraufhin Charion Phatt zu ihrer eigenen wütenden Verlegenheit jungmädchenhaft errötete; dennoch war der Blick, den sie dem kleinen Gockel zuwarf, nicht unähnlich jenem, den einst eine gewisse Kröte auf sie geworfen hatte; denn in den Entscheidungen von Liebenden ist nichts weiter als offenbare Widersprüchlichkeit.

Und Mutter Phatt öffnete den fröhlichen roten Mund, in dem immer noch ein paar Zähne glitzerten, und krähte: »Dingdong für die sechs traurigen Schlampen! Dingdong für den Pfundskerl!« Als ob sie in der Senilität von einem wahnsinnigen Papagei besessen worden sei. Dennoch winkte sie dem Erwählten ihrer Enkelin wohlwollend zu, und als sie Elric zublinzelte, geschah dies mit wissender Schelmerei, und als er das Zwinkern erwiderte, war er sicher, daß sie lächelte. »Dunkle Tage für den lilienweißen Knaben; strahlende Tage für den schwarzen Raben! Fest des Bösen, Fest des Guten, feiern soll'n die Chaos-Bruten. Fest für den Teufel, Fest für den Sohn, dunkle Tage für den hellen Patron. Denn die Waldblumen blühen in der Nacht, und die Meeresschiffe segeln auf Land in Pracht. Dingdong für den lilienweißen Bengel, dingdong für Lieblinge und für Schlingel; segelt durch Urwald, auf dem Meer vorbei, Chaos kam in das Land der Drei.«

Aber als sie sie nach der möglichen Bedeutung ihrer Reime befragten, gackerte sie nur und verlangte nach ihrem Tee. »Mutter Phatt ist ein gieriges altes Weib«, vertraute sie Elric an. »Aber früher hat sie ihren Beitrag geleistet, Vikar, ich denke, Ihr stimmt mir zu. Unter einem Baum saß Mutter Phatt, gebar fünf starke Söhne für die Ewigkeit.«

»Koropith befindet sich also nicht weit von hier?« wandte sich Elric an Fallogard Phatt. »Ihr sagt, Ihr könnt ihn spüren, mein Herr.«

»Zuviel Chaos, versteht Ihr«, rief der lange Hellseher aus und nickte lebhaft. »Schwer zu durchdringen – schwer zu durchblicken. Schwer zu rufen. Schwer, eine Antwort zu hören. Fransig, mein Herr. Stets ist der Kosmos fransig, wenn Chaos sich ans Werk begibt. Diese Welt ist bedroht, mein Herr, fürwahr. Die ersten Eindringlinge haben schon seit langem ein Standbein in ihr. Aber anscheinend hält sie etwas zurück.«

Elric dachte erneut an das Runenschwert, stand jedoch unter dem Eindruck, daß seine Klinge den komplizierten Verlauf der Ereignisse weder förderte noch hinderte; sie hatte sich lediglich angestrengt, auf die Ebene zu gelangen, auf der sie sich zu einer bestimmten Zeit während einer bestimmten Bewegung des Multiversums aufzuhalten hatte. Irgendeine andere Kraft stellte sich hier dem Chaos entgegen, dessen war er sicher. Und er grübelte über die drei Schwestern und ihre Rolle in diesem Spiel nach. Daß sie bestimmte Schätze besaßen, die sowohl er als auch Gaynor erheischten, war fast alles, was er wußte, abgesehen von Wheldrakes Ballade, die zum größten Teil eine Erfindung des Dichters und daher als objektives Orakel von geringem Nutzen war. Gab es die Schwestern überhaupt? Waren sie lediglich die Schöpfung des Barden von Putney? Verfolgten alle eine Chimäre – die Ausgeburt einer höchst romantischen und übermäßig farbigen Vorstellungskraft?

Im dritten grauen Monat am grauen Tag, dem dritten,
drei Schwestern nach Radinglay ritten,
sie suchten drei Schätze, derer sie bar,
verloren an den Herren Des Schiffes Das War.

»Nun, mein Herr«, sagte Elric, während er ihnen beim Entfachen des Feuers half, denn schon vor seinem plötzlichen Auftritt war beschlossen worden, hier das Lager aufzuschlagen, »geben Euch Eure alten Reime irgendeinen Hinweis auf den Aufenthaltsort der Schwestern?«

»Ich muß zugeben, Sir, daß ich die Verse etwas abgeändert habe, um all das Neue einzufügen, das ich erlebt habe, daher bin ich außer im grundlegenden Sinne des Wortes eine unzuverlässige Wahrheitsquelle, Sir. Wie die Mehrzahl der Poeten. Da wir gerade von Gaynor sprachen: wir fanden Lebenszeichen von ihm, jedoch nicht von Esbern Snare. Wir fragten uns, was aus ihm geworden ist.«

»Er opferte sich«, sagte Elric schroff. »Ich denke, daß er auch mich vor dem vollen Ausmaß von Ariochs Zorn gerettet hat. Soweit ich weiß, wurde Arioch durch ihn von dieser Ebene vertrieben – und als er den Höllenlord verbannte, starb er.«

»Dann habt Ihr also Euren Verbündeten verloren?«

»Ich habe einen Verbündeten und einen Feind verloren, Meister Wheldrake. Zudem scheine ich auch ein Jahr in diesem Reich verloren zu haben. Allerdings betrauere ich nicht den Verlust meines Patrons, des Herzogs der Entropie ...«

»Dennoch dräut immer noch das Chaos«, sagte Fallogard Phatt. »Diese Ebene stinkt förmlich danach. Fast scheint es zu schweben, bevor es die ganze Welt verschlingt!«

»Sind wir es, die das Chaos begehrt?« wollte Charion Phatt wissen. Ihr Onkel schüttelte den Kopf. »Nicht wir, Kind. Nach uns giert es nicht. Gegenwärtig sind wir dafür nur ein Juckreiz. Nicht mehr nützlich. Aber es würde uns gern loswerden.« Er schloß die schwerlidrigen Augen. »Es wird zornig, ich weiß es. Da ist jetzt Gaynor ... Sehe – rieche – schmecke ihn – Gaynor – fühle seine Gegenwart – sehe ihn reiten ... fort, fort ... Da ist er – er reitet – ich glaube, er sucht immer noch nach den Schwestern. Und steht dicht davor, sie zu entdecken! Gaynor dient ihm und sich selbst. Eine verhaltene Macht. Sie wollen sie besitzen. Ohne sie können sie diese Ebene niemals ganz bezwingen. Die Schwestern – endlich – ich kann die Schwestern spüren. Sie suchen jemand anderen. Gaynor? Das Chaos? Was ist das? Ein Bündnis? Sie suchen – nicht Gaynor, glaube ich ... Ah! Der Stoff des Chaos ... er ist zu stark ... Wieder Nebel. Unsicherer Nebel.« Er hob den Kopf und keuchte in die kalte Dämmerungsluft, als ob er beinahe in dieser psychischen See ertrunken wäre, auf der er häufig der einzige Reisende war ...

»Gaynor ritt zum Ostgebirge«, sagte Elric. »Sind die Schwestern immer noch dort?«

»Nein«, sagte Fallogard Phatt mit einem Stirnrunzeln. »Die haben den Mynce schon vor langer Zeit verlassen, und trotzdem – Zeit – Gaynor hat Zeit gewonnen – etwas hat ihm beigestanden – ist das eine Falle? Was? Was? Ich kann ihn nicht sehen!«

»Wir müssen das Lager früh abbrechen«, sagte Charion, wie stets praktisch veranlagt, »und versuchen, die Schwestern vor Gaynor zu erreichen. Unsere erste Pflicht besteht jedoch gegenüber der Familie. Koropith ist hier.«

»Auf dieser Ebene?« fragte Elric.

»Oder einer, die dieses Reich gegenwärtig durchdringt.« Sie brach ein Stück einer zähen kandierten Süßigkeit ab und bot es dem Albino an, der den Kopf schüttelte. Er hatte keine Vorliebe für die Leckereien ihrer Welt, wo, wie Wheldrake beschwor, der Geschmack der Speisen noch schlimmer als in seiner eigenen war. »Ich frage mich«, fügte sie hinzu, »ob außer mir jemand auch nur die leiseste Ahnung von Gaynors völliger Hingabe an das Böse hat?« Und als sie in das Feuer sah, waren ihre Augen den anderen verborgen.

Am Morgen fiel sanft der Schnee, bedeckte die Furchen hinter und den Weg vor ihnen, und die Welt war bitterkalt und still, als sie durch den Wald trotteten. Sie folgten dem Klippenrand über ihnen und rieten anhand des schwachen Sonnenlichts die Marschrichtung – dennoch gingen sie ohne Zögern beharrlich weiter und folgten einer psychischen Riechfährte durch diese Welt, in der sie die einzigen lebendigen Geschöpfe zu sein schienen. Sie hielten kurz an, kümmerten sich um Mutter Phatts Bedürfnisse, kochten ihr wärmenden Kräutersud aus Pflanzen, die sie selbst ihnen zum Pflükken bezeichnet hatte und die nun zusammen mit dem süßen Dörrfleisch, das Charion bei sich trug, ihre Hauptspeise darstellten. Dann machten sie sich wieder auf den Weg und marschierten durch seichteren Schnee, und Mutter Phatt prüfte das Moos und die Rindenstücke, die sie ihr brachten, und sie sagte ihnen, daß sich das Reich schon über ein Jahr im Griff des Winters befunden hatte und daß dies zweifellos das Werk des Chaos sei, und sie murmelte von alten Eisriesen und dem kalten Volk und den Legenden des Volkes ihrer Mutter, das, wie sie behauptete, dem Volk, das vor den Menschen kam, entstammte, das Cornwall beherrscht hatte, bevor Menschenzungen es so genannt hatten. Da hatte es auch einen gegeben, sagte sie, der ein Prinz gewesen war, und dieser Prinz gehörte zu dem alten Volk, während die Frau, die er heiratete, zu dem neuen gehörte. Die Kinder aus dieser Verbindung waren die Vorfahren ihrer Mutter. »Deswegen haben wir auch die starke Begabung des Zweiten Gesichts«, sagte sie in vertraulichem Tonfall zu Elric und tätschelte seine Schulter, als er während einer kurzen Rast neben ihr kniete. Sie sprach mit ihm wie zu einem Lieblingsenkel. »Und dieses Volk war Euch nicht unähnlich, bis auf die Hautfarbe.«

»Kamen sie aus Melniboné?«

»Nein, nein, nein! Das Wort bedeutet nichts. Es war das große Vadhagh-Volk, das noch vor den Mabden kam. Also sind wir vielleicht verwandt, Ihr und ich, Prinz Elric?« Einen Augenblick lang zeigte sich ihre ganze Intelligenz und ergänzte ihren Humor. Und Elric sah in ihr Gesicht und dachte, daß er in das Antlitz der Zeit selbst sah.

»Entstammen wir beide«, fragte sie ihn, »diesem Heldenblut?«

»Es scheint wahrscheinlich, Madame«, sagte Elric freundlich, der ihr kaum zuhörte, aber froh war, ihr die Last zu erleichtern, die sie trug und die sie in einigen Punkten zu verdrießen schien.

»Und dazu geboren, auch einen größeren Teil des Leids der Welt zu tragen, wie ich befürchte«, sagte sie.

Dann begann sie wieder zu gackern und zu singen. »Dingli-dongli-dongli! Old Pin ist wieder rührig! Läutet nach dem reichen lebendigen Knaben, damit sein Herz blutet und der Mai wieder blüht!« Darauf begann sie mit dem Löffel auf ihrem Teller einen wilden Trommelwirbel zu schlagen. »Raus aus dem Blut und rein in das Hirn springt die Erinn'rung an Schmerz in die Birn'!«

»Oh, Mama! Oh, Lende, die mich hervorgebracht hat! Wenn das Chaos soviel verschleiert, verhüllt deine Erinnerung an alte Grausamkeiten meine Vision noch stärker!« sprach Fallogard Phatt mit würdevoller Unruhe und flehenden Gebärden.

»Sie werden an Mamas wenigen verbliebenen Hirnstückchen nagen und picken.« Die alte Dame griff auf ihren Pathosvorrat zurück, um ihren Sohn einzuwikkeln, doch er blieb hart.

»Mama, wir haben Koropith bald erreicht, und nun sieht es so aus, als ob der Weg schwerer werden würde. Wir müssen unsere Kräfte schonen, Mama! Wir müssen fein stille sein und dieses Verstreuen zufälliger Beschwörungen und Reime unterlassen, oder du hinterläßt einen Hexenpfad auf unserer Spur, auf dem ein Heer marschieren könnte. Was niemals klug ist, Mama.«

»Klugheit hat noch nie Ratten eingepökelt«, sagte Mutter Phatt mit einem wehmütigen Kichern, aber sie gehorchte ihrem Sohn. Sie nahm seine Logik hin.

Elric hatte schon bemerkt, daß die Luft wärmer wurde und das Eis in den Bäumen schmolz; Schnee fiel schwer auf feuchten Boden und wurde rasch verschluckt. Am Nachmittag schien die Sonne, und sie hatten eine Reihe von grotesk gepanzerten Tiermenschen durchschritten, die durch Foltern noch seltsamere Gestalten angenommen hatten und in Eis gefangen waren, das bei einer Berührung brennendheiß war, durch das die Reisenden jedoch Augen sahen, die sich bewegten, Lippen, die zu sprechen sich mühten, Glieder, die in Stellungen ewiger Qualen erstarrt waren. Eine kleine Armee des Chaos, stimmten Fallogard Phatt und Elric überein, von unbekannter Zauberei besiegt, vielleicht durch einen Einsatz der Ordnung? Nun durchquerten sie eine Wüste, durch die ein Wasserlauf führte, der ganz sicher künstlich angelegt worden war und aus dem sie trinken konnten.

Am Tag darauf endete die Wüste, und vor sich sahen sie das gewaltige Unterholz eines dunklen üppigen Waldes, dessen Bäume Blätter trugen, die so lang wie ein Mensch waren, dessen Stämme so schlank und sehnig wie die Arme eines Mannes waren, dessen dichtes Laubwerk tiefrot und dunkelgelb war und unter dessen bedrohliche Farben sich blaßrosige Streifen und purpurne oder graue Adern mischten, als ob sich der Wald von Blut nähren würde.

»Ich glaube, hier werden wir unseren verlorenen Sohn wiederfinden!« kündigte Fallogard Phatt fröhlich an. Seine Mutter sah allerdings zweifelnd auf das bedrohliche Gewirr von massigen Blüten und sehnigen Zweigen. Einen Pfad hinein schien es nicht zu geben. Doch Fallogard Phatt, der nun die vorderen Griffe der Sänfte übernommen hatte, trabte munter voran und zwang seine kleinere Nichte dadurch zu schnelleren Schritten, um ihr Gleichgewicht und den Schwung ihres Vorankommens zu wahren, bis sie schließlich ihren Onkel zeternd zum Anhalten zwang, als er in den klebrigen, fast reptilischen Wald stürmte.

Elric war über etwas Schatten froh und lehnte sich an einen nachgebenden Baumstamm. Es kam ihm vor, als sänke er in weiches Fleisch. Er richtete sich wieder auf und verlagerte sein Gewicht auf die Beine. »Zweifellos ist dies das Werk des Chaos«, sagte er. »Diese halbtierischen, halbpflanzlichen Schöpfungen sind mir vertraut; für gewöhnlich sind sie das erste Wachstum, das das Chaos auf einer Welt hervorbringt. Im Wesentlichen sind sie der Auswurf ungeschickter Zaubersprüche, und kein Herrscher von Melniboné, der etwas auf sich hälte, hätte für diesen Unsinn Zeit verschwendet. Aber wie Ihr zweifellos schon erfahren habt, hat das Chaos nur sehr wenig Geschmack – wohingegen die Ordnung natürlich viel zuviel Geschmack beweist.«

Der Marsch durch den Wald stellte sich als einfacher heraus, als sie ihn sich vorgestellt hatten, denn die fleischigen Zweige teilten sich mühelos, und nur gelegentlich verweilte lüstern eine Samenkapsel auf einem Arm oder einer Stelle des Gesichts, während eine schimmernde grüne Ranke den Körper wie mit liebenden Armen umschlang. Diese Dinge waren durch die Kraft des Chaos jedoch nur schwach belebt worden, und Fallogard Phatts Vorankommen wurde kaum für lange Zeit aufgehalten.

Bis der Dschungel übergangslos nicht mehr organisch war.

Er wurde kristallin.

Blasses Licht fiel in tausend Farbtönen durch die Prismen des Walddaches, blitzte und spiegelte sich von Zweig zu Kristallblatt, flutete an Baumstämmen herab und über Baldachine – und Fallogard Phatt setzte seinen unbeirrten Vormarsch durch den Dschungel weiter fort, denn die Kristalle gaben ebenso leicht nach wie die Zweige.

»Und das ist sicher das Werk der Ordnung?« sagte Charion Phatt zu Elric. »Diese leblose Schönheit?«

»Wohl wahr…«, sagte Elric; er betrachtete die Art und Weise, in der das Licht in vielfarbigen Strahlen herabströmte, so daß der Boden mit flutendem Schein, der dem Licht von Rubinen und Smaragden und dunklen Amethysten ähnelte, bedeckt war, bis sie knietief durch die reiche Färbung wateten, die auch auf ihrer Haut spielte, so daß Elric endlich seinen Freunden ähnlich wurde, denn alle sahen voller Staunen auf ihre vielfarbige Haut, die zu glitzern und mit den Kristallen um sie herum zu tanzen schien. Dann erreichten und betraten sie eine gewaltige Höhle, in der kühles silbriges Licht herrschte – fernes Wasser schwappte leise an sanfte Ufer, und sie empfanden einen außerordentlichen Frieden, wie ihn Elric zuvor nur in Tanelorn empfunden hatte.

Und hier hielt Fallogard Phatt an und bedeutete seiner Nichte, die Sänfte auf dem süßduftenden Moos des Höhlenbodens abzusetzen. »Wir haben ein Gebiet betreten, in dem weder Ordnung noch Chaos herrschen – wo vielleicht die Regelung des Gleichgewichts gilt. Hier werden wir Koropith finden. Hier werden wir nach den drei Schwestern suchen.«

Dann hörten sie irgendwo über ihnen, wo das Höhlendach das Licht der untergehenden Sonne auffing und zu ihnen hinableitete, einen dünnen ärgerlichen Schrei und eine Stimme, die von einer weit entfernten Galerie herabrief:

»Beeilt euch, ihr Idioten! Kommt herauf! Kommt herauf! Gaynor ist hier! Er hat die Schwestern gefangengenommen!«

DAS ZWEITE KAPITEL

Eine wiedergefundene Rose; weitere Familienfreuden; Gaynors Schandtat wird vereitelt, und endlich werden die Schwestern gefunden – eine weitere sonderbare Wendung des Schicksalsrades.

Koropith, Freude meines Herzens! Oh, mein Schöner! Oh meine Leibesfrucht!« Fallogard Phatt spähte durch die sich kreuzenden Lichtbalken, durch die Galerien aus grünem Laub und dunklem Fels, durch die duftschweren Blumen und streckte die schlanken Finger nach seinem Sohn aus.

»Rasch, Vater! Ihr alle! Dort oben! Wir dürfen ihn nicht gewinnen lassen!« Die Stimme des Jungen erklang so klar wie eine Bergquelle. Sie klang verzweifelt.

Elric hatte Stufen entdeckt, die in die Höhlenwand geschnitten waren. Ohne zu überlegen, begann er sie zu erklettern; Fallogard und Charion Phatt folgten ihm und ließen Wheldrake zum Schutz der Mutter zurück.

Sie kletterten durch die kühle Stille der hohen Höhle, und schnaufend stellte Fallogard Phatt fest, daß der Ort eine natürliche Kathedrale sei, ›als ob Gott sie uns hier zum Vorbild errichtet hätte‹ (nach Neigung und persönlichem Hintergrund war er Monotheist), und wenn nicht die dringenden Rufe seines Sohnes von oben gewesen wären, hätte er innegehalten, um ihre wundersame Schönheit zu betrachten.

»Da ist er! Da sind jetzt zwei von ihnen!« schrie Wheldrake unverständlicherweise von unten. »Ihr seid fast da! Vorsichtig, meine Anmut! Achtet auf sie, Vater!«

Charion benötigte niemandes Hilfe. Leichtfüßig folgte sie rasch mit bereits gezogenem Schwert Elric dicht auf den Fersen und hätte ihn überholt, wenn auf den schmalen Stufen dafür Platz gewesen wäre.

Sie erreichten eine Galerie, deren Mauer von einer Art Hecke gebildet wurde, die üppig aus der Klippenseite wuchs und offensichtlich zum Schutze derer gedacht war, welche den Pfad benutzten. Elric bewunderte die Kunstfertigkeit der Menschen, die hier gelebt hatten, und fragte sich, ob einige von ihnen die Ankunft des Chaos in ihrer Welt überlebt hatten. Falls dem so war, wo befanden sie sich dann?

Die Galerie verbreiterte sich und wurde zu einem weiten Tunnel.

Und dort stand Koropith Phatt, der angesichts seiner unmittelbaren Dringlichkeit seiner Bedrängnis japste, dennoch beim Anblick seines Vaters und seiner Kusine weinte. »Rasch, Vater! Gaynor wird sie vernichten, wenn wir uns nicht beeilen! Möglicherweise wird er sie alle – jede einzelne vernichten!«

Und er hastete ihnen voraus, hielt inne, um zu sehen, ob sie ihm auch folgten, stürzte wieder rufend davon. Er war gewachsen und hatte offenbar abgenommen, wurde allmählich zu einem mageren jungen Mann und so eckig und schlaksig wie sein Vater. Sie rannten durch Galerien aus grünem Licht, durch friedliche Kammern, durch Zimmerfluchten, die aus Fenstern, die sinnreich nahe dem Dach eingebaut waren, Ausblick über die Weite der Höhle selbst boten; kein Raum war belegt, allen haftete etwas Trostloses an. Sie rannten krumme Treppengänge hinauf und durch sanft geschwungene Flure, durch eine Stadt, die ein Palast war, oder einen Palast, der so groß war wie eine Stadt, worin ein freundliches Volk in zivilisierter Eintracht gelebt hatte…

…und dann ertönte der Lärm zweier Widersacher, die in einen psychischen, übernatürlichen und körperlichen Kampf verstrickt waren – eine orangerote Lichtexplosion, der Zusammenbruch einer Art Finsternis, das Wirbeln unnatürlicher Farben, auf das Geräusche folgten, die einem tiefen unregelmäßigen Herzschlag glichen …

… und Elric eilte den anderen in einen Saal voraus, der in seiner Kunstvollendung und zarten architektonischen Einsicht der großen Höhle weiter unten glich – fast als Nacheiferung gelten konnte …

… und auf dem blaßblauen, von feinen Silberadern durchzogenen Marmorboden lag der Körper einer jungen Frau in Braun und Grün, und wallendes rotgoldenes Haar machte sie sofort kenntlich. Neben der reglosen rechten Hand lag ein Schwert, ein Dolch lag noch in ihrer Linken.

»Ach! Nein!« rief Koropith Phatt gequält aus. »Sie kann doch nicht tot sein!«

Elric steckte Sturmbringer fort und kniete sich neben ihr nieder, suchte nach ihrem Puls und fand ihn schwach und regelmäßig an ihrem weichen Hals, als sie ihre nußfarbenen Augen aufschlug und bei seinem Anblick die Stirn runzelte. »Gaynor?« murmelte sie.

»Offenbar fort«, sagte Elric. »Und ich glaube, die Schwestern sind bei ihm.«

»Nein! Ich war sicher, daß ich sie beschützt hätte!« Die Rose bewegte schwach die Arme und versuchte aufzustehen, aber es gelang ihr nicht. Koropith Phatt stand dicht neben Elric und gab in hilfloser Sorge beruhigende Flüsterlaute von sich. Sie lächelte ihm zuversichtlich zu. »Ich bin unverletzt«, sagte sie. »Lediglich erschöpft …« Sie tat zwei rasche Atemzüge. »Gaynor hat in dieser Sache einen Chaos-Lord auf seiner Seite, glaube ich. Ich benötigte fast alle Zaubersprüche, die ich in Oio kaufte, um ihm zu widerstehen. Ich habe nur noch wenige übrig.«

»Ich wußte nicht, daß Ihr sowohl Schwertkämpferin als auch Zauberin seid«, sagte Elric und half ihr in eine sitzende Stellung.

»Unsere Magie ist natürlicher Art, doch nicht alle von

uns wandten sich ihrer Ausübung zu. Das Chaos hat dagegen nur wenige Waffen, was sich für mich als Vorteil erwies, obgleich ich ihn gefangenzusetzen und mehr von ihm zu erfahren hoffte.«

»Er steht wohl immer noch in Graf Mashabaks Diensten«, sagte Elric.

»Soviel weiß auch ich, mein Herr«, sagte die Rose sanft und mit einer Betonung, deren Bedeutung nur ihr selbst klar war.

Rasch hatten sie sie auf ein gepolstertes Lager gesetzt, ihre Haut schimmerte blaßrosig im sanften Licht des blauen Saales, das Haar floß wie Blütenblätter um ihren zarten Kopf.

Etwas später war Koropith mit Wheldrake und Mutter Phatt eingetroffen (sie hatten Tunnel erklommen, die leichter zu begehen waren als die äußeren Treppen), und dann war die Rose soweit, ihnen zu berichten, was sich ereignet hatte, nachdem sie diese Höhle betreten hatte (›nachdem ich wie ein Dieb in der Nacht durch die Dimensionen gerutscht bin‹). Sie hatte die Schwestern gefunden, die sich nach einer fehlgeschlagenen eigenen Suche, die sie so weit fort geführt hatte, verborgen gehalten hatten. Sie hatte ihnen, nicht zum ersten Mal, ihre Hilfe angeboten, und sie hatten sie freudig angenommen, doch Gaynor hatte einen Riß im Stoff des Kosmos bemerkt. Sein Stützpunkt lag kaum fünfzig Meilen von hier entfernt, und er war mit einem kleinen Heer angerückt, um sich der Schwestern und ihrer Schätze zu bemächtigen. Er hatte nicht erwartet, daß man ihm Widerstand leisten würde, besonders nicht durch die einzigartige Magie der Rose, deren Beschaffenheit zu fein war, als daß das Chaos sie leicht begriffen hätte.

»Meine Magie bezieht weder von der Ordnung noch vom Chaos Kraft«, sagte sie, »sondern von der natürlichen Welt. Manchmal benötigt einer unserer Zauberbanne ein Jahrhundert, um die Wurzeln einer besonders beharrlichen Tyrannei zu ersticken, aber wenn diese abgetötet ist, dann ist es gründlich geschehen. Unsere Berufung bestand darin, Tyrannen aufzuspüren und zu vernichten. Wir waren darin so erfolgreich, daß wir uns allmählich den Zorn gewisser Lords der Höheren Welten zuzogen, die vermittels solcher Menschen regieren.«

»Ihr seid die Töchter des Gartens«, unterbrach Wheldrake sie und hielt dann entschuldigend inne. »Ich glaube, in einem alten persischen Märchen wird von Euch gesprochen. Vielleicht stammt es auch aus Bagdad. Ein anderer Name war auch: Die Töchter der Gerechtigkeit... Aber ihr erlittet ein Martyrium... Vergebt mir, Madame. Es gab eine Geschichte...

Der grimme Graf Malcolm kam in das Land
  mit Feuer und Stahl in jeder Hand
und einem Fluch mit giftigem Od:
  Ich suche die Blumen von Bannon Brae;
ich bring ihnen Leid und Tod.

Beim Himmel, Madame, manchmal fühle ich mich, als wäre ich in einem unendlichen gewaltigen Epos meiner eigenen Erfindung gefangen!«

»Ihr erinnert Euch an das Ende dieser alten Ballade, Meister Wheldrake?«

»Es gibt mehrere davon«, sagte Wheldrake diplomatisch.

»Allerdings erinnert Ihr Euch doch an ein bestimmtes Ende, nicht wahr?«

»Ich erinnere mich, Madame«, sagte Wheldrake in erwachendem Schrecken. »Oh, Madame! Nein!«

»Aye«, sagte die Rose. Und langsam und müde, mit großer Kraftanstrengung sprach sie...

»Jeder Feuerbrand in Bannon Brae
  war einer Seele Qual
Bis auf eine schnitt Malcolm die Blumen dahin,
  ihr Lied klang zum Trauerfanal.

Ich«, sagte die Rose, »war die einzige Blume, die nicht schließlich von dem niedergemäht wurde, den die Ballade Graf Malcolm nennt. Sein Vorgänger war Gaynor, der uns belog, was seinen eigenen heldenhaften Kampf gegen die Kräfte der Finsternis betraf.« Und sie hielt inne, als ob sie eine Träne unterdrückte. »So wurden wir von der Invasion überrascht. Wir vertrauten Gaynor. Tatsächlich setzte ich mich für ihn ein! Ich erfuhr, daß er sich sparsamer Methoden bedient. Er betrügt uns alle mit denselben Geschichten. Innerhalb von Stunden war unser Tal eine Wüstenei. Ihr könnt Euch die Verheerungen vorstellen, denn wir waren auf das Chaos nicht vorbereitet, das nur mit sterblicher Hilfe in unser Reich eindringen konnte. Mit Gaynors Hilfe. Und die der ahnungslosen Narren, die er betrog…«

»Oh, Madame!« wiederholte Wheldrake. Darauf streckte sie eine freundliche Hand aus, um ihn zu trösten. Doch er wollte sie trösten. »Die einzige Blume…«

»Bis auf eine«, sagte sie, »doch griff sie auf verzweifelte Hexerei zurück und starb einen unheilvollen Tod…«

»Dann sind die Schwestern nicht mit Euch verwandt?« murmelte Fallogard Phatt. »Ich hatte angenommen…«

»Vielleicht Schwestern im Geiste, allerdings teilen sie meine Berufung nicht. Sie versuchen, einem gemeinsamen Feind Widerstand zu leisten, deswegen habe ich sie bis jetzt unterstützt. Denn sie besitzen unter anderem den Schlüssel zu meinem persönlichen Ziel.«

»Aber wohin hat Gaynor sie entführt?« wollte Charion Phatt wissen. »Seine Festung befindet sich fünfzig Meilen von hier, sagt Ihr?«

»Und sie ist von einem Chaosheer umgeben, das nur seinen Befehl erwartet, um gegen uns vorzurücken. Aber ich weiß noch nicht, ob er die Schwestern gefangen hat.«

»Sicher hat er sie doch mitgenommen?« sagte Charion Phatt.

Doch die Rose schüttelte den Kopf. Allmählich erholte sie sich wieder und konnte nun ohne Hilfe gehen. »Ich mußte sie vor ihm verbergen. Die Zeit war sehr knapp. Ihre Schätze konnte ich nicht mit ihnen verbergen. Aber ich weiß nicht, ob ich rasch genug gehandelt habe.«

Offensichtlich wollte sie sich über diesen Zwischenfall nicht weiter auslassen, also fragten sie sie und Koropith, was auf der Zigeunerbrücke geschehen war. Sie berichtete ihnen, wie sie Gaynor und die drei Schwestern just in jenem Augenblick gefunden hatte, als Mashabak die Brücke durchtrennen wollte. Natürlich war er von Gaynor herbeigerufen worden. »Ich versuchte, Mashabak aufzuhalten und so viele Leben wie nur möglich zu retten. Dadurch jedoch ermöglichte ich Gaynor die Flucht – allerdings ohne die Schwestern, die es geschafft hatten, sich von ihm loszureißen. Ich versuchte, die Zigeuner zu warnen, und als das fehlschlug, begann ich nach Gaynor – oder Mashabak – zu suchen. Koropith und ich, wir waren zu unterschiedlichen Zeiten dicht davor, sie zu finden, doch nun wissen wir, daß sie ebenso wie die Schwestern hierher zurückgekehrt sind. Das Chaos gewinnt an Kraft. Dieses Reich ist ihm beinahe anheimgefallen, abgesehen von dem Widerstand, den wir und die Schwestern ihm entgegensetzen.«

»Für eine Reise zu einem Fürstenhof des Chaos verspüre ich wenig Lust, Madame«, sagte Wheldrake langsam, »aber wenn ich Euch in dieser Angelegenheit irgendwie behilflich sein kann, mögt Ihr Euch in jeder beliebigen Weise meiner bedienen.« Er vollführte eine ernste knappe Verbeugung.

Und Charion widmete an der Seite ihres Zukünftigen ebenfalls Schwert und Verstand der Sache der Rose.

Dies alles wurde anmutig durch eine erhobene Hand

bestätigt. »Noch wissen wir nicht, was wir tun müssen«, sagte sie, und dann stellte sie sich hin, der Samtmantel fiel in Falten auf die Marmorbank, sie hob den wunderschönen Kopf und spitzte die Lippen zu einem Pfiff.

Das Geräusch tappender Pfoten erklang auf dem Marmorboden, und ein hitziges Hecheln ließ vermuten, daß die Rose die Höllenhunde zu ihrer Unterstützung herbeigerufen hatte; dann sprangen drei riesige Hunde in den Saal – große Wolfshunde mit heraushängenden Zungen und vormenschlichen Köpfen – ein weißer Hund, ein blaugrauer Hund und ein hellgoldener Hund, die bereit zu sein schienen, jeden Feind zu bekämpfen und jede Beute zu jagen. Und sie versammelten sich neben der Rose und sahen zu ihr auf, als wollten sie jeden ihrer Befehle befolgen.

Doch dann sah ein Hund zur Seite und entdeckte Elric. Sofort wurde er unruhig, knurrte leise und erregte die Aufmerksamkeit der beiden anderen Tiere, bis Elric sich fragte, ob dies nicht Verwandte von Esbern Snare sein mochten, die nichts davon hielten, daß sich der Werwolf für Elric geopfert hatte.

Dann kamen sie auf den Albino zu, und die Rose schrie überrascht auf, rief ihnen nach, daß sie sofort ›bei Fuß‹ kommen sollten.

Aber sie gehorchten nicht.

Elric hatte keine Angst vor den großen Hunden, als sie sich ihm näherten. Tatsächlich haftete ihnen etwas an, das ihn beruhigte. Aber er war zutiefst verwundert.

Sie kamen näher heran, umschlichen ihn, beschnupperten ihn ratlos, dabei wechselten sie unter sich immer wieder leise Knurrlaute, bis sie schließlich zufrieden waren und gelassen zur Rose zurückkehrten.

Die Rose war verdutzt. »Gerade wollte ich erklären«, sagte sie, »warum wir warten müssen, bevor wir weitere Maßnahmen treffen. Diese Hunde sind die drei Schwestern. Ich legte einen Zauberbann auf sie, sowohl um sie vor Gaynors Hexerei zu beschützen, als auch um ihnen die Möglichkeit der Selbstverteidigung zu geben, denn wie Ihr seht, haben sie alle Magie und allen Einfallsreichtum verbraucht. Ihre Suche ist fehlgeschlagen.«

»Worin bestand ihre Suche?« fragte Elric leise, trat hinter den anderen hervor und betrachtete die Hunde mit neuerweckter Neugier, die seinen Blick mit einer gewissen Sehnsucht erwiderten.

»Wir suchten nach Euch«, sagte der goldene Hund, richtete sich auf und verwandelte sich in einer einzigen fließenden Bewegung in eine Frau, deren Seidenkleid die gleiche Farbe aufwies, die auch ihr Fell gezeigt hatte, und ihr Antlitz war von jener zartgeschnittenen länglichen Art, die Elric sofort als seinem eigenen Volk zu eigen erkannte. Graublaues Fell wurde zu graublauer Seide, Weiß zu Weiß, bis schließlich alle drei Schwestern vor ihm standen; klein waren sie, doch unverwechselbar von melnibonéischer Art. »Nach Euch, Elric von Melniboné, haben wir gesucht«, wiederholten sie.

Schwarzes Haar umrahmte ihre erlesenen Züge wie Helme, große schräge Augen leuchteten violett, ihre helle Haut leuchtete wie das allerhellste Messing, ihre Lippen waren vollkommen geschwungen …

… und sie hatten sich allein an ihn gewandt. Sie hatten die alte Hochsprache von Melniboné verwendet, die selbst Wheldrake nur schwer verstand.

Angesichts dieser überraschenden Wende der Ereignisse war Elric unwillkürlich einen Schritt zurückgetreten. Dann faßte er sich, verneigte sich kurz und stellte fest, daß er trotz aller seiner vorher geleisteten Schwüre den alten Blutgruß der herrschenden Familien des Strahlenden Reiches entrichtete. »Ich bin an Euch und Eure Interessen gebunden …«

»Und wir an die Eurigen, Elric von Melniboné«, sagte die Frau in Gold. »Ich bin Prinzessin Tayaratuka, und dies sind meine Schwestern, ebenfalls von gleicher

Kaste, Prinzessin Mishiguya und Prinzessin Shanug'a. Prinz Elric, wir haben Euch durch Jahrtausende und durch eintausend Sphären nachgespürt!«

»Ich habe Euch nur ein paar hundert Jahre und durch vielleicht fünfhundert Sphären verfolgt«, sagte Elric bescheiden, »doch scheint es so, als ob ich der Schwanz bin, der das Wiesel jagt ...«

»Als der verrückte Jack Porker sein Bein feststeckte!« schrie Mutter Phatt aus der Behaglichkeit ihres frischen Lagers und prächtiger Decken heraus. »Dann haben wir uns also in Kreisen gejagt? Seht Ihr! Ich wußte doch, daß da ein Muster war! Irgendwo ist immer ein Muster. Dongeliridingel, der Bengel hat keine Klinge. Es ist das berühmte Rennen, wißt Ihr. Porkers peinliche Prüfung. Sein letzter Sprung war schieres Heldentum. Alle waren dieser Meinung. Ladies und Gentlemen, sie nageln unsere Beine am Boden fest. Das ist nicht fair!« Und sie verfiel in einen komischen Dialog mit sich selbst, worin sie ihre Kindheit auf den Brettern wieder aufleben ließ. »Buffalo Bill und der Wandernde Jude! Das war unser Grande Finale. Der letzte Schrei.«

Was sich die drei Schwestern in aller Geduld anhörten, bevor sie fortfuhren ...

»Wir wollten Euch um einen Gefallen bitten«, sagte Prinzessin Tayaratuka, »und Euch im Austausch dafür ein Geschenk anbieten.«

»Ich bin Euch verbunden, als wäre ich Eure eigenen Hände«, sagte Elric automatisch.

»Und wir Euch«, erwiderten die Schwestern, die das Ritual ebenfalls kannten.

Dann ließ sich Prinzessin Tayaratuka auf ein Knie nieder, legte die Hände auf seine Arme und zog ihn zu sich herunter, so daß er ebenfalls kniete. »Mein Lord, gute Macht für Euch«, sagte sie und bot ihm ihre Stirn zum Kuß. Das Ritual nahm seinen weiteren Verlauf, bis alles gesprochen und alle geküßt worden waren.

»Wie kann ich Euch helfen, Schwestern?« fragte Elric,

als sie danach den dreifachen Kuß der Verwandtschaft ausgetauscht hatten. Sein altes melnibonéisches Blut regte sich in ihm, und er erstarrte förmlich vor Sehnsucht nach seiner Heimat und der Sprache und den Sitten seines unmenschlichen Volkes. Diese Frauen waren ihm ebenbürtig; schon bestand zwischen ihnen ein tiefes Verständnis, das stärker als Blut oder Liebe, jedoch in keinerlei Hinsicht belastend oder fordernd war. Tief in seinem Inneren wußte Elric, daß ihre Gewalt über Zauberei seiner eigenen sehr wohl gleich gewesen sein mochte, bevor sie all ihre Kraft auf der Suche nach ihm verbraucht hatten. Er hatte viele mächtige Frauen gekannt und geliebt, darunter seine verlorene Anverlobte Cymoril sowie Myshella, die Herrscherin der Morgendämmerung, jene Zauberin, der er bis vor kurzem noch gedient hatte, aber von der Rose abgesehen handelte es sich bei den drei Prinzessinnen um die schönsten lebenden Frauen, denen er je begegnet war, seit er Imrryr als Scheiterhaufen für die Leiche seiner Geliebten hinter sich gelassen hatte.

»Ich bin geschmeichelt, daß Ihr nach mir gesucht habt, Eure Majestäten«, sagte er, wobei er um der guten Sitte willen wieder in die allgemeine Sprache verfiel. »Wie kann ich Euch zu Diensten sein?«

»Wir möchten gern Euer Schwert borgen«, sagte Prinzessin Shanug'a.

»Es wird Euch geborgt werden, Madame. Mit mir, der ich es für Euch schwingen werde.« Seine Worte waren galant, wie es die Ehre gebot, doch immer noch fürchtete er sich vor der Drohung seines Vaters, der irgendwo nicht allzuweit entfernt herumirrte, stets bereit, beim ersten Anzeichen der Auslöschung zu fliehen und seine Seele in Elrics Wesen zu gießen, um sich auf ewig mit ihm zu vermischen… Und hatte nicht auch Gaynor das Schwarze Schwert begehrt?

»Ihr fragt nicht, warum wir uns die Klinge borgen wollen«, sagte Prinzessin Mishiguya, ließ sich neben der Rose nieder und griff nach einigen kleinen Früchten, die auf der Lehne des Lagers standen. »Ihr wollt nicht mit uns handeln?«

»Ich würde erwarten, daß Ihr mir helft, wie ich Euch helfe«, sagte Elric gelassen. »Aber ich habe wie Ihr den Bluteid geschworen. Es ist vollbracht. Wir sind eins. Unsere Interessen sind eins.«

»Trotzdem ist in Euch eine tiefe Furcht, Elric«, sagte Charion Phatt plötzlich. »Ihr habt diesen Frauen nicht gesagt, was Ihr befürchtet, wenn Ihr Euch gestattet, ihnen beizustehen!« Sie sprach wie ein Kind, suchte nach Gerechtigkeit und verstand nicht, weshalb der Albino seine eigenen Befürchtungen nicht enthüllen wollte.

»Und sie haben mir nicht gesagt, was sie befürchten, wenn ich mich bereit erkläre, sie zu unterstützen«, sagte Elric ruhig zu der jungen Frau. »Gegenwärtig reiten wir alle hier auf den Hengsten des Schreckens, und wir können nur darauf hoffen, einen gewissen Griff um die Zügel zu bewahren.«

Charion Phatt nahm dies hin und gab nach, obgleich sie Wheldrake einen wütenden Blick zuwarf, als ob sie wünschte, daß er zu ihren Gunsten spräche. Der Poet blieb jedoch ein Diplomat; zwar war er sich des Spieles, dem er beiwohnte, oder der ausgesetzten Preise nicht sicher, doch war er bereit, dorthin zu gehen, wohin seine Beinahe-Verlobte es bestimmte.

»Wohin soll ich die Klinge für Euch tragen?« fragte Elric erneut.

Prinzessin Tayaratuka warf einen raschen Blick auf ihre Schwestern und erhielt deren stumme Zustimmung zum Fortfahren. »Wir benötigen Euch nicht zum Tragen der Klinge«, sagte sie sanft. »Wir meinten es durchaus wörtlich. Wir wünschen Euer Runenschwert zu borgen, Prinz Elric. Ich werde das erklären.«

Und sie erzählte eine Geschichte von einer Welt, auf der alle im Einklang mit der Natur lebten. Diese Welt verfügte über nur wenige Städte im herkömmlichen Sinne, und ihre Siedlungen wurden im Einklang mit der Landschaft der Hügel und Täler, der Berge und Bäche errichtet, auf daß sie sich in den Wald schmiegten, ihn jedoch nicht bedrängten, so daß jemand, der ihre Ebene besuchte, nahezu keinerlei Anzeichen von Besiedelung auf dem Kontinent, den sie bewohnten, erblickt hätte. Doch das Chaos kam, angeführt von Gaynor dem Verdammten, der ihre Gastfreundschaft suchte und sie verriet, wie er im Verlauf der Jahrhunderte schon so viele Seelen betrogen hatte, indem er seinen Schutzpatron herbeirief, der dem Land sofort das Brandmal des Chaos aufdrückte.

»Für mögliche Feinde von anderen Kontinenten waren nur wenige unserer Behausungen jemals sichtbar, so beschirmt waren wir von der Schweren See, die uns umschließt ... So dicht waren unsere Wälder und so breit und gewunden unsere Flüsse, daß niemand sein Leben riskieren wollte, um nach irgendwelchen Legenden zu suchen, die sich in andere Teile der Welt verirrt haben mochten. Wahrlich, wir lebten im Paradies. Und es war ein Paradies, das wir nicht auf Kosten irgend eines anderen Geschöpfes erlangt hatten, nicht einmal derer in der Wildnis, mit denen wir lebten. Trotzdem war dies innerhalb von einem oder zwei Tagen vorbei, und wir hatten nur noch einige befestigte Außenposten wie jene, an denen unsere Zauberkunst verwendet wurde, um unsere Welt so zu erhalten, wie sie vor dem Eintreffen des Chaos gewesen war.«

»Und das Chaos hat Euch hier schon seit langem belagert, Madame?« fragte Fallogard Phatt mitfühlend und hob bei ihrer Antwort die Augenbrauen.

»Seit ungefähr tausend Jahren hat es in etwa unentschieden gestanden. Die meisten Angehörigen unseres Volkes verließen diese Welt, um neue Siedlungen in anderen Ebenen zu begründen, aber einige von uns empfanden es als ihre Pflicht, zu bleiben und gegen das

Chaos zu kämpfen. Wir sind die letzten. Während wir nach Elric suchten, wurden viele unserer Verwandten in Scharmützeln mit dem Chaos bei dem Versuch getötet, die Hauptfestung anzugreifen.«

»Aber was brachte diesen Stillstand zuwege?« fragte Elric.

»Eine Fehde zwischen zwei Herzögen der Hölle erforderte ihre Aufmerksamkeit, besonders nachdem Arioch sich eine verwickelte Strategie zunutze machte, die Mashabaks Durchtrennung der Zigeunerbrücke sowie verschiedene andere Schliche und Manipulationen des Multiversums beinhaltete, und Mashabak in dem Territorium gefangensetzen konnte, das er als sein eigen erachtete – unser Reich. Ohne dämonische Hilfe mußte Gaynor darauf hoffen, daß die Schwestern ihn wieder hierher zurückführen würden. Das hat sich allerdings entscheidend geändert. Vor kurzem fand ein Ereignis statt, das den unerklärten Waffenstillstand beendete. Mashabak ist wieder zurückgekehrt und muß schon bald seine Streitkräfte gegen uns führen. Wer auch immer jenes kosmische Patt gebrochen hat, beraubte uns jener Zeit, die wir noch zu haben glaubten…«

Elric sagte dazu nichts; er erinnerte sich an Esbern Snare und seinen Sprung gegen den Herzog der Hölle, erinnerte sich an den Mut des Werwolfs des Nordens, als er versucht hatte, seinen Freund zu retten – und dabei ahnungslos das Gleichgewicht der Macht durchbrochen hatte, das den Schwestern in ihrem Palast einige Erholung gewährt hatte.

Wild entschlossen hatte sich Gaynor, der von Mashabak im Stich gelassen worden war, seinen eigenen Weg durch die Dimensionen erkämpft und sich dabei geschworen, seine Eroberungen nicht in Mashabaks Namen durchzuführen, sondern in seinem eigenen! Er forderte das Chaos heraus, wie er einst das Gleichgewicht herausgefordert hatte! Er ertrug keinen Herren!

Der ehemalige Prinz des Universellen, der in das Unbekannte verschlagen worden war, hatte gezwungenermaßen Jahre subjektiver Zeit darauf verwandt, sich seinen Rückweg in dieses Reich zu suchen. Er hatte jedwede Strategie angewandt, jede Schliche – rasend vor Zorn, daß sein kosmischer Verbündeter ihn offenbar im Stich gelassen hatte, dennoch entschlossen, hier seine Herrschaft zu errichten. Schließlich beschloß er, den drei Schwestern zu folgen, da sie schließlich in ihr Reich zurückkehren mußten. Ursprünglich hatte ihn Mashabak auf eine Suche geschickt – er sollte den fliehenden Schwestern durch die Dimensionen folgen und die lebende Rose zurückbringen. Doch als Mashabak ihn nicht mehr unterstützte, war die Rose für Gaynor nebensächlich geworden. Elrics Schwert begehrte er weitaus dringender.

Nun war er zurückgekehrt und stellte sogleich unter Beweis, daß der Palast nicht mehr vor ihm sicher war. Er hatte ihn betreten und die Schwestern mit dem blanken Schwert bedroht; er hatte ihre mittlerweile legendären Drei Schätze verlangt, die sie mit sich geführt hatten, um sie jenem Wesen zurückzugeben, das sie ihnen geliehen hatte. Gaynors Plan hatte darin bestanden, die Schwestern aus dem Palast und in die Höhle zu drängen, an deren östlichem Eingang seine Chaosmeute wartete, die ihrerseits den Palast nicht betreten konnte.

Koropith Phatts Fähigkeiten waren bis zur Grenze des Erträglichen beansprucht worden, und die Gefahr, in der die drei Schwestern schwebten, hatte den jungen Phatt, der sie spürte, schier überwältigt, als die Rose schließlich doch in dieses Reich einbrach – gerade noch rechtzeitig, um einen Schutzbann über die Schwestern zu werfen und Gaynor herauszufordern, der von ihrem geschickt geführten Schwert und ihrer Zauberei aus dem Palast vertrieben wurde. Aber auch er hatte seinerseits eine Quelle der Zaubermacht gefunden und hatte sie schließlich in dem Glauben, sie sei tot, zurückgelassen; er floh zurück in seine Festung, als Elric und die anderen eintrafen.

»Bis zu diesem Augenblick«, sagte Prinzessin Shanug'a, »waren wir auf nichts anderes als den Tod vorbereitet. Ich frage mich, was uns jetzt zusammengeführt hat? Und warum sollte es uns alle ausgerechnet zu diesem Zeitpunkt zusammenführen? Habt Ihr eine diesbezügliche Ahnung, Meister Phatt? Werden wir alle von der Hand eines umtriebigen Schicksals geführt?«

»Das kann nur das Gleichgewicht sein«, sagte Fallogard Phatt und nickte überzeugt.

Doch Elric schwieg. Er wußte, daß Sturmbringer nicht dem Gleichgewicht diente, und wenn das Runenschwert nicht gewesen wäre, wäre er jetzt nicht hier – und bereit, den Schwestern zu helfen. Wußte denn das Schwert, was sie von ihm erwarteten?

Da kam Elric ein furchterregender Gedanke. Hatte er womöglich schon die Zwecke des Schwertes erfüllt, so daß Sturmbringer nicht mehr jene Symbiose benötigte, auf die der Albino sich mittlerweile verließ? Dieser Gedanke erfüllte ihn mit Panik, aber er haßte sich auch für seine Abhängigkeit von der Klinge. Er hakte die Scheide von seinem Gürtel los und hielt sie den Schwestern hin, bot freiwillig das an, was er zuvor Gaynor verweigert hatte.

»Hier ist das Schwert, das Ihr suchtet, Verwandte.« Er bot es ohne Fragen durch Miene oder Geste dar, ohne Zaudern oder ein Zeichen des Widerwillens. Die Ehre erforderte nichts anderes.

Prinzessin Tayaratuka trat vor, verneigte sich und nahm das Schwert mit den beiden kleinen Händen entgegen. Ihre Muskeln spannten sich unter dem Gewicht der Klinge, aber sie zuckte nicht zusammen. Sie war beträchtlich kräftiger, als es den Anschein hatte.

»Wir haben unsere Rune«, sagte sie. »Wir haben sie schon immer gehabt. Seit unser Volk erstmals hierher kam und sich diese Welt zu eigen machte. Selbst als die Drachen fortgingen, fürchteten wir uns nicht, denn wir hatten unsere Rune. Einige nannten sie die Rune des Letzten Auswegs. Aber wir hatten kein Schwert. Denn die Rune des Letzten Auswegs muß in Gemeinsamkeit mit einem Ritual und einem gewissen Gegenstand gesprochen werden. Zuerst ist es erforderlich, daß das Schwarze Schwert gegenwärtig ist, dann muß der, der das Schwert trägt, sich uns im Runensprechen anschließen. Dann müssen wir die Namen gewisser Wesenheiten erfahren, die angerufen werden müssen. All das muß zur gleichen Zeit zusammenkommen. Das ist das Muster, das wir erschaffen müssen, um das widerzuspiegeln, was bereits existiert, und so eine Zwiefältigkeit erschaffen, die wiederum die rohe Lebenskraft des Multiversums freisetzt. Und nur dann, wenn wir unsere feine Webarbeit auf das genaueste verrichtet haben, werden wir die Verbündeten wiederbeleben, die wir im Kampf gegen das Chaos suchen – die Macht, um Mashabak und Gaynor und all ihre Schergen aus unserem Reich zu vertreiben! Wenn wir darin erfolgreich sind, Prinz Elric, sind wir bereit, Euch einen von drei zurückgewonnenen Schätzen anzubieten …« Sie warf einen Blick zur Rose, doch Wheldrake zitierte bereits aufgeregt:

»Der erste Schatz von Radinglay war
  Der Rosenkasten, mit Rosen verziert,
Der zweite war der Jungfrau Geschmeid
  Die frische Rose im Sommerkleid
Der dritte waren drei Dornholzringe gar,
  deren Macht des Eisvolkes Herrscher spürt.«

»Genau«, sagte Prinzessin Mishiguya und hob leicht die Augenbraue, als ob sie kaum erwartet hätte, daß ihre Geschichte zu dem Repertoire eines fahrenden Sängers gehören würde.

»Er hat sozusagen«, sagte Charion Phatt entschuldigend für ihren Beinahe-Verlobten, »ein Gedächtnis für Reime ...«

»Besonders«, sagte Wheldrake, gereizt über etwas, das er als Hochnäsigkeit empfand, »für meine eigenen! Rümpft doch die Nase, wenn es Euch gefällt. Ich schwebe inmitten meiner eigenen Reime und Rhythmen.« Und er nuschelte eine oder zwei weitere Strophen für sich selbst.

Prinzessin Mishiguya nahm dies gelassen hin. Auch die Rose schlug sich auf die Seite des Dichters. »Ohne Meister Wheldrakes Kadenzen und sein Gedächtnis für Namen wären wir immer noch getrennt«, sagte sie. »Seine Talente haben sich auf feinsinnige Weise für uns alle als nützlich erwiesen.«

»Sollte es uns gelingen«, gab Elric zur Antwort, »werde ich auf Euer Versprechen eines Geschenkes zurückkommen. Denn ich muß zugeben, daß mein eigenes Schicksal irgendwie an einen jener Gegenstände der Macht gebunden ist, die ihr so lange Zeit mit euch geführt habt ...«

»Wir wußten nicht, welchen der drei Ihr annehmen würdet. Wir wußten nicht einmal, daß Ihr unser Verwandter seid – obgleich wir darauf hätten kommen müssen. Traurigerweise befinden wir uns natürlich nicht mehr im Besitz dieser geborgten Gaben ...«

»Die Gaben sind nicht ausgelöst worden!« sagte die Rose in plötzlicher Erregung. »Wir verbargen sie vor Gaynor ...«

»Ihr konntet uns beschützen«, sagte Prinzessin Tayaratuka, »aber nicht unsere Schätze. Gaynor zerrte sie aus ihrem Versteck, bevor er auf Das Schiff Das War zurückfloh. Diese Gegenstände der Macht, meine Dame, befinden sich bereits in den Händen des Chaos. Ich dachte, das sei Euch klar ...«

Langsam ließ sich die Rose auf einer Bank nieder. Eine Art Stöhnen entwich ihr. Sie forderte die anderen mit einer Handbewegung zum Weitergehen auf. »Das macht unser Ritual nur noch um so wichtiger …«

Und als Elric den Frauen folgte, die sein Schwert in die Tiefen des Palastes trugen, wo das Ritual seinen Verlauf nehmen würde, wußte er, daß sowohl seine Seele als auch die seines Vaters nun wahrlich der Verdammnis anheimgefallen sein mußten.

DAS DRITTE KAPITEL

Rituale des Blutes; Rituale des Eisens.
Drei Schwestern des Schwertes.
Sechs Schwerter gegen das Chaos.

Durch Kreuzgänge aus rosigen und roten Mosaiken, durch Alleen aus Blumenbüschen, die von leuchtendem gebrochenem Sonnenschein aus verborgenen Oberlichtern beschienen wurden, vorbei an Galerien aus Gemälden und Skulpturen schritten die vier in gleichmäßigem Gang. »Dies hat etwas von Melniboné, und dennoch ist es nicht Melniboné«, sagte Elric in Gedanken versunken.

Prinzessin Tayaratuka war nahezu beleidigt. »Ich hoffe, daß sich hier nichts von Eurem Melniboné befindet. Von dieser kriegerischen Linie haftet uns nichts an. Wir gehören zu jenen Vadhagh, die vor den Mabden flohen, als das Chaos sich auf ihre Seite stellte ...«

»Wir Melnibonéer beschlossen, daß wir nicht mehr fliehen würden«, sagte Elric ruhig. Er hatte nichts gegen das entschlossene Erlernen der Kriegskünste durch seine Vorfahren, damit sie nicht mehr zersprengt würden. Er fürchtete sich nur vor dem, wozu derart leichtfertige Logik führen mochte.

»Ich beabsichtigte keine Kritik«, sagte die Prinzessin. »Falls es nötig sein sollte, ziehen wir das Wandern vor, anstatt jene nachzuahmen, die uns zu vernichten trachten ...«

»Doch jetzt«, sagte Prinzessin Shanug'a, »müssen wir uns dem Chaos zum Kampf stellen, um das Unsere zu verteidigen.«

»Ich sagte nicht, daß wir nicht kämpfen würden«, sagte ihre Schwester bestimmt. »Ich sagte nur, daß wir nicht danach streben, Reiche zu gründen. Das sind zwei verschiedene Dinge.«

»Ich verstehe Euch, meine Dame«, sagte der Albino, »und diesen Unterschied akzeptiere ich. Ich hege keine Liebe für die Neigung meines Volkes, Reiche zu errichten.«

»Nun, mein Lord, es gibt viele andere Wege, Sicherheit zu erlangen«, sagte Prinzessin Mishiguya ein wenig geheimnisvoll, sogar etwas heftig, als sie sich weiter ihren Weg durch die lieblichen Behausungen und Galerien dieser zivilisiertesten aller Siedlungen bahnten.

Prinzessin Tayaratuka trug immer noch das große Schwert bei sich, hatte damit jedoch gewisse Mühe. Selbst als Elric anbot, ihr das Gewicht eine Weile abzunehmen, lehnte sie dies ab, als wollte sie auf keinen Fall ihre Pflicht verletzen.

Nun weitete sich der Flur zu einem dreieckigen Kreuzgang, der einen kühlen Rosengarten umschloß, der frei unter dem dunkelblauen Himmel lag. In der Mitte des Gartens befand sich ein Springbrunnen. Der Sockel dieses Springbrunnens war mit allerlei sonderbaren und grotesken Geschöpfen verziert, die ein wenig dem allgemeinen Stil widersprachen, und die Plinthe erhob sich in einer dreiseitigen Säule und weitete sich zu einer großen Schüssel, auf der die sehnigen Gestalten von Drachen und jungen Mädchen eingemeißelt waren, die sich einem eigenartigen Tanz hingaben. Noch immer entströmte dem Springbrunnen silbriges Wasser, und Elric empfand es als eine Art Lästerung, das Schwarze Schwert an einen so friedlichen Ort zu bringen.

»Dies ist der Garten der Rune«, sagte die Prinzessin Mishiguya. »Er liegt im Mittelpunkt unseres Reiches, unseres Landes; im Mittelpunkt dieses Palastes. Dies ist der erste Garten, den die Vadhagh nach ihrer Ankunft anlegten.« Sie atmete tief den alten Rosenduft ein. Sie hielt den Atem an, als sei es ihr letzter.

Prinzessin Tayaratuka legte das noch in der Scheide steckende Runenschwert auf eine Bank, tauchte die Hände in das kalte Wasser und goß es sich wie bei einer Weihe über den Kopf. Prinzessin Shanug'a ging zur anderen Seite der ersten der drei Galerien und kehrte fast sofort mit einem mit Rubinen besetzten Zylinder aus blassem Gold zurück und überreichte ihn Prinzessin Mishiguya; diese zog daraus eine weitere Röhre aus feinziseliertem und mit Gold eingelegtem Elfenbein hervor, die sie an Prinzessin Tarayatuka weiterreichte; und diese wiederum holte daraus einen Stab aus graviertem grauen Stein, auf dem sich dunkelblaue Runen wanden und verschoben, als ob sie lebendig wären, und die den Runen auf Sturmbringer sehr ähnlich waren. Solche Runen hatte Elric bisher nur auf einem einzigen anderen Gegenstand gesehen, dem Schwert Trauerklinge, Sturmbringers Schwesterschwert, das sein Vetter gegen ihn führen wollte. Undeutlich erinnerte er sich auch an andere Geschichten über Runengegenstände, doch mit diesem Gebiet hatte er sich wenig befaßt. Hatten sie bestimmte Eigenschaften gemeinsam?

Prinzessin Tarayatuka hielt den steinernen Zylinder nun in die Höhe und betrachtete die sich windenden Runen, als ob sie sie noch nie gesehen hätte, und ihre Lippen bewegten sich beim Lesen, formten Worte, die ihr zu einer Zeit beigebracht worden waren, bevor sie irgendein gewöhnliches Alphabet zu lesen gelernt hatte. Das war ihr Erbe, diese Rune der Macht …

»Nur drei Jungfrauen, die von derselben Mutter und demselben Vater zur selben Zeit geboren wurden, dürfen das Ritual der Rune kennen«, sagte Shanug'a im Flüsterton. »Aber die Rune kann nicht vollendet werden, bevor wir die Runen des Schwarzen Schwertes gesehen und sie laut im Garten der Rune verlesen haben. Das alles muß gleichzeitig geschehen. Falls wir dann die Rune auf die richtige Art und Weise gesprochen haben, und falls die Magie in den Jahrhunderten, da sie gesammelt wurde, nicht verblaßt ist, dann werden wir vielleicht jene Gegenstände wiedererlangen, mit denen unsere Vorfahren uns in dieses Reich brachten.«

Prinzessin Mishiguya ging zu der Bank, auf der das Höllenschwert beinahe reglos ruhte, und brachte es zu dem Springbrunnen, wo ihre Schwester Shanug'a wartete, während das Wasser über sie floß und mit ihrem seidenen Gewand zu verschmelzen schien, und Shanug'a nahm das Schwert in ihre kleinen Hände und zog so daran, daß die Klinge Zoll um Zoll aus der Scheide glitt, während die bösartigen roten Runen entlang des schwarzen Metalls aufglühten und dem Schwert ein Gesang entstieg, der nichts glich, was Elric je zuvor vernommen hatte. In allen anderen Händen, vielleicht sogar Gaynors, hätte das entblößte Höllenschwert Widerstand geleistet, sich gegen jene gewendet, die es zu führen trachteten, und sie fast sicher getötet. Bedeutende Zauberei war vonnöten, um das Schwarze Schwert auch nur für kurze Zeit führen zu können. Dennoch sang es nun ein so süßes und sonderbares, hohes und unglückliches Lied, das voller Sehnsucht und ungestilltem Hunger war, daß Elric einen Augenblick lang zutiefst erschrocken war. Solcherlei Eigenschaften hatte er nie in dem Schwert vermutet.

Und während Sturmbringer noch seinen sonderbaren und seltsamen Gesang fortsetzte, hob Prinzessin Shanug'a es hoch empor und führte seine Spitze genau in die Mitte der mit seltsamen Reliefs versehenen Schale, so daß der Springbrunnen plötzlich verstummte und im gleichen Augenblick Schweigen im Rosengarten herrschte.

Stille kam aus dem Himmel über ihnen, als ob das dunkelblaue Licht erstarrte; Stille im Garten, als ob jede

Blume und jede Blüte wartete; Stille in jenem dreieckigen Ruheplatz, als ob die Steine selbst sich auf ein außerordentliches Ereignis vorbereiteten.

Sogar die drei Schwestern schienen in der Haltung ihres Rituals wie erstarrt zu sein.

Elric sah diese Szene mit Ehrfurcht, und es kam ihm in den Sinn, sich zu entfernen, als sei seine Anwesenheit hier nicht erforderlich, doch Prinzessin Tayaratuka wandte sich ihm lächelnd zu – und hielt ihm den Runenstein hin, der auf ihrer Handfläche glühte und waberte.

»Den müßt Ihr verlesen«, sagte sie. »Von allen Geschöpfen im Multiversum habt nur Ihr die Macht dazu. Deswegen suchten wir so eifrig nach Euch. Ihr müßt unsere Rune lesen – während wir die des Schwarzen Schwertes lesen. So werden wir das Wirken dieser mächtigen Magie beginnen. Dazu sind wir fast seit unserer Geburt ausgebildet worden. Ihr müßt uns glauben und uns vertrauen, Prinz Elric.«

»Ich habe den Bluteid geschworen«, sagte Elric nur. Er würde tun, was auch immer sie von ihm verlangten, selbst wenn es seinen Tod, die Versklavung seiner unsterblichen Seele, die Aussicht auf eine Ewigkeit in der Hölle bedeutete. Er würde ihnen vorbehaltlos vertrauen.

Aufrecht stand die ungeheure Schlachtenklinge in der Schale, immer noch entströmte ihr das Lied, immer noch spielten die Runen über das schimmernde schwarze Metall. Es schien fast, als ob sie zu sprechen beginnen wollte, vielleicht eine andere Gestalt annehmen wollte, möglicherweise ihre wahre Gestalt. Und Elric fühlte in seiner Seele einen kalten Hauch, und eine Sekunde lang kam es ihm so vor, als ob er in seine eigene Zukunft schaute, auf ein vorherbestimmtes Verhängnis, für das dies eine Art Probe zu sein schien. Dann rief er seinen Geist zur Ordnung und widmete sich der bevorstehenden Aufgabe.

Auf jeder Seite der Säule stand nun eine Schwester. Sie sahen zum Schwert auf. Ihre Stimmen begannen einen gleichklingenden Gesang, bis es nicht mehr möglich war, ihre Melodie von der des Schwertes zu unterscheiden.

Dann merkte Elric, wie er den Runenstein in den ausgestreckten Händen hochhob und seine Lippen wortlose schöne Klänge von sich gaben ...

Sie hatten um seines Schwertes willen nach ihm gesucht, aber auch wegen seiner einzigartigen Gabe. Von allen Sterblichen verfügte nur Elric von Melniboné über die Macht und das Geschick, diese mächtigen Symbole zu lesen, sie auszusprechen, wie sie gesprochen werden mußten, und jeden Teil einer Rune auf eine Note einzustimmen. Diese Rune kannten die Schwestern auswendig, aber die Rune, die auf dem Schwarzen Schwert flammte, mußten sie selbst verlesen. Auf diese Weise verbanden sie alle ihre Fähigkeiten, all ihre Begabungen, in dem Lesen einer doppelten Rune, der mächtigsten aller Runen der Macht.

Das Runenlied wurde lauter und zunehmend komplizierter ...

... denn jetzt erweckten die vier Adepten selbst die Runen – entfalteten ihre Zauberbanne durch die Zeiten, hoben ihre Stimmen außerhalb des menschlichen Hörbereichs, ließen die Luft sich krümmen und sich in tausend Stränge winden, die sie zusammenwoben und verknüpften ...

... erweckten die Runen zu einem Ding von unglaublicher Stärke, ließen die Atmosphäre selbst Blasen schlagen und brodeln, während um sie die Büsche und die Blumen sich wiegten, als ob sie ihre eigenen Rhythmen und Gesänge zum Runenlied beitrugen.

Mit tausenderlei Eigenschaften lebte alles, vermischte und trennte, wandelte und verwandelte sich. Farben strömten wie Bäche durch die Luft. Ringsum ereigneten sich Ausbrüche namenloser Kräfte, während die Schale und das Schwert und der Runenstein die einzigen Konstanten in jenem doppelten Dreieck zu sein schienen.

Jetzt erkannte Elric, daß dies ein Ort geballter psychischer Energie war. Aus dieser Quelle stammte vermutlich die Kraft, die sie verwendet hatten, um dem Chaos bisher zu widerstehen – zumindest genug Kraft, um einige Siedlungen wie diese zu beschützen. Doch verbunden mit der Macht des Schwarzen Schwertes wurde der Garten der Rune zu etwas unendlich Mächtigerem, als er es je hätte aus eigener Kraft werden können.

... um das Schwert der Alchemie zu zerschlagen und um den Dreien nicht die Kraft des Einen zu versagen ...

Elric begriff, daß er, beinahe als Nebenwirkung des Rituals, das sie gerade vollzogen, eine Geschichte vernahm, die in die Runen eingewebt war. Es war eine Geschichte darüber, wie dieses Volk von einem Drachen durch die Dimensionen geführt worden war – von einem Drachen, der zuvor in einem Schwert gelebt hatte. Sein Volk kannte solche Legenden, die sich zweifellos auf einen seit langem vergessenen Abschnitt ihrer Wanderschaftsgeschichte bezogen. Schließlich erreichten sie dieses Land, das von Menschen unbewohnt war. Also machten sie es sich zu eigen und errichteten Siedlungen in den bestehenden Landschaften der Erde, am Rande ihrer Wälder und entlang ihrer Flüsse. Doch zuerst hatten sie den Garten der Rune erbaut. Mittels ihrer beträchtlichen Zauberkünste hatten sie die Macht verwandelt und verborgen, die nach ihrem Glauben das Ergebnis ihrer Erlösung und der zukünftigen Erlösung ihrer Nachkommen war.

Das Runenlied ging weiter. Die Geschichte ging weiter. In den Springbrunnen wurden jene Gegenstände verarbeitet, die das Lied ›die Werkzeuge des letzten Mittels‹ nannte. Die Vorfahren der Prinzessinnen gaben den Runenstein von Mutter zu Tochter weiter, da sie glaubten, daß kein Mann das Geheimnis verwahren könne.

Diese Werkzeuge des letzten Mittels konnten nur gegen das Chaos eingesetzt werden, und dies auch erst dann, wenn alles andere fehlgeschlagen war. Sie konnten nur gemeinsam mit einem anderen großen Gegenstand der Macht verwendet werden. Die entliehenen Gegenstände der Macht, die die Schwestern mit sich geführt hatten und mit denen sie um Elrics Hilfe hatten handeln wollen, ohne zu wissen, wie nahe er ihnen verwandt war, waren für dieses Werk nicht stark genug.

Gaynor hatte diese Gegenstände gestohlen, denn er wußte, daß das Chaos sie fürchtete und nach ihnen gierte. Einer dieser Gegenstände war der Rose bereits gestohlen worden und auf überraschende und verwickelte Weise wieder in ihren Besitz gelangt. Die anderen hatte sie besser behütet. Doch keiner war mächtig genug gewesen, um in dem Ritual des Gartens verwendet zu werden.

Doch während die drei Schwestern nach Elric und dem Schwert gesucht hatten, hatten andere, so auch Elric, nach dem gesucht, was die Schwestern mit sich führten. Nun hatte sich der Kreis geschlossen. Nun war jedes Element innerhalb des psychischen Musters an Ort und Stelle und verlieh den vieren die astralen Möglichkeiten, frei umherzuschweifen, ihre Geister und Seelen jenseits der Dimensionen, jenseits der Sphären, sogar jenseits des Multiversums umherziehen zu lassen; um mit einem frischen Wissen zu einem tieferen Verständnis für jene komplexe Geometrie zurückzukehren, deren Geheimnisse die Grundlage für alle Zauberei waren; deren Formen die Grundlage aller Dichtkunst und aller Lieder darstellten und deren Gestalten die Grundlage für jede Ästhetik, jede Schönheit, jede Häßlichkeit beinhalteten... Dorthinein stürzten sich die vier, erwirkten mit ihren Runenliedern frische und ursprüngliche psychische Muster, die eine heilende Wirkung auf die Wunden und Risse in den Mauern von Zeit und Raum ausübten und zur selben Zeit eine gewaltige Kraft erschufen, mit der sie drei andere Gegenstände der Macht wiederbeleben würden.

Die Runen wurden nun drängender und verschlungener, während sie mit ihren Körpern sangen und mit ihrem Geist durch Beinahe-Unendlichkeiten schreiender Regenbogen schwammen; ihre Körper durchsegelten Welten und Aberwelten der Verzweiflung, Jahrtausende ungezügelter Freuden und einen Hauch jener verführerischen Gewöhnlichkeit, in der so viel vom menschlichen Herzen stets liegen muß, obwohl es diese doch so selten feiert …

Und so erwirkten diese alten Nichtmenschen ihren Zauberbann, ließen das Versprechen der Runen Gestalt werden, beherrschten die Macht unmoralischer Magie, die keine Treue außer zu sich selbst kannte.

Nun wuchs der Zauber aus eigener Kraft, wie es auch vorgesehen war, wand sich und bog sich und schlang sich wie die biegsamen Zweige einer Eibenhecke umeinander, die sich aneinanderklammern, um eine gewisse Stärke zu erlangen, und dann begannen sie das zu formen, was sie erwirkt hatten, formten es und formten es immer und immer wieder neu, drehten es und wendeten es, warfen es einander zu, berührten es und schmeckten es und rochen es und streichelten es, bis die Macht, die sie zwischen sich im Gleichgewicht hielten, die über dem Schwarzen Schwert schwebte, von vollkommener übernatürlicher Gestalt und beinahe bereit war, losgelassen zu werden …

Dennoch mußten immer noch die Lieder gesungen werden, um die Macht festzuhalten, sie in Bahnen zu lenken, sie zu zügeln und zu zäumen, sie mit einem moralischen Willen auszustatten, sie dazu zu zwingen, eine Entscheidung zu fällen – denn dieser Stoff, die Urmaterie, war in sich unfähig, eine Wahl zu treffen, eine moralische Richtung einzuschlagen oder einer Überzeugung anzuhängen. Und deshalb mußte sie dazu gezwungen werden …

Gezwungen durch eine Ansammlung psychischer Energie, disziplinierten Willens und moralischer Stärke, die sich allen inneren oder äußeren Angriffen widersetzte und sich weder durch Argumente, Beispiele oder Drohungen von ihrem Daseinszweck abbringen ließ ...

Gezwungen von vier Geschöpfen, einander so ähnlich, daß sie beinahe eines Fleisches und gegenwärtig im wesentlichen eines Geistes waren ...

In das Schwarze Schwert hinabgezwungen, das selbst nicht der Empfänger dieser Kraft war, sondern lediglich der letzte und dringend benötigte Leiter ...

In den lebendigen Stein hineingezwungen, in jenen Felsbrocken, aus dem vor Jahrtausenden Schale, Säule und Plinthe herausgemeißelt worden waren ...

Um ihn zu verwandeln – um ihn zu etwas vollständig anderem zu machen, das mit Stein auch nicht mehr die geringste Ähnlichkeit hatte – eine lebendige, derart gewaltige Energieform, daß nicht einmal die Adepten selbst das ganze Ausmaß ihrer Kraft sich vorzustellen vermochten, oder auch nur, wie solche Kraft gebändigt werden mochte.

Nun fiel diese flirrende, flimmernde, tanzende, das eigene Dasein feiernde Energie in den Gesang der Schwestern, des Albinos und des Runenschwertes ein, bis sie einen Chor gebildet hatten, der überall im Multiversum, in jeder Sphäre, an jedem Ort eines jeden Planeten gehört werden konnte und auf ewig durch die Vielzahl der Ebenen und Dimensionen der Quasiunendlichkeit hallte und nun auf ewig irgendwo innerhalb der Existenz des Multiversums vernommen werden würde. Es war ein Lied der Versprechungen, der Verantwortung und des Auskostens. Ein Versprechen der Harmonie; des Triumphs der Liebe; des Auskostens des Multiversums im Gleichgewicht. Durch eine einzigartige metaphysische Harmonie beherrschten sie diese Kraft, forderten ihr Gehorsam ab und entließen sie wieder ...

... in drei große Gegenstände der Macht, die offenbart

wurden, als der Springbrunnen sich auflöste, und in der Mitte des kleinen Teiches um das Schwarze Schwert herum aufragten ...

... drei Schwerter so schwer und so lang wie Sturmbringer, doch von ganz andersartigem Aussehen:

Das erste Schwert war aus Elfenbein gemacht: Eine Elfenbeinklinge, die eigentümlich scharf aussah, und ein Elfenbeinheft und ein Elfenbeingriff mit Goldstreifen aneinander befestigt, die scheinbar in das Elfenbein hineingewachsen waren.

Das zweite Schwert war aus Gold gemacht, jedoch so scharf wie das erste, und sein Griff war mit Ebenholz umschlossen.

Das dritte Schwert war aus blaugrauem Granit in bearbeitetes Silber eingelassen.

Das waren die Schwerter, die die Rune so gut verborgen hatte und die nunmehr von einer Macht durchdrungen waren, die der Sturmbringers gleichkam ...

Prinzessin Tayaratuka, ganz in fließende goldene Gewänder gekleidet, griff mit einer goldenen Hand nach dem goldenen Schwert und zog es mit einem tiefen Seufzer an ihre Brust ...

Ihre in graublaue Seide gekleidete Schwester Mishiguya streckte die Hand nach dem Granitschwert aus, ergriff es und keuchte grinsend in der Ekstase und dem Triumph ihres Erfolges ...

... und die Prinzessin Shanug'a, in ernste weiße Roben gekleidet, nahm das Elfenbeinschwert herab und küßte es. »Nun«, sagte sie, als sie sich den anderen zuwandte, »sind wir bereit, gegen einen Lord des Chaos zu kämpfen.«

Noch geschwächt vom Weben der Rune ergriff Elric taumelnd sein eigenes Schwert. Aus einem unbestimmten Gefühl der Achtung heraus oder vielleicht auch aus einem unbewußt bedachten Ritual legte er dafür den Runenstein ab, aus dem er den Anfang jenes großen Wirkens gelesen hatte ...

Elric, mein Sohn – hast du meine Seelenschatulle? Haben die Schwestern sie dir gegeben?

Die Stimme seines Vaters. Ein Hinweis auf das, was er bis in alle Ewigkeit erfahren würde, sollte er versagen. Und anscheinend hatte er tatsächlich versagt ...

Elric, die Zeit ist bald gekommen. Meine Zauberkunst vermag mich nicht mehr lange zu halten ... Ich muß zu dir kommen, mein Sohn ... Ich muß zu dem kommen, den ich am meisten im Multiversum hasse ... Um für immer mit ihm zu leben ...

»Ich habe Eure Seelenschatulle nicht gefunden, Vater«, murmelte er, sah plötzlich auf und bemerkte, wie ihn die Schwestern neugierig musterten, als auf einmal Koropith Phatt atemlos in die Laube gepoltert kam.

»Oh, dem Himmel sei Dank! Ich dachte, Ihr seid alle vernichtet worden! Da war ein – eine Art Sturm. Doch Ihr seid hier! Sie haben nicht von innen angegriffen, wie wir es befürchteten.«

»Gaynor?« fragte Elric und steckte die sonderbar stumme Runenklinge wieder an ihren Platz. »Ist er wiedergekommen?«

»Gaynor nicht – wenigstens glaube ich das nicht – aber ein Chaos-Heer – das gegen uns marschiert. Oh, Prinz, teure Prinzessinnen, wir stehen vor unserer Auslöschung!«

Daraufhin rannten sie, so schnell sie konnten, dem Jungen hinterher, als er sie zu den anderen brachte, die sich in einem Zimmer versammelt hatten, das aus einem Felsvorsprung bestand, von Laubwerk umgeben, und einen natürlichen Balkon bildete, von dem aus sie die Umgebung beobachten konnten und sahen, wie die kristallenen Bäume zerbarsten und zermalmt wurden, als ein großer Strom aus Halbmenschen ihrem Unterschlupf zustrebte.

Ein Heer aus bestialischen Männern und menschenähnlichen Bestien, von denen einige wie riesige Käfer mit natürlichen Panzern bewehrt waren; alle hatten Piken und Morgensterne und Keulen und Breitschwerter und Kampfäxte jedweder Form und Gestalt, einige ritten aufeinander, andere zerrten schnarchende Gefährten hinter sich her, einige hielten geheimnisvolle Besprechungen ab, andere hielten an, um Würfel zu spielen oder um einen Streit zu schlichten, bevor sie von ihren Offizieren, deren Helme das gelbe Wappen des achtpfeiligen Chaos aufwiesen, wieder in die Reihen geprügelt wurden.

Schnaubend und schnaufend, schnüffelnd und schlabbernd, grunzend und quiekend und kläffend, bellend wie Stiere im Schlachthof rollte das Chaos-Heer heran: Eine einzige gestaltgewordene Gier nach Fressen.

Mit ängstlichem Blick begrüßte die Rose die Freunde. »Es gibt nichts, womit wir uns diesem Heer widersetzen könnten«, sagte sie. »Müssen wir uns also wieder zurückziehen …?«

»Nein«, sagte Prinzessin Tayaratuka. »Diesmal brauchen wir uns nicht zurückzuziehen.« Sie lehnte sich auf ein Schwert, das fast so groß war wie sie selbst, konnte jedoch offenbar mit beträchtlicher Gewandtheit damit umgehen, als ob sie und die Klinge schon immer eins gewesen seien.

Ihre Schwestern bedienten sich ihrer Schwerter mit der gleichen Leichtigkeit und frischer Zuversicht.

»Diese Schwerter sind machtvoll genug, um das Chaos herauszufordern?« verlieh Wheldrake als erster der allgemeinen Frage Ausdruck. »Himmel, Ihr Majestäten! Seht doch, wie die alten Reime dem wahren Wert des Epos nur ungenügend gerecht werden! Das pflege ich stets zu entgegnen, wenn man mich bezichtigt, meiner Phantasie zuviel Freiraum zu lassen! Ich kann noch nicht einmal im Ansatz beschreiben, was sich hier wirklich abspielt! Was ich mit eigenen Augen sehe!« Vor Aufregung krähte er förmlich. »Wie die Welt um uns herum wahrlich beschaffen ist! Kämpfen wir also endlich gegen das Chaos?«

»Du mußt hier bei Mutter Phatt bleiben«, sagte Charion. »Das ist deine Pflicht, mein Lieber.«

»Auch du mußt hier verharren, mein liebes Kind!« schrie Fallogard Phatt mit hörbarem Unwillen auf. »Du bist keine Kriegerin! Du bist eine Hellseherin!«

»Jetzt bin ich beides, Onkel«, sagte sie bestimmt. »Ich habe keine besondere Klinge, mit der ich kämpfen könnte, aber ich habe meinen besonderen Verstand, der mir über die meisten Gegner einen ansehnlichen Vorteil verschafft. In den Diensten Gaynors des Verdammten, Onkel, habe ich viel gelernt! Laßt mich mit Euch kommen, meine Damen, ich bitte Euch.«

»Wahrlich«, sagte Prinzessin Mishiguya, »zum Kampf gegen das Chaos seid Ihr wohlgerüstet. Ihr dürft mit uns kommen.«

»Und auch ich werde mit Euch gehen«, sagte die Rose. »Meine Magie ist erschöpft, aber wie Ihr wißt, habe ich viele Male gegen das Chaos gekämpft und überlebt. Laßt mich meinen Schnellen Dorn und meinen Kleinen Dorn an Eurer Seite in den Kampf führen. Denn wenn wir diesmal sterben sollen, würde ich lieber in der Erfüllung meiner Berufung sterben.«

»Dann sei es so«, sagte Prinzessin Shanug'a und sah fragend zu ihrem Verwandten. »Fünf Schwerter gegen das Chaos – oder sechs?«

Elric starrte immer noch auf das fürchterliche Heer, das so aussah, als ob alles Abstoßende und Böse und Grobe und Gierige in der menschlichen Rasse Gestalt angenommen hätte. Mit einem Achselzucken wandte er sich ab. »Sechs natürlich. Doch werden sie all unsere Fähigkeiten erfordern, um sie zu schlagen. Ich hege den Verdacht, daß wir nicht alles sehen, was das Chaos gegen uns aufbietet. Doch habe auch ich mich noch nicht aller meiner Mittel bedient ...«

Er hob eine behandschuhte Hand an den Mund und dachte über etwas nach, das ihm gerade erst eingefallen war.

Dann sagte er: »Die anderen müssen hierbleiben, um nötigenfalls zu fliehen. Euch, Meister Wheldrake, vertraue ich das Wohlergehen von Mutter Phatt und Koropith Phatt sowie Fallogards an...«

»Wirklich, mein Herr, ich bin durchaus in der Lage...«, sagt der strubbelhaarige Idealist.

»Ich achte Eure Fähigkeiten in Höchstem Maße, mein Herr«, sagte Elric. »Aber in diesen Dingen ermangelt es Euch an Erfahrung. Ihr müßt Euch zur Flucht bereithalten, da Ihr keinerlei Möglichkeit habt, Euch oder Eure Familie zu verteidigen. Eure psychischen Gaben mögen Euch eine Fluchtmöglichkeit eröffnen, bevor das Chaos Euch entdeckt. Glaubt mir, Meister Phatt, falls es den Anschein hat, daß wir unterliegen werden, müßt Ihr aus diesem Reich fliehen! Wendet an Kräften an, was immer Euch noch zu Gebote stehen mag, um eine Fluchtmöglichkeit zu finden – und nehmt die anderen mit.«

»Solange Charion hier ist, werde ich nicht gehen«, erwiderte Wheldrake bestimmt.

»Um aller willen mußt du das«, sagte Charion. »Onkel Fallogard wird dich brauchen.«

Doch an Wheldrakes Haltung ließ sich recht eindeutig erkennen, daß er sich diesbezüglich eine eigene Meinung gebildet hatte.

»In den Ställen unten stehen Pferde für uns bereit«, sagte Prinzessin Tayaratuka. »Sechs kupferne und silberne Pferde, wie es das Weben verlangt.«

Wheldrake sah seine Freunde davongehen. Etwas in ihm, was ihm sehr mißfiel, war dankbar, daß er nicht mit ihnen gehen mußte, um sich so widerwärtigen Feinden zu stellen; etwas anderes sehnte sich danach, bei ihnen zu sein, sehnte sich danach, anstatt eines bloßen Chronisten Teil ihres epischen Kampfes zu sein...

Etwas später stand er auf dem Balkon und beobachtete den langsamen, übelkeiterregenden Vormarsch der abscheulichen Rotte von Ungeheuern, die alles in ihrem Weg zermalmte und für die Zerstörung, die sie verursachte, nur dumpfes Vergnügen aufbrachte; und dann sah der Dichter sechs Gestalten aus dem Schatten des Felshanges auf braunen silbermähnigen Pferden ohne zu zögern in die knirschenden Kristalle des Waldes hineinreiten. Elric, die drei Schwestern, Charion Phatt und die Rose – Seite an Seite, trabten sie dahin – saßen gerade in den Sätteln – zum Kampf bereit mit dieser Gestaltwerdung des perversen Bösen und der gierigen Grausamkeit –, um zumindest für ihr Eingehen in die Geschichte zu kämpfen: für die allerschwächste Erinnerung daran, daß sie irgendwann irgendwo in dem gewaltigen Multiversum existiert hatten…

Bei diesem Anblick legte Wheldrake seinen begierigen Federhalter beiseite, und anstatt ein Heldenepos über die Taten dieser sechs Reiter zusammenzubrauen, sandte er ein inbrünstiges Gebet für das Leben und die Seelen seiner teuren Freunde aus.

Der Stolz auf seine Gefährten sowie seine Ängste um ihr Wohlergehen hatten den kleinen Mann der Sprache beraubt.

Nun sah er, wie die Rose sich aus der Reihe ihrer Kameraden löste und ein wenig vorausritt, bis sie nur noch wenige Schritte von den ersten schwankenden Tragesänften der massigen, teils tierischen, teils reptilischen Kriegsbestien entfernt war, die das Chaos für gewöhnlich bei seinen Attacken benutzte. Schon wandten sich die geistlosen Köpfe um, deren Lippen und Nüstern vor Rotz schimmerten, der wie schmutziges Tauwerk aus ihren Löchern troff und Schleimspuren hinterließ, und nahmen einen fremden Geruch auf, den eines Körpers, der noch nicht von dem grenzenlosen, grausamen und gleichgültigen Einfallsreichtum des Chaos berührt und verzerrt worden war.

Aus der vordersten Sänfte, die mit Menschenhäuten und anderen Scheußlichkeiten behangen war, kam ein

Kopf hervor und spähte nach der Rose, die sich dem Haufen näherte.

Wheldrake erkannte den Helm dieses Kopfes sofort.

Er gehörte Gaynor, dem ehemaligen Fürsten des Universellen.

Der Todessucher war persönlich eingetroffen, um die letzten Todesqualen seiner ärgerlichsten Feinde persönlich auszukosten.

DAS VIERTE KAPITEL

Der Kampf im Kristallenen Wald: Das Chaos erneuert. Die Dickichtfrau. Zum Schiff Das War.

Prinz Gaynor«, sagte die Rose, »Ihr und Eure Krieger seid in dieses Land eingefallen.« Sie sprach mit erzürnter Förmlichkeit. »Und wir fordern Euch nun zum Gehen auf. Wir befinden uns hier, um das Chaos aus diesem Reich zu verbannen.«

Kühl entgegnete Gaynor: »Süße Rose, durch Euer Wissen um unsere Macht seid Ihr dem Wahnsinn verfallen. Ihr solltet Euch uns nicht weiter widersetzen, gute Frau. Wir sind unsererseits hier, um Gaynors Herrschaft über dieses Reich ein für allemal zu festigen. Wir bieten Euch die Gnade des sofortigen Todes an.«

»Diese Gnade ist eine Lüge!« sagte Charion Phatt, die auf ihrem silbermähnigen Pferd neben den anderen saß. »Alles, was Ihr sagt, ist eine Lüge. Und das, was keine Lüge ist, ist schiere Prahlerei!«

Gaynors geheimnisvoller Helm drehte sich in ihre Richtung, und dem Prinzen der Verdammten entwich ein selbstsicheres tiefes Auflachen. »Ihr verfügt über einen unbedarften Mut, Kind, doch reicht dies keinesfalls aus, um der Macht, die dem Chaos zu Gebote steht, Widerstand entgegenzusetzen. Die mir zu Gebote steht.«

In Gaynors Stimme schwang etwas Neues mit, eine neue Zuversicht, und mit einigem Unbehagen fragte sich Elric, wie der Prinz der Verdammten dazu gekommen war. Gaynor schien der Ansicht zu sein, daß seine Position die stärkere sei. Stellten sich weitere Chaoslords hinter ihn? Sollte dies der Beginn der großen

Schlacht zwischen Ordnung und Chaos sein, die während der letzten Jahrhunderte von so vielen Orakeln vorhergesagt worden war?

Als er sah, wie sich die Rose im Sattel aufrichtete und ihr Schwert Schneller Dorn zog, staunte Elric über die Selbstbeherrschung der Frau, denn sie stand jenem Geschöpf gegenüber, das sie verraten und den qualvollen Tod ihres gesamten Volkes verursacht hatte. Sie stand ihm gegenüber und verriet mit keiner Miene die Verachtung und den Haß, die sie ihm entgegenbrachte. Dennoch hatte er sie zweimal im Kampf überwunden, ohne sie zu schlagen, und dies mußte er wissen. Vielleicht war dies der Grund für seine neu zur Schau gestellte Großmäuligkeit? Vielleicht wollte er sie verunsichern, indem er sie glauben ließ, ihm stünde mehr Macht als die derzeit offenbare zur Verfügung?

Nun ritt die Rose wieder zu ihren Freunden zurück und rief: »Wisse dies, Gaynor der Verdammte, was immer das Schlimmste sein mag, das du fürchtest, nach diesem Tag wird es dein Schicksal sein! Das verspreche ich dir!«

Gaynors Antwortgelächter wies wenig Heiterkeit und um so mehr Drohung auf. »Es gibt keine Strafe, die ich fürchte, werte Dame. Wißt Ihr das immer noch nicht? Da mir der Luxus des Todes nicht vergönnt ist, werde ich ihn für mich selbst finden – und Millionen mit mir danach suchen lassen! Jeder von mir verursachte Tod, meine Dame, bietet mir einen Augenblick lang Trost. Ihr sterbt an meiner Stelle. Ihr alle werdet an meiner Stelle sterben. Für mich.« Seine Stimme nahm den Ton eines Liebhabers an, und seine Worte streichelten wie die falsche lockende Hand des gestaltgewordenen Lasters über ihren zurückweichenden Rücken. »Für mich, meine Dame.«

Als sie wieder ihren Platz bei den anderen eingenommen hatte, sah die Rose mit festem Blick auf Gaynors Helm, der sich unter den Flammen und dem Rauch seiner eigenen Qualen wand, und sie sagte: »Keiner von uns wird sterben, Prinz Gaynor. Am wenigsten Euretwegen!«

»Meine Stellvertreter!« rief Gaynor aus und lachte wieder. »Meine Opferlämmer! Geht und findet den Tod! Geht! Ihr begreift nicht, daß ich Euer Wohltäter bin!«

Doch schon trabten die sechs, Elric und die Rose den anderen etwas voran, mit gezogenen Schwertern durch den schimmernden, klirrenden Wald; ihre braunen silbermähnigen Pferde, die in einer fernen Zeit ausschließlich zu Kriegszwecken gezüchtet und von den Schwestern aus einem barbarischeren Reich hierhergebracht worden waren, hoben in begierigem Schlachtendurst eifrig die Hufe; ihre schweren Panzer klapperten im Einklang mit den zerbrochenen Zweigen der Kristallbäume; ihre großen Köpfe nickten ungeduldig, ihre Nüstern blähten sich, als sie den Gestank von Blut witterten, sie schnaubten und knirschten mit den Zähnen, rollten die Augen und ergötzten sich in der Vorfreude des bevorstehenden Kampfes, denn dies war es, wozu sie gezüchtet worden waren; und sie wurden erst dann ganz lebendig, wenn sie sich inmitten gewalttätiger Vernichtung tummelten.

Elric war froh, einen feinen Schlachthengst wie diesen unter sich zu haben, und er verstand, wie diese Pferde sich nach dem ekstatischen Vergessen der Schlacht sehnten. Auch er kannte diese einzigartige Freude, wenn alle Sinne wachsam und aufs Höchste geschärft waren, wenn das Leben süßer oder der Tod furchtbarer denn je zu sein schien – und dennoch wußte er, welch falsche Verlockung darin lag, sich in geistlosem Kampf zu verlieren. Nicht zum ersten Mal fragte er sich, ob es stets sein Schicksal sein würde, solche Kämpfe zu suchen, als ob auch er wie die Pferde für eine besondere Aufgabe herangezüchtet worden wäre? Er haßte das Gefühl, und dennoch gab er sich rasch der aufreizenden Lust am Kampf hin, und als sich bald danach das erste Chaos-Geschöpf gegen ihn stellte, kannte er außer dieser Lust nichts mehr …

Wheldrake beobachtete sie vom Balkon aus, weit über ihnen; er sah die sechs Reiter auf die Streitmacht des Chaos zureiten, und es schien so, als ob sie davon auf der Stelle verschlungen werden müßten. Die erdrückende Größe der Chaos-Bestien, das Gewicht, die unheimliche Macht des Chaos-Heeres waren doch sicherlich mehr als genug, um sie innerhalb eines Augenblicks zu zermalmen?

Jetzt beleuchtete ein großer Strahl gefleckten Lichtes die Reiter, als sie sich unter die riesigen Kriegsbestien mischten, die rücksichtslos durch den schimmernden Wald brachen. In dem allgemeinen Gewirr aus donnernden Gliedern und gähnenden Mäulern sah Wheldrake sechs Punkte aufschimmern – einer war eine dunkle Strahlung, die er als Sturmbringer wiedererkannte –, zwei waren gewöhnliches metallisches Gefunkel – ein weiterer war cremiges weißes Licht, ein anderer wies den grauen harten Schimmer von Granit auf, und der dritte glühte in dem warmen Licht alten Goldes. Durch die zerschmetterte Helligkeit der Kristalle halbgeblendet verlor Wheldrake die Schwerter wieder aus den Augen, und als er wieder klare Sicht hatte, war er erstaunt!

Im Todeskampf wanden sich vier halbreptilische Ungeheuer auf den glitzernden Kristallen und zermalmten brüllend und hin- und herrollend ihre Tragesänften unter sich.

Wheldrake sah, wie ein erzürnter Gaynor, der ganz aus zornigem und verflüssigtem Metall zu bestehen schien, wieder in die Reihen seines Heeres zurückrannte, um sich ein neues Reittier zu suchen. In seiner behandschuhten Faust lag ein Schwert – ein Schwert, das sich schwarz und gelb gabelte – ein Schwert, das sich zwischen den Dimensionen hin- und herzuwinden schien, während der Verdammte es schwang …

Und Wheldrake dachte sich, daß die drei Schwestern nicht die einzigen gewesen waren, die eine große Rune gesungen oder einen anderen mächtigen Zauber erwirkt hatten, denn das Schwert in Gaynors Hand ähnelte keinem Schwert, das er je zuvor getragen hatte.

Doch anderswo fielen die Chaos-Geschöpfe unter einem dünnen Strahl aus funkelndem Licht, das ihre Reihen durchmähte wie eine Sense ein Weizenfeld …

Mit einer Hand vor den Augen, um in den blendenden bunten Kristallstrahlen, die auf furchtbare Weise die Schönheit des Multiversums reflektierten, einigermaßen sehen zu können, schwang Elric die große schwarze Klinge nach rechts und nach links und verspürte nur ganz geringen Widerstand, während Sturmbringer mit durstiger Leichtigkeit an den Leben und Seelen der verformten Halbbestien schwelgte, die einst Männer und Frauen gewesen waren, bevor sie ihr elendes Leben dem Chaos verpfändeten …

In diesem Töten lag keine Befriedigung, obgleich in der Schlacht selbst Freude lag. Alle, die neben Elric kämpften, wußten, daß sie, wenn ihnen nicht der Zufall und eine gewisse Lebensfestigkeit zugute gekommen wären, ebenfalls Teil dieses Heeres der verdammten Seelen hätten sein können … denn das Chaos war nicht der Herr, dem sich die Mehrheit der Sterblichen am liebsten angeschlossen hätte …

Doch töten mußten sie sie – oder sie würden selbst getötet werden. Oder sie würden ganze Reiche untergehen sehen, während das Chaos Schwung sammelte und die Kraft der eroberten Welten aufsog, um weitere Eroberungen zu vollbringen …

Mit der Anmut von Tänzerinnen, der Präzision von Chirurgen und dem bekümmerten Blick widerwilliger Metzger stellten sich die drei Schwestern jenen zum Kampf, die bereits die meisten ihrer Verwandten vernichtet hatten.

Charion Phatt war von ihrem Pferd gesprungen, das ihr nicht rasch genug folgte, huschte mit ihrem Schwert hierhin und dorthin, hackte rasch nach den Weichteilen eines Chaos-Geschöpfes, schlüpfte davon und vollführte einen weiteren Streich, verwendete ihre psychischen Fähigkeiten, um Angriffe aus jedweder Richtung zu erahnen, um dann nicht mehr da zu sein, wenn der Angriff tatsächlich erfolgte. Ihre Bewegungen waren, wie auch die der Schwestern, von Zielsicherheit geprägt, doch sie hatte keine Freude an der Verheerung...

Nur die Rose teilte etwas von Elrics Freude, denn wie er war auch sie für den Kampf ausgebildet worden – selbst wenn ihre Feinde etwas anderer Art waren –, und mit fachlichem Geschick stach Schneller Dorn nach offenliegenden Organen und verwundbaren Stellen an den mißgebildeten Halbmenschen, während sie Präzision und Geschwindigkeit als Hauptverteidigungswaffe einsetzte – sie drängte ihr braunsilbernes Schlachtroß in das dickste Gewühl der Chaosmeute und schlitzte ein erwähltes Ziel so gekonnt auf, daß sie die Ungeheuer übereinander zum Fallen brachte und ein Gewirr aus schweren Pranken und Beinen noch im eigenen Todeskampf weitere der eigenen Art tötete.

Der wilde ausgelassene Kampfgesang seiner Vorfahren drängte sich auf Elrics Lippen, als er der Rose in das Herz des feindlichen Heeres folgte, und sein Schwert fütterte ihn mit der Kraft, die es selbst nicht benötigte, bis seine Augen beinahe so hitzig wie die Gaynors glühten, so daß auch er bis zum Platzen mit den Flammen der Hölle gefüllt zu sein schien...

* * *

Jetzt keuchte Wheldrake auf, als er sah, daß die sechs dünnen Lichstrahlen immer noch in jenem Gemetzel flackerten – und schon war bereits mehr als das halbe scheinbar unbesiegbare Heer des Chaos vernichtet, eine

Masse aus zerfetztem und zermalmtem Fleisch, grotesken Gliedmaßen und noch groteskeren Köpfen, die sich in den letzten Qualen des unheilvollen Todes erhoben hatten...

...während Gaynor der Verdammte durch das Gemetzel stolpernd herbeikam, flehende Krallen und bittende Gesichter beiseitestieß, mit stählernen Fersen auf schreiende Münder oder gepeinigte Augen trat, jedes Glied, jedes Organ, jeden Halt in Fleisch oder Knochen, den er finden konnte, für sich ausnutzte, derweil seine flammende chaosgewappnete Rüstung mit dem Blut und dem Kot seines geschlagenen Heeres befleckt war und sein schwarzgelbes Schwert wie eine Fahne in seiner Hand flackerte und flatterte. Jetzt bildeten sich Namen auf seinen Lippen – Namen, die gleichbedeutend wurden mit allem, was er haßte, fürchtete und sich am sehnsüchtigsten erhoffte...

...doch war dies ein Haß, der sich mittels zufälliger verwüstender Gewalt und Vernichtung äußerte; eine Angst, die sich am raschesten in wütender Aggression Bahn brach; ein Verlangen, das so wirkungsvoll und anhaltend vereitelt worden war, daß es zu jenem Gefühl in ihm selbst wurde, das Gaynor am allermeisten in sich und allen anderen Geschöpfen, die seinen Weg kreuzten, haßte...

...und Elric von Melniboné war es, der sein anderes Ich, sein kosmisches Gegenstück, das den schwersten Weg anstelle des leichtesten gewählt hatte, hätte sein können, auf den Gaynor der Verdammte den Hauptteil seines wahnwitzigen Hasses richtete. Denn Elric konnte immer noch zu dem werden, was Gaynor der Verdammte gewesen war und was er nie wieder sein konnte...

...Gaynor war in diesem Augenblick so vollständig vom Hauch des Chaos gesättigt, daß nun auch er kaum mehr als eine Halbbestie war. Er knurrte und kreischte, während er über die Leichen seiner erschlagenen Krieger kroch, er gab scheußliche, wortlose Laute von sich, er sabberte, als ob er schon Elrics verseuchtes Blut schmeckte …

»Elric! Elric von Melniboné! Jetzt werde ich Euch in die ewige Sklaverei zu Eurem verbannten Herren schicken! Elric! Arioch erwartet Euch. In freundlicher Versöhnung biete ich ihm die Seele seines widerspenstigen Dieners …«

Aber Elric hörte seinen Feind nicht. Seine eigenen Ohren waren erfüllt von uralten Schlachtgesängen, seine Konzentration war auf seine jeweiligen Gegner gerichtet, die er einen nach dem anderen niederstreckte und deren Seelen er für sich selbst in Anspruch nahm.

Diese Seelen übereignete er nicht Arioch, denn Arioch hatte sich als wankelmütiger Schutzpatron erwiesen und verfügte offenbar in diesem Reich über keinerlei Macht. Was auch immer von Esbern Snare übriggeblieben war, hatte Arioch durch die Dimensionen in seine eigene Domäne davongetragen, wo er neue Kräfte sammeln und frische Pläne in seiner ewigen Rivalität mit den anderen Lords schmieden mußte.

An anderer Stelle fuhren Charion Phatt und die Rose mit ihrer präzisen Metzelei fort, derweil Sturmbringers Schwesternschwerter sich hoben und senkten und eine eigene süße unheimliche Musik erzeugten, die so feinsinnig und gefährlich war wie die drei Schwestern, die sie führten. Elric hatte noch keine ebenbürtigen Sterblichen gesehen. Das Wissen um ihre Nähe erfüllte ihn mit einer Art Stolz und erhöhte noch seine Kampfesfreude, während er mit seinem magischen Schlachten fortfuhr, und nun dachte er, daß er über den Lärm aufgebrachter Kampfeswut hörte, wie sein Name gerufen wurde.

Zwei Chaos-Krieger, deren stachelige Panzerung wie Seemuscheln halb an ihrer Haut klebte, schlugen gemeinsam auf ihn ein, waren jedoch für Elric und seine Höllenklinge zu langsam – ihre Köpfe flogen wie purzelnde Eimer durch die Luft, und einer stach einer

Hälfte eines zweiten auf ihn eindringenden Paares ein Auge aus und stürzte beide in Verwirrung, so daß sie einander abschlachteten; in der Zwischenzeit galoppierte Elric neben einem daherstapfenden Halbreptil einher, das über das zerfetzte Fleisch auf die Rose zukletterte, und durchtrennte ihm mit zwei raschen Streichen die Sehnen, so daß die Chaos-Bestie polternd auf ihre gefallenen Kameraden niederstürzte und ihre ohnmächtige Wut, ihr verdattertes Erstaunen bei der Erkenntnis der eigenen Sterblichkeit hinausbrüllte …

Das schwache vertraute Geräusch war nun jedoch beharrlicher geworden …

»Elric! Elric! Chaos erwartet Euch, Elric!« Ein hohes plärrendes Geräusch; ein gehässiger Hauch.

»Elric! Bald werden wir das Ende Eures Optimismus erleben!«

Auf seinem kampferprobten Roß ritt Elric auf einen Hügel aus Chaos-Aas, um die Schlacht prüfend in Augenschein zu nehmen …

Von seinem Balkon aus sah Wheldrake Elrics Pferd auf den Hügel im Teppich der Toten hinaufsteigen, sah in der schwarzbehandschuhten Rechten des Albinos das erhobene Schwarze Schwert, sah die linke Hand vor dem Hintergrund der blendenden Strahlen erhoben, die immer noch aus den Bruchstellen der Kristallbäume aus allen Richtungen leuchteten. Diese verwirrende Mischung aus Farben und Helligkeit verstärkte noch den Eindruck der Entrücktheit, den diese Szenerie vermittelte, und als Wheldrake das sah, was Elric noch nicht erblickte, sandte er ein weiteres Gebet aus …

* * *

… Gaynor bahnte sich seinen Weg durch einen Haufen bereits verwesender Leichen, sein Panzer war nun fast vollständig mit den Überresten seiner Krieger verkrustet, er stürzte voran, stieß immer noch fauchend Elrics Namen aus, war immer noch von nichts anderem als Rache besessen …

»Elric!«

Ein dünnes Geräusch wie der Warnruf eines weit entfernten Vogels, und Elric erkannte die Stimme als die von Charion Phatt.

»Elric! Er ist in Eurer Nähe. Ich kann ihn spüren. Er hat mehr Macht, als wir ahnten. Ihr müßt ihn irgendwie vernichten … Oder er wird uns alle vernichten!«

»ELRIC!« Ein zufriedenes Grunzen, als Gaynor schließlich aus den aufgetürmten Leichen hervorbrach und stehenblieb und seinen furchtbaren Blick auf das Gesicht seines größten Feindes richtete, während das schwarzgelbe Schwert, das gegabelte Schwert in seiner Hand flackerte wie Lava, die frisch den Eingeweiden eines Vulkans entströmt ist. »Ich dachte nicht, daß ich meine neue Macht jetzt schon benötigen würde. Doch hier seid Ihr. Und hier bin ich!«

Mit diesen Worten warf sich Gaynor auf Elric, und rasch parierte der Albino seinen Angriff mit Sturmbringer. Darauf lachte Gaynor überraschend und verharrte in der Haltung seines fehlgeschlagenen Angriffs, bis der Albino plötzlich begriff, was geschah, und sich zurückzuziehen trachtete und dabei Sturmbringer von der Blutsaugerklinge freizerrte, die gerade versuchte, ihr alles Leben auszusaugen. Elric hatte von solchen Klingen gehört, die auf sonderbare Weise sich von den Energien von Dingen wie Sturmbringer ernährten – ein Parasit jener okkulten Macht, die dem fremdartigen Eisen entströmte, aus dem diese Schwerter geschmiedet worden waren.

»Ihr greift, scheint's, auf ungehörige Zauberkunst zurück, Prinz Gaynor.« Elric wußte, daß noch viel seiner Kraft in dem Schwert steckte, konnte jedoch kein weiteres Absaugen dieser Energie riskieren.

»Ehre hat in meinem Katalog nutzbringender Eigenschaften keinen Platz!« Gaynor sprach in beinahe gelassenem Tonfall und vollführte Finten mit der schwarzgelben Blutsaugerklinge. »Doch wenn dem so wäre, Prinz Elric, dann würde ich sagen, daß es Euch an Mut mangelt, Euch einem Widersacher Mann gegen Mann zu stellen – jeder mit einem einzigen Schwert zur Seite. Sind wir nicht gleichartig ausgerüstet, Prinz der Ruinen?«

»Wohl wahr, wohl wahr, denke ich, mein Herr«, sagte Elric in der Hoffnung, daß die Schwestern die Dringlichkeit ihrer gemeinsamen Notlage erkennen würden. Und mit großem Geschick ließ er sein Pferd einer weiteren Finte seitlich ausweichen.

»Ihr fürchtet mich, Elric, häh? Ihr fürchtet den Tod, nicht wahr?«

»Nicht den Tod«, sagte Elric. »Nicht den gewöhnlichen Tod, der ein Übergang ist …«

»Was ist mit jenem Tod, der plötzliches und ewiges Vergessen ist?«

»Ich fürchte ihn nicht«, sagte der Albino. »Obwohl ich ihn auch nicht ersehne.«

»Und Ihr wißt, daß ich ihn ersehne!«

»Wohl wahr, Prinz Gaynor. Doch Euch ist nicht gestattet, seiner teilhaftig zu werden. Solch eine leichte Erlösung werdet Ihr niemals erfahren.«

»Vielleicht.« Gaynor der Verdammte machte dabei einen fast geheimniskrämerischen Eindruck, und leise lachend warf er einen Blick über seine Schulter, als er sah, wie Prinzessin Tayaratuka in ihre Richtung preschte, während ihre Schwestern und die beiden anderen Frauen ihren wütenden Vorstoß fortsetzten. »Ich frage mich, ob es überhaupt irgendwelche Beständigkeiten im Multiversum gibt. Ist denn das Gleichgewicht nichts weiter als eine angenehme Erfindung, mit deren Hilfe die Sterblichen sich versichern, daß es eine Art Ordnung gibt? Welche Beweise bekommen wir dafür zu Gesicht?«

»Wir können die Beweise erschaffen«, sagte Elric ruhig. »Das liegt in unserer Macht. Ordnung zu erschaffen, Gerechtigkeit, Harmonie …«

»Ihr moralisiert zuviel, mein Lord. Das ist ein Zeichen für einen morbiden Verstand, mein Herr. Vielleicht für ein übermäßig belastetes Gewissen.«

»Ich werde mich nicht von Euresgleichen herunterputzen lassen, Gaynor.« Elric zwang seinen Körper zu einer entspannten Haltung, sein Gesicht zu einem gleichmütigen Ausdruck.

»Oh, Mörder von Verwandten und Verlobten! Was außer Abscheu könnt Ihr schon für Euren fehlerhaften Charakter empfinden?« Gaynor vollführte Finten mit Worten wie mit dem Blutsaugerschwert, und beides war dazu angetan, den Albino des Glaubens an seine eigene Geschicklichkeit, seines Überlebenswillens zu berauben.

»Ich habe mehr Übeltäter getötet, als ich Unschuldige getötet habe«, sagte Elric mit fester Stimme, obwohl es klar war, daß Gaynor wußte, wie er die empfindlichsten Stellen seines Daseins treffen konnte. »Und ich bedaure nur, daß ich um das Vergnügen komme, Euch niederzumachen, mißratener Diener des Gleichgewichts.«

»Begeht keinen Irrtum, mein Lord, für uns beide wäre es ein Vergnügen«, sagte Gaynor und sprang vor – und jetzt mußte Elric den Streich abfangen. Und wieder wurde die Kraft des Schwertes in einem großen Schlingen kosmischer Macht aufgesaugt, und das schwarzgelbe Blutsaugerschwert begann mit einem schmutzigen Schimmer zu pulsieren.

Elric war auf die Kraft von Gaynors Schwert nicht vorbereitet; er stürzte zurück und fiel fast aus dem Sattel, das Runenschwert baumelte nutzlos an seinem Gelenkriemen. Der Albino sackte nach vorne in seinem Sattel zusammen, japste nach Luft, sah alles, was sie zuvor gewonnen hatten, binnen kurzer Frist wieder verloren … Er krächzte der nun nahe herangerittenen

Prinzessin Tayaratuka zu, daß sie fliehen solle – daß sie das Blutsaugerschwert unter allen Umständen meiden solle, denn jetzt war es zweimal so mächtig, wie es vorher gewesen war …

Aber die Prinzessin konnte ihn nicht hören. Selbst jetzt raste sie mit einer fast schwerelosen Anmut auf Gaynor den Verdammten zu, das goldene Schwert pfiff und heulte in ihrer Rechten, ihr schwarzes Haar flatterte hinter ihr, ihre violetten Augen leuchteten in Vorfreude auf Gaynors Untergang …

… dann drosch Gaynor sie fast gleichgültig mit dem Knauf seines Schwertes aus dem Sattel und ließ sie hilflos in dem zermalmten Fleisch und den Knochen des Schlachtfelds liegen, und ihr Pferd rannte weiter dorthin, wo die anderen kämpften, die immer noch von der Gefahr, die mit ihm kam, nichts ahnten …

Prinzessin Tayaratuka sah in Elrics Augen, als der Albino sich aufrecht hinzusetzen mühte. »Elric, steht Euch keine weitere Zauberei zu Gebote, die uns jetzt beistehen könnte?«

Elric zermarterte sich das Hirn, als er über alle Formeln und Tabellen und Worte nachdachte, die er als Kind auswendig gelernt hatte, und er konnte sich nicht auf eine einzige psychische Kraft einstimmen …

»Elric«, erklang Tayaratukas heiseres Flüstern, »seht – Gaynor hat Shanug'a niedergestreckt – das Pferd rast ungezügelt mit ihr davon … und jetzt ist Mishiguya vom Pferd gefallen … Elric, wir sind verloren! Wir sind trotz aller unserer Zauberkünste verloren!«

Und Elric bekam die undeutliche Erinnerung an ein altes Bündnis, das sein Volk mit einigen übernatürlichen Geschöpfen abgeschlossen hatte, die ihnen in den frühen Tagen zur Gründerzeit von Melniboné beigestanden hatten, aber ihm fiel nur ein einziger Name ein …

»Dickichtfrau«, murmelte er mit trockenen und rissigen Lippen. Es war, als ob sein Körper jeglicher Kraft beraubt sei und eine Bewegung ihn an einem Dutzend Stellen zerreißen lassen würde. »Die Rose wird es wissen…«

»Kommt«, sagte Tayaratuka, erhob sich und ergriff die Zügel seines Pferdes, »wir müssen es ihnen sagen…«

Doch Elric hatte nichts zu sagen; nur die Erinnerung an eine Erinnerung, an ein altes Scharmützel mit einem Naturgeist, der weder der Ordnung noch dem Chaos Treue schuldete; an einen nagenden Hinweis auf einen Zauberspruch – irgendeinen Zaubergesang, der ihm zu seiner Knabenzeit als Anrufungsübung beigebracht worden war…

Die Dickichtfrau.

Er konnte sich nicht darauf besinnen, wer sie war.

Gaynor war schon wieder in seine eigenen Reihen verschwunden und suchte nach Charion Phatt und der Rose, denn jetzt war er mit einem Schwert bewaffnet, das viermal mächtiger war als jene, die sich gegen ihn erhoben hatten, und er wünschte, die Klinge an gewöhnlichem sterblichem Fleisch zu erproben…

Wheldrake sah immer noch zu, betete immer noch, sah alles von seinem Balkon aus. Er sah, wie Prinzessin Tayaratuka ihr goldenes Schwert fortsteckte und Elrics Pferd zu ihren Schwestern führte, die in erschöpfter Haltung verharrten. Ihre Pferde waren unter Gaynors Ansturm durchgegangen.

Doch Gaynor hatte die Rose noch immer nicht gefunden, und Charion Phatt wich ihm mit der Leichtigkeit eines Straßenjungens auf dem Basar aus, kehrte zu den anderen zurück und richtete einige hitzige Worte an den hingestreckten Albino…

…Hinter einem Leichenhaufen ritt die Rose heran und stieg mit einer einzigen Bewegung ab, als sie die Notlage ihrer Freunde sah…

Dann kniete auch sie neben dem gefallenen Albino und nahm seine Hand…

»Da gibt es einen Zauberspruch«, sagte Elric. »Ich versuche, mich daran zu erinnern. Vielleicht ist da eine Erinnerung. Darin geht es um Euch, Rose, oder jemanden aus Eurem Volk ...«

»Außer mir ist mein Volk tot«, sagte die Rose; ihre sanfte rosige Haut hatte sich verdunkelt unter der Anstrengung des Schlachtgetümmels. »Und es scheint, als ob auch ich sterben soll.«

»Nein!« Elric gelang es mit großer Mühe, auf die Füße zu kommen. Er hielt sich am Sattelknauf fest, während das Pferd sich unruhig regte und nicht wußte, warum es nicht mit dem Kämpfen fortfahren sollte. »Ihr müßt mir helfen, meine Dame. Es gibt da etwas über eine Frau, über die Dickichtfrau ...«

Der Name war ihr vertraut.

»Alles, wovon ich weiß, ist dies«, sagte sie, und sie zitierte mit gerunzelter Stirn einige Verszeilen ...

Im ersten schöpferischen Weltenweben,
In der Zeit vor dem Es war einmal
Als weder hagere Ordnung noch zerrissenes
 Chaos das Zepter schwangen
Lebt eine Kreatur aus Laub und Fleisch,
Die ihre Welt neu zu weben sucht
Und einen feinen, einen gewobenen Schoß webt
Einen Schoß aus Dornenblumen stark,
Worin sie ihr holziges Lied singt
Und ihr dorniges Kind gebärt, das
Zu einer vollkomm'nen Rose ward.

»Das sind Wheldrakes Verse. Aus seiner Jugend, wie er sagt.«

Doch dann sah sie, daß sie in einer Art und Weise, die sie vielleicht nie begreifen würde, dem bleichen Lord etwas vermittelt hatte, denn Elrics Lippen bewegten sich, und sein Blick hob sich, um in Welten zu blicken, die die anderen nicht sehen konnten. Fremdartige musikalische Laute drangen zwischen seinen Lippen hervor, und selbst die drei Schwestern vermochten nicht zu verstehen, was er sagte, denn er bediente sich keiner irdischen Zunge. Er sprach eine Sprache des dunklen Lehms und der gewundenen Wurzeln, von den alten Dornennestern, wo der Legende zufolge die wilden Vadhagh spielten und ihre sonderbaren Nachkommen zeugten, teils aus Fleisch, teils aus laubbewachsenem Holz, ein Volk der Wälder und vergessenen Gärten, und als er zögerte, schloß sich die Rose seinem Lied in der Sprache eines Volkes an, das nicht ihr eigenes war, aber dessen Vorfahren sich mit den ihrigen vermischt hatten und deren Blut bis zum heutigen Tage in ihr floß.

Gemeinsam sangen sie und sandten ihr Lied durch alle Dimensionen des Multiversums, dorthin, wo ein träumendes Geschöpf sich regte und Arme hob, die aus einer Million miteinander verflochtener Dornenzweige bestanden, und seine Gesichter, die ebenfalls aus verknotetem Rosenholz bestanden, in die Richtung eines Liedes wandte, das es seit hunderttausend Jahren nicht mehr gehört hatte. Und es war, als ob das Lied sie wieder zum Leben erweckte, ihr einen Zweck in einem Augenblick verliehen hatte, als sie schon im Sterben gelegen hatte, so daß fast aus einer Laune heraus, aus etwas wie Neugier, die Dickichtfrau ihren dornigen Körper Arm um Arm und Bein um Bein, dann Kopf um Kopf verlagerte, und dann verwandelte sie sich mit einer raschelnden Bewegung, die ihr gesamtes Laubwerk erzittern ließ, in eine Gestalt, die einer menschlichen Gestalt sehr ähnlich, wenngleich etwas größer war.

Und darauf tat sie einen gelassenen Schritt durch Zeit und Raum, die nicht existiert hatten, als sie sich einst zum Schlafen entschlossen hatte, und denen sie daher keine Beachtung schenkte, und fand sich in einem übelriechenden Sumpf zerfallenen Fleisches und verfaulender Knochen wieder, was ihr mißfiel. Aber darin spürte sie einen anderen Geruch, etwas von ihr selbst, und sie senkte ihren massigen verflochtenen Kopf, einen Kopf aus dicken dornigen Zweigen, dessen Augen gar keine Augen waren, sondern Blumen und Blätter, und dann öffnete sie die holzigen Lippen und fragte mit einer so tiefen Stimme, daß die Erde erzitterte, warum ihre Tochter sie gerufen hatte.

Darauf antwortete die Rose in gleicher Rede, während Elric ihr in einer Melodie, die sie als erträglich empfand, von seiner eigenen Geschichte sang. Es schien, als ob sie ihre verwobenen Zweige noch dichter um sich zog und mit einer gewissen Strenge auf Gaynor und den Rest des Chaos-Heeres blickte, das zum Stehen gekommen war und sie anstarrte. Doch dann hob Gaynor sein gelbschwarzes Schwert, eine Scherbe aus zorniger Kraft, und sie preschten zum Angriff vor!

Und die Schwestern reichten sich die Hände, bezogen Charion und Elric und die Rose mit ein, und sie hielten einander fest, um Sicherheit und Kraft zu erlangen, denn auf eine bestimmte Weise wirkten sie auf die primitive Seele der Dickichtfrau ein – sie lenkten sie, als sie sich bückte und mit einer vielverzweigten Hand nach Gaynor griff, der sein Pferd noch gerade rechtzeitig zur Seite riß und unter ihr hindurchritt, während er auf das Holz einhackte. Doch weil die ihm innewohnende Kraft von einer Beschaffenheit war, die keine Macht absaugen oder keine sterbliche Waffe verletzen konnte, trug es kaum Wunden davon, und wo es welche aufwies, heilte es sofort wieder.

Nun streckte die Dickichtfrau mit ruhigem Gleichmut, als ob sie eine unwillkommene Hausarbeit erledigte, ihre langen Finger durch die angreifenden Reihen des Chaos, achtete nicht auf hackende Schwerter und stechende Piken, auf Bisse oder Kratzer, und durchwob sie gründlich mit ihren Fingern, band und bog und zerrte und zog an ihnen, bis alle Chaoskrieger und alle Chaosbestien vom Gestrüpp ihrer Finger umschlungen und festgehalten worden waren.

Nur einer entkam, entfernte sich in wildem Ritt von den blutigen Kristallen des Schlachtfeldes, schlug mit dem gesättigten Blutsaugerschwert auf die Flanken des Pferdes ein.

Dickichtfrau streckte nach dem verschwindenden Gaynor dünne Tentakel aus, hatte jedoch nicht mehr viel Kraft, gerade noch genug, um mit einem dünnen grünen Zweig das Schwert aus seiner fuchtelnden Hand zu reißen und es triumphierend zu heben und es dann weit fort in den Wald zu schleudern, wo ein schwarzer Teich sich ausbreitete und den ihn umgebenden Kristallen eine kohleartige Beschaffenheit verlieh.

Dann verschwand das Blutsaugerschwert, und sie hörten Gaynors wütenden Aufschrei, als er den schwitzenden Hengst aus dem Tal drängte, die andere Seite hinabritt und verschwand.

Dickichtfrau hatte jegliches Interesse an Gaynor verloren. Sie nahm ihre struppigen Finger vom Schlachtfeld, zog sie aus den blutigen Leichen, die ihre Dornen durchbohrt hatten, aus dem Fleisch, dem sie das Leben ausgepreßt hatte. Ihre Opfer hatten einen saubereren Tod erlitten als durch alles, was Elric aufgeboten hatte.

Doch nun hatte sich Elric wieder in seinen Sattel gezogen, und obwohl die anderen ihm nicht zusehen wollten, machte er sich daran, die Verwundeten abzuschlachten, gab dem Schwert zu fressen und erneuerte seine Kraft. Er war entschlossen, Gaynor aufzuspüren und ihn für das Böse, das er angerichtet hatte, zu bestrafen. Und während er zwischen den Überresten der Lebenden einherschritt, mißachtete er ihr klagendes Geheul. »Von euch muß ich stehlen, was euer Herr von uns gestohlen hätte«, erklärte er. Und in diesem Töten lagen weder Ehre noch Befriedigung. Er tat lediglich das, was vonnöten war.

Als er zu seinen Gefährten zurückkehrte, war die Dickichtfrau fort, hatte das mitgenommen, was sie als Bezahlung erachtete, und nur die Toten blieben zurück.

»Das Chaos-Heer ist geschlagen«, sagte Prinzessin Shanug'a. »Doch immer noch haust Chaos in unserem Reich. Gaynor hat hier immer noch Macht. Schon bald wird er wieder gegen uns ziehen.« Sie hatte ihr Pferd wieder eingefangen.

»Wir dürfen ihn nicht zurückkehren lassen«, sagte die Rose, während sie Schnellen Dorn an einem samtenen Unterrockstück säuberte. »Wir müssen ihn wieder in die Hölle zurückjagen und sicherstellen, daß er Euer Reich nie wieder bedroht.«

»Das ist wahr«, sagte Elric, dessen eigene Besorgnis ihn in eine düstere Stimmung versetzten, »wir müssen die Bestie in ihren Bau zurückverfolgen, und sie muß gefangengesetzt werden, wenn wir sie vielleicht auch nicht töten können. Könnt Ihr den Weg finden, Charion Phatt?«

»Ich kann ihn finden«, sagte sie. Sie hatte mehrere geringfügige Wunden davongetragen, die die anderen verbunden hatten, doch nun zeigte sich in ihren Bewegungen eine Art atemloses Vergnügen, als ob sie immer noch von ihrer unvermuteten Errettung ganz hingerissen sei. »Zweifellos ist er zu Dem Schiff Das War zurückgekehrt.«

»Seine Festung«, murmelte die Rose.

»Wo«, sagte Prinzessin Mishiguya und setzte sich im Sattel zurecht, »seine Macht sich auf ihrem Höhepunkt befindet.«

»Ganz sicher ist hier eine Macht am Werk«, stimmte Charion mit gerunzelter Stirn zu. »Eine größere Macht als jede andere, die ihm auf dem Schlachtfeld zu Gebote stand. Doch begreife ich nicht ganz, warum er sie dort nicht gegen uns verwendete.«

»Vielleicht wartet er auf uns«, sagte Elric. »Vielleicht weiß er, daß wir kommen werden ...«

»Wir müssen die Schätze der Rose wieder an uns bringen«, sagte Prinzessin Tayaratuka. »Wir können nicht zulassen, daß Prinz Gaynor sie behält.«

»In der Tat«, pflichtete Elric ihr mit einem gewissen Gefühl und einem neu erwachten Eindruck der Dringlichkeit bei. Er hatte sich darauf besonnen, daß die Seele seines Vaters in Gaynors Besitz verblieben war und daß schon sehr bald Arioch oder irgendein anderer Herzog der Hölle darauf Anspruch erheben würde; daraufhin würde sie zu ihm fliehen und sich in seinem Inneren verbergen, auf daß Vater und Sohn auf ewig vereint sein würden.

Elric zog seine schwarzen Handschuhe aus und legte die Hände auf die muskulösen Flanken seines Pferdes, doch nichts konnte die Kälte vertreiben, die sein innerstes Wesen umklammert hielt. Keine gewöhnliche Wärme reichte zu seinem Trost aus.

»Was ist mit den anderen?« sagte Charion. »Was ist mit meinem Onkel und meiner Großmutter, meinem Vetter und meinem Verlobten? Ich glaube, sie müssen beruhigt werden.«

Langsam ritten sie zur Höhlenstadt zurück, stellten ihre Pferde unter und begannen dann den langen Aufstieg über die Treppen und die in den Wänden verborgenen Aufgänge, und als sie endlich den Balkon erreicht hatten, wo sie die anderen zurückgelassen hatten, trafen sie lediglich Wheldrake an.

Er grämte sich. Seine Augen waren tränennaß. Er umarmte Charion Phatt, doch geschah dies eher aus dem Bedürfnis, Trost zu spenden, als aus echter Freude. »Sie sind fort«, sagte er. »Sie sahen, daß ihr die Schlacht verlieren würdet. Oder dachten es jedenfalls. Fallogard mußte an seinen Sohn und an seine Mutter denken. Er wollte nicht gehen, aber ich schickte ihn fort. Er hatte die Macht, es zu vollbringen. Er hätte mich mitnehmen können, aber es war keine Zeit mehr, und ich wollte nicht gehen.«

»Fort?« sagte Charion und hielt ihn auf Armeslänge von sich. »Fort, Geliebter?«

»Mutter Phatt öffnete etwas, was sie einen Zipfel

nannte, und sie krochen darunter und verschwanden – im gleichen Augenblick, in dem dieses riesige Dickicht Gestalt annahm. Es war zu spät. Sie sind geflohen!«

»Wovor denn?« schrie Charion Phatt wütend auf. »Wohin denn? Geht denn die ganze Sucherei nun wieder von vorn los?«

»Es scheint so, meine Liebe«, sagte Wheldrake verzagt, »wenn wir, wie wir gehofft hatten, den Segen deines Onkels bekommen wollen.«

»Wir müssen ihnen folgen«, sagte sie mit fester Stimme.

»Noch nicht«, sagte die Rose sanft. »Zuerst müssen wir zu Dem Schiff Das War reiten. Ich habe mit Gaynor dem Verdammten noch eine kleine Rechnung zu begleichen – und mit der Gesellschaft, von der ich argwöhne, daß er sie pflegt.«

DAS FÜNFTE KAPITEL

Worin es um das Erringen und die Versteigerung gewisser okkulter Artefakte geht; um Rollentausch in den Höheren Welten; wie die Rose ihre Rache ausübt; und ein Kosmischer Kompromiß erzielt wird.

Als sie endlich die Klippen erreichten, kam die kleine Karawane zu einem allmählichen Halt. Ihre verbliebenen Pferde, von denen einige doppelte Lasten trugen, waren der Erschöpfung nahe. Aber sie hatten die Schwere See gefunden; sie schleppte ihre dunklen, gewichtigen Wellen auf den Strand und zog sie dann unter einem trägen und kränklichen Himmel wieder zurück. Sie blickten auf den schmalen Einschnitt einer Bucht hinunter, in der die See offenbar ruhiger war. Die hohen Obsidianwälle umschlossen einen Strand aus sonderbar gefärbten Kieseln, Quarzstücken, Kalksteinbrocken, Halbedelsteinen und schimmerndem Feuerstein.

In der Bucht lag ein Schiff vor Anker, das Elric sofort erkannte. Die Segel waren aufgerollt, aber der große abgedeckte Käfig auf dem Vorderdeck drückte es am Bug herunter. Gaynors Schiff und seine Mannschaft hatten sich wieder ihrem Herrn angeschlossen. Hinter einem Felsvorsprung, der ihnen die Sicht auf den Rest des Strandes versperrte, schien sich etwas zu regen – vielleicht eine oder zwei Gestalten – und nun mußten sie ihre Pferde sich langsam ihren Weg auf dem schmalen Pfad zwischen Steilufer und Strand finden lassen, auf dessen glatten Steinen sie auszurutschen drohten. Dann knirschten die Hufe schließlich mit einem Geräusch, als ob Eis zermahlen würde, über den schimmernden Kies, und die Gefährten konnten erkennen, daß der Strand sich auch hinter dem Felsvorsprung erstreckte und daß man darauf entlangreiten konnte.

Prinzessin Tayaratuka ritt ein wenig voraus; dann kamen ihre Schwestern (die sich ein Pferd teilten). Die nächste war die Rose, gefolgt von Elric und Charion Phatt, um deren Hüften Wheldrakes kleine Hände lagen. Eine sonderbar zusammengewürfelte Gesellschaft, aber mit einem weitgehend übereinstimmenden Bestreben …

Dann umrundeten sie den Vorsprung, und sie sahen auf das Schiff Das War.

Vor ihnen lag eine der absonderlichsten Siedlungen, die Elric jemals gesehen hatte.

Früher war es tatsächlich einmal ein Schiff gewesen. Ein Schiff, dessen zahlreiche Decks sich immer höher und höher zu einer riesigen schwimmenden Zikkurat erhoben, die von riesigen unmenschlichen Kreaturen bemannt war, ein Schiff, das des Chaos selbst würdig war. Die Umrisse hatten den Anschein von etwas Organischem, das nach erfolgter Folter plötzlich zu unnatürlichen Formen versteinert war. Hier und dort sah man Andeutungen von Gesichtern, Gliedern, Rümpfen, von unirdischen Tieren und Vögeln, von riesigen Fischen und Geschöpfen, die aus allem zusammengesetzt schienen. Und Elric hatte den Eindruck, als wäre das Schiff aus einem Guß mit der Schweren See, die wie zähflüssig gewordener grüner Quarz ihre Gischt auf den düsteren Strand schleuderte, wo Männer, Frauen und Kinder in allen erdenklichen Bekleidungen, in Lumpen und Seide und Schuhen, die selten zusammenpaßten, im verschmierten Zobel eines dahingemordeten Königs, in den Pluderhosen eines namenlosen Matrosen, in den Kleidern und Untergewändern der Ertrunkenen, in den Hüten und den Juwelen und dem Schmuck, mit denen die Toten einst ihrer Eitelkeit gefrönt hatten, sich zwischen diesen schrecklichen Brechern hin- und herbewegten, zwischen dem von der düsteren Flut herangeschwemmten Aas und dem Strandgut, dem Abfall der Jahrhunderte, umherirrten, um mit allen entdeckten Schätzen wieder an Bord des Schiffes zu schlurfen, das leicht schief am Strand lag; das Steuerbord lag vergraben, das Backbord ragte in die Höhe, vielleicht hatte ein Mast das vollständige Umkippen verhindert.

Das Schiff war eine tote Hülle und von seinen menschlichen Bewohnern so verseucht, wie der Körper eines erschlagenen Meeresriesen durch Würmer verseucht sein mochte. Sie befleckten es durch ihre bloße Anwesenheit, entehrten es durch ihr Elend, wie die Knochen der Gefallenen durch den Auswurf und den Unrat der Krähen entehrt werden, die von ihrem verfaulenden Fleisch fressen. Im Schiff herrschte unablässige Bewegung, ein Eindruck einer wimmelnden Lebensmasse ohne eigenes Wesen oder eigenen Zweck, ohne Würde, Achtung oder Scham – zappelnd, stolpernd, zankend, streitend, zeternd, schreiend, zischend und greinend, als ob sie die schreckliche See nachahmen wollten. Das waren die Menschen, die sich dem Chaos verschworen hatten, jedoch noch nicht durch das Chaos verwandelt worden waren; Kreaturen, die zweifellos wenig Entscheidungsfreiheit bezüglich ihrer Herren gehabt hatten, als Gaynor das Banner des Grafen Mashabak auf diese Welt getragen hatte. Jetzt waren sie allerdings nur noch elende Wichte, und sie hatten nur noch ihre Scham. Sie sahen nicht auf, als Elric und seine Gefährten zu dem aufragenden Schatten Des Schiffes Das War heranritten.

Sie antworteten nicht auf die Fragen des Albinos. Sie hörten nicht zu, wenn die Schwestern mit ihnen zu sprechen versuchten. Schrecken und Scham verzehrten sie zur Gänze. Sie hatten schon jede Hoffnung aufgegeben, selbst die auf ein Leben nach dem Tode, denn sie nahmen an, daß das Elend, das sie jetzt erlitten, sicher der Beweis dafür war, daß das gesamte Multiversum von ihren Peinigern erobert worden war.

»Wir sind hier«, sagte Elric schließlich, »um Prinz Gaynor den Verdammten gefangenzunehmen und über ihn zu richten!«

Doch nicht einmal dies vermochte sie zu rühren. Sie waren an Gaynors Täuschungen gewöhnt, an seine Spiele, die er in Augenblicken der Langeweile mit ihrem Leben und ihren Gefühlen gespielt hatte. Für sie war jedes gesprochene Wort zur Lüge geworden.

Die sieben ritten weiter zu der Stelle, wo eine Art Zugbrücke in den Leib des umgekippten Schiffes gebaut worden war, und ohne zu zögern trabten sie hinein und entdeckten einen Alptraum aus schmutzigen Aufbauten und gezackten Löchern, wo grobe Öffnungen zwischen Schotte geschnitten worden waren, die alle mit Netzfetzen und Tauen und verschiedenen derben Behängen, trocknenden Stoff- und Lumpenfetzen, zerfetzter Kleidung und besudelten Laken versehen waren, wo windschiefe Hütten und wackelige Schuppen errichtet worden waren, häufig direkt am Rand eines durchgebrochenen Decks. Irgend etwas Großes und Starkes hatte dieses Schiff durchbohrt und sein Ende herbeigeführt, seine Innereien aufgerissen.

Durch die Aufgänge zwischen den Decks fiel ein unangenehmes dunstiges Licht, das in den schlangengleichen Eingeweiden des Schiffes ein Gitterwerk aus hellen und dunklen Schatten erschuf und die Umrisse der Bewohner gleichermaßen schattenhaft und wie Geister wirken ließ, die dahinkrochen, umherschlichen, husteten, keuchten, zitterten und zu sehr verzweifelten, um auf die Lebenden zu sehen, ohne ihr bereits unerträgliches Elend weiter zu vergrößern. Der Boden Des Schiffes Das War war knöcheltief bedeckt mit menschlichem Unrat, mit fortgeworfenem Abfall, den selbst sie nicht mehr wertschätzten. Wheldrake legte sich die Hand vor den Mund und rutschte von Charions Pferd herunter. »Äh, das ist ja noch schlimmer als die Mietskasernen in Stepney. Ich überlasse Euch Euren Geschäften. Hier habe ich nichts Nützliches zu tun.« Und zu Charions gelinder Überraschung kehrte er um und begab sich in die vergleichsweise Behaglichkeit des finsteren Strandes zurück.

»Es ist wahr«, sagte die Rose, »daß er nur wenig Tatkräftiges beitragen kann. Aber seine dichterische Inspiration findet nicht ihresgleichen, wenn es darum geht, sich auf die Harmonie des Multiversums einzustimmen ...«

»Das ist seine entzückendste Eigenschaft«, stimmte ihr Charion mit der Begeisterung der Liebenden zu, froh darüber, das, was sie in ihrem Angebeteten bewunderte, in der Ansicht einer anderen Person widergespiegelt zu finden – was ein wenig dazu beitrug, jenen Argwohn zu entkräften, den Liebende sich selbst gegenüber hegen: Daß sie vollkommen wahnsinnig geworden sind.

Nunmehr hatte Elric die Geduld mit dieser Verschwörung der Verzweifelten und der Tumben verloren. Während sein Schlachtroß über den schmutzigen Kies stapfte, zog er das Runenschwert aus der Scheide, so daß Sturmbringers schwarze Strahlung den großen verdorbenen Raum durchdrang und ein gefährliches Lied murmelnd daraus emporstieg, als ob ihn nach der Seele dessen gelüstete, der seine Kraft zu stehlen versucht hatte.

Und das Schlachtroß bäumte sich auf, seine Hufe durchwirbelten die düstere Luft; und die Augen des Albinos blitzten rot durch die vielschichtige Finsternis. Er schrie den Namen desjenigen heraus, der ihnen Unrecht zugefügt hatte, der das alles erschaffen hatte, der jede Macht, jede Verantwortlichkeit, jede Pflicht, jedes Abkommen, jedes Vertrauen mißbraucht hatte.

»Gaynor! Gaynor, der Verdammte! Gaynor, Ihr Höllengezücht allerübelster Sorte! Wir sind gekommen, um uns an Euch zu rächen!«

Irgendwo über ihnen, aus den Teilen des Schiffes, die einst die tiefsten und stärksten gewesen waren, wo vollkommene Finsternis herrschte, kam ein leises Lachen, das nur jenem gesichtslosen Helm hatte entfleuchen können.

»Welche großspurige Rede, mein lieber Prinz! Welche Prahlerei!«

Dann bahnte sich Elric für sich und sein Pferd donnernd einen Weg durch die Schatten nach oben, durch Spaliere aus dunstigem Licht, über Aufgänge, die einst die Füße schwerer Matrosen gefühlt hatten und nun von dem Abfall der menschlichen Bewohner verstopft waren, fegte dampfende Töpfe beiseite und zertrat Kochfeuer, scherte sich nicht um irgendwelche Schäden, denn er wußte, daß ungeachtet der Materialien, aus denen dieser Rumpf bestand, er von sterblichen Flammen nicht verbrannt werden konnte. Dabei blieb die Rose ihm dicht auf den Fersen und rief den Schwestern und Charion zu, daß sie ihnen folgen sollten.

Sie ritten durch schmutzige, finstere Galerien, wo erschrockene Augen sekundenlang von einem Spalt aufsahen oder gebeugte Gestalten sich in übelriechenden Löchern verkrochen; sie ritten durch diese Ansammlung hoffnungsloser Seelen, um ihren Herren zu suchen und (sollten ihnen alle möglichen Wesen und Mächte wohlgesonnen sein) sie von ihrer Tyrannei zu befreien! Dann richtete die Rose ein klares, süßes Lied in die Höhe – ein Lied, das durch seine Melodie von verlorener Liebe, verlorenen Ländern und fehlgeschlagener Rache handelte, von der Hingabe, der Ungerechtigkeit –, um dieser schandbaren Verkehrung in der Ordnung des Multiversums ein Ende zu bereiten; die Rose zog ihr Schwert Schneller Dorn und hielt es wie ein Banner vor sich. Dann hatten auch die Schwestern ihre Klingen gezogen – eine aus Elfenbein, eine aus Granit, eine aus Gold – und schlossen sich mit ihren eigenen

Harmonien der Empörung an, in dem festen Willen, daß die Ursache für ihre Verzweiflung kein weiteres Übel vollbringen sollte. Nur Charion Phatt sang nicht mit. Sie war eine unerfahrene Reiterin und war hinter den anderen zurückgefallen. Gelegentlich sah sie hinter sich, vielleicht in der Hoffnung, daß sich Wheldrake schließlich doch noch entschlossen hatte, ihnen zu folgen.

Schließlich erreichten sie eine riesige Doppeltür, deren Verzierungen so fremdartig waren, daß sie weder von der einen noch der anderen Seite für die Sterblichen zu entziffern waren. Früher hatte dieses Tor die Unterkunft jener Bestie verschlossen, die über dieses Schiff geherrscht hatte, und hatte tief im Bauch des Schiffes gelegen, doch nun befanden sie sich dicht unter dem Dach, und dahinter konnten sie das langsame Dröhnen der schweren Brecher vernehmen.

»Vielleicht«, erklang Gaynors amüsierte Stimme erneut, »sollte ich solche Narretei belohnen. Ich wollte Euch hierherbringen, süße Prinzessinnen, um Euch mein kleines Königreich zu zeigen, aber Ihr weigertet Euch zu kommen! Nun ist es die Neugier, die Euch so oder so hierherführt.«

»Nicht Neugier ist es, Prinz Gaynor, die uns zu Dem Schiff Das War führt.« Prinzessin Shanug'a rutschte von dem Pferd herunter, das sie sich mit ihrer Schwester teilte, und drückte gegen eine der beiden schweren Türen, zwang sie einen Spaltbreit auf – weit genug, daß sie alle hindurchgehen konnten, nachdem sie abgestiegen waren. »Es ist unsere Absicht, Eurer Herrschaft in diesem Reich ein Ende zu bereiten!«

»Tapfere Worte, Madame. Wenn nicht primitive Erdmagie gewesen wäre, wäret Ihr in diesem Augenblick meine Sklaven. So wie Ihr sehr bald meine Sklaven sein werdet.«

Unnatürliche heiße Gerüche hingen schwer in der Luft, und Fackeln brannten darin, die kaum mehr Licht verbreiteten als die Kerzen, von deren dicken gelben Stämmen zischendes Wachs auf das tropfte, was einmal eine verzierte Kabinendecke gewesen war, nun jedoch nur noch unter feuchtem Stroh und Lumpen verborgen war. Netze hingen als Umrisse in der Luft und deuteten auf die Arbeit riesiger Spinnen hin, und aus den dunkleren Ecken erklang ein Rascheln, das nur von Ratten stammen konnte. Dennoch kam es Elric so vor, als sei dies nur eine Sinnestäuschung, ein Vorhang, der sich teilte, denn nun – und über das Wie war er sich nie im klaren – wurden die wilden, reichen, brodelnden Farben des Chaos sichtbar – eine große Kugel, deren Inhalt sich in ständiger Bewegung befand –, und davor stand der dunkle Umriß von Gaynor dem Verdammten wie vor einem Altar, auf den er einige kleine Gegenstände gelegt hatte.

»Oh, Ihr seid mir zutiefst willkommen«, sagte er. Vor Entzücken über das, was er als ihre Hingabe an seine Oberherrschaft ansah, war er schon dem Wahnsinn nahe. »Für dieses Schauspiel aus Herausforderungen und Beleidigungen besteht nur wenig Grund, meine Freunde, denn unsere Meinungsverschiedenheiten kann ich ganz sicher beilegen!« Der Helm pulsierte nun unter einem scharlachroten, mit schwarzen Strängen durchschossenen Feuer. »Laßt uns übertriebener Gewalt ein Ende bereiten und diese Dinge nach Art der Weisen beilegen.«

»Ich habe Eure Stimme der Vernunft schon zuvor vernommen, Gaynor«, sagte die Rose verächtlich, »als Ihr meine Schwestern zu überreden versuchtet, ihre Ehre für ihr Leben einzutauschen. Mit Euch verhandele ich ebensowenig wie sie damals!«

»Ihr habt ein übermäßig gutes Gedächtnis, süße Dame. Ich hatte diese unbedeutende Angelegenheit vergessen, und das hättet Ihr auch tun sollen. Das war gestern. Ich verspreche Euch eine ruhmreiche Herrschaft im Morgen!«

»Was könnt Ihr versprechen, das möglicherweise für uns wertvoll wäre?« sagte Charion Phatt. »Euer Verstand ist mir weitgehend ein Rätsel, aber ich weiß, daß Ihr uns anlügt. Ihr habt Euren Griff um dieses Reich schon so gut wie verloren. Die Macht, die Euch beistand, steht Euch nicht länger bei! Doch bestimmt wollt Ihr sie dazu bringen, Euch erneut zur Seite zu stehen ...«

Bei diesen Worten blitzte und zitterte die große pulsierende ektoplasmische Kugel hinter Gaynor und enthüllte einen Augenblick lang drei Augen, Stoßzähne, sabbernde Kiefer und wütende Klauen, und erschrocken erkannte Elric, daß Mashabak sich nicht in Freiheit befand, daß Gaynor irgendwie die Herrschaft über das Gefängnis behalten hatte und nur scheinbar den Befehlen des Grafen Mashabak Folge geleistet hatte, während er geheime Pläne schmiedete, um für sich selbst die Macht eines Lords des Chaos zu erlangen!

Arioch war von dieser Ebene verbannt worden, indem er durch die letzte tapfere Handlung des Esbern Snare durch die Dimensionen davongezerrt worden war, und Gaynor war frecher gewesen, als es irgend jemand sich hatte vorstellen können – er hatte beschlossen, daß er Ariochs Platz einnehmen würde anstatt seinen Herrn zu befreien! Doch obwohl er den Chaoslord gefangenhielt, hatte er keine Möglichkeit, dessen Macht zur Nutzung für die eigenen Zwecke zu bändigen. Hatte er deshalb versucht, mit seinem Blutsaugerschwert die Kraft Sturmbringers und seiner drei Schwesternschwerter zu stehlen?

»Ja«, sagte Gaynor, der den Gesichtsausdruck seines Gegners richtig deutete. »Ich hatte vorgehabt, die erforderliche Macht durch andere Mittel zu erlangen. Aber wie Ihr mittlerweile sicherlich begreift, bin ich ein praktisch ausgerichteter Unsterblicher, und wenn ich Handel treiben muß – nun, dann gehe ich eben mit Euch zu Markte!«

»Ihr habt nichts, was ich benötige, Gaynor!« sagte Elric kalt.

Doch schon verspottete ihn der ehemalige Fürst des Universellen, hob einen der Gegenstände vor sich in die Höhe und kicherte höhnisch. »Wollt Ihr das hier nicht haben, Prinz Elric? Habt Ihr es nicht schon so lange gesucht? Durch die Reiche, mein Herr? Mit beträchtlicher Ungeduld, mein Herr?«

Und Elric sah, daß es sich um die Schatulle aus schwarzem Rosenholz handelte, dessen knorrige Oberfläche mit schwarzen Rosenschnitzereien verziert war. Selbst von seinem Platz aus konnte er den wundervollen Duft riechen. Der Seelenkasten seines Vaters.

Und nun höhnte Gaynor nur noch lauter. »Das wurde von einem Eurer Magiervorfahren gestohlen, Eurer Mutter geschenkt, kam dann in den Besitz Eures Vaters (der den außerordentlich raffinierten Betrug ersann, sobald er erkannte, worum es sich hierbei handelte), dessen Diener es anschließend verlor! Ich glaube, es wurde in Menii für einige Groschen von seinem neuen Besitzer erstanden. Bei einer Piratenversteigerung. Ich würde sagen, darin liegt schon eine gewisse Ironie ...«

Plötzlich rief die Rose: »Ihr werdet mit uns nicht wegen dieser Schatulle verhandeln, Gaynor!«

Und Elric fragte sich, warum sie seit dem Durchschreiten dieser Türen auf eine unerklärliche Art und Weise selbstsicherer geworden war, als ob sie diesen Augenblick schon geprobt hätte, als ob sie genau wüßte, was sie zu sagen und zu tun hatte.

»Aber ich muß, Madame, ich muß!« Gaynor öffnete den Kasten und nahm zwischen einem flackernden blauen Finger und einem ebensolchen Daumen eine große üppige rote Rose auf. Er hob sie an ihrem taubenetzten Stiel empor. Sie sah aus, als wäre sie nur einen Augenblick zuvor gepflückt worden. Eine vollkommene Rose. »Das letzte lebende Ding in Eurem Reich, Madame! Von Euch natürlich abgesehen. Der einzige Überlebende jenes besonders erfreulichen Sieges. Wie Ihr, Madame, hat sie alles überlebt, was das Chaos ihr hat antun können. Bis jetzt ...«

»Sie gehört Euch nicht«, sagte Prinzessin Tayaratuka. »Sie wurde uns von der Rose gegeben, als sie erstmals von unserer Bedrängnis erfuhr. Es stand ihr zu, sie uns zu geben. Und uns, sie ihr zurückzugeben. Die Ewige Rose.«

»Nun, Madame, nun ist sie mein. Käuflich wie ich es wünsche«, sagte Gaynor mit einem Hauch arroganter Ungeduld, als ob er mit einem Kind spräche, das eine Erklärung nicht verstanden hat.

»Auf diese Schätze habt Ihr kein Recht«, sagte Prinzessin Mishiguya. »Gebt mir die Dornenringe zurück, die mein Teil in unserer Verantwortung sind.«

»Aber die Dornenringe gehören Euch nicht«, sagte Gaynor, »wie Ihr wohl wißt, Madame. All diese Schätze waren Euch geliehen worden, damit Ihr Euch auf die Pfade zwischen den Reichen begeben konntet, um nach Elric zu suchen.«

»Dann gebt sie mir zurück«, sagte die Rose und trat vor. »Denn wahrlich waren es meine Schätze, die ich nach meinem Willen verschenken oder verleihen konnte. Es sind die letzten Schätze meines vergessenen Landes. Ich brachte sie hierher und hoffte, Frieden in meinem gequälten Verlangen zu finden. Und dann kam das Chaos, und die Bedürfnisse meiner Gastgeberinnen waren größer als meine eigenen. Doch nun haben sie die Schwerter, die sie suchten. Sie mußten schließlich doch keinen Handel mit Elric abschließen. Darin liegt eine weitere süße Ironie, Prinz. Und wir sind hier, um diese Schätze wieder zu beanspruchen. Übergebt sie an uns, Prinz Gaynor, oder wir müssen sie uns mit Gewalt nehmen.«

»Mit Gewalt, Madame?« Gaynors Gelächter wurde nur noch lauter und rauher. »Ihr habt keine Gewalt, die Ihr gegen mich wenden könntet! Gegen Mashabak wenden könntet! Vielleicht kann ich ihn noch nicht beherrschen. Aber ich kann ihn freisetzen! Ich kann ihn in Eurem Reich freilassen, meine Dame, und ihn es in einem Augenblick verschlingen lassen und uns alle mit ihm. Aye, und es wäre mir eine Freude, dies zu tun, werte Dame, fast ebenso wie es mich erfreut, solche Macht zu beherrschen. Denn wäre es nicht mein eigener Entschluß, der die Eroberungen des ungezügelten Chaos herbeiführte? Dieser Schwarzdornstab setzt ihn frei – bei der leisesten Berührung seiner Spitze.« Und er zeigte den dünnen schwarzen Zweig vor, der mit Messing und Elinfleur gebunden war. »Ich wiederhole, Madame, Ihr habt keine Gewalt, die Ihr gegen mich wenden könnt. Solange ich hier bleibe und solange mein Stab hier bleibt, sind wir alle so sicher wie Arioch es war, als er diesen Käfig erschuf …«

Und plötzlich erklangen aus der Kugel ein Quaken und gereizte Laute und ein Blöken, und Graf Mashabaks unansehnliche Züge preßten sich einen Augenblick lang dagegen, als er bei der Namensnennung seines Häschers wütete, angesichts des unerträglichen Ehrverlustes, der Gefangene eines bloßen Halbdämons geworden zu sein. So gewaltig und zornig war die eingekerkerte Lebenskraft, daß Elric und seine Gefährten sich förmlich zurückgedrängt fühlten und das Empfinden hatten, allein durch ihren Anblick schon der Auslöschung anheimfallen zu müssen.

»Und Ihr, Prinz Elric!« schrie Gaynor der Verdammte, den Krach seiner rücksichtslos gefangengesetzten Spielfigur übertönend, »auch Ihr seid zweifellos hierhergekommen, um zu verhandeln. Was? Wollt Ihr das hier haben? Die Haut, die Euer wilder Freund zurückließ?« Und er präsentierte den grauen Wolfspelz, der alles war, was von dem gepeinigten Nordländer verblieben war.

Doch für Elric war das, was Gaynor da hielt, keine Trophäe. Das zurückgelassene Wolfsfell bedeutete, daß

Esbern Snare als freier Sterblicher den Tod gefunden hatte. »Ich schließe mich allen Ansichten meiner Freunde an«, sagte Elric. »Mit Euresgleichen, Gaynor der Verdammte, verhandele ich nicht. In Euch gibt es keine Tugend mehr.«

»Nur noch das Laster, Prinz Elric. Nur noch das Laster, wie ich zugeben muß. Aber ein so schöpferisches, phantasievolles Laster, nicht wahr? Ihr müßt noch erfahren, um welche Tauschobjekte es geht. Seht Ihr, ich will Eure Schwerter haben.«

»Das sind unsere Bundesklingen«, sagte Prinzessin Mishiguya. »Nach Blut und Recht sind sie unser. Sie gehören uns, um Euch zu bezwingen und Euch aus diesem Reich zu vertreiben. Niemals werdet Ihr sie erlangen, Gaynor der Verdammte!«

»Aber ich biete Euch jene Schätze, die Ihr borgtet und verlort, Madame. Ich werde offen sprechen. Ich will vier Schwerter wie jene vier, die ihr bei euch tragt. Ich habe hier sechs Gegenstände der Macht. Ich werde sie alle gegen die Schwerter eintauschen! Ist das nicht großzügig? Sogar beinahe töricht?«

»Ihr seid wahnsinnig, Gaynor«, sagte Prinzessin Shanug'a. »Die Schwerter sind unser Erbe. Ihnen gilt unsere Verpflichtung.«

»Sicher ist es doch Eure Pflicht, Madame, das zurückzugeben, was Ihr geliehen habt? Denkt jedenfalls ein wenig darüber nach. Jetzt werde ich Elric die Seele seines netten alten Vaters anbieten!« Und er legte sanften Stahl auf das Rosenholz.

Vor Zorn über Ariochs Verrat seines Geheimnisses vermochte Elric kaum zu sprechen. Gaynor kannte den wahren Wert der Seelenschatulle und was sie für Sadrics Sohn bedeutete!

»Wollt Ihr vereint sein – oder frei?« fragte Gaynor ihn und kostete dabei jede Silbe dieser Versuchung aus; er wußte genau, was er dem Albino da anbot.

Mit einem stummen Fluch sprang Elric auf den Altar

zu, doch Gaynor schwenkte unruhig seinen Stab und berührte beinahe die Membran, hinter der Graf Mashabak brüllte und die Krallen spielen ließ. Sein wilder Blick allein schien völlig auszureichen, um diese mystischen Wände zu durchbrennen und ihn herauszulassen, zu verschlingen, zu verformen, um aus diesem Reich einen einzigen kreischenden Fortsatz aus gequältem Leben zu machen.

»Eures Vaters Seele, Prinz Elric, gegen Euer Schwert. Sicherlich wißt Ihr doch, was Euch mehr bedeutet? Kommt schon, Prinz Elric, das ist doch keine Entscheidung, über die Ihr erst lange nachdenken müßtet! Geht auf den Handel ein. Er macht Euch frei. Er wird Euch von all Euren Verhängnissen befreien, süßer Prinz ...«

Und Elric spürte die Verlockung, die verführerische Aussicht, seine Höllenklinge für immer los zu sein, frei zu sein von jener ungewollten Symbiose, auf die er sich mehr und mehr stützte, frei zu sein von der Drohung, die Seele seines Vaters auf ewig mit der seinen verschmelzen zu lassen, seinem Vater dabei helfen zu können, zu seiner Mutter im Wald der Seelen zu gelangen, wo weder Ordnung noch Chaos noch das Kosmische Gleichgewicht in irgendeiner Weise herrschten.

»Die Seele Eures Vaters, Elric, die Ihr freilassen könnt. Das Ende seines Leidens und des Eurigen. Ihr braucht das Schwert nicht zum Leben. Ihr brauchtet nicht seine Macht, um es zu finden, um jene Mühen und andere zu durchstehen. Gebt mir das Schwert, Elric. Und Ihr bekommt von mir all diese Schätze ...«

»Ihr wollt das Schwert, damit Ihr den Dämon beherrschen könnt«, sagte Elric. »Habt Ihr einen Zauberbann, der Euch diese Macht verleihen wird? Vielleicht, Prinz Gaynor. Aber der Zauberbann alleine reicht nicht aus. Ihr müßt in der Lage sein, Graf Mashabak Angst einzujagen ...«

Wieder das wütende Lärmen, das Plärren und Kreischen und Drohen ...

»...und Ihr denkt, daß Ihr das mit Sturmbringer vollbringen könnt. Doch würdet Ihr mehr als nur Sturmbringer benötigen, Prinz Gaynor, um einen solchen Grad der Beherrschung zu erlangen!« Und wieder dachte Elric über die unglaubliche Frechheit von Gaynor dem Verdammten nach, der sich einen Lord der Hölle zu unterwerfen trachtete!

»Das stimmt, süßer Prinz.« Prinz Gaynors Ton war sanfter geworden und zeugte von Erheiterung. »Doch glücklicherweise habe ich mehr als Euer Schwert. Die Rose kennt den Zauberspruch, den ich meine...«

Die Rose hob den Kopf, und sie spie ihn an, was ihm nur noch fröhlicheres Gelächter entlockte. »Ah, wie Liebende doch diese kleinen Vertraulichkeiten zu bereuen lernen...«

Was in Elric ein plötzliches Verständnis und ein neues Mitgefühl für diese Frau, die letzte ihrer Art, und die besondere Beschaffenheit ihrer moralischen Last hervorrief.

»Gebt mir die Klinge, Prinz Elric.« Gaynor streckte die behandschuhte Linke aus, in der die Seelenschatulle lag. In seiner rechten Hand schwebte der Schwarzdornstab neben der ektoplasmischen Membran. »Es gibt nichts zu verlieren.«

»Ich glaube, ich könnte nur gewinnen«, sagte Elric, »wenn Ihr mir freies Geleit mit diesem Ding gewährtet.«

»Natürlich. Wer würde schon zu Schaden kommen?«

Doch auf diese Frage wußte Elric die Antwort. Seine Gefährten würden zu Schaden kommen. Das Reich würde zu Schaden kommen. Viele andere würden zu Schaden kommen, sobald Gaynor Graf Mashabak beherrschte. Er wußte nicht genau, wie der Prinz der Verdammten die Waffe einzusetzen gedachte, um den Lord des Chaos zu beherrschen, aber es war offensichtlich, daß eine solche Möglichkeit bestand. Vor langer Zeit hatte die Rose einmal ein Geheimnis offenbart, ihr Wissen um eine machtvolle alte Zauberkunst.

»Oder wollt Ihr Euch ewig mit Eurem Erzeuger vereinen, Elric von Melniboné?« Die Stimme aus dem Helm klang nun kälter, und ein verstärktes Maß an offener Drohung schwang darin mit. »Ich würde sogar meine Macht mit Euch teilen. Euer Schwert wird der Prügel sein, mit dem ich Mashabak meinem Willen unterwerfen werde ...«

Elric sehnte sich danach, Gaynor dem Verdammten zuzustimmen. Wenn er ein wahrer Melnibonéer gewesen wäre, selbst einer wie sein Vater, hätte er nicht weiter über die Sache nachgedacht und das Schwert im Tausch gegen den Seelenkasten hingegeben. Aber welcher Art seine Bande des Blutes, des Wesens und der Neigung auch waren, seine Treue galt seinen Kameraden, und er würde kein einziges weiteres Menschengeschöpf der Gnade des Chaos überantworten.

Und deshalb weigerte er sich.

Was einen Wutschrei des ehemaligen Prinzen des Universellen auslöste; er schrie, daß Elric ein Narr sei, daß er etwas von diesen Reichen hätte retten können, aber nun würden sie ganz und gar von dem zornigen Mashabak verschlungen werden ...

... und dann ertönte ein Knarren und ein Ächzen, und Mörtel und Steine und Kerzenwachs und brennende Fackeln flogen durch die Luft, als ob eine alte Bilgenanlage sich von oben öffnete, und durch den Spalt erklang ein fragendes Quaken.

Es war Khorghakh, die Kröte. Es war das navigierende Ungeheuer des Schiffes, das sich jetzt hereinzwängte. Es schnüffelte und drehte den Kopf. Es sah Charion. Daraufhin gab es ein zufriedenes Grunzen von sich und kletterte rasch die verzierten Wände herunter, während Elric sich Gaynors Unaufmerksamkeit zunutze machte, über den provisorischen Altar hechtete und dem Prinzen den Stab aus der Hand schlug, dann wieder nach ihm stach, als Gaynor nach seinem Schwert griff und nach dem Kopf des Albinos schlug.

Aber jetzt stieß Sturmbringer ein furchtbares Geheul aus, einen unbestimmten scharfen Wutschrei, bis aus dem Helm ein Schmerzenskeuchen hervordrang – aus einem Helm, unter dem es seit Jahrtausenden keinen Schmerz gegeben hatte. Gaynor brachte sein Schwert hoch, um gegen die Runenklinge zu parieren, doch er taumelte.

Dann holte Elric mit der Spitze seines Höllenschwertes aus und trieb sie genau an der Stelle in Gaynors Panzer, welche sein Herz verborgen hätte – und der Lord der Verdammten heulte unter plötzlichen Qualen, als er wie ein Hummer auf dem Spieß emporgehoben wurde: er zappelte mit Armen und Beinen, er brüllte genau wie Graf Mashabak seine Wut hinaus – er schwebte hilflos auf Sturmbringers Spitze …

»Wo gibt es eine Hölle, die Euch eine gerechte Bestrafung angedeihen ließe, Gaynor der Verdammte?« preßte Elric zwischen den Zähnen hervor.

Und die Rose sagte leise:

»Ich kenne einen solchen Ort, Elric. Ihr müßt Euren Schutzdämon herbeirufen. Ruft Arioch in dieses Reich!«

»Madame, Ihr seid wahnsinnig!«

»Ihr müßt mir darin vertrauen. Ariochs Macht wird geschwächt sein. Aber Ihr müßt mit ihm sprechen.«

»Wie kann uns Arioch hier von Nutzen sein? Werdet Ihr ihm seinen Gefangenen übereignen?«

»Ruft ihn«, sagte sie. »So soll es sein. Ihr müßt ihn herbeirufen, Elric. Nur dadurch kann irgendeine Harmonie wiederhergestellt werden. Sie hat sich noch nicht aufbauen können.«

Und so rief Elric, dessen Feind Gaynor sich vor ihm wie eine Spinne auf einem Stock krümmte, den Namen seines ihm verpflichteten Herzogs der Hölle, eines Geschöpfes, das ihn verraten hatte, das versucht hatte, ihn für immer auszulöschen.

»Arioch! Arioch! Kommt zu Eurem Diener, Lord Arioch. Ich bitte Euch.«

In der Zwischenzeit hatte die Kröte den Boden erreicht und watschelte auf Charion, ihre verlorene Liebe, zu, und in ihrem Gesicht stand so etwas wie sanfte Zuneigung, als Fräulein Phatt auf sie zuging, ihre riesigen vorderen Gliedmaßen streichelte, ihre Schuppen tätschelte, während über ihnen eine dünne Stimme erklang:

»Gerade noch rechtzeitig, wie mir scheint! Die Kröte hat für uns einen Eingang aufgespürt!« Und in der zerschmetterten Falltür erschien der Kopf des Ernest Wheldrake, der einigermaßen besorgt zu ihnen heruntersah. »Ich fürchtete schon, daß wir zu spät kommen würden.«

Charion Phatt tätschelte der hingerissenen Kröte den Kopf und lachte: »Du hast uns nicht gesagt, daß du zusätzliche Hilfe herbeiholen würdest, mein Lieber!«

»Ich hielt es für das Beste, keinerlei Versprechungen zu machen. Aber ich habe noch mehr gute Nachrichten.« Er betrachtete den Weg, den die Kröte genommen hatte von einem Schnitzwerk zum nächsten bis zum Boden, und schüttelte den Kopf. »Ich bin wieder bei Euch, sobald ich kann.« Und weg war er.

»Arioch!« schrie Elric. »Kommt zu mir, mein Schutzpatron!« Doch heute konnte er kein Blut und keine Seelen bieten.

»Arioch!«

Und dort in einer Ecke dieses improvisierten Saales wand sich ein dunkles rauchiges Ding und schüttelte sich und brummte, und dann war es zu einem schönen Jüngling geworden, der wundervoll war in seiner Anmut, jedoch noch nicht völlig körperhaft. Und sein Lächeln war so süß wie Honig. »Was gibt es, mein Spielzeug, mein Leckerbissen ...?«

Die Rose sagte: »Hier ist nun Eure Gelegenheit zu verhandeln, Elric. Was besitzt dieser Dämon, das Ihr von ihm haben wollt?«

Elrics Augen wanderten von Gaynor zu Arioch, und

er sah seinen Schutzherren wie kurzsichtig auf die bebende ektoplasmische Sphäre, auf den sich windenden Gaynor starren.

»Nur sein Pfand auf meines Vaters Seele«, sagte Elric.

»Dann bittet ihn darum«, sagte die Rose. Ihre Stimme bebte vor unterdrücktem Drängen. »Sagt ihm, daß er seinen Anspruch auf diese Seele aufgeben soll!«

»Darauf wird er nicht eingehen«, sagte Elric. Trotz der gewaltigen Kraft des Schwertes begann er zu ermüden.

»Fragt ihn danach«, sagte sie.

Also rief Elric über seine Schulter hinweg: »Mein Lord Arioch. Mein Schutzpatron, Herzog der Hölle. Werdet Ihr Euren Anspruch auf die Seele meines Vaters aufgeben?«

»Das werde ich nicht«, sagte Arioch, und seine Stimme klang heimtückisch und verwirrt. »Warum sollte ich auch? Er gehört mir, wie auch du mir gehörst.«

»Keiner von uns wird Euch gehören, sollte Mashabak befreit werden«, sagte Elric. »Und das wißt Ihr, mein Schutzherr.«

»Gib ihn mir«, sagte Arioch leise, »gib mir meinen Gefangenen, der von Rechts wegen mir gehört, den ich mit der Macht meiner okkulten Feinsinnigkeiten umgarnte. Gib mir Mashabak, und ich werde meinen Anspruch aufgeben!«

»Mashabak kann ich Euch nicht geben, Lord Arioch«, sagte Elric, der endlich begriff. »Doch werde ich Euch dafür Gaynor überlassen!«

»Nein!« schrie der Prinz der Verdammten auf. »Eine solche Schande könnte ich nicht ertragen!«

Arioch lächelte bereits. »Oh, in der Tat, süßer unsterblicher Verräter, du wirst es ertragen müssen und vieles anderes mehr. Ich kenne neue Foltern, die dir gegenwärtig noch nicht vorstellbar sind, aber an die du dich noch wehmütig erinnern wirst, wenn deine Qualen wirklich beginnen. Ich werde dir all jene Foltern angedeihen lassen, die ich Mashabak vorbehalten hatte...«

Dann griff der goldene Körper nach dem brüllenden Gaynor, der Elric im Namen all dessen, was er als heilig erachtete, anflehte, ihn nicht dem Herzog der Hölle zu überlassen.

»Du kannst nicht getötet werden, Gaynor der Verdammte«, sagte die Rose mit triumphierend gerötetem Gesicht, »aber du kannst immer noch bestraft werden! Arioch wird dich bestrafen, und während deiner Strafe wirst du dich daran erinnern, daß dies dir von der Rose zugefügt wurde und daß dies die Rache der Rose an dir für das Verhängnis ist, das du über unser Paradies brachtest!«

Elric begriff allmählich, daß nicht alles Zufall gewesen war, daß vieles von dem, was sich ereignet hatte, das Ergebnis eines langgehegten Planes der Rose gewesen war, der hatte sicherstellen sollen, daß Gaynor niemand anderen so verraten würde, wie er sie und ihr Volk verraten hatte. Deswegen war sie hierher zurückgekehrt. Deswegen hatte sie den Schwestern die Schätze ihres verlorenen Heimatlandes geliehen.

»Geht nun, Gaynor!« Sie sah zu, wie der goldene Schatten den sich windenden Prinzen umfing... die gepanzerte Kreatur scheinbar in sich aufzunehmen schien, bevor er wieder in seine Ecke und von dort durch den schmalen Tunnel, den Elric durch seine Anrufung geschaffen hatte, durch das Multiversum zurückströmte.

»Geht nun, Prinz Gaynor, zu Eurem ruhelosen ewigen Bewußtsein, zu all jenem Grauen, das Ihr für vertraut gehalten habt...« In ihrer Stimme schwang beträchtliche Befriedigung mit, während das Gesicht von Graf Mashabak sich einen Augenblick lang gegen die Membran preßte, und die Reißzähne krachten und sabberten, als er einen Blick auf seinen Rivalen zu erhaschen suchte, der mit einem Gefühl, das Dankbarkeit nahekam, seinen eigenen kleinen Preis in seine Dimension zurückbrachte.

»Nun, Elric, habe ich keinen Anspruch mehr auf deines Vaters Seele ...«

»Aber Mashabak?« sagte Elric, als ihm allmählich die Verantwortung klar wurde, die sie sich aufgebürdet hatten. »Was sollen wir mit Mashabak tun?«

Die Rose schenkte ihm ein sanftes Lächeln, das voller Weisheit war. »Es gibt noch etwas, das wir tun müssen«, sagte sie, und sie drehte sich um und murmelte etwas zu den drei Schwestern, die ihre Schwerter aufnahmen – eins aus Elfenbein, eins aus Granit und eins aus Gold – und mit bedächtiger Behutsamkeit einen Dornenring auf jede Klingenspitze legten, so daß die Schwerter plötzlich unter einem natürlichen blumigen Licht zum Leben erwachten – mit einer ruhigen Kraft – der Kraft der Natur, die ein Gegengewicht zu der wütenden Kraft des Chaos bildete. Dann hoben sie gleichzeitig ihre Schwerter unter die schwere Membran des kosmischen Gefängnisses, so daß jede Spitze leicht die Haut berührte.

Und Graf Mashabak knurrte und drohte und sprach einige Worte in einer Sprache, die nur er kannte; durch den Akt der Gefangennahme war er hilflos geworden, denn er war ein Geschöpf, das beinahe grenzenlose Macht gekannt hatte und unfähig war, mit dem Schock seiner eigenen erzwungenen Ohnmacht zu leben. Er wußte nicht, wie man bettelte oder handelte oder sogar schmeichelte, wie Arioch geschmeichelt hatte, denn sein Wesen war eher schlichter Natur. Er hatte sich an dem Ausmaß seiner ungehemmten Macht ergötzt. Er hatte sich daran gewöhnt, das zu erschaffen, was auch immer ihm gefiel, das zu vernichten, was auch immer ihm mißfiel. Er brüllte sie an, ihn freizulassen, er brummte, er wurde stiller, als die Schwertspitzen die ektoplasmische Kugel weiter aufrechthielten. Er war eine grobschlächtige Art von Halbgott und wußte nur, wie man drohte.

Die Rose lächelte. Es war, als ob sie alles erreichte, was sie sich im Laufe der Jahre erträumt hatte. »Dieser Dämon bedarf noch einiger Zähmung«, sagte sie.

Falls Elric die Kühnheit Gaynors nicht hatte glauben können, so bewunderte er jetzt doch die der Rose. »Ihr wußtet die ganze Zeit, wie Mashabak beherrscht werden konnte«, sagte er. »Ihr habt die Ereignisse so gesteuert, daß wir zur selben Zeit hier sein würden ...« Es war keine Anklage, lediglich die Feststellung seines Verständnisses.

»Ich richtete mich nach den Gegebenheiten«, sagte die Rose schlicht. »Bei meinem Weben tat ich, was ich konnte. Aber niemals war ich sicher, nicht einmal, als Gaynor mit Euch um die Seele Eures Vaters feilschte, welchen Ausgang alles nehmen würde. Ich weiß es immer noch nicht, Elric. Seht!«

Sie ging zu dem Tisch, auf dem Gaynor seine gestohlenen Schätze ausgebreitet hatte, und sie nahm den süß duftenden Rosenkasten und ging weiter zu den Schwestern, die die Kugel auf den Spitzen ihrer Schwerter so vorsichtig hielten, als balancierten sie eine Seifenblase, während jede Frau sich auf ihre Aufgabe konzentrierte und eine fremdartige blasenwerfende Energie entlang der Klingen zu pulsieren begann. Durch das Elfenbein ergoß sich eine rauchige Weiße, und durch den Granit strömte eine graue wirbelnde Substanz, während die goldene Klinge unter einem Licht erzitterte, das die Farbe von frischgemähtem Ginster hatte; diese Farben strömten ineinander und bildeten eine Art Spirale, die sich nach oben drehte und wieder in die Kugel zurückfloß.

Unter Anleitung der Rose stimmten die Schwestern ein Lied an und bändigten Ströme multiverseller Lebenskraft und führten sie in einem leuchtenden Netz aus hellem kirschroten Licht zusammen, das sie bei ihrem Werk umschloß.

Dann rief die Rose Elric zu: »Bringt jetzt Euer

Schwert. Bringt es rasch. Für all diese Kraft muß es ein weiteres Mal der Leiter sein!« Sie öffnete den Deckel des Kastens.

Der Albino trat vor; sein Körper vollführte sonderbare rituelle Gesten, deren Bedeutung ihm unbekannt war.

Er hob das Schwert, während es widerstrebend aufstöhnte, und richtete es zwischen den anderen Schwertern auf die höchste Stelle.

Vorsichtig und langsam bewegte sich die Rose, bis sie den geöffneten Seelenkasten unmittelbar unter dem Knauf des Runenschwertes hielt und dann rief: »Schlagt zu! Schlagt nach oben, Elric, in das Herz des Dämons ...!«

Und der Albino schrie in furchtbarer Pein auf, als die Höllenkraft sich bei seinem einzigen Streich aus dem Chaoslord ergoß. Und Mashabaks unheilvolle Dämonenseele ergoß sich in einem dunklen Strahlungsschwall, der Sturmbringer zum Beben und zum Heulen brachte, die Klinge hinab und in den Seelenkasten, den die Rose bereithielt.

Und erst in diesem Augenblick erkannte Elric, was er unter Anleitung der Rose getan hatte!

»Die Seele meines Vaters«, sagte er, »Ihr habt sie mit der des Dämons verbunden! Ihr habt sie vernichtet!«

»Jetzt beherrschen wir ihn!« Die Haut der Rose glühte vor Vergnügen. »Jetzt haben wir Mashabak. Kein Sterblicher hat die Macht, ihn zu vernichten, aber er ist unser Gefangener. Das wird er auf ewig bleiben! Solange wir seine Seele vernichten können, ist er zum Gehorsam gezwungen. Durch ihn werden wir die Welten, die er zermalmt hat, neu erschaffen.« Sie klappte den Deckel zu.

»Wie könnt Ihr ihn beherrschen, wenn Gaynor es nicht vermochte?« Elric sah nachdenklich auf den Dämonengraf, der seltsam still aus seinem Gefängnis stierte.

»Weil wir nun seine Seele besitzen«, sagte die Rose. »Darin liegt meine Befriedigung und meine Rache.«

Wheldrake tauchte hinter dem schuppigen Rücken seines Rivalen auf. »Das ist keine besonders dramatische Rache, Madame.«

»Ich suchte die Erlösung aus meiner Pein«, sagte die Rose. »Und meine Schwestern und ich erfuhren, daß solche Erlösung nur selten durch weitere Vernichtung erreicht wird. Außerdem konnten diese beiden niemals vernichtet werden. Dennoch haben wir bewirkt, daß sie lebend einem nützlichen Zweck gedient haben, und das ist alles, was ich herbeiführen wollte. Eindeutig Gutes zu tun, wo eindeutiger Schaden angerichtet wurde. Für jemanden wie mich ist das die einzige Form der Rache.«

Elric starrte mit wachsendem Grauen auf die Seelenschatulle und konnte ihr nicht antworten. Er dachte, daß er dies alles durchgemacht hatte, nur um in jenem Augenblick zu fallen, als er sich schon am Ziel geglaubt hatte.

Die Rose lächelte ihn immer noch an. Sanft ruhten ihre Finger auf seinem Gesicht. Er sah sie an, aber er konnte nicht sprechen.

Die Schwestern senkten ihre Schwerter. Sie sahen erschöpft aus und konnten kaum die Waffen in die Scheiden zurückstecken. Charion Phatt ließ die Kröte und Wheldrake stehen und kümmerte sich um sie.

»Hier.« Die Rose ging zu dem Tisch und nahm die lebende Rose von der Schatulle auf, die die drei Dornenringe enthielt, die bei der Ankettung einer Dämonenseele behilflich gewesen waren. Sie reichte ihm die Blume. Auf den Blättern lag Tau, als ob sie immer noch in einem ländlichen Garten blühte.

»Ich danke Euch für dieses Andenken, meine Dame«, sagte er leise, doch sein Verstand raste immer noch angesichts des bevorstehenden Grauens.

»Ihr müßt ihn zu Eurem Vater bringen«, sagte sie. »Er wird in den Ruinen auf Euch warten. In jenen Ruinen, wo Euer Volk seinen letzten Pakt mit dem Chaos schloß.«

Elric fand nichts Erheiterndes an ihrem Humor. »Ich werde schon früh genug mit meinem Vater sprechen, meine Dame«, sagte er. Mit einem tiefen Seufzer steckte er seine Kampfklinge fort. Und er sah ohne jede Freude in die Zukunft...

Sie lachte. »Elric! Die Seele Eures Vaters befand sich nie in diesem Kasten! Jedenfalls war sie nicht so darin gefangen, wie es die des Dämons jetzt ist. Die Dornenringe sind für das Fesseln einer Dämonenseele gedacht. Die Schatulle wurde gebaut, um eine Dämonenseele festzuhalten. Aber die Ewige Rose ist ein zu zartes Ding, um solch eine Seele halten zu können. Sie kann nur die Seele eines Sterblichen enthalten, der jemand anderen mehr als sich selbst geliebt hat. Diese Blume schützt die Seele Eures Vaters und wird von ihr genährt. Deshalb lebt sie. Sie wird von allem Guten in Sadric gehalten. Bringt sie Eurem Vater. Sobald er sie hat, kann er zu Eurer Mutter gehen, wie es sein Wunsch war. Arioch hat jeden Anspruch auf ihn aufgegeben – und Mashabak hat keine Gewalt über ihn. Wir werden uns der Macht Mashabaks bedienen. Wir werden den Grafen der Hölle dazu zwingen, alles, was wir liebten, wiederherzustellen. Und indem wir dieses Böse in Gutes verwandeln, rechtfertigen wir die Vergangenheit! Und das ist die einzige Art und Weise, durch die wir Sterblichen jemals unsere Vergangenheit rechtfertigen dürfen! Es ist die einzige positive Rache. Nehmt die Blume.«

»Ich werde sie meinem Vater bringen, meine Dame«, sagte Elric.

»Und dann«, sagte sie, »könnt Ihr mich nach Tanelorn mitnehmen.«

Er sah in ihre ruhigen haselnußbraunen Augen, und einen Augenblick lang zögerte er. »Ich fühle mich geehrt, meine Dame«, sagte er.

Plötzlich schrie Wheldrake auf: »Die Kröte! Die Kröte!« Und auf massigen Händen und Füßen kroch das Geschöpf durch die Tür der Kabine auf die Galerien, die zerstörten Decks hinaus, wo alle elenden Wichte, die von ihrem Dienst am Chaos entlassen worden waren, umherrannten und stolperten und flüchteten – aus dem großen Rumpf hinaus wie Kaninchen, die der Kammerjäger aus der Mietskaserne gescheucht hat, und rufend rannte Wheldrake hinter ihm her: »Halt, liebe Kröte. Süßer Mitstreiter! Um unserer gemeinsamen Liebe willen, halt an, ich flehe dich an!«

Doch die Kröte hatte sich nun am Eingang zum Schiff Das War umgedreht und sah zu Wheldrake herüber, sah zu Charion Phatt herüber, die ebenfalls herankam, und hielt wie wartend inne. Als sie näher kamen, watschelte sie aus dem Rumpf hervor und in das Licht, während die Menschen wie Läuse um sie herumrannten und in das Land flohen, in dem das Chaos nicht länger herrschte. Und dann kauerte sie sich hin und wartete auf sie …

… und Muttchen Phatt wurde unsicher schwankend in ihrer Sänfte von ihrem Sohn und ihrem Enkel herbeigetragen, die beiden schwitzten und wiesen Anzeichen der Erschöpfung auf, während sie sie krähend zu erhöhter Geschwindigkeit aufforderte, dann sah sie ihre Enkelin und Wheldrake und kreischte ihnen ein schrilles Halt zu. »Meine Wonneproppen, meine Schnuckelherzen, mein süßer knuddeliger Strahlemann!« Sie riß den zerfetzten Sonnenschirm herunter, mit dem sie ihr weises altes Haupt geschützt hatte, und leckte sich bei seinem Anblick die Lippen; sie machte ihm schöne Augen. »Mein Felsen, mein leckerer Verseschmied! Oh, wie glücklich meine Charion werden wird! Wie glücklich ich gewesen wäre, hätte ich nur gewußt, daß du in Putney warst! Setzt mich ab! Setzt mich ab, Bengels! Wir sind da. Ich sagte euch doch, daß sie in Sicherheit sind. Ich sagte euch doch, daß sie eine oder zwei Schliche hatte, einen Faltenwurf im kosmischen Stoff, eine kleine Glättung der verworrenen Ärmel. Süßbäuchiger kleiner Gockel! Kleiner Reimeschwelger! Komm mit mir. Wir werden das Ende der Zeit aufsuchen!«

»Ein verwirrender Ort, wenn ich mich recht entsinne«, sagte Wheldrake, aber er sonnte sich in ihrer Begeisterung, ihrer Lobpreisung, ihrer Freude an seinem Eintritt in die Familie.

»Ich habe dir doch gesagt, daß wir nicht weit gegangen sind, Vater!« stellte Koropith Phatt ein wenig zu triumphierend fest, so daß ihm Fallogard Phatt einen strengen Blick zuwarf. »Obwohl du natürlich auch recht hattest, als du den Strand wiedererkannt hast.«

Nun kamen die Rose und die drei Schwestern hervor, um ihre Freunde zu begrüßen, aber sie brachten nur die Seelenschatulle mit. Der zu metaphysischem Kleinholz verarbeitete Graf der Hölle war zurückgelassen worden, auf daß er ein wenig über die Art seines Schicksals nachdenken konnte, das darin bestand, daß er all jenes zu erschaffen gezwungen sein würde, was ihm ein Greuel war. In ihrer linken Hand hielt die Rose locker über den Sand schleifend den grauen Wolfspelz, den Gaynor bei sich getragen hatte, ohne zu wissen, daß er ein Zeichen dafür darstellte, daß wenigstens in einer Hinsicht Esbern Snare von seiner eigenartigen Bürde erlöst worden war.

»Was?« fragte Wheldrake ein wenig überrascht. »Nehmt Ihr dies als Trophäe an Euch, werte Dame?«

Aber die Rose schüttelte sachte den Kopf. »Früher einmal«, sagte sie, »gehörte er einer Schwester von mir. Der einzigen anderen Überlebenden von Gaynors Verrat …«

Und erst jetzt erkannte Elric das ganze Ausmaß des Schicksalsgewebes der Rose, ihrer erstaunlichen Drahtzieherei im Stoff des Multiversums.

Muttchen Phatt sah sie prüfend an. »Dann hast du also deine Befriedigung, meine Liebe?«

»Soweit das möglich ist«, stimmte die Rose zu.

»Ihr dient einer mächtigen Sache«, ergänzte die alte Frau, kletterte von ihrem wackeligen Sitz herunter und humpelte über den Kies; in ihrem roten Gesicht spiegelten sich zahlreiche Vergnügungen wider. »Bezeichnet Ihr diese Sache vielleicht zufällig als das Gleichgewicht?«

Doch die Rose hakte einen Arm unter den von Muttchen Phatt und half ihr, sich auf einem umgedrehten Eimer niederzulassen, während sie sagte: »Laßt uns dahingehend verbleiben, daß ich gegen alle Formen der Tyrannei eingestellt bin, sei sie nun die der Ordnung oder die des Chaos oder die irgendeiner anderen Macht...«

»Dann ist es das Schicksal selbst, dem Ihr dient«, sagte die alte Frau bestimmt. »Denn das war ein machtvolles Wirken, Kind. Es hat neue Wirklichkeiten im Multiversum erzeugt. Es hat den Ausbrüchen Einhalt geboten, die uns so sehr zu schaffen machten. Nun können wir unsere Reise fortsetzen.«

»Wohin geht ihr, Mutter Phatt?« fragte Elric. »Wo werdet Ihr die Sicherheit finden, nach der Ihr sucht?«

»Der zukünftige Gemahl meiner Nichte hat uns davon überzeugt, daß wir die von uns geschätzte Art häuslichen Friedens an jenem ihm bekannten Platz namens Putney finden werden«, sagte Fallogard Phatt mit zögernder Herzlichkeit. »Und daher werden wir alle diesen Ort mit ihm aufsuchen. Wie er sagte, hat er noch ein unvollendetes Epos in zwei Bänden ausstehen, worin es um einen einheimischen Kämpen seines Volkes geht. Das wir in Putney zurückgelassen haben, versteht Ihr. Also müssen wir dort zumindest anfangen. Nun sind wir alle eine einige Familie und hegen nicht die Absicht, erneut getrennter Wege zu gehen.«

»Ich gehe mit ihnen, meine Dame«, sagte Koropith Phatt, ergriff rasch die Hand der Rose und küßte sie fast verlegen. »Wir werden das Schiff nehmen und wieder die Schwere See durchqueren. Danach werden wir den Pfaden durch die Reiche folgen, bis wir zweifellos wieder ganz zwangsläufig Putney erreichen.«

»Ich wünsche euch eine sichere Reise ohne Umwege«, sagte sie. Dann küßte sie auch ihm die Hände. »Ich werde Euch vermissen, Meister Phatt, und Eure Spürfähigkeiten durch das Multiversum. Einen besseren psychischen Jagdhund hat es nie gegeben!«

Prinz Elric floh den Schicksalsstrand
Mit hoher Hoffnung im Herzen,
Die Rose blühte in seiner Hand,
Heilte der Sterblichen Schmerzen ...

intonierte der rothaarige Dichter und hob dann entschuldigend die Schultern. »Heute war ich nicht auf Epiloge vorbereitet. Ich hatte nur auf ein edles Ende gehofft. Komm, Kröte! Komm, Charion! Kommt, ihr alle, die ganze Familie! Erneut segeln wir über die Schwere See! Zum weiten Putney und den goldenen Segen glückseliger Häuslichkeit!«

Und in dem stolzen Prinzen der Ruinen regte sich etwas, während er zum Abschied winkte, das sich nach den weniger dramatischen Abenteuern des häuslichen Herdes sehnte.

Dann drehte er sich zur Rose um, jener geheimnisvollen Drahtzieherin der Geschicke, und verneigte sich vor ihr. »Kommt, meine Dame«, sagte er, »wir haben einen Drachen herbeizurufen und eine Reise anzutreten! Zweifellos ist mein Vater ein wenig um das Wohlergehen seiner vielumschacherten Seele besorgt.«

DER EPILOG

Worin der Prinz der Ruinen einen Schwur einlöst.

Lady Narbenschnauze hob den prächtigen Kopf gegen den vollen schwülen Erntemond, um den Wind zu schmecken, schlug einmal mit den Flügeln, um die Richtung festzusetzen, und erhob sich aus jener ewigen Nacht, in der sich Sadrics Geist verborgen hatte.

Elric hatte die lebende Rose in die bleiche Hand seines Vaters gelegt. Er hatte zugesehen, wie die Rose verblaßte und schließlich starb, da nun das, was in ihr verborgen gewesen war, sie nicht länger am Leben erhielt. Und dann hatte Sadric geseufzt. »Ich kann dich nicht mehr hassen«, sagte er. »Ich hatte auf nichts so sehr gehofft wie auf die Gaben, die du mir brachtest.«

Und sein Vater hatte ihn mit plötzlich erwärmten Lippen auf die Wange geküßt, in einer momentanen Geste der Zuneigung, die er zu Lebzeiten nie gezeigt hatte. »Ich werde dich, mein Sohn, dort erwarten, wo deine Mutter mich erwartet, im Wald der Seelen.«

Elric hatte zugesehen, wie der Geist wie ein Flüstern im Wind erstarb, und dann sah er auf und begriff, daß die Zeit nicht länger stillstand und daß die blutige Geschichte Melnibonés mit ihren zehntausend Jahren der Herrschaft, der Grausamkeit und der herzlosen Eroberung nun ihren Verlauf nahm. Einen kurzen Augenblick lang hatte er in Betracht gezogen, etwas Neues zu begehen – dem Verlauf des Fortgangs des Strahlenden Reiches durch die Jahrhunderte eine andere Wendung zu geben – aus seiner Rasse ein freundlicheres edleres Volk zu machen –, doch dann hatte er den Kopf geschüttelt und H'hui'shan, seiner Vergangenheit und all dem, was hätte sein können, den Rücken gekehrt, und er hatte sich auf dem natürlichen Sattel hinter den Drachenschultern niedergelassen, um sein Reittier zuversichtlich und mit neuer Hoffnung in der Stimme dazu aufzufordern, ihn himmelwärts zu tragen.

Dann stiegen sie gemeinsam in die Höhe, Drachenleder warf sich den wirbelnden Wolken entgegen. Hoch in die sternenübersäte laue melnibonéische Nacht stiegen sie auf, einer Zukunft entgegen, in der bei einem bestimmten Kreuzweg am Rande der Zeit die Rose auf ihn wartete.

Denn er hatte ihr versprochen, daß sie beim ersten Anblick Tanelorns auf einem Drachen reiten würde.